Mala índole

Javier Marías

Mala índole
Cuentos aceptados y aceptables

ALFAGUARA

© Javier Marías, 2012

© De esta edición:
Santillana Ediciones Generales, S. A. de C. V.
Av. Río Mixcoac 274, Col. Acacias,
México, D. F., C. P. 03240, México.
Teléfono 5420 7530
www.alfaguara.com.mx

ISBN: 978-607-11-2197-4
Primera edición: octubre de 2012

© Diseño:
Proyecto de Enric Satué

© Imagen de cubierta: Fragmento de *Eagle Head, Manchester, Massachusetts (High Tide)*,
1870, de Winslow Homer. Colección del Metropolitan Museum

© Imágenes de interiores: pp. 344 y 345, retratos de Carlos II, por Juan Carreño
de Miranda. Archivo Oronoz

Impreso en México

PRISA EDICIONES

Índice

CUENTOS ACEPTABLES

Nota previa a esta edición

Ha pasado mucho tiempo desde que publiqué mis dos únicos libros de cuentos, *Mientras ellas duermen* (1990, con una reedición ampliada en 2000) y *Cuando fui mortal* (1996). El suficiente para que quizá no esté de más reunir aquí sus relatos, con el añadido de los cuatro que, escritos con posterioridad a las fechas iniciales de esas colecciones, andaban hasta ahora perdidos en las hemerotecas —si es que alguien visita aún esos lugares— y en todo caso resultaban difíciles de encontrar para el lector aficionado o curioso. Y dado que en los últimos años he dedicado muy poca energía a los cuentos y no llevo visos de írsela a dedicar tampoco en el futuro cercano, el presente volumen es una buena oportunidad para recuperarlos, sin esperar —tal vez en vano— a reunir los bastantes 'nuevos' para componer un tercer libro independiente. Debo decir, en mi leve descargo, que el que da título al conjunto, 'Mala índole' —el más largo y acaso el más logrado—, hace mucho que algunos lectores impacientes me piden que lo vuelva a dar a la imprenta, sobre todo tras ver que en otras lenguas sí está disponible, publicado como librito autónomo, y que a él se hacía leve referencia en mi novela más reciente, *Los enamoramientos*. Que vuelva a existir en español —no voy a engañarles— es una de las principales razones para justificar esta recopilación.

Como se puede comprobar en el Índice, he distribuido mis cuentos bajo dos epígrafes: *Cuentos aceptados*, que incluye todos aquellos de los que aún no me avergüenzo, y *Cuentos aceptables*, con aquellos de los que sí me avergüenzo un poco pero no demasiado. Si he dado el visto bueno a estos últimos ha sido, en parte, para no ofrecer menos piezas de las que contenía la reedición de 2000 de *Mientras ellas duermen*, en la que figuraban todos ellos. Pero, al aparecer ahora agrupados, el lector lo tendrá más fácil si desea saltárselos. No perdería demasiado.

Los textos de los dos apartados suman treinta, y no son todos los que he escrito del género. De hecho, hay un tercer epígrafe que no aparece en el Índice puesto que las piezas correspondientes sí están excluidas, al ser *Cuentos inaceptables*. La mayoría de éstos son prehistóricos, es decir, escritos o publicados hacia 1968 o así, tres años antes de la aparición de mi primera novela, *Los dominios del lobo*. Sé los títulos de casi todos, mientras que el recuerdo de su contenido es muy difuso, por fortuna, y no pienso someterme al bochorno de releer los que conservo: 'El viejo vasco-andaluz', con algún eco barojiano; 'El loco de las lilas' y 'La mirada', sin duda cursis hasta el sonrojo; 'Los pies en la cara', influido (pioneramente en España, ya que es en efecto de 1968) por las canciones de Leonard Cohen que escuchaba a todas horas; 'Gospel, el monstruo feliz', del que mi primo Ricardo Franco y yo sacamos luego el guión de su primer cortometraje como director, *Gospel*, que ganó un premio en un festival de cine. Y, si no me equivoco, tuve la debilidad de insertar una versión de este cuentecillo en *Los dominios del lobo*. También en esa época hubo uno muy breve sobre un enano homosexual corruptor, cuyo título se me escapa. Se lo dediqué y regalé a un amigo muy *gay* de aquel entonces —aunque más tarde sé que se casó y tuvo hijos—. Mi madre lo leyó por azar y se preocupó un poco, para mi diversión, pues en aquellos tiempos iba ya de novia en novia efímera, como correspondía a mi edad, y más bien penando por ellas, como también correspondía. En este apartado *inaceptable* se encuentra asimismo 'Contumelias', que formó parte de mi libro *El monarca del tiempo* (1978) y que ya desde el título, me temo —no he querido releerlo nunca—, era de una extrema pedantería. Es mejor, se lo aseguro, que ninguno de estos textos vea la luz de nuevo (los que la vieron no fueron todos).

Las procedencias de los veintiséis relatos ya incluidos en *Mientras ellas duermen* y *Cuando fui mortal*, así como —a veces— las circunstancias en que fueron escritos están detalladas en las respectivas *Notas previas* a esas colecciones, que por eso se reproducen a continuación sin variaciones. En lo referente a los cuatro restantes (que aquí se ofrecen revisados, o aun levemente ampliados), esta es su pequeña historia:

'Mala índole' apareció en *El País*, por entregas, los días 19, 20, 21, 22, 23 y 24 de agosto de 1996. En 1998 fue objeto de una edición limitada en Plaza y Janés, inencontrable desde hace ya bastantes años.

'Un sentido de camaradería' se publicó en *El País Semanal* el 2 de enero de 2000.

'Un inmenso favor' apareció en el suplemento *El Semanal* el 24 de septiembre de 2000.

Por último, 'Caído en desgracia' fue escrito para ser leído en voz alta en italiano —o quizá fue con subtítulos— en la Basílica de Magencio, de Roma, el 22 de junio de 2005 (no sé bien por qué motivo), y en español vio la luz en *El País Semanal* el 21 de agosto del mismo año.

Nada es nunca seguro, pero, dado lo poco que he frecuentado el noble arte del cuento en los últimos tiempos, es posible que ya no escriba más y que lo que aquí se ofrece acabe siendo la totalidad aceptada y aceptable de mi contribución al género. Me caben escasas dudas de que, si así resultare, no perderá gran cosa dicho género.

J M
Abril de 2012

Nota previa a Mientras ellas duermen

De los diez relatos que componen este volumen, ocho se han publicado con anterioridad, a lo largo de un periodo de quince años y de manera lo bastante dispersa y a veces oscura como para que no esté de más su reunión o recopilación aquí bajo el título del inédito 'Mientras ellas duermen'. Tampoco está de más detallar brevemente cómo y cuándo se publicaron, sobre todo teniendo en cuenta que uno de ellos, 'La canción de Lord Rendall', exige una explicación que lleva implícita la disculpa.

'La dimisión de Santiesteban' apareció en el volumen *Tres cuentos didácticos,* de Félix de Azúa, Javier Marías y Vicente Molina Foix (Editorial La Gaya Ciencia, Barcelona, 1975).

'El espejo del mártir' apareció en mi libro *El monarca del tiempo* (Ediciones Alfaguara, Madrid, 1978).

'Portento, maldición' apareció asimismo en *El monarca del tiempo* (Ediciones Alfaguara, Madrid, 1978).

'El viaje de Isaac' se publicó en la revista *Hiperión,* nº 1, 'Los viajes' (Madrid, primavera de 1978).

'Gualta' apareció en el diario *El País* (Madrid y Barcelona, 25 y 26 de diciembre de 1986).

'La canción de Lord Rendall' se publicó en mi antología *Cuentos únicos* (Ediciones Siruela, Madrid, 1989) de forma apócrifa, es decir, atribuido al escritor inglés James Denham y supuestamente traducido por mí. Por ese motivo incluyo también aquí la nota biográfica que acompañó al cuento que fue de Denham, ya que alguno de los datos en ella aportados forma parte, tácitamente, del propio relato, que de otro modo estaría incompleto.

'Una noche de amor' apareció en *El País Semanal* (Madrid y Barcelona, 13 de agosto de 1989).

'Un epigrama de lealtad' se publicó en *Revista de Occidente*, números 98-99 (Madrid, julio-agosto de 1989).

'Mientras ellas duermen' y 'Lo que dijo el mayordomo', finalmente, se publican aquí por vez primera, y quizá por eso me permito recomendar al lector impaciente que empiece en orden inverso.

Estos diez relatos no son la totalidad de cuantos recuerdo haber escrito, pero sí la mayoría. Algunos me parece aconsejable que aún permanezcan dispersos o en la oscuridad.

J M
Enero de 1990

P.D. *Casi diez años después*

Aún suscribo esa última frase, y algunos de los cuentos que he escrito seguiré manteniéndolos dispersos o en la oscuridad. Pero a esta nueva edición de *Mientras ellas duermen* se incorporan dos de los proscritos entonces y otros dos posteriores, sumando en total catorce. Quizá no haya mucha justificación para ninguno de ellos, seguramente son sólo curiosidades impertinentes para impertinentes curiosos. En todo caso, no harán ningún mal (si acaso a mí). Del mismo modo que hace casi diez años me permití recomendar al lector que empezara con los cuentos de atrás adelante, ahora puedo asegurarle que —si no es curioso ni impertinente— poco perderá si se salta las cuatro nuevas incorporaciones, cuya historia o prehistoria es la siguiente:

'La vida y la muerte de Marcelino Iturriaga' se publicó en *El Noticiero Universal* (Barcelona, 19 de abril de 1968). Creo que es el primer texto mío que jamás fue a la imprenta, y fue sin que yo supiera de esa visita con anterioridad. Tenía dieciséis años cuando apareció en aquel simpático diario vespertino barcelonés que ya no existe. Pero veo en el original a máquina que fue escrito el 21 de diciembre de 1965, es decir, cuando contaba sólo catorce años (espero benevolencia). Su mayor curiosidad radica en alguna semejanza con otro relato, quizá aquel del que menos descontento estoy, 'Cuando fui mortal', de 1993, incluido en el volumen de ese mismo título.

'El fin de la nobleza nacional' apareció en la revista *Hiperión*, nº 2, 'La carne' (Madrid, otoño de 1978).

'En la corte del rey Jorges' se publicó en la revista *El Europeo*, nº 31 (Madrid, abril de 1991). Más que un cuento, es una propuesta de culebrón, que me fue solicitada, como a otros cuatro autores, por el incansable y saltarín Enrique Murillo, si no recuerdo mal.

'Serán nostalgias', por último, se publicó en el libro colectivo *Las voces del espejo* (Publicaciones Espejo, México, 1998). Con la habitual premura que rodea a esta clase de proyectos, se me solicitó un cuento para ese volumen, que, ilustrado por dibujos de niños del Estado de Chiapas, los tendría a ellos como beneficiarios. Tan poco tiempo en verdad se me dio, que sólo acerté a conseguir una adaptación o variación sobre otro cuento ya escrito, 'No más amores', de 1995, y asimismo incluido en el volumen *Cuando fui mortal* (Alfaguara, Madrid, 1996). 'Serán nostalgias' es el mismo relato en esencia, pero el lugar de su acción y los personajes son mexicanos ahora, en vez de ingleses, y el fantasma que por él transita ya no es el de un joven rústico y sin nombre, sino el de un hombre hecho y derecho, y no anónimo desde luego. Disculpen su intrusión los lectores severos, y también las incorporadas bromas de esta nueva edición. No puedo evitar confiar en ello.

J M
Diciembre de 1999

Nota previa a Cuando fui mortal

De los doce cuentos que componen este volumen, creo que once fueron hechos por encargo. Esto quiere decir que en esos once no gocé de libertad absoluta, sobre todo en lo que se refirió a la extensión. Tres páginas por aquí, diez por allá, cuarenta y tantas por más allá, las peticiones son muy variadas y uno intenta complacer lo mejor que puede. Sé que en dos de ellos la limitación me fue inconveniente, y por ese motivo se presentan aquí ampliados, con el espacio y el ritmo que —una vez iniciados— les habrían hecho falta. En los demás, incluidos aquellos que cumplían con algún otro capricho ajeno, no tengo la sensación de que el encargo los condicionara apenas, al menos al cabo del tiempo y una vez acostumbrado a que sean como fueron. Uno puede escribir un artículo o un cuento porque se lo encomiendan (no así un libro entero, en mi caso); a veces se le propone hasta el tema, y nada de ello me parece grave si uno logra hacer suyo el proyecto y se divierte escribiéndolo. Es más, sólo concibo escribir algo si me divierto, y sólo puedo divertirme si me intereso. No hace falta añadir que ninguno de estos relatos habría sido escrito sin que yo me interesara por ellos. Y en contra de la cursilería purista que exige para ponerse a la máquina sensaciones tan grandiosas como la 'necesidad' o la 'pulsión' creadoras, siempre 'espontáneas' o muy intensas, no está de más recordar que gran parte de la más sublime producción artística de todos los siglos —sobre todo en pintura y música— fue resultado de encargos o de estímulos aún más prosaicos y serviles.

Dadas las circunstancias, sin embargo, tampoco está de más detallar brevemente cómo y cuándo se publicaron por primera vez estos cuentos y comentar algunas de las imposiciones que acabaron asumiendo y ya les son tan consustanciales como cualquier otro elemento elegido. Se disponen en orden estrictamente cronológico de publicación, que no siempre coincidiría del todo con el de composición.

'El médico nocturno' apareció en la revista *Ronda Iberia* (Madrid, junio de 1991).

'La herencia italiana' se publicó en el suplemento *Los Libros*, del diario *El Sol* (Madrid, 6 de septiembre de 1991).

'En el viaje de novios' apareció en la revista *Balcón* (número especial 'Frankfurt', Madrid, octubre de 1991). Este relato coincide en su situación principal y en muchos párrafos con unas cuantas páginas de mi novela *Corazón tan blanco* (1992, Alfaguara, Madrid, 1999). La escena en cuestión prosigue en dicha novela y aquí en cambio se interrumpe, dando lugar a una resolución distinta que es la que convierte el texto en eso, en un cuento. Es una muestra de cómo las mismas páginas pueden no ser las mismas, según enseñó Borges mejor que nadie en su pieza 'Pierre Menard, autor de *El Quijote*'.

'Prismáticos rotos' se publicó en la revista efímera *La Capital* (Madrid, julio de 1992), con la mayor errata que he sufrido en mi vida: no se imprimió mi primera página mecanoscrita, de modo que el cuento apareció incompleto y empezando brutalmente *in medias res*. Parece ser que, pese a todo, aguantó la mutilación. Se me había pedido que el relato fuera 'madrileño'. La verdad es que no sé muy bien lo que significa eso.

'Figuras inacabadas' vio la luz en *El País Semanal* (Madrid y Barcelona, 9 de agosto de 1992). En esta ocasión el encargo era sádico: en tan breve espacio debían aparecer cinco elementos, que, si mal no recuerdo, eran estos: el mar, una tormenta, un animal... He olvidado los otros dos, buena prueba de que están ya asumidos sin remisión.

'Domingo de carne' apareció en *El Correo Español-El Pueblo Vasco* y en el *Diario Vasco* (Bilbao y San Sebastián, 30 de agosto de 1992). En este brevísimo cuento había un requisito: que fuera veraniego, creo yo.

'Cuando fui mortal' se publicó en *El País Semanal* (Madrid y Barcelona, 8 de agosto de 1993).

'Todo mal vuelve' formó parte del libro *Cuentos europeos* (Editorial Anagrama, Barcelona, 1994). Creo que es lo más autobiográfico que he escrito en mi vida, como fácilmente comprobaría quien leyera además mi artículo 'La muerte de Aliocha Coll', incluido en *Pasiones pasadas* (1991, Alfaguara, Madrid, 1999).

'Menos escrúpulos' apareció en el libro no venal *La condición humana* (FNAC, Madrid, 1994). Este es uno de los dos relatos ampliados para esta edición, en un quince por ciento aproximadamente.

'Sangre de lanza' se publicó en el diario *El País* por entregas (27, 28, 29, 30 y 31 de agosto y 1 de septiembre de 1995). El requisito para este relato fue que perteneciera más o menos al género policiaco o de intriga. Es el otro texto aquí ampliado, aproximadamente en un diez por ciento.

'En el tiempo indeciso' formó parte del libro *Cuentos de fútbol* (selección y prólogo de Jorge Valdano) (Alfaguara, Madrid, 1995). Aquí, obviamente, el requisito fue que el cuento tuviera eso, fútbol.

'No más amores', finalmente, se publica en esta colección por vez primera, si bien la historia que cuenta estaba contenida —comprimida— en mi artículo 'Fantasmas leídos', de la recopilación *Literatura y fantasma* (Ediciones Siruela, Madrid, 1993). Allí se atribuía esta historia a un inexistente 'Lord Rymer' —de hecho el nombre de un personaje secundario de mi novela *Todas las almas* (1989, Alfaguara, Madrid, 1998), un *warden* o director de *college* oxoniense sumamente borracho—, supuesto experto e investigador de fantasmas reales, si es que estos dos vocablos no se repelen. No me gustaba la idea de que este breve cuento quedara sepultado sólo en medio de un artículo y en forma casi embrionaria, de ahí su mayor desarrollo en esta pieza nueva. Tiene ecos conscientes, deliberados y reconocidos de una película y de otro relato: *The Ghost and Mrs Muir*, de Joseph L Mankiewicz, sobre la que escribí un artículo incluido en mi libro *Vida del fantasma* (El País-Aguilar, Madrid, 1995), y 'Polly Morgan', de Alfred Edgar Coppard, que incluí en mi selección *Cuentos únicos* (Ediciones Siruela, 1989). Todo queda en casa, y no se trata de engañar a nadie: por eso el personaje principal de 'No más amores' se llama Molly Morgan Muir y no otra cosa.

Estos doce cuentos son posteriores a los de mi otro volumen del género, *Mientras ellas duermen* (1990, Alfaguara, Madrid, 2000). Siguen quedando fuera algunos otros, escritos muy libremente y sin que mediara encargo: me parece aconsejable, sin embargo, que aún permanezcan en la oscuridad o dispersos.

J M
Noviembre de 1995

Cuentos aceptados

La dimisión de Santiesteban

Para Juan Benet,
con quince años de retraso

Tal vez por una de esas extravagancias a las que el azar no logra acostumbrarnos a pesar de su insistencia; o tal vez porque el destino, en un alarde de recelo y precaución, puso en duda durante algún tiempo las condiciones y atributos del nuevo profesor y se vio obligado a demorar su intervención para no correr el riesgo de luego quedar en entredicho; o tal vez, finalmente, porque en estas tierras meridionales hasta los más audaces e invulnerables desconfían de sus propias dotes de persuasión, lo cierto es que el joven Mr Lilburn no tuvo ocasión de comprobar si había algo de verdad en las singulares advertencias que su inmediato superior, Mr Bayo, y otros colegas le habían hecho a los pocos días de incorporarse al instituto hasta que el curso estuvo bien avanzado y él hubo tenido tiempo de olvidar o cuando menos de aplazar su posible significación. Pero en cualquier caso el joven Mr Lilburn pertenecía a esa clase de personas que antes o después, en el transcurso de sus hasta entonces poco agitadas vidas, ven sus carreras arruinadas y sus inquebrantables convicciones desbaratadas, rebatidas e incluso puestas en ridículo por algún suceso de las características del que ahora nos ocupa. De poco le habría valido, pues, no haberse quedado ninguna noche a cerrar el edificio.

Lilburn, que rebasaba en un año la treintena, no había tenido el menor reparo en aceptar el puesto que a través de Mr Bayo le había ofrecido el director del Instituto Británico de Madrid. Más bien, de hecho, había sentido cierto alivio y algo que se asemejaba mucho al discreto regocijo, incompleto y átono, que sólo son capaces de experimentar en tales situaciones los hombres que si bien nunca se atreverían ni a soñar siquiera con unas categorías que desde un principio han admitido que no les corresponden, siempre esperan, sin embargo, mejorar de posición como lo más natural del mundo. Y aunque su trabajo en el instituto, en sí, no representaba mejora alguna, ni económica ni social, con respecto a su posición anterior, el joven Mr Lilburn tuvo muy en cuenta al estampar su firma en el poco ortodoxo contrato que Mr Bayo le había presentado durante su estancia veraniega en Londres que, si bien nueve meses en el extranjero equivalían a una invitación al olvido de su persona y de sus aptitudes en el ámbito de su ciudad natal y la pérdida —por otra parte no del todo irremediable, suponía— de su puesto, cómodo pero excesivamente mediocre, del Politécnico del Norte de Londres, también sugerían la nada desdeñable posibilidad de entrar en contacto con personajes de más alto rango administrativo y, sobre todo, con los prestigiosos integrantes del cuerpo diplomático. Y las relaciones con, por ejemplo (¿y por qué no?), un embajador podrían serle de gran utilidad, por muy esporádicas y superficiales que fueran, en un futuro no necesariamente muy lejano. Así pues, a mediados de septiembre, y con la indiferencia característica del hombre moderadamente ambicioso, hizo sus preparativos, recomendó a un sustituto de saber más exiguo que el suyo para el puesto que dejaba vacante en el Politécnico y se presentó en Madrid dispuesto a trabajar de firme si era necesario, a ganarse la estima y la confianza de sus superiores por lo que ello le pudiera reportar en el porvenir y a no dejarse seducir por la flexibilidad del horario español.

Pronto el joven Lilburn logró ordenar su vida en aquel país extranjero, y tras unos primeros días de vacilación y de relativo desconcierto (los mismos que se vio obligado a pasar en casa del anciano Mr Bayo y su esposa a la espera de que los anteriores inquilinos desalojaran definitivamente un pequeño ático amueblado que Mr Turol, otro de sus colegas españoles, le había apalabrado para el primero de octubre en la calle de Orellana: el precio del alquiler rebasaba el presupuesto de Lilburn, pero no era caro si se tenía en cuenta que la zona era céntrica y que ofrecía la incomparable ventaja de estar muy cerca del instituto), se trazó un meticuloso y —si ello era posible a lo largo del curso— invariable programa diario que en efecto, y aunque sólo fuera hasta el mes de marzo, consiguió mantener inalterado. Se levantaba a las siete en punto y, tras desayunar en casa y efectuar un breve repaso de lo que pensaba decir en cada clase de la mañana, se desplazaba hasta el instituto para impartir sus enseñanzas. Durante la hora del recreo charlaba con Mr Bayo y Miss Ferris acerca del lamentable estado de indisciplina en que se encontraba el alumnado español, y durante el almuerzo volvía a hacerles los mismos comentarios a Mr Turol y a Mr White. Repasaba las lecciones de la tarde durante la sobremesa, las exponía a continuación dosificando sus esfuerzos en mayor medida que por la mañana y, una vez terminadas, permanecía de seis a siete y media en la biblioteca del instituto consultando algunos libros y preparando las clases del día siguiente. Se acercaba entonces hasta la elegante casa de la señora viuda de Giménez-Klein, en la calle Fortuny, a fin de darle una hora de clase particular de inglés a su nieta de ocho años (este trabajo, sencillo y bien remunerado, se lo había proporcionado Mr Bayo, su protector), y finalmente regresaba a Orellana sobre las nueve y media o poco después, a tiempo de oír las noticias de la radio: aunque al principio no entendía casi nada, Lilburn estaba convencido de que era el mejor método para aprender a pronunciar el castellano correctamente. Entonces tomaba una cena ligera, estudiaba uno o dos capítulos de un manual de gramática española, memorizaba apresuradamente descomunales listas de verbos y sustantivos y, puntualmente, se acostaba a las once y media. El lector que conozca las calles de Madrid mencionadas y recuerde dónde se encuentran los edificios que ocupa el instituto podrá advertir con suma facilidad que la vida de Lilburn no podía ser otra cosa que metódica y ordenada, y que sus pies, con toda probabilidad, no darían más de dos mil pasos al cabo del día. Sus fines de semana, sin embargo, y con la excepción de algún que otro sábado en que asistió a cenas o recepciones ofrecidas a visitantes de universidades británicas de paso por Madrid (y, en una sola ocasión, a un cóctel de la embajada), eran un misterio para sus colegas y superiores, que suponían, basándose únicamente en el poco revelador hecho de que no contestaba jamás al teléfono durante esos días, que los emplearía en hacer breves excursiones a las ciudades más cercanas a la capital. En realidad, al parecer y por lo menos hasta el mes de enero o febrero, el joven Lilburn pasaba los sábados y domingos encerrado en su apartamento de Orellana debatiéndose entre los caprichos y veleidades de las conjugaciones castellanas. Y es de presumir que de la misma manera pasó las vacaciones de Navidad.

Derek Lilburn era un hombre de escasa imaginación, gustos vulgares y pasado irrelevante: hijo único de un matrimonio de actores medianos y de ocasión que habían alcanzado cierta popularidad (que no prestigio) durante los primeros años de la Segunda Guerra Mundial con un repertorio isabelino y jacobino que incluía a Massinger, Beaumont & Fletcher y Heywood el joven pero que sin embargo evitaba escrupulosamente a los autores de más talla como Marlowe, Webster o el mismo Shakespeare, no había heredado de sus padres nada que se pareciera a lo que antiguamente se llamaba vocación escénica; aunque cabría preguntarse si el espíritu de sus progenitores albergó tal cosa alguna vez: al término de la contienda, cuando los divos, deseosos de recuperar sus posiciones y necesitados de aplausos, volvieron a aparecer en los escenarios con ímpetu y regularidad, y las lentas obras de reconstrucción, así como el masivo regreso de la soldadesca hicieron de Londres una ciudad si no más angustiosa sí por lo menos más incómoda que mientras se prodigaron los bombardeos, los Lilburn, sin nostalgia al parecer, abandonaron la capital y la profesión. Se establecieron en la ciudad de Swansea y allí abrieron una tienda de ultramarinos, probablemente con el dinero ahorrado durante los años que habían consagrado al innoble e ingrato arte de la interpretación. De aquellos tiempos azarosos sólo quedaron algunos carteles que anunciaban *Philaster* y *The Revenger's Tragedy* y lo que, al hablar de ellos, me ha llevado a anteponer sus incursiones por el drama a su verdadera condición de comerciantes: pura anécdota. Ni textos ni erudición acompañaron la infancia del joven Lilburn, y puede asegurarse que ni siquiera gozó del único vestigio que de su paso por las tablas podía haber quedado en los tenderos de Swansea de forma impremeditada: una entonación enfática, petulante o afectada en las conversaciones domésticas y banales.

La muerte de su padre, ocurrida cuando el joven Derek acababa de cumplir los dieciocho años, le permitió hacerse cargo del negocio personalmente, y la de su madre, unos meses más tarde, le sirvió de buen pretexto para vender el establecimiento, trasladarse a Londres y costearse allí unos estudios superiores. Una vez terminados con la engañosa brillantez del aplicado, ejerció la docencia —sin que en el corto intervalo se le presentaran ningún tipo de dudas vocacionales— en escuelas estatales por espacio de algunos años, hasta que en 1969, gracias a su superficial e interesada amistad con uno de los profesores del centro, consiguió el puesto del Politécnico que ahora había desechado en favor de una breve estancia —temporada que, además, se adivinaba de transición— en el extranjero.

De todos los que han pasado por allí, ya sea como profesores, como alumnos o como meros asiduos a la biblioteca, es bien sabido que las puertas del instituto se cierran a las nueve en punto (es decir, media hora más tarde de que finalicen las últimas clases nocturnas). El encargado de hacerlo es el portero, por llamarlo de alguna manera convencional, ya que sus funciones, y esto es poco menos que una norma en este tipo de centros mixtos de enseñanza, con frecuencia se apartan de las propias de su título y en cambio se asemejan mucho a las del bibliotecario y el bedel. Este hombre ha de vigilar las entradas y salidas de las personas ajenas al edificio, atender a las variadas órdenes, recados o requerimientos del profesorado, borrar los encerados que por descuido u olvido han quedado al final del día invadidos por números, nombres ilustres y fechas señaladas, procurar que nadie salga de la biblioteca con un libro sin que el hecho haya sido debidamente registrado y, finalmente —y dejando de lado algunas otras tareas de menor cuantía—, cerciorarse de que a las nueve menos cinco el edificio está desierto y, si así es, cerrar las puertas hasta la mañana siguiente. Fabián Jaunedes, el hombre que ocupaba este ajetreado puesto de portero cuando el joven Derek Lilburn llegó a Madrid, llevaba cerca de veinticuatro años haciéndolo con la perfección del que casi ha creado el cargo que desempeña. Por eso, cuando a principios de marzo, y con cierta precipitación y urgencia, hubo de ser hospitalizado y operado de cataratas y en consecuencia se vio obligado a abandonar sus quehaceres al menos mientras durara su recuperación (que a todas luces sería incompleta o parcial y que en cualquier caso representaría siempre un periodo de tiempo mayor del deseado por los responsables del centro), la vida interna del instituto sufrió más alteraciones de las que habría cabido suponer en un principio. El director y Mr Bayo descartaron casi inmediatamente la posibilidad de contratar a un sustituto, pues por un lado, pensaron, difícilmente podrían encontrar en un plazo breve a alguien que gozara de buenas referencias y que estuviera dispuesto a comprometerse tan sólo por lo que restaba de curso para luego, quizá, ser a su vez reemplazado (y aunque desconfiaban del pronto restablecimiento del viejo portero les parecía que ofrecer el puesto vacante por un número de meses superior a cinco equivaldría a prescindir definitivamente de Fabián y, por tanto, sería un feo gesto de deslealtad para con él, que tan leal había sido y tan buenos servicios les había prestado durante tantos años). Y por otro, con esa capacidad, o turbia necesidad que tienen las personas de cierta edad o de torpe imaginación para confundir las renuncias o concesiones más intrascendentes con rasgos verdaderamente épicos, consideraron que a la vista del inesperado contratiempo, al cual ellos más bien habrían calificado de adversidad, no estaría de más un pequeño sacrificio por parte de todos y cada uno de los profesores, que muy bien podrían repartirse las diversas tareas del portero ausente y demostrar así de paso su abnegación al centro. La bibliotecaria quedó encargada de controlar el paso de desconocidos por la puerta principal, que ella podía divisar con suma facilidad desde su posición habitual; Miss Ferris de mantener al día, sin permitir que se amontonaran, los anuncios y convocatorias de los tablones de la entrada; Mr Turol de inspeccionar cada cierto número de horas el estado de los lavabos y la caldera; a aquellos profesores que terminaban sus clases a las ocho y media se les encomendó vivamente que no olvidaran hacer que alguno de los alumnos limpiara la pizarra antes de partir; y, por último, se estableció un equitativo turno entre los miembros del personal a los que no se había asignado ninguna misión específica: alguien debía permanecer siempre en el edificio hasta las nueve de la noche para comprobar que todo quedaba en orden y cerrar las puertas con llave. Y aunque ello suponía un grave percance para el rígido horario de Lilburn, éste no tuvo más remedio que faltar un día a la semana a su cita con la pequeña Giménez-Klein y contribuir con sus superiores y colegas al buen funcionamiento del instituto quedándose en la biblioteca hasta las veintiuna, como era de rigor, todos los viernes a partir del mes de marzo.

Fue entonces, el primer viernes en que le tocó cumplir con su nueva obligación, cuando Mr Bayo reavivó en su memoria, con la misma despreocupación que le había hecho preguntarse a Lilburn, extrañado, al incorporarse al instituto, si aquel hombre de talante serio y conducta irreprochable tendría capacidad para la extravagancia, la advertencia inicial que ya en su momento le había producido cierta sensación de desasosiego:

—Esta noche —le dijo durante la hora del recreo— ya sabe: no se preocupe del fantasma. Creo que ya se lo expliqué por encima en su día, pero vuelvo a recordárselo por si lo ha olvidado, ya que hoy le corresponde a usted quedarse de guardia y podría sobresaltarse con los ruidos que hace el señor de Santiesteban. A las nueve menos cuarto oirá abrirse una puerta de golpe y escuchará siete pisadas de ida y, tras un breve silencio, otras ocho de vuelta. Luego, la puerta que se abrió se cerrará, sin tanto estrépito, por cierto. No se asuste ni haga ningún caso. Esto es algo que sucede desde no se sabe cuándo, por supuesto desde antes de que el instituto tuviera su sede principal en este edificio. No tiene nada que ver con nosotros por tanto y, como podrá imaginar, estamos más que acostumbrados; no digamos el pobre Fabián, que era por lo general el único que lo oía. Solamente le ruego que, puesto que usted se queda con las llaves hasta el lunes y por tanto habrá de ser el primero en llegar ese día para abrir, no se olvide de retirar del corcho que hay justo enfrente de mi despacho el escrito de dimisión. Hágalo nada más entrar, por favor. Aunque todo el mundo está al corriente de la existencia del señor de Santiesteban (a nadie se le oculta, créame, y a nadie, tampoco, molesta ni altera su presencia, por otra parte muy discreta), procuramos que sin embargo no interfiera de manera ostentosa en las vidas de los alumnos, que, como niños, son más sensibles que nosotros a esta clase de inexplicables acontecimientos. Acuérdese, pues, si no le importa, de quitar el papel. Y, por supuesto, simplemente tírelo a la papelera más cercana. ¡Imagínese si los guardáramos! A estas alturas tendríamos una habitación llena. ¡Cada vez que lo pienso! ¡Qué disparate! Noche tras noche, a la misma hora, el mismo texto; idéntico, sin una palabra, sin una sílaba cambiada. A eso se le llama perseverancia, ¿no cree usted?

El joven Lilburn no hizo comentario alguno y se limitó a asentir con la cabeza.

Pero al anochecer, mientras corregía unos ejercicios en la biblioteca a la espera de que llegara la hora de cerrar el edificio y marcharse a casa, oyó, en efecto, que una puerta se abría con gran violencia haciendo vibrar unos cristales, y a continuación unos pasos firmes y decididos —por no decir soliviantados—, un breve silencio que duró segundos, de nuevo otra tanda de pasos, ahora más sosegados, y finalmente la misma puerta (era de presumir), que se cerraba con suavidad. Miró el reloj que colgaba de una de las paredes de la habitación en que se encontraba y vio que eran las ocho y cuarenta y seis minutos. Más irritado que sorprendido o atemorizado, se levantó de su silla y salió de la biblioteca. En el corredor se detuvo y guardó silencio, a la expectativa de que se produjesen nuevos ruidos, pero no oyó nada. Recorrió entonces el edificio en busca de algún alumno rezagado o bromista a quien procuraría hacer ver, más que otra cosa, lo improductivo de su travesura, pero no encontró a nadie. Dieron las nueve y entonces decidió marcharse sin darle más vueltas al asunto; pero cuando ya se disponía a salir recordó una de las observaciones —la que tal vez más le había llamado la atención— que le había hecho Mr Bayo: subió al primer piso y se acercó al corcho que había en el pasillo, frente al despacho de su superior. Solamente vio, clavado con cuatro chinchetas, un prospecto de sobra conocido que anunciaba un ciclo de conferencias acerca de George Darley y otros poetas menores románticos que un profesor visitante de Brasenose College iba a pronunciar a partir de abril. Y no había nada en absoluto que se pareciera a una carta de dimisión. Más tranquilo, y también más satisfecho, se encaminó hacia la calle de Orellana y ya no volvió a acordarse del episodio hasta que el lunes, a media mañana, Miss Ferris le salió al encuentro tras una de sus clases y le comunicó que Mr Bayo deseaba verle en su despacho.

—Mr Lilburn —le dijo el anciano profesor de historia cuando estuvo ante él—, ¿recuerda usted que le rogué encarecidamente que no olvidara retirar esta mañana, antes de hacer ninguna otra cosa, las cartas de dimisión del señor de Santiesteban del corcho de ahí fuera?

—Sí, señor, lo recuerdo perfectamente. Pero el mismo viernes por la noche, después de oír las pisadas que usted me anunció, subí para cumplir su encargo y no vi nada en el corcho. ¿Es que acaso debería haber vuelto a mirar esta mañana?

Mr Bayo se dio una leve palmada en la frente como quien cae en la cuenta de algo y contestó:

—Oh, claro, en realidad es culpa mía por no habérselo advertido. Sí, Mr Lilburn, *sólo* tenía que haber mirado esta mañana. En fin, no tiene ninguna importancia en realidad, tampoco es la primera vez que esto sucede. Pero sépalo para la próxima vez: la carta aparece de madrugada, aunque es de suponer que el fantasma del señor de Santiesteban la clava en el corcho a las nueve menos cuarto. Sí, ya sé que resulta inexplicable, pero ¿acaso no lo es la misma presencia de este caballero? Bueno, eso era todo, Mr Lilburn; y no se preocupe: a los niños se les habrá pasado la excitación esta misma tarde.

—¿Los niños?

—Sí, han sido los de tercero los que me han hecho darme cuenta de que las cartas seguían ahí fuera. Los oí alborotar en el pasillo, salí a ver qué ocurría y me los encontré manoseando las tres cuartillas muy agitados.

Lilburn, entonces, hizo un ademán de exasperación y dijo:

—No entiendo nada, Mr Bayo. En verdad le estaría muy agradecido si me diera usted ahora mismo una explicación detallada y coherente de los hechos. ¿Qué es esto de las tres cartas, por ejemplo? ¿Cuál es la historia de ese fantasma, si es que realmente existe? Me ha hablado usted sin cesar de escritos de dimisión, pero aún no sé de qué diablos dimite el tal señor de Santiesteban cada noche. En fin, estoy desconcertado y no sé qué pensar.

Mr Bayo esbozó una sonrisa melancólica y respondió:

—Ni yo tampoco, Mr Lilburn, y crea que me gustaría, al cabo de tantos años de estar aquí, conocer los pormenores de la sin duda amarga historia del señor de Santiesteban. Pero no sabemos nada en absoluto acerca de él. Su nombre no nos dice nada ni por supuesto figura en anuarios, diccionarios o enciclopedias de ningún tipo: no fue un hombre famoso o al menos no hizo nada en vida que fuera digno de mención. Quizá tuviera alguna relación con el anterior propietario del edificio, el hombre que lo mandó construir alrededor de 1930, no recuerdo ahora en qué fecha exacta: era un caballero de inmensa fortuna y grandes inquietudes artísticas y políticas; fue una especie de protector de los intelectuales izquierdistas durante los años de la Segunda República española y murió arruinado. Pero no lo sabemos a ciencia cierta ni, de hecho, poseemos ninguna información concreta que nos permita suponer tal relación. También podría ser que su estrecha vinculación al edificio proviniera de su... ¿conocimiento, amistad, trato profesional? con el arquitecto, un personaje asimismo interesante: sus obras eran bastante avanzadas para la época y se suicidó, arrojándose al mar durante una travesía en barco, cuando aún era relativamente joven. Pero tampoco hay manera de averiguarlo. Todo esto no son más que suposiciones, Mr Lilburn, e hipótesis que ni siquiera me atrevo a formular en su totalidad por falta de datos.

—Es todo muy raro y muy curioso —comentó Lilburn.

—Ya lo creo —dijo Mr Bayo—. Y si he de serle sincero, le diré que hace ya mucho tiempo, cuando yo era algo mayor que usted ahora y acababa de entrar en el instituto, las misteriosas pisadas del señor de Santiesteban despertaron mi curiosidad y lograron quitarme el sueño durante algunos meses; no exageraré si digo que estuvieron a punto de convertirse en una obsesión. El caso es que desatendí mi trabajo y me dediqué a hacer indagaciones. Visité a los respectivos parientes del antiguo propietario y del arquitecto y los interrogué acerca de la posible amistad de estos dos hombres con un cierto Leandro P de Santiesteban, pero jamás habían oído tal nombre; consulté la guía telefónica en busca de algún Pérez de Santiesteban, por ejemplo (pues aún ignoro qué significa esa P: tal vez la primera parte de un apellido compuesto, quizá sólo Pedro, Patricio, Plácido, no lo sé), pero no hallé ninguno; en mi desmedido afán por conocer la historia del fantasma fui al registro civil con la esperanza de encontrar alguna partida de nacimiento que por lo menos me diera una pista, aunque fuese falsa: un apellido parecido hacia el que dirigir mis investigaciones; pero no obtuve ningún resultado positivo y sí, en cambio, problemas con los funcionarios, que me tomaban por loco, y con la policía, pues mi conducta, en aquellos tiempos tan alarmistas, les resultaba muy sospechosa; finalmente fui a ver a todos los Santiesteban de la ciudad, que son bastantes. Pero nunca había habido nadie llamado Leandro en sus respectivas familias y algunos no me quisieron recibir siquiera. En fin, todo fue en vano y me vi obligado a desistir invadido por la desagradable sensación de haber perdido el tiempo y hecho el ridículo. Como el resto de las personas que trabajan en el instituto, ahora me limito a aceptar la innegable existencia del fantasma y a no prestarle la menor atención, habida cuenta de que hacerlo es inútil y sólo proporciona sinsabores e insatisfacción. No puedo, por tanto, contestar a las preguntas que me ha hecho, Mr Lilburn, y créame que lo siento. Pero le aconsejo que haga como los demás: no se preocupe por el señor de Santiesteban. No molesta, no es desde luego peligroso y lo único que hace es dejar cada noche una carta de dimisión que a nosotros no nos cuesta ningún trabajo retirar al día siguiente.

—De eso precisamente —dijo Lilburn— iba a hablarle de nuevo. ¿Y la carta de dimisión? Allí explicará algo, ¿no? ¿De qué dimite? ¿Y por qué hoy, como usted ha mencionado antes, había tres?

Mr Bayo, entonces, se inclinó hacia la papelera que tenía al lado y extrajo unas hojas arrugadas que extendió al joven Lilburn al tiempo que decía:

—Hoy había tres por la sencilla razón de que es lunes y, como es normal, no ha habido nadie en el edificio durante el fin de semana para retirar ni la del viernes, ni la del sábado, ni la de ayer domingo. Usted tendría que haberlas quitado del corcho esta mañana temprano, pero ha sido culpa mía y no suya, como ya le he dicho, que no lo hiciera. Tenga.

Lilburn cogió las cuartillas, de papel corriente, y las leyó con detenimiento. Estaban escritas a mano con pluma estilográfica y el texto era el mismo, sin la menor variación, en las tres. Decía así:

Querido amigo:

A la vista de los lamentables acontecimientos de los últimos días, que por su índole no sólo van en contra de mis costumbres sino también de mis principios, no se me ofrece otra alternativa, pese a ser muy consciente de los graves perjuicios que le ocasionaré con mi decisión, que la de dimitir de mi cargo de manera irrevocable. Y me permito hacerle saber, asimismo, que repruebo y condeno enérgicamente la actitud adoptada por usted con respecto a dichos acontecimientos.

LEANDRO P DE SANTIESTEBAN

—Como ve —dijo Mr Bayo—, el escrito no revela nada. Más bien hace todo mucho más incomprensible todavía, dado que este edificio era una casa particular y no una oficina o equivalente, es decir, un lugar donde hubiera gente con cargos de los que poder dimitir. Hemos de conformarnos con contemplar el enigma sin tratar de descifrarlo.

Pasaron los meses de marzo y abril, y el joven Lilburn, cada viernes, desde la biblioteca, escuchaba los invariables pasos del señor de Santiesteban en el piso de arriba. Procuraba seguir los consejos que le había dado Mr Bayo y hacer caso omiso de aquellas misteriosas pisadas, pero a veces, de manera inopinada, se sorprendía a sí mismo meditando acerca de la personalidad y la historia del fantasma o contando mecánicamente el número de pasos en una y otra dirección. A este respecto había comprobado que, en efecto, como su superior le había dicho en una ocasión, el señor de Santiesteban daba primero siete pasos y luego, tras la pausa, ocho, para cerrar la puerta a continuación. Y fue durante las vacaciones de Semana Santa, que pasó en Toledo, cuando se le ocurrió una posible explicación a tal circunstancia. Este pequeño hallazgo, que en realidad no era más que una conjetura cuya veracidad no podría confirmar, lo excitó sobremanera y le hizo esperar con impaciencia el momento de regresar a Madrid y poder contárselo a Mr Bayo.

Y efectivamente, el primer día de clase después de las vacaciones, el joven Lilburn, en vez de quedarse en el patio durante la hora del recreo conversando con Miss Ferris y Mr Bayo acerca del insatisfactorio comportamiento de sus alumnos, le rogó a este último que lo acompañara a algún lugar donde pudieran hablar con tranquilidad y, una vez en el despacho del anciano profesor de historia, le expuso su descubrimiento.

—En mi opinión —le dijo con cierto nerviosismo— el señor de Santiesteban da primero siete pasos y luego en cambio ocho por la siguiente razón: indignado por los acontecimientos a que hace referencia en su carta, que, puesto que él es un hombre de principios, le impiden permanecer en su cargo, sale airado de la habitación en que se encuentra y da siete pasos, o más bien zancadas, hasta el corcho. Deja su carta y entonces, ya más tranquilo al saber que ha cumplido con su deber, que ha terminado con el amigo que lo defraudó, que su conciencia está limpia, en suma, regresa a la habitación dando ocho pasos en lugar de siete porque ya no está tan iracundo o agitado, sino tal vez, incluso, satisfecho de sí mismo. Prueba de ello es, además, Mr Bayo, el hecho de que luego cierre la puerta lentamente, sin la rabia que denota el golpe inicial, cuando abre.

—Lo ha expuesto usted muy bien, Mr Lilburn —contestó Mr Bayo con imperceptible ironía—. Y tiene usted razón, creo yo. Yo también llegué a esa conclusión hace muchos años, cuando me interesé por el asunto. Pero no adelanté nada con suponer que el diferente número de pasos en una y otra dirección se debía a un ligero cambio en el estado de ánimo del señor de Santiesteban. Aquí me tiene usted, tan ignorante como el primer día. Hágame caso. El enigma del fantasma del instituto es un enigma verdadero. No hay ninguna manera de descifrarlo.

Mr Lilburn se quedó pensativo y algo decepcionado por la fría respuesta de Mr Bayo. Pero al cabo de unos segundos levantó la cabeza y preguntó:

—¿Y no se puede hablar con él?

—¿Con él? ¿Quiere usted decir con el señor de Santiesteban? Oh, no. Verá: los viernes a las nueve menos cuarto usted oye, como lo oiría en cualquier otro día de la semana si estuviera aquí a esa hora, que la puerta de este despacho se abre de sopetón; después escucha las pisadas y finalmente la puerta que se cierra, ¿no es así?

—En efecto.

—¿Y dónde suele estar usted cuando esto sucede?

—En la biblioteca.

—Pues bien, si en vez de estar en la biblioteca estuviera usted en el interior de este despacho o fuera, en el pasillo, oiría exactamente lo mismo, pero también vería que la puerta no se abre en absoluto. Se *oye* cómo se abre y se cierra; pero se *ve* que ni se abre ni se cierra; permanece en su sitio, inmóvil, ni siquiera vibran los cristales al oírse el portazo inicial.

—Ya. ¿Y está usted completamente seguro de que es esta puerta y no otra la que el fantasma abre?

—Sí. No cabe la menor duda de que es esa puerta de cristales que está detrás de usted. Lo he comprobado, créame. Cuando tuve la certeza de que así era pasé algunas noches en vela, vigilándola. Como usted ha dicho antes, el señor de Santiesteban sale de aquí, va hasta el corcho, clava su escrito y vuelve. La carta, sin embargo, no aparece en el acto, sino en algún momento de la noche o ya de madrugada, no lo sé. Las dos únicas veces que logré mantenerme despierto, sin dar una sola cabezada que pudiera ser aprovechada por el señor de Santiesteban para hacer aparecer su escrito, oí las pisadas como siempre, pero la carta no apareció. Esto quiere decir que él me vio (me vio despierto y por eso la carta no apareció). Pero se niega a hablar o no puede hacerlo. Después de esas dos noches, cuando comprendí que yo era observado a mi vez por él (o, mejor dicho, que mientras yo no podía ni siquiera verle él vigilaba mis movimientos), le dirigí la palabra en varias ocasiones y con los más diversos tonos: un día lo saludaba respetuoso, al otro melifluo, al siguiente irritado. Incluso llegué a insultarlo para ver si reaccionaba. Pero nunca contestó; todo fue inútil e hice lo mejor que podía haber hecho: abandonar mis estúpidas e ilusas guardias y no volver a pensar en don Leandro P de Santiesteban más que como en lo que es para todas aquellas personas que saben de su existencia: 'el singular fantasma del instituto'.

El joven Mr Lilburn volvió a quedarse pensativo durante unos instantes y entonces dijo con verdadera preocupación:

—Pero, Mr Bayo... si todo lo que usted me acaba de contar es cierto, entonces el señor de Santiesteban debe de habitar en este despacho, y en tal caso quizá nos esté escuchando ahora, ¿no es así?

—Posiblemente, Mr Lilburn —respondió Mr Bayo—. Posiblemente.

A partir de este día el joven Lilburn no volvió a hablar con Mr Bayo ni con ninguna otra persona acerca del fantasma del instituto. El viejo profesor supuso, con cierto alivio, que habría comprendido que toda reflexión sobre el asunto era una pérdida de tiempo y que habría decidido seguir finalmente sus consejos, dictados por la experiencia. Pero no era tal el caso. El joven Lilburn, a espaldas de su superior y de una manera un tanto improvisada, había tomado la determinación de averiguar por sí solo los motivos que impulsaban al señor de Santiesteban a dimitir de su cargo cada noche y, puesto que él se quedaba con las llaves del edificio durante los fines de semana y por tanto podía entrar y salir a su antojo durante esos días sin tener que rendir cuentas a nadie, había empezado a pasar las noches de los viernes, sábados y domingos en el sofá del pasillo del primer piso, lugar desde el que, incluso echado, podía dominar a la perfección todo el escenario, por otro lado reducido, de los paseos nocturnos del invisible fantasma; es decir: la puerta del despacho de Mr Bayo, el corcho que había enfrente y, por supuesto, el espacio que mediaba entre ambos.

Tres eran las razones —o, mejor, las sensaciones— que le impelían a llevar a cabo sus investigaciones en secreto: la desconfianza, la atracción por lo clandestino y el desafío. Sacaba buen provecho de la generosa narración de Mr Bayo y de las enseñanzas que se desprendían de su fracaso, pero al mismo tiempo sentía que si quería ver cumplidos sus deseos de desvelar el misterio no podía dejar de experimentar sobre su propia piel cuando menos algunos de los reveses que la fantasía había infligido a su superior en el pasado. Por otra parte, encontraba en sus largas esperas el placer que siempre proporciona gozar de lo prohibido o de lo ignorado por el resto de la humanidad. Y finalmente, saboreaba de antemano el momento en que su empeño se vería coronado por el triunfo, que consistiría no sólo en la consecución y eterna posesión de la verdad ansiada sino también en la íntima satisfacción —de la que en definitiva más gusta la vanidad— que lleva implícita consigo toda superación de un contrincante de mayor envergadura o de más amplio saber.

Y en efecto, durante los meses que siguieron, ya los últimos del curso, el joven Lilburn fue sufriendo los mismos reveses que el anciano profesor de historia había padecido en su juventud. Trató de hablar con el señor de Santiesteban sin resultado alguno; aguardó pacientemente, una y otra vez, a que apareciera el escrito sobre el corcho, pero por lo general el sueño lo vencía antes o después, obligado como estaba a permanecer durante horas con la vista fija en un punto; y en las dos o tres ocasiones en que consiguió mantener los ojos abiertos hasta la mañana siguiente la carta no apareció.

El tiempo pasaba con rapidez y le iba restando posibilidades de alcanzar su objetivo. Descontento con la abominable conducta de los niños españoles y con su trabajo, que le había ofrecido muy pocas oportunidades de mejorar de posición a corto plazo, había resuelto no renovar su contrato para el año siguiente y volver a Londres y a su empleo del Politécnico en cuanto finalizara el curso. Y a medida que el término de las actividades escolares se iba aproximando, Lilburn se iba arrepintiendo cada vez más de haber tomado esa decisión. Ahora, con el pasaje de regreso en su poder, ya no era posible volverse atrás y se lamentaba una y otra vez de haberse precipitado en su acción cuando, envalentonado sin ninguna causa que lo justificara, había pensado que el logro de su empresa sería cuestión de semanas a lo sumo. Veía acercarse el día en que tendría que partir para probablemente no volver jamás y maldecía sin cesar su excesiva previsión y la fría indiferencia del señor de Santiesteban, que se mostraba tan altivo con él como con Mr Bayo y —esto era lo que le dolía— los demás mortales. En su delirio, y mientras escuchaba por enésima vez el sonido de los pasos sobre el suelo de madera, trataba de asir al fantasma o le gritaba, llamándole farsante, presumido, cobarde, desalmado: llenándolo de improperios.

Pero fue en una de estas ocasiones cuando se le ocurrió un posible remedio para su desesperación, una solución a su ignorancia. Acababa de protagonizar una de las bochornosas escenas que el despecho le inspiraba y, desolado, presa de la histérica rabia a que conducen las situaciones de prolongada impotencia, se había tumbado boca abajo en el sofá del pasillo. Eran las ocho y cuarenta y siete minutos. Y de repente, en medio de su congoja, le pareció oír que la puerta de cristales del despacho de Mr Bayo se abría de nuevo y que el señor de Santiesteban volvía a dar sus invariables quince pasos para luego cerrar, como era de rigor. Sorprendido, se incorporó y se atusó el pelo, que tenía alborotado. Miró hacia la puerta y a continuación miró hacia el corcho. Y fue entonces cuando comprendió que en realidad la segunda vez no había oído nada, sino que, como la música de un disco que se escucha infinidad de veces a lo largo del día, los pasos (su ritmo, su intensidad) se habían alojado en su cerebro y se repetían —como un pasaje obsesivo y complicado que se recuerda a la perfección pero que sin embargo no se puede reproducir— sin que se lo propusiera, involuntariamente, en su interior. 'Se los sabía de memoria', y si bien no podía ni intentar siquiera imitarlos mediante la voz, sí podía hacerlo en cambio con sus propios pies. Lleno de nuevas esperanzas y de ilusión, abandonó el edificio. Y aquel sábado de junio, como no sucedía desde hacía muchos fines de semana, durmió en su apartamento de la calle de Orellana.

De pronto se sentía como el actor que lleva varios meses representando la misma obra con notable éxito y que, sabedor de la calurosa salva de aplausos con que el público va a premiar su actuación, no tiene ninguna prisa por salir a escena a recitar su parte, sino que, más bien al contrario, se permite el lujo de remolonear entre bastidores y hacer su entrada con algunos segundos de retraso a fin de impacientar a la audiencia y desconcertar a sus compañeros de reparto. Es decir, Lilburn volvió a sentirse seguro de su triunfo y, en vez de poner inmediatamente en práctica su plan, se dedicó, sin dejar que la incertidumbre hiciera acto de presencia y lo apremiara, a complacerse en la suerte con que el destino, lo adivinaba, iba a obsequiarlo. Ya solamente pasó una noche más en el instituto: la de la víspera de su encuentro con el señor de Santiesteban, que también era la de su marcha. En efecto, decidió esperar a que terminaran las clases y los exámenes para llevar a cabo su experimento, y consideró que la fecha más apropiada era precisamente la de su partida por la siguiente razón: si le sucedía algo... trascendental, nadie podría echarle en falta ni en consecuencia hacer indagaciones tal vez engorrosas o comprometedoras, puesto que todo el mundo, incluido Mr Bayo, lo haría en Londres y a nadie extrañaría su ausencia. Y aunque ese día se celebraba de ocho a nueve y media la función que todos los años, tradicionalmente, ponían en escena los alumnos del centro para festejar el final del curso y por tanto en ese sábado concreto no se encontraría ni mucho menos a solas en el edificio, pensó que en realidad tal circunstancia no haría sino favorecerle (nadie lo importunaría, pues a las nueve menos cuarto padres, profesores, alumnos y mujeres de la limpieza estarían concentrados en el salón de actos, y en cambio, en caso de ser sorprendido, su presencia a aquellas horas en el instituto estaría de sobra justificada) y se reafirmó en su determinación. No dejó ningún cabo suelto al azar: se las ingenió sin dificultades para que Mr Bayo le dejara en algún momento la llave de su despacho y sacar una copia; puso su reloj en hora con el del instituto y comprobó que ni uno ni otro adelantaban o retrasaban; y, como antes dije, la víspera de la fecha señalada pasó toda la noche ensayando hasta lograr una imitación absolutamente perfecta.

Y llegó el día. Lilburn hizo su aparición poco antes de las ocho y fue muy elogiado por haberse acercado hasta el instituto para ver la función cuando su avión salía aquella misma noche a las once y media. Aprovechó la circunstancia para advertir que precisamente por esta causa se vería obligado, lamentándolo mucho, a marcharse a mitad de representación y añadió que, sin embargo, se sentía muy satisfecho de poder contemplar al menos parte de la obra antes de irse. Cuando ésta iba ya a comenzar se despidió de sus colegas y de Mr Bayo, a quien dijo: 'Ya tendrá usted noticias mías.'

Los alumnos, aquel año, pusieron en escena una versión abreviada de *Julius Caesar*. Tanto la interpretación como la dicción inglesa eran desastrosas, pero Lilburn, ensimismado, apenas si lo advirtió. Y a las nueve menos veintidós, cuando daba comienzo el tercer acto, se puso en pie y, procurando no hacer ruido, abandonó el salón de actos y subió al primer piso. Abrió con su llave la puerta del despacho de Mr Bayo y entró.

Allí aguardó todavía durante un par de minutos y finalmente, cuando su reloj marcaba exactamente las ocho y cuarenta y cinco y en la distancia se oía la voz de un niño que decía *'I know not, gentlemen, what you intend, who else must be let blood, who else is rank'*, el joven Derek Lilburn abrió con un portazo que hizo vibrar los cristales, dio siete decididos pasos hasta el corcho que había enfrente, clavó allí con una chincheta una hoja de papel corriente, dio media vuelta, a continuación ocho pasos en la dirección contraria y por último entró en el despacho de nuevo y cerró la puerta, suavemente, tras de sí.

Durante el verano el viejo Fabián Jaunedes perdió definitivamente la vista y Mr Bayo y el director del instituto no tuvieron más remedio que contratar a un nuevo portero. Cuando el 1 de septiembre éste se presentó en el centro para incorporarse a su puesto, Mr Bayo le informó acerca del señor de Santiesteban y de su escrito de dimisión. Como de costumbre, y en esta ocasión temeroso, además, de que el recién llegado pudiera asustarse y pretendiera renunciar, procuró quitarle importancia y dar la menor cantidad de detalles posible. El nuevo encargado, aparte de gozar de inmejorables referencias, era un hombre de muy buenos modales que sabía estar en su lugar, y se limitó a asentir con respeto y a asegurar a Mr Bayo que no dejaría de quitar la carta del corcho ni una sola mañana. El anciano profesor de historia respiró aliviado y se dijo que la adquisición de los servicios de aquel hombre había sido un completo acierto. Pero su sorpresa sería mayúscula cuando a la mañana siguiente el nuevo portero entró en su despacho y le dijo:

—He cumplido su encargo de quitar la carta del corcho, señor, pero quería decirle que la información que usted me dio ayer no es exacta. Anoche, en efecto, oí cómo se abría la puerta y unos pasos, pero también oí con claridad las voces de dos personas que charlaban animadamente. Y esta mañana recogí el escrito de que me habló. Por curiosidad, que espero que usted disculpe, lo he leído, y he de decirle también que no sólo no está escrito, como usted dio a entender ayer, en singular, sino que lo firman dos nombres distintos, uno español y otro inglés... Bueno, véalo usted mismo.

Mr Bayo cogió la carta y la leyó. Y mientras lo hacía, su rostro fue adquiriendo una expresión parecida a la del maestro que un día, repentinamente, descubre que su discípulo le ha superado, e invadido por una extraña mezcla de envidia, orgullo y temor, sólo acierta a preguntarse, confundido, si en el futuro se verá humillado o ensalzado por quien de ahora en adelante ejercerá el poder.

Gualta

Hasta los treinta años yo viví tranquila y virtuosamente y conforme a mi propia biografía, y nunca había imaginado que olvidados personajes de mis lecturas de adolescencia pudieran atravesarse en mi vida, ni siquiera en la de los demás. Cierto que había oído hablar de momentáneas crisis de identidad provocadas por una coincidencia de nombres descubierta en la juventud (así, mi amigo Rafa Zarza dudó de sí mismo cuando le fue presentado *otro* Rafa Zarza). Pero no esperaba convertirme en un William Wilson sin sangre, ni en un retrato desdramatizado de Dorian Gray, ni en un Jekyll cuyo Hyde no fuera sino otro Jekyll.

Se llamaba Xavier de Gualta, era catalán como su nombre indica, y trabajaba en la sede barcelonesa de la empresa en que trabajaba yo. La responsabilidad de su cargo (alta) era semejante a la del mío en la capital, y nos conocimos en Madrid con ocasión de una cena que iba a ser de negocios y también de fraternización, motivo por el cual acudimos acompañados de nuestras respectivas esposas. Nuestro nombre coincidía sólo en la primera parte (yo me llamo Javier Santín), pero en cambio la coincidencia era absoluta en todo lo demás. Aún recuerdo la cara de estupefacción de Gualta (que sin duda fue la mía) cuando el maître que los guiaba les señaló nuestra mesa y se hizo a un lado, dejando que su vista se posara en mi rostro por primera vez. Gualta y yo éramos físicamente idénticos, como los gemelos del cine, pero no era sólo eso: además, hacíamos los mismos gestos al mismo tiempo, y utilizábamos las mismas palabras (nos quitábamos la palabra de la boca, según la expresión coloquial), y nuestras manos iban a la botella de vino (del Rhin) o a la de agua mineral (sin gas), o a la frente, o a la cucharilla del azucarero, o al pan, o con el tenedor al fondo de la fondue, siempre al unísono, simultáneamente. Era difícil no chocar. Era como si nuestras cabezas exteriormente idénticas también pensaran lo mismo y al mismo tiempo. Era como estar cenando delante de un espejo con corporeidad. No hace falta decir que estábamos de acuerdo en todo y que —pese a que intenté no saber mucho de él, tales eran mi asco y mi vértigo— nuestras trayectorias, tanto profesionales como vitales, habían sido paralelas. Este extraordinario parecido fue, por supuesto, observado y comentado por nuestras esposas y por nosotros ('Es extraordinario', dijeron ellas. 'Sí, es extraordinario', dijimos nosotros), pero los cuatro, algo envarados por la situación tan anómala pero sabedores de que el provecho de la empresa que nos había reunido estaba por medio en aquella cena, hicimos caso omiso del hecho notable tras el asombro inicial y fingimos naturalidad. Tendimos a negociar más que a fraternizar. Lo único nuestro que no coincidía eran nuestras mujeres (pero en realidad ellas no son parte de nosotros, como tampoco nosotros de ellas). La mía es un monumento, si se me permite la vulgaridad, mientras que la de Gualta, chica fina, no pasaba, sin embargo, de ser una mosquita muerta pasajeramente embellecida y envalentonada por el éxito de su cónyuge arrasador.

Pero lo grave no fue el parecido en sí (hay otros que lo han superado). Yo nunca, hasta entonces, me había visto a mí mismo. Quiero decir que una foto nos inmoviliza, y que en el espejo nos vemos siempre invertidos (yo, por ejemplo, llevo la raya a la derecha, como Cary Grant, pero en el espejo soy un individuo de raya a la izquierda, como Clark Gable); y tampoco me había visto nunca en televisión ni en vídeo, al no ser famoso ni haber tenido jamás afición por los tomavistas. En Gualta, por tanto, me vi por primera vez hablando, y en movimiento, y gesticulando, y haciendo pausas, y riendo, y de perfil, y secándome la boca con la servilleta, y frotándome la nariz. Fue mi primera y cabal objetivación, algo que sólo les es dado disfrutar a los que son famosos o a los que tienen vídeo para jugar con él.

Y me detesté. Es decir, detesté a Gualta, idéntico a mí. Aquel acicalado sujeto catalán me pareció no sólo poco agraciado (aunque mi mujer —que es de bandera— me dijo luego en casa que lo había encontrado atractivo, supongo que para adularme a mí), sino redicho, en exceso pulcro, avasallador en sus juicios, amanerado en sus ademanes, engreído de su carisma (carisma mercantil, se entiende), descaradamente derechista en sus opiniones (los dos, claro, votábamos al mismo partido), engominado en su vocabulario y sin escrúpulos en los negocios. Hasta éramos socios de los equipos de fútbol más conservadores de nuestras respectivas ciudades: él del Español, yo del Atleti. En Gualta me vi, y en Gualta vi a un sujeto estomagante, capaz de cualquier cosa, carne de paredón. Como he dicho, me odié sin vacilación.

Y fue a partir de aquella noche cuando —sin ni siquiera hacer partícipe de mis propósitos a mi mujer— empecé a cambiar. No sólo había descubierto que en la ciudad de Barcelona existía un ser igual a mí mismo que me era aborrecible, sino que además temía que aquel ser, en todas y cada una de las esferas de la vida y en todos y cada uno de los momentos del día, pensara, hiciera y dijera exactamente lo mismo que yo. Sabía que teníamos el mismo horario de oficina, que vivía —sin hijos— sólo con su mujer, todo igual que yo. Nada le impedía llevar mi misma vida. Y pensaba: 'Cada cosa que hago, cada paso que doy, cada mano que estrecho, cada frase que digo, cada carta que dicto, cada pensamiento que tengo, cada beso que estampo sobre mi mujer, los estará haciendo, dando, estrechando, diciendo, dictando, teniendo, estampando Gualta sobre su mujer. Esto no puede ser'.

Después de aquel adverso encuentro sabía que volveríamos a vernos cuatro meses más tarde, en la gran fiesta del quinto aniversario de la instalación de la empresa, americana de origen, en nuestro país. Y durante ese tiempo me apliqué a la tarea de modificar mi aspecto: me dejé crecer el bigote, que tardó en salir; empecé a no llevar siempre corbata, sustituyéndola —eso sí— por elegantes foulards; empecé a fumar (tabaco inglés); e incluso me atreví a cubrir mis entradas con un discreto injerto capilar japonés (coquetería y afeminamiento que ni Gualta ni mi yo anterior se habrían permitido jamás). En cuanto a mis maneras, hablaba más recio, evitaba expresiones como 'constelación de interés-factores' o 'dinámica del negocio-incógnita', que tan caras nos eran a Gualta y a mí; dejé de servir vino a las damas durante las cenas; dejé de ayudarlas a ponerse el abrigo; soltaba tacos de vez en cuando.

Cuatro meses después, en aquella celebración barcelonesa, encontré a un Gualta que lucía un bigote raquítico y parecía tener más pelo del que le recordaba; fumaba un JPS detrás de otro y no llevaba corbata, sino papillon; se palmoteaba los muslos al reír, hostigaba con los codos y decía frecuentemente 'hostia, tú'. Pero seguía siéndome tan odioso como antes. Aquella noche yo también llevaba papillon.

Fue a partir de entonces cuando el proceso de modificación de mi abominable persona se desencadenó. Buscaba a conciencia aquellas cosas que un tipo tan relamido, suavón, formal y sentencioso como Gualta (también piadoso) no podría haber hecho jamás, y a las horas y en los lugares en que más improbable resultaba que Gualta, en Barcelona, estuviera dedicando su tiempo y su espacio a los mismos desmanes que yo. Empecé a llegar tarde y a irme demasiado pronto de la oficina, a decir groserías a mis secretarias, a montar en cólera por cualquier nimiedad y a insultar a menudo al personal a mis órdenes, e incluso a cometer algunos errores de poca consecuencia que un hombre como Gualta, sin embargo, nunca habría cometido, tan avizor y perfeccionista era. Esto en cuanto a mi trabajo. En cuanto a mi mujer, a la que siempre respeté y veneré en extremo (hasta los treinta), poco a poco, con sutilezas, logré convencerla no sólo de que copuláramos a deshoras y en sitios impropios ('Seguro que Gualta no es tan osado', pensé una noche mientras yacíamos —apresuradamente— sobre el techo de un quiosco de Príncipe de Vergara), sino de que incurriéramos en desviaciones sexuales que sólo unos meses antes habríamos calificado de vejaciones sexuales y sevicias sexuales en el supuesto improbable de que (a través de terceros) hubiéramos sabido de ellas. Llegamos a cometer actos contra natura, esa beldad y yo.

Al cabo de tres meses más aguardaba con impaciencia un nuevo encuentro con Gualta, confiado como estaba en que ahora sería muy distinto de mí. Pero la ocasión tardaba en surgir, y por fin decidí viajar a Barcelona un fin de semana por mi cuenta y riesgo con el propósito de acechar el portal de su casa y comprobar —aunque fuera de lejos— los posibles cambios habidos en su persona y en su personalidad. O, mejor dicho, comprobar la eficacia de los operados en mí.

Durante dieciocho horas (repartidas entre sábado y domingo) estuve refugiado en una cafetería desde la que se divisaba la casa de Gualta, a la espera de que saliera. Pero no apareció, y sólo cuando ya estaba dudando si regresar derrotado a Madrid o subir al piso aunque ello me descubriera, vi salir del portal a la mosquita muerta. Iba vestida con cierto descuido, como si el éxito de su cónyuge ya no bastara para embellecerla artificialmente o su efecto no alcanzara a los días festivos. Pero en cambio se me antojó, a su paso ante la luna oscura que me ocultaba, una mujer mucho más inquietante que la que había visto en la cena madrileña y en la fiesta barcelonesa. La razón era muy simple, y me fue suficiente para comprender que mi originalidad no había sido tanta ni mis medidas tan atinadas: en su expresión reconocí a una mujer salaz y sexualmente viciosa. Siendo tan diferentes, tenía la misma mirada levemente estrábica (tan atrayente), turbadora y nublada de mi monumento.

Regresé a Madrid, convencido de que si Gualta no había salido de su casa en todo el fin de semana era debido a que aquel fin de semana él había viajado a Madrid y había estado durante horas apostado en La Orotava, la cafetería de enfrente de mi propia casa, vigilando mi posible salida que no se había producido al estar yo en Barcelona vigilando la suya que no se había producido por estar él en Madrid vigilando la mía. No había escapatoria.

Todavía hice algunas tentativas, ya sin fe. Pequeños detalles para completar el cambio, como hacerme socio del Real Madrid, pensando que uno del Español no sería admitido en el Barça; o bien tomaba anís y cazalla —bebidas que me repugnan— en los baruchos del extrarradio, seguro de que un *delicat* como Gualta no estaría dispuesto a semejantes sacrificios; también me dio por insultar en público al Papa, seguro de que a tanto no se atrevería mi fervoroso rival católico. Pero en realidad no estaba seguro de nada, y creo que ya nunca lo podré estar. Al cabo de un año y medio desde que conocí a Gualta, mi carrera de ascensos en la empresa para la que aún trabajo está totalmente frenada, y aguardo el despido (con indemnización, eso sí) cualquier semana. Mi mujer —no sé si harta de corrupciones o, antes al contrario, porque mi fantasía ya no le bastaba y necesitaba buscar desenfrenos nuevos— me abandonó hace poco sin explicaciones. ¿Habrá hecho la mosquita muerta lo propio con Gualta? ¿Será su posición en la empresa tan frágil como la mía? No lo sabré, como he dicho, porque prefiero ignorarlo ahora. Pues ha llegado un momento en el que, si me cito con Gualta, pueden suceder dos cosas, ambas aterradoras, o más que la incertidumbre: puede ocurrir que me encuentre a un hombre opuesto al que conocí e idéntico a mi yo de ahora (desastrado, desmoralizado, negligente, mal educado, blasfemo y pervertido) que quizá, sin embargo, me seguirá pareciendo tan execrable como el Xavier de Gualta de la vez primera. Respecto a la otra posibilidad, es aún peor: puede que me encuentre, intacto, al mismo Gualta que conocí: inmutable, cortés, jactancioso, atildado, devoto y triunfal. Y si así fuera, habría de preguntarme, con una amargura que no podré soportar, por qué fui yo, de los dos, quien tuvo que claudicar y renunciar a su biografía.

La canción de Lord Rendall

James Ryan Denham (1911-1943), nacido en Londres y educado en Cambridge, fue uno de los talentos malogrados por la II Guerra Mundial. Perteneciente a una familia acomodada, inició una carrera diplomática que lo llevó a Birmania y la India (1934-1937). Su obra literaria conocida es breve y escasa, y se compone de cinco títulos, todos ellos publicados en ediciones privadas hoy inencontrables, ya que al parecer juzgaba esta actividad un mero entretenimiento. Amigo de Malcolm Lowry, con quien había coincidido en la universidad, y del famoso coleccionista de arte Edward James, él mismo llegó a poseer una excelente colección de pintura francesa del XVIII *y el* XIX.

Su último libro, How to Kill *(1943), del que procede el cuento aquí traducido, 'Lord Rendall's Song', fue el único que intentó publicar en edición comercial, pero ningún editor lo quiso porque se consideró que podría deprimir a los combatientes y a la población, aún en plena guerra, y por la desusada carga erótica de algunos de los relatos. Con anterioridad, Denham había publicado un libro de versos,* Vanishings *(1932), otro volumen de cuentos,* Knives and Landscapes *(1934), una novela corta,* The Night-Face *(1938), y* Gentle Men and Women *(1939), una serie de breves semblanzas de personajes célebres, entre ellos Chaplin, Cocteau, la bailarina Tilly Losch y el pianista Dinu Lipatti. Denham murió a los treinta y dos años, caído en combate en el Norte de África.*

Aunque el presente relato (una mise en abîme *de vértigo) se explica perfectamente por sí solo, puede ser útil sa-*

ber que la canción popular inglesa Lord Rendall *es el diálogo entre el joven Lord Rendall y su madre después de que aquél haya sido envenenado por su novia. A la última pregunta de la madre, '¿Qué le dejarás a tu amor, Rendall, hijo mío?', éste responde: 'Una soga para ahorcarla, madre, una soga para ahorcarla'.*

€Ŋ €Ŋ €Ŋ

Para Julia Altares,
que aún no me ha descubierto

Quería darle la sorpresa a Janet, así que no le comuniqué el día de mi regreso. Cuatro años, pensé, son tanto tiempo que no importarán unos días más de incertidumbre. Saber un lunes, por medio de una carta, que llego el miércoles le será menos emocionante que saberlo el mismo miércoles al abrir la puerta y encontrarse conmigo en el umbral. La guerra, la prisión, todo aquello había quedado atrás. Tan rápidamente atrás que ya empezaba a olvidarlo. Estaba más que dispuesto a olvidarlo en seguida, a lograr que mi vida con Janet y el niño no se viera afectada por mis padecimientos, a reanudarla como si nunca me hubiera ido y jamás hubieran existido el frente, las órdenes, los combates, los piojos, las mutilaciones, el hambre, la muerte. El miedo y los tormentos del campo de concentración alemán. Ella sabía que yo estaba vivo, se le había notificado, sabía que había sido hecho prisionero y que por tanto estaba vivo, que regresaría. Debía de esperar a diario el aviso de mi llegada. Le daría una sorpresa, no un susto, y valía la pena. Llamaría a la puerta, ella abriría secándose las manos en el delantal y allí estaría yo, vestido por fin de paisano, con no muy buen aspecto y más flaco, pero sonriente y deseando abrazarla, besarla. La cogería en brazos, le arrancaría el delantal, ella lloraría con la cara hundida en mi hombro. Yo notaría cómo sus lágrimas me humedecían la tela de la chaqueta, una humedad tan distinta de la de la celda de castigo con sus goteras, de la de la lluvia monótona cayendo sobre los cascos durante las marchas y en las trincheras.

Desde que tomé la decisión de no avisarla disfruté tanto anticipando la escena de mi llegada que cuando me encontré ante la casa me dio pena poner término a aquella dulce espera. Fue por eso por lo que me acerqué sigilosamente por la parte de atrás, para tratar de escuchar algún ruido o ver algo desde fuera. Quería acostumbrarme de nuevo a los sonidos habituales, a los más familiares, a los que había echado dolorosamente de menos cuando era imposible oírlos: el ruido de los cacharros en la cocina, el chirrido de la puerta del baño, los pasos de Janet. Y la voz del niño. El niño acababa de cumplir un mes cuando yo me había ido, y entonces sólo tenía voz para llorar y gritar. Ahora, con cuatro años, tendría una voz verdadera, una forma de hablar propia, tal vez parecida a la de su madre, con quien habría estado tanto tiempo. Se llamaba Martin.

No sabía si estaban en casa. Me llegué hasta la puerta de atrás y contuve el aliento, ávido de sonidos. Fue el llanto del niño lo primero que oí, y me extrañó. Era el llanto de un niño pequeño, tan pequeño como era Martin cuando yo partí para el frente. ¿Cómo era posible? Me pregunté si me habría equivocado de casa, también si Janet y el niño se podrían haber mudado sin que yo lo supiera y ahora vivía allí otra familia. El llanto del niño se oía lejano, como si viniera de nuestro dormitorio. Me atreví a mirar. Allí estaba la cocina, vacía, sin personas y sin comida. Estaba anocheciendo, era hora de que Janet se preparara algo de cena, quizá iba a hacerlo en cuanto el niño se apaciguara. Pero no pude esperar, y bordeé la casa para intentar ver algo por la parte delantera. La ventana de mi derecha era la del salón; la de mi izquierda, al otro lado de la puerta principal, la de nuestra alcoba. Rodeé la casa por la derecha, pegado a los muros y semiagachado para no ser visto. Luego me fui incorporando lentamente hasta que con mi ojo izquierdo vi el interior del salón. Estaba también vacío, la ventana estaba cerrada, y seguía oyendo el llanto del niño, del niño que ya no podía ser Martin. Janet debía de estar en el dormitorio, calmando a aquel niño, quienquiera que fuese y si ella era ella. Iba ya a desplazarme hacia la ventana de la izquierda cuando se abrió la puerta del salón y vi aparecer a Janet. Sí, era ella, no me había equivocado de casa ni se habían mudado sin mi conocimiento. Llevaba puesto un delantal, como había previsto. Llevaba siempre puesto el delantal, decía que quitárselo era una pérdida de tiempo porque siempre, decía, había que volver a ponérselo por algo. Estaba muy guapa, no había cambiado. Pero todo esto lo vi y lo pensé en un par de segundos, porque detrás de ella, inmediatamente, entró también un hombre. Era muy alto, y desde mi perspectiva la cabeza le quedaba cortada por la parte superior del marco de la ventana. Estaba en mangas de camisa, aunque con corbata, como si hubiera vuelto del trabajo hacía poco y sólo le hubiera dado tiempo a despojarse de la chaqueta. Parecía estar en su casa. Al entrar había caminado detrás de Janet como caminan los maridos por sus casas detrás de sus mujeres. Si yo me agachaba más no podría ver nada, así que decidí esperar a que se sentara para verle la cara. Él me dio la espalda durante unos segundos y vi muy cerca la espalda de su camisa blanca, las manos en los bolsillos. Cuando se retiró de la ventana, dejó entrar en mi campo visual a Janet de nuevo. No se hablaban. Parecían enfadados, con uno de esos momentáneos silencios tensos que siguen a una discusión entre marido y mujer. Entonces Janet se sentó en el sofá y cruzó las piernas. Era raro que llevara medias transparentes y zapatos de tacón alto con el delantal puesto. Se echó las manos a la cara y se puso a llorar. Él, entonces, se agachó a su lado, pero no para consolarla, sino que se limitó a observarla en su llanto. Y fue entonces, al agacharse, cuando le vi la cara. Su cara era *mi* cara. El hombre que estaba allí, en mangas de camisa, era exactamente igual que yo. No es que hubiera un gran parecido, es que las facciones eran idénticas, eran las mías, como si me viera en un espejo, o, mejor dicho, como si me estuviera viendo en una de aquellas películas familiares que habíamos rodado al poco de nacer Martin. El padre de Janet nos había regalado una cámara para que tuviéramos imágenes de nuestro niño cuando ya no fuera niño. El padre de Janet tenía dinero antes de la guerra, y yo confiaba en que Janet, pese a las estrecheces, hubiera podido filmar algo de aquellos años de Martin que yo me había perdido. Pensé si quizá no estaba viendo eso, una película. Si quizá no había llegado justo en el momento en que Janet, nostálgica, estaba proyectando en el salón una vieja escena de antes de mi partida. Pero no era así, porque lo que yo veía estaba en color, no en blanco y negro, y además, nunca había habido nadie que nos filmara a ella y a mí desde aquella ventana, pues lo que veía lo veía desde el ángulo que yo ocupaba en aquel momento. El hombre que estaba allí era real, de haber roto el cristal podría haberlo tocado. Y allí estaba, agachado, con mis mismos ojos, y mi misma nariz, y mis mismos labios, y el pelo rubio y rizado, y hasta tenía la pequeña cicatriz al final de la ceja izquierda, una pedrada de mi primo Derek en la infancia. Me toqué la pequeña cicatriz. Ya era de noche.

Ahora estaba hablando, pero el cristal cerrado no permitía oír las palabras, y el llanto de Martin había cesado desde que habían entrado en la habitación. Era Janet quien sollozaba ahora, y el hombre que era igual que yo le decía cosas, agachado, a su altura, pero por su expresión se veía que tampoco las palabras eran de consuelo, sino quizá de burla, o de recriminación. La cabeza me daba vueltas, pero aun así pensé, dos, tres ideas, a cual más absurda. Pensé que ella había encontrado a un hombre idéntico a mí para suplantarme durante mi larga ausencia. También pensé que se había producido una incomprensible alteración o cancelación del tiempo, que aquellos cuatro años habían sido en verdad olvidados, borrados, como yo deseaba ahora para la reanudación de mi vida con Janet y el niño. Los años de guerra y prisión no habían existido, y yo, Tom Booth, no había ido a la guerra ni había sido hecho prisionero, y por eso estaba allí, como cualquier día, discutiendo con Janet a la vuelta del trabajo. Había pasado con ella aquellos cuatro años. Yo, Tom Booth, no había sido llamado a filas y había permanecido en casa. Pero entonces, ¿quién era yo, el que miraba por la ventana, el que había caminado hasta aquella casa, el que acababa de regresar de un campo de concentración alemán? ¿A quién pertenecían tantos recuerdos? ¿Quién había combatido? Y pensé también otra cosa: que la emoción de la llegada me estaba haciendo ver una escena del pasado, alguna escena anterior a mi marcha, quizá la última, algo que había olvidado y que ahora venía a mí con la fuerza de la recuperación. Quizá Janet había llorado el último día, porque me marchaba y podían matarme, y yo me lo había tomado a broma. Eso podía explicar el llanto del niño, Martin, aún bebé. Pero lo cierto es que todo aquello no era una alucinación, no lo imaginaba ni lo rememoraba, sino que lo veía. Y además, Janet no había llorado antes de mi partida. Era una mujer con mucha entereza, no dejó de sonreír hasta el último instante, no dejó de comportarse con naturalidad, como si yo no fuera a marcharme, sabía que lo contrario me lo habría hecho todo más difícil. Iba a llorar hoy, pero sobre mi hombro, al abrirme la puerta, mojándome la chaqueta.

No, no estaba viendo nada del pasado, nada que hubiera olvidado. Y de ello tuve absoluta certeza cuando vi que el hombre, el marido, el hombre que era yo, Tom, se ponía de pronto en pie y agarraba del cuello a Janet, a su mujer, mi mujer, sentada en el sofá. La agarró del cuello con ambas manos y supe que empezó a apretar, aunque lo que yo veía era la espalda de Tom de nuevo, mi espalda, la enorme camisa blanca que tapaba a Janet, sentada en el sofá. De ella sólo veía los brazos extendidos, los brazos que daban manotazos al aire y luego se ocultaban tras la camisa, quizá en un desesperado intento por abrir mis manos que no eran mías; y luego, al cabo de unos segundos, los brazos de Janet volvieron a aparecer, a ambos lados de la camisa que yo veía de espaldas, pero ahora para caer inertes. Oí de nuevo el llanto del niño, que atravesaba los cristales de las ventanas cerradas. El hombre salió entonces del salón, por la izquierda, seguramente iba a nuestro dormitorio, donde estaba el niño. Y al apartarse vi a Janet muerta, estrangulada. Se le habían subido las faldas en el forcejeo, había perdido uno de los zapatos de tacón alto. Le vi las ligas en las que no había querido pensar durante aquellos cuatro años.

Estaba paralizado, pero aun así pensé: el hombre que es yo, el hombre que no se ha movido de Chesham durante todo este tiempo va a matar también a Martin, o al niño nuevo, si es que Janet y yo hemos tenido otro niño durante mi ausencia. Tengo que romper el cristal y entrar y matar al hombre antes de que él mate a Martin o a su propio hijo recién nacido. Tengo que impedirlo. Tengo que matarme ahora mismo. Sin embargo, yo estoy de este lado del cristal, y el peligro seguiría dentro.

Mientras pensaba todo esto el llanto del niño se interrumpió, y se interrumpió de golpe. No hubo los lloriqueos propios de la paulatina calma, del progresivo sosiego que va llegando a los niños cuando se los coge en brazos, o se los mece, o se les canta. Antes de mi partida yo le cantaba a Martin la canción de Lord Rendall, y a veces conseguía que se apaciguara y dejara de llorar, pero lo conseguía muy lentamente, cantándosela una y otra vez. Sollozaba, cada vez más débilmente, hasta quedarse dormido. Ahora aquel niño, en cambio, se había callado de repente, sin transición alguna. Y sin darme cuenta, en medio del silencio, empecé a cantar la canción de Lord Rendall junto a la ventana, la que solía cantarle a Martin y que comienza diciendo: '¿Dónde has estado todo el día, Rendall, hijo mío?', sólo que yo le decía: '¿Dónde has estado todo el día, Martin, hijo mío?'. Y entonces, al empezar a cantarla junto a la ventana, oí la voz del hombre que, desde nuestra alcoba, se unía a la mía para cantar el segundo verso: '¿Dónde has estado todo el día, mi precioso Tom?'. Pero el niño, mi niño Martin o su niño que también se llamaba Tom, ya no lloraba. Y cuando el hombre y yo acabamos de cantar la canción de Lord Rendall, no pude evitar preguntarme cuál de los dos tendría que ir a la horca.

Una noche de amor

Mi vida sexual con mi mujer, Marta, es muy insatisfactoria. Mi mujer es poco lasciva y poco imaginativa, no me dice cosas bonitas y bosteza en cuanto me ve galante. Por eso a veces voy de putas. Pero cada vez son más aprensivas y están más caras, y además son rutinarias. Poco entusiastas. Preferiría que mi mujer, Marta, fuera más lasciva e imaginativa y que me bastara con ella. Fui feliz una noche en que me bastó con ella.

Entre las cosas que me legó mi padre al morir, hay un paquete de cartas que todavía despiden un poco de olor a colonia. No creo que el remitente las perfumara, sino más bien que en algún momento de su vida mi padre las guardó cerca de un frasco y éste se derramó sobre ellas. Aún se ve la mancha, y por tanto el olor es sin duda el de la colonia que usaba y no usó mi padre (puesto que se derramó), y no el de la mujer que se las fue mandando. Este olor, además, es el característico de él, que yo conocí muy bien y era invariable y no he olvidado, siempre el mismo durante mi infancia y durante mi adolescencia y durante buena parte de mi juventud, en la que estoy aún instalado o que aún no he abandonado. Por eso, antes de que la edad pudiera inhibir mi interés por estas cosas —lo galante o lo pasional—, decidí mirar el paquete de cartas que me legó y que hasta entonces no había tenido curiosidad por mirar.

Esas cartas las escribió una mujer que se llamaba o aún se llama Mercedes. Utilizaba un papel azulado y tinta negra. Su letra era grande y maternal, de trazo rápido, como si con ella no aspirara ya a causar impresión, sin duda porque sabía que ya la había causado hasta la eternidad. Pues las cartas están escritas como por alguien que hubiera muerto ya cuando las escribía, se pretenden mensajes de la ultratumba. No puedo por menos de pensar que se trataba de un juego, uno de esos juegos a los que son tan aficionados los niños y los amantes, y que consisten esencialmente en hacerse pasar por quien no se es, o, dicho de otro modo, en darse apelativos ficticios y crearse existencias ficticias, seguramente por el temor (no los niños, pero sí los amantes) de que sus sentimientos demasiado fuertes acaben con ellos si admiten que son ellos, con sus verdaderas existencias y nombres, quienes sufren las experiencias. Es una manera de amortiguar lo más pasional y lo más intenso, hacer como que le pasa a otro, y es también la mejor manera de observarlo, de ser también espectador y darse cuenta de ello. Además de vivirlo, darse cuenta de ello.

Esa mujer que firmaba Mercedes había optado por la ficción de enviarle su amor a mi padre desde después de la muerte, y tan convencida parecía del lugar o momento eterno que ocupaba mientras escribía (o tan segura de la aceptación de aquella convención por parte del destinatario) que poco o nada parecía importarle el hecho de confiar sus sobres al correo ni de que éstos llevaran sellos normales y matasellos de la ciudad de Gijón. Iban fechadas, y lo único que no llevaban era remite, pero esto, en una relación semiclandestina (las cartas pertenecen todas al periodo de viudez de mi padre, pero él jamás me habló de esta pasión tardía), es poco menos que obligado. Tampoco tendría nada de particular la existencia de esta correspondencia a la que ignoro si mi padre contestaría o no por la vía ordinaria, pues nada más frecuente que el sometimiento sexual de los viudos a mujeres intrépidas y fogosas (o desengañadas). Por otra parte, las declaraciones, promesas, exigencias, rememoraciones, vehemencias, protestas, encendimientos y obscenidades de que se nutren estas cartas (sobre todo de obscenidades) son convencionales y destacan menos por su estilo que por su atrevimiento. Nada de esto tendría nada de particular, digo, si no fuera porque a los pocos días de decidirme a abrir el paquete y pasar mi vista por las hojas azuladas con más ecuanimidad que escándalo, yo mismo recibí una carta de la mujer llamada Mercedes, de la que no puedo añadir que aún vive, puesto que más bien parecía estar muerta desde el principio.

La carta de Mercedes dirigida a mi nombre era muy correcta, no se tomaba confianzas por el hecho de haber tenido intimidad con mi progenitor ni tampoco incurría en la vulgaridad de trasladar su amor por el padre, ahora que éste había muerto, a un enfermizo amor por el hijo, que seguía y sigue vivo y era y soy yo. Con escasa vergüenza por saberme enterado de su relación, se limitaba a exponerme una preocupación y una queja y a reclamar la presencia del amante, quien, en contra de lo prometido tantas y tantas veces, aún no había llegado a su lado seis meses después de su muerte: no se había reunido con ella allí donde habían acordado, o quizá sería mejor decir *cuando*. A su modo de ver, aquello sólo podía deberse a dos posibles causas: a un repentino y postrer desamor en el momento de la expiración que habría hecho incumplir su palabra al difunto, o a que, en contra de lo dispuesto por él, su cuerpo hubiera sido enterrado y no incinerado, lo que —según Mercedes, que lo comentaba con naturalidad— podría, si no imposibilitar, sí dificultar el escatológico encuentro o reencuentro.

Era cierto que mi padre había solicitado su cremación, aunque sin demasiada insistencia (tal vez porque fue sólo al final, con la voluntad minada), y que sin embargo había sido enterrado junto a mi madre, ya que aún quedaba un sitio en el panteón familiar. Marta y yo lo juzgamos más propio y sensato y más cómodo. La broma me pareció de mal gusto. Arrojé la nueva misiva de Mercedes a la papelera y aún estuve tentado de hacer lo mismo con el paquete antiguo. El nuevo sobre llevaba sellos vigentes y matasellos también de Gijón. No olía a nada. No estaba dispuesto a exhumar los restos para luego prenderles fuego.

La siguiente carta no tardó en llegar, y en ella Mercedes, como si estuviera al tanto de mi reflexión, me suplicaba que incinerara a mi padre, pues no podía seguir viviendo (así decía, seguir viviendo) en aquella incertidumbre. Prefería saber que mi padre había determinado no reunirse finalmente con ella antes que seguir esperándole por toda la eternidad, quizá en vano. Aún me hablaba de usted. No puedo negar que aquella carta me conmovió fugazmente (esto es, *mientras* la leía y no luego), pero el conspicuo matasellos de Asturias era algo demasiado prosaico para que pudiera ver todo aquello como otra cosa que una broma macabra. La segunda carta fue también a la papelera. Mi mujer, Marta, me vio romperla, y preguntó:

—¿Qué es eso que te ha irritado tanto?

Mi gesto debió de ser violento.

—Nada, nada —dije yo, y cuidé de recoger los pedazos para que no pudiera recomponerla.

Esperaba una tercera carta, y justamente porque la esperaba tardó en llegar más de lo previsto o a mí la espera se me hizo más larga. Era muy distinta de las anteriores y se asemejaba a las que había recibido mi padre durante un tiempo: Mercedes me tuteaba y se me ofrecía en cuerpo, que no en alma. 'Podrás hacer lo que quieras conmigo', me decía, 'cuanto imaginas y cuanto no te atreves a imaginar que puede hacerse con un cuerpo ajeno, con el del otro. Si accedes a mi súplica de desenterrar e incinerar a tu padre, de permitir que se pueda reunir conmigo, no volverás a olvidarme en toda tu vida ni aun en tu muerte, porque te engulliré, y me engullirás.' Creo que al leer esto por vez primera me ruboricé, y durante una fracción de segundo cruzó por mi cabeza la idea de viajar a Gijón, para ponerme a tiro (me atrae lo insólito, soy sucio en el sexo). Pero en seguida pensé: 'Qué absurdo. Ni siquiera sé su apellido'. Sin embargo esta tercera carta no fue a la papelera. Aún la escondo.

Fue entonces cuando Marta empezó a cambiar de actitud. No es que de un día para otro se convirtiera en una mujer ardiente y dejara de bostezar, pero fui advirtiendo un mayor interés y curiosidad por mí o por mi cuerpo ya no muy joven, como si intuyera una infidelidad por mi parte y estuviera alerta, o bien la hubiera cometido ella y quisiera averiguar si también conmigo era posible lo recién descubierto.

—Ven aquí —me decía a veces, y ella nunca me había solicitado. O bien hablaba un poco, decía por ejemplo—: Sí, sí, ahora sí.

Aquella tercera carta que prometía tanto me había dejado a la espera de una cuarta aún más que la segunda irritante a la espera de la tercera. Pero esa cuarta no llegaba, y me daba cuenta de que aguardaba el correo diario con cada vez mayor impaciencia. Noté que sentía un vuelco cada vez que un sobre no llevaba remite, y entonces mis ojos iban rápidamente hasta el matasellos, por ver si era de Gijón. Pero nadie escribe nunca desde Gijón.

Pasaron los meses, y el día de Difuntos Marta y yo fuimos a llevar flores a la tumba de mis padres, que es también la de mis abuelos y la de mi hermana.

—No sé qué pasará con nosotros —le dije a Marta mientras respirábamos el aire puro del cementerio sentados en un banco cercano a nuestro panteón. Yo fumaba un cigarrillo y ella se controlaba las uñas estirando los dedos a cierta distancia de sí, como quien impone calma a una multitud—. Quiero decir cuando nos muramos, aquí ya no queda sitio.

—En qué cosas piensas.

Miré a lo lejos para adoptar un aire ensoñado que justificara lo que iba a decir y dije:

—A mí me gustaría ser enterrado. Da una idea de reposo que no da la incineración. Mi padre quiso que lo incineráramos, ¿recuerdas?, y no cumplimos su voluntad. Debimos seguirla, creo yo. A mí me molestaría que no se cumpliera la mía, de ser enterrado. ¿Qué te parece? Deberíamos desenterrarlo. Así, además, habría sitio para mí cuando muera, en el panteón. Tú podrías ir al de tus padres.

—Vámonos de aquí, me estás poniendo enferma.

Echamos a caminar por entre las tumbas, en busca de la salida. Hacía sol. Pero a los diez o doce pasos yo me detuve, miré la brasa de mi cigarrillo y dije:

—¿No crees que deberíamos incinerarlo?

—Haz lo que quieras, pero vámonos ya de aquí.

Arrojé el cigarrillo al suelo y lo sepulté en la tierra, con el zapato.

Marta no estuvo interesada en asistir a la ceremonia, que careció de toda emoción y me tuvo a mí por solo testigo. Los restos de mi padre pasaron de ser vagamente reconocibles en un ataúd a ser irreconocibles en una urna. No pensé que hiciera falta esparcirlos, y además, hacer eso está prohibido.

Al regresar a casa, ya tarde, me sentí deprimido; me senté en el sillón sin quitarme el abrigo ni encender la luz y me quedé allí esperando, musitando, pensando, oyendo la ducha de Marta a lo lejos, quizá reponiéndome de la responsabilidad y el esfuerzo de haber hecho algo que estaba pendiente desde hacía tiempo, de haber cumplido un deseo (un deseo ajeno). Al cabo de un rato, mi mujer, Marta, salió del cuarto de baño con el pelo aún mojado y envuelta en su albornoz, que es rosa pálido. La iluminaba la luz del baño, en el que había vaho. Se sentó en el suelo, a mis pies, y apoyó la cabeza húmeda en mis rodillas. Al cabo de unos segundos yo dije:

—¿No deberías secarte? Me estás mojando el abrigo y el pantalón.

—Te voy a mojar entero —dijo ella, y no llevaba nada debajo del albornoz. Nos iluminaba la luz del baño, a lo lejos.

Aquella noche fui feliz porque mi mujer, Marta, fue lasciva e imaginativa, me dijo cosas bonitas y no bostezó, y me bastó con ella. Eso nunca lo olvidaré. No se ha vuelto a repetir. Fue una noche de amor. No se ha vuelto a repetir.

Unos días después recibí la cuarta carta tanto tiempo esperada. Todavía no me he atrevido a abrirla, y a veces tengo la tentación de romperla sin más, de no leerla jamás. En parte es porque creo saber y temo lo que dirá esa carta, que, a diferencia de las tres que me dirigió Mercedes con anterioridad, tiene olor, huele un poco a colonia, a una colonia que no he olvidado o que conozco bien. No he vuelto a tener una noche de amor, y por eso, porque no se ha vuelto a repetir, tengo a veces la extraña sensación, cuando la rememoro con añoranza e intensidad, de que aquella noche traicioné a mi padre, o de que mi mujer, Marta, me traicionó a mí con él (quizá porque nos dimos apelativos ficticios o nos creamos existencias que no eran las nuestras), aunque no cabe duda de que aquella noche, en la casa, en la oscuridad, sobre el albornoz, sólo estábamos Marta y yo. Como siempre Marta y yo.

No he vuelto a tener una noche de amor ni me ha vuelto a bastar con ella, y por eso también sigo yendo de putas, cada vez más caras y más aprensivas, no sé si probar con los travestidos. Pero todo eso me interesa poco, no me preocupa y es pasajero, aunque haya de durar aún. A veces me sorprendo pensando que en su momento lo más fácil y deseable sería que Marta muriera antes, porque así podría enterrarla en el sitio del panteón que quedó vacante. De este modo no tendría que darle explicaciones sobre mi cambio de parecer, pues ahora deseo que se me incinere y no se me entierre, en modo alguno que se me entierre. Sin embargo no sé si ganaría algo con eso —me sorprendo pensando—, pues mi padre debe de estar ocupando su puesto junto a Mercedes, mi puesto, por toda la eternidad. Una vez incinerado, así pues —me sorprendo pensando—, tendría que acabar con mi padre, pero no sé cómo puede acabarse con alguien que ya está muerto. Pienso a veces si esa carta que aún no he abierto no dirá algo distinto de lo que imagino y temo, si no me daría ella la solución, si no me preferirá. Luego pienso: 'Qué absurdo. Ni siquiera nos hemos visto'. Luego miro la carta y la huelo y le doy vueltas entre mis manos, y al final acabo escondiéndola siempre, sin abrirla aún.

Un epigrama de lealtad

Para Montse Mateu

[Aviso: Aunque este episodio de la vida del escritor
John Gawsworth es un texto nuevo e independiente,
cabe advertir que sólo los lectores de mi novela
Todas las almas *(1989) dispondrán de todos los datos para*
su comprensión cabal. J M]

El señor James Lawson levantó la vista. Aquella misma mañana había cambiado el escaparate de la librería de la que era gerente, Bertram Rota Ltd, de Long Acre, Covent Garden, una de las más prestigiosas y delicadas librerías de viejo de la ciudad de Londres. No solía llenar el escaparate, a lo sumo diez libros o manuscritos expuestos, todos ellos de gran valor e inteligentemente escogidos. La clase de ediciones que podía llamar la atención de sus clientes habituales, todos caballeros distinguidísimos y alguna elegante dama bibliófila. Aquella mañana había colocado, con orgullo, títulos como *Salmagundi*, de William Faulkner, que no se había publicado nunca más desde aquella edición de 1932 (525 ejemplares numerados), y la primera de *Jacob's Room*, de Virginia Woolf, que costaba dos mil libras. Aunque era él quien fijaba los precios según el mercado, no acababa de acostumbrarse a que un libro valiera tanto. Pero esto no era nada al lado de la versión mecanografiada y corregida por el propio Beckett de su novela *Watt*, cuyo precio había sido tasado en cincuenta mil libras. Había dudado a la hora de ponerlo en el escaparate, era un objeto demasiado valioso, pero finalmente se había decidido. Constituía un gran motivo de satisfacción, y al fin y al cabo él iba a estar allí, sentado a su mesa, toda la mañana y toda la tarde, sin moverse, vigilando el escaparate. Sin embargo estaba nervioso, y por eso levantaba la vista de la mesa en cuanto notaba que había alguien, alguna figura, parada delante de la vitrina. Incluso cuando los transeúntes pasaban levantaba la vista (aunque no se pararan). Esta vez la dejó levantada, porque vio ante sí, parado, a un mendigo de aspecto fiero. Llevaba el pelo algo largo y una barba rojiza de pocos días, era corpulento y tenía una gran nariz que parecía partida. Sus ropas eran astrosas y de color indefinido, como las de cualquier pordiosero, y en la mano derecha sostenía una botella de cerveza ya mediada. Pero no bebía, es decir, no se la llevaba a la boca de vez en cuando, sino que estaba absorto, mirando fijamente el escaparate de Bertram Rota. El señor Lawson se preguntó qué estaría mirando. ¿Camus? Había expuesto en la vitrina, abierto por la página indicada, un ejemplar de *La Chute* dedicado por el propio autor. Pero no, *La Chute* lo había colocado a la derecha, junto al texto mecanografiado de *Watt*, y el mendigo tenía la vista clavada en el lado izquierdo. Allí había expuesto *Salmagundi* y la segunda edición de *Oliver Twist*, trescientas libras, de 1839. Quizá Dickens podía interesar al mendigo más que Faulkner. A Dickens podía haberlo leído en la escuela, no a Faulkner, pues aquel hombre no tendría menos de sesenta años, tal vez más.

El señor Lawson bajó la vista un instante, creyendo (pero sin pensarlo) que quizá de este modo el mendigo desaparecería. En seguida volvió a levantarla, y para su sorpresa descubrió que el hombre ya no estaba, el escaparate no tenía ninguna figura delante. Se puso en pie y controló, empinándose un poco, que todo estaba en orden en la vitrina. Quizá debía retirar *Watt* de allí, cincuenta mil libras, o dejar sólo las primeras páginas. Volvió a su sitio y durante un par de minutos fijó su atención en el nuevo catálogo que estaba confeccionando, pero otra vez notó que había menos luz (alguien amortiguaba la que venía desde la calle) y se vio obligado a alzar los ojos. Allí estaba de nuevo el mendigo con su botella en la mano (a aquella cerveza ya no le quedaba espuma), acompañado ahora por otros dos, a cual más desharrapado. Uno era joven, un negro con mitones verdes y pendiente muy visible en la oreja izquierda; el otro, de la misma edad que el primero, con un cráneo abombado que hacía aún más pequeña la gorra de jockey llena de churretones (morada y blanca, pero el morado había palidecido y el blanco era amarillo) con que intentaba cubrirlo. El pordiosero de la barba rojiza los instaba a acercarse y cuando los hubo convencido, los tres miraron el escaparate, de nuevo hacia el lado izquierdo, y el primer mendigo señaló algo con su dedo fuliginoso. Lo señaló con orgullo, porque tras señalarlo sonrió y se volvió hacia sus compañeros, primero hacia el negro, luego hacia el jockey, con satisfacción manifiesta. ¿*Salmagundi*? ¿Dickens? También estaba en esa zona del escaparate un curioso documento: un panfleto de ocho páginas que en la descripción del catálogo anterior Lawson había titulado *Un epigrama de lealtad*. Se trataba de tres poemas de Dylan Thomas que no figuraban en ningún otro sitio. Abrió un cajón y sacó el catálogo en que se anunciaba, el 250 desde la fundación de Rota, y releyó rápidamente la descripción: 'Impreso privadamente para los miembros de la Corte del Reino de Redonda, [1953]'. Hacía diecisiete años. 'Treinta ejemplares conmemorativos, numerados por John Gawsworth. Muy raro. Estos tres poemas, que no constan en la bibliografía de Rolph sobre Thomas, son testamentos de la "lealtad" del poeta hacia John Gawsworth, Juan I, King of Redonda, quien nombró a Thomas "duque de Gweno" en 1947. £500.' Quinientas libras, no está mal para unas pocas hojas impresas, pensó Lawson. Tal vez los mendigos estaban mirando aquello. Vio que el de la barba rojiza se señalaba ahora a sí mismo, dándose unos golpecitos en el pecho con su dedo índice. Los otros dos también lo señalaron, pero como se señala, también con el dedo índice pero a distancia, a quien provoca irrisión. Los tres charlaban y discutían ahora, Lawson no oía nada, pero lo estaban poniendo nervioso, ¿por qué habían decidido pararse tanto rato delante de *su* escaparate? No es que las ventas de Rota dependieran de los transeúntes, pero en todo caso estaban ahuyentando, con su presencia temible, a cualquier posible cliente distinguido. Sólo la gente distinguida compraba en Rota. Tampoco podía echarlos, no estaban infringiendo ninguna ley, estaban sólo mirando un escaparate de libros antiguos. Pero en ese escaparate estaba *Watt*, y *Watt* valía cincuenta mil libras.

Lawson se levantó y se acercó a ellos, por su lado de los cristales. Quizá si notaban que él los vigilaba desde el interior acabarían por marcharse. Cruzó los brazos y los miró fijamente, con sus ojos azules. Sabía que tenía unos ojos tibios, azules, fríos, sabía que podía disuadir con la mirada, iba a disuadirlos con la mirada. Pero los tres pordioseros seguían enzarzados en su discusión, no le hacían caso o su presencia, aunque más cercana, les resultaba indiferente. De vez en cuando, el primer mendigo volvía a señalar el escaparate, y ahora a Lawson ya no le cabía duda de que su interés estaba centrado en el *Epigrama de lealtad*. Lawson ya no pudo resistir. Abrió la puerta y desde el umbral se dirigió a ellos.

—¿Puedo serles de utilidad?

El mendigo de la barba rojiza miró a Lawson de arriba a abajo, como a un intruso. Era bastante más alto que Lawson, en verdad era corpulento pese a sus años y a su desolado aspecto. Lawson pensó que aquel hombre podría pegarle con facilidad, o que los otros dos podrían sujetarlo y él meter rápidamente la mano y llevarse el *Epigrama de lealtad*, o, lo que era peor, el *Watt* mecanografiado, cincuenta mil libras. Se arrepintió de haber abierto la puerta. Se estaba exponiendo a un asalto.

—Sí, sí puede —dijo al cabo de unos segundos el mendigo corpulento—. Cuénteles a estos amigos quién es el rey de Redonda. Dígaselo. Usted debe de saberlo.

Lawson lo miró perplejo. Casi nadie sabía nada sobre el rey de Redonda, sólo algunos bibliófilos y eruditos, gente de gran cultura, personas expertas. No vio, sin embargo, por qué no había de contestar.

—Se llamaba John Gawsworth, aunque ese no era su verdadero nombre, sino Armstrong. Heredó casualmente el título de rey de Redonda o Redundo, una isla deshabitada de las Antillas, pero nunca tomó posesión. Sin embargo, se dedicó a crear nobleza, unos títulos ficticios para sus amigos, como este del poeta Dylan Thomas. —Y Lawson señaló el panfleto a su izquierda—. Él era un escritor muy menor. ¿Por qué les interesa?

—¿Veis cómo es lo que os había dicho? ¿Cómo iba yo a saber todo esto? —dijo el mendigo alto, volviéndose hacia los otros dos. Luego se volvió a Lawson—: ¿A cuánto venden este *Epigrama*?

—No sé si podrían comprarlo —dijo Lawson con paternalismo y falsa vacilación—. Vale quinientas libras.

—Pues mira, quinientas que has perdido —intervino el jockey del abombado cráneo en tono de guasa—. ¿Por qué no nos das unos cuantos títulos y se los vendemos a este señor?

—Calla, imbécil, os estoy diciendo la verdad. Ese panfleto fue mío, la lealtad es hacia mí. —Y, volviéndose de nuevo hacia Lawson, el hombre de la barba rojiza añadió—: ¿Usted sabe qué fue de John Gawsworth?

Lawson empezaba a cansarse de aquella conversación.

—La verdad es que no. Me parece que murió. Su figura es oscura. —Y Lawson miró hacia *Watt*, que por suerte seguía allí (no lo había robado nadie desde dentro de la tienda, ningún otro empleado, mientras él estaba fuera, absurdamente, en la puerta con unos mendigos).

—No, señor, se equivoca —dijo el mendigo—. Es verdad que fue un escritor menor y que su figura es oscura, pero no es verdad que haya muerto. Estos dos no quieren creerme, pero John Gawsworth soy yo. Yo soy el rey de Redonda.

—Oh, vamos —dijo Lawson con impaciencia—. No estorben más, apártense ya del escaparate, están borrachos y si se caen podrían romperlo y hacerse daño. Váyanse ya. —Y con un movimiento rápido se metió otra vez en la tienda y cerró la puerta con pestillo.

Regresó a su mesa y se sentó. El mendigo corpulento lo miraba ahora con frialdad al otro lado de la vitrina. Parecía ofendido. Estaba airado. Aquellos ojos castaños sí que eran tibios, fríos, disuasorios, más que los suyos, azules, disuasorios, fríos. Los otros dos pordioseros reían y daban empellones al corpulento, como diciéndole: 'Venga, vámonos ya' (pero Lawson no lo oía). El mendigo, sin embargo, seguía quieto, como si fuera parte del pavimento, mirando a Lawson con fijeza y frialdad y ofensa. Y éste no pudo resistir su mirada, bajó la vista e intentó enfrascarse de nuevo en la confección del próximo catálogo, el 251 desde la fundación de Rota, la librería exquisita de la que era gerente. Así quizá desaparezca de nuevo, pensó. Si no lo miro ni lo veo, desaparecerá, como la otra vez. Aunque luego ha vuelto, pensó.

Aguantó con los ojos bajos hasta que notó que había más luz. Entonces se atrevió a levantarlos y vio el escaparate despejado. Se puso en pie y se acercó a controlar de nuevo lo que había expuesto en él. Vio en la acera la botella de cerveza hecha añicos. Pero allí seguían, a salvo, a la espera de compradores bibliófilos y distinguidos, *Salmagundi*, trescientas cincuenta libras, y *Oliver Twist*, trescientas, y *La Chute* dedicada, seiscientas, y *Jacob's Room*, dos mil, y *Un epigrama de lealtad*, quinientas, y *Watt*, cincuenta mil. Respiró aliviado y cogió entre sus brazos el texto mecanografiado de *Watt*. Lo había mecanografiado el propio Beckett, que nunca se fió de otras manos. Quizá debía retirarlo, cincuenta mil libras. Lo llevó hasta su mesa para meditarlo, y allí se permitió, durante un instante, un pensamiento absurdo. Si el *Epigrama de lealtad* hubiera tenido la firma de Gawsworth, su precio se habría doblado. Mil libras, pensó.

Lawson levantó la vista, pero el escaparate seguía despejado.

Mientras ellas duermen

Para Daniella Pittarello,
por sus tantos conocimientos útiles

Durante tres semanas los vi a diario y ahora no sé qué habrá sido de ellos. Probablemente no vuelva a verlos, al menos a ella, pienso, se da por supuesto que las conversaciones y aun las confidencias veraniegas no deben llevar a ninguna parte. Nadie está en contra de esta suposición, ni siquiera yo mismo, que ahora me estoy preguntando por ellos o quizá los echo un poco de menos. Vagamente de menos, como todo lo que desaparece.

Casi todas las veces los vi en la playa, donde en principio resulta difícil fijarse en nadie. A mí me lo resulta particularmente, puesto que soy miope y prefiero ver borroso antes que volver a Madrid con una especie de antifaz blanco por culpa de un bronceado imperfecto en el rostro, y las lentillas nunca las llevo a la arena y el agua, donde podrían perderse para siempre. Aun así, desde el primer momento estuve tentado de rebuscar y sacar las gafas que mi mujer, Luisa, guardaba dentro de la funda en su bolsa, y en realidad la tentación provenía de ella, que, por así decir, me iba radiando los movimientos más peculiares de los más peculiares bañistas a nuestro alrededor.

—Sí, lo veo, pero borroso, no distingo las facciones —decía yo cuando ella, en voz baja innecesaria por el estruendo playero, divertida, me llamaba la atención sobre algún personaje. Yo guiñaba los ojos una vez y otra, sintiendo gran pereza ante la idea de buscar mis gafas para al poco, satisfecha mi curiosidad, volver a dejarlas en su lugar recóndito. Hasta que la propia Luisa, que sabe las cosas más raras e insignificantes y siempre me sorprende con sus conocimientos útiles, me pasó su sombrero de paja tejida —más a mano que las escondidas gafas, pues estaba sobre su cabeza— y me aconsejó mirar a través de sus intersticios. A través de ellos, en efecto, descubrí que veía casi como si llevara los lentes, con más nitidez aunque mi campo visual se redujera muchísimo. A partir de aquel hallazgo yo mismo debí de convertirme en uno de los más peculiares o estrafalarios bañistas, habida cuenta de que con frecuencia tenía un sombrero de mujer con cintas puesto ante la cara, sujetado con mi mano derecha, a través del cual oteaba de aquí para allá a lo largo de la playa vecina a Fornells, donde nos alojábamos. Luisa, sin decirme nada ni poner mal gesto, hubo de comprarse otro sombrero que le gustaba menos, pues el suyo, con el que tenía a bien proteger su rostro —su rostro tallado y cándido y aún sin arrugas—, pasó a ser de mi exclusivo uso, nunca sobre la cabeza, sino ante mis ojos, el sombrero con el que veía.

Un día nos distraíamos siguiendo las hazañas de un marinerito italiano, esto es, de un insubordinado niñito de apenas un año que llevaba por todo atuendo un gorro de marinero y que, según íbamos anticipando, destrozaba fortificaciones de arena de sus hermanos o primos mayores y probablemente amistades firmes de sus progenitores con tanta facilidad como consumía agua salada (yo creo que tragaba litros) al menor descuido de las familias que lo acompañaban. El gorrito lo perdía con demasiada frecuencia y entonces quedaba completamente desnudo y volcado en la orilla, como un Cupido abominado. Otro día seguíamos los comentarios despóticos y las perezosas andanzas de un inglés de mediana edad —la isla perdida de ingleses— que opinaba de continuo sobre la temperatura, la arena, el viento y las olas con tanto énfasis y grandilocuencia como si cada vez estuviera emitiendo una profunda máxima o aforismo largamente meditados. Aquel hombre tenía la virtud, cada vez más en desuso, de creer que todo es importante, todo lo que de uno mismo proviene, es decir, tenía la virtud de saberse único. Su carácter holgazán era visible en la posición de sus piernas —siempre estiradas sin armonía— y en el hecho de que no se quitara la camiseta verde con que resguardaba del sol su redondeado tórax ni siquiera para entrar en el agua. Claro que no nadaba, y cuando se adentraba un poco, caminando, en el mar, era sólo persiguiendo a algún otro vástago de su raza para fotografiarlo en acción con mejor perspectiva o desde más cerca. Con el estómago verde mojado —pero no, por ejemplo, el pecho—, regresaba hasta la orilla mascullando sentencias inolvidables que desmenuzaba el viento al tiempo que, inseguro tal vez de que su cámara no hubiera recibido salpicaduras, se la ponía al oído como si fuera una radio, supongo que para comprobar de ese primitivo modo que no había sufrido daños. O quizá, pensábamos, se trataba de una máquina-radio.

Un día los vimos a ellos, quiero decir que nuestra atención reparó en ellos, en realidad la de Luisa primero, luego la mía con mi sombrero visivo. A partir de entonces se convirtieron en nuestros favoritos, y, sin reconocérnoslo, cada mañana los buscábamos con la mirada antes de escoger nuestro sitio y lo escogíamos cercano al suyo. En una sola ocasión llegamos a la playa antes que ellos, pero al poco los vimos avanzar montados en una Harley-Davidson gigantesca, él al manillar con su casco negro (pero las correas sueltas), ella abrazada a su espalda con la melena al viento. Creo yo que lo que nos impulsaba a procurar su vecindad era que nos ofrecían algo visible infrecuentemente y de lo que a duras penas se puede apartar la vista cuando se ofrece, esto es, el espectáculo de la adoración. Como manda el antiguo canon aún no prescrito, era él, el hombre, quien adoraba, y ella, la mujer, el ídolo, como tal indiferente (o quizá aburrido, deseoso de algún agravio). Ella era hermosa, indolente, pasiva, de carácter extenuado. A lo largo de las tres horas que permanecíamos en la playa (ellos se quedaban más, dormirían allí la siesta y quién sabe si hasta el ocaso) apenas si se movía, y desde luego no se ocupaba de nada que no fuera su propio embellecimiento y aseo. Dormitaba, en todo caso solía estar tumbada y con los ojos cerrados, boca arriba, boca abajo, de un costado, del otro, untada de cremas, brillante, los brazos y las piernas siempre extendidos para que no dejaran de broncearse los pliegues de la piel, ni las axilas, ni aun las ingles (ni por supuesto las nalgas), pues su braguita era minúscula y las dejaba al descubierto sin que asomara lateralmente el menor rastro de vello, lo cual hacía pensar (o a mí me lo hacía) en un previo afeitado pélvico. De vez en cuando se incorporaba o sentaba, y entonces se quedaba largo rato con las piernas encogidas mientras se esmaltaba o pulía las uñas o, con un pequeño espejo en la mano, se buscaba en el rostro o los hombros imperfecciones cutáneas o alguna traza pilosa indeseada. Era curioso ver cómo aplicaba el espejo a las partes del cuerpo más inverosímiles (sería un espejo de aumento), no sólo a los hombros, digo, sino a los codos, a las pantorrillas, a las caderas, a los pechos, al interior de los muslos, también al ombligo. Aquel ombligo no tendría nunca la menor adherencia, estoy seguro, y quizá su dueña no habría deseado más que poder suprimirlo. Además de su traje de baño exiguo, llevaba pulseras y varias sortijas, de éstas nunca menos de ocho repartidas entre cuatro dedos, pocas veces la vi meterse en el agua. Su belleza sería fácil decir que era convencional, pero resultaría una definición pobre o demasiado amplia o vaga. Se trataba más bien de una belleza irreal, lo cual, en este caso, quiere decir lo mismo que ideal. Era la belleza en la que piensan los niños, que es casi siempre (excepto en los ya desviados) una belleza pulcra, sin ninguna arista, en reposo, mansa, privada de gestos, de piel muy blanca y pecho muy grande, ojos redondos —no rasgados al menos— y labios idénticos —quiero decir superior e inferior idénticos entre sí, como si fueran inferiores ambos—: una belleza de dibujos animados o, si se prefiere, de anuncio, pero no de cualquier anuncio, sino de los que suelen verse en las farmacias, deliberadamente desprovistos de toda sensualidad para que no turben a las mujeres ni a los ancianos, que son los mayores frecuentadores de las farmacias. En modo alguno era virginal, sin embargo, y aunque no quisiera decir que era una belleza lechosa, lo era, o si no cremosa, a la que costaría adquirir un tono de piel moreno (su piel era brillante, pero no dorada), como el que tenía ya Luisa; era una belleza lisa, exuberante pero que no invitaba al tacto (aunque quizá vestida), como si anunciara derretirse a la menor presión, al menor contacto, como si hasta una caricia o un beso suave se fueran a tornar en ella violencia y ultraje.

Así debía de parecerle también a su acompañante, al hombre, por lo menos en las horas del día. Era lo que se llama un gordo o incluso un gordo infame o también gordo seboso, y debía de llevarle a la joven no menos de treinta años. Como tantos calvos, creía paliar su carencia con un peinado romano hacia adelante (ineficaz, nunca alcanza) y un bigote abundante y cuidado, y disfrazar sus años en aquel escenario con un traje de baño partido en dos, quiero decir bicolor, la pernera derecha verde limón y la izquierda morada aquel día primero, pues tanto él como ella cambiaban de prenda casi a diario. Nunca los dos colores (el modelo era siempre el mismo, eran ellos los que variaban) me parecieron bien combinados, aunque eran colores originales: azul persa y albaricoque, melocotón y malvarrosa, ultramarino y verde Nilo. El traje de baño era tan pequeño como el volumen de su cuerpo le permitía, lo cual hacía que sus movimientos fueran un poco rígidos, la amenaza de un desgarrón siempre presente, impropio hablar de perneras. Y lo cierto es que se movía sin pausa, ágilmente, con una cámara de vídeo en las manos. Mientras su compañera permanecía completamente inmóvil u ociosa durante horas, él no cesaba de dar vueltas a su alrededor para filmarla incansablemente, se empinaba, se retorcía, se tiraba por tierra, boca arriba y boca abajo, le hacía planos generales, planos americanos, primeros planos, travellings y panorámicas, picados y contrapicados, la tomaba de frente, de costado y de espaldas (de ambos costados), le filmaba la cara inerte, y los hombros redondeados, los pechos voluminosos, las caderas lo bastante anchas, los muslos tan firmes, los no mínimos pies con las uñas también esmaltadas, las plantas, las pantorrillas, las ingles y las axilas, tan despojadas. Le filmaba las gotas de sudor que hacía brotar el sol, sin duda los mismísimos poros, aunque justamente aquella piel uniforme y tersa parecía carecer de poros, y de dobleces, de accidentes de ninguna clase, no había ni una estría en sus nalgas. El gordo filmaba todos los días durante horas, con escasos intervalos, y filmaba siempre el mismo espectáculo, la quietud y el tedio de la belleza irreal que lo acompañaba. No le interesaban la arena ni el agua, que cambiaban de color a medida que avanzaba el día, ni los árboles o las rocas en la distancia, ni una cometa al vuelo ni un barco en la lejanía, ni las otras mujeres, ni el marinerito italiano ni el inglés despótico, o Luisa. A la joven no le pedía que hiciera cosas —juegos, esfuerzos, posturas—, parecía bastarle con el registro visual, un día tras otro, del cuerpo estatuario y desnudo, de la carne pausada y dócil, del rostro inexpresivo y de ojos cerrados o escrupulosos, de una rodilla que se flexionaba o un pecho que se inclinaba o un dedo índice que lentamente se apartaba una mota de la mejilla. Para él, sin duda, aquella visión monótona resultaba un portento y novedosa siempre, a cada instante. Donde Luisa o yo o cualquier otro veríamos reiteración y cansancio, él debía de ver un espectáculo insólito a cada momento, multiforme, variado, absorbente, como puede llegar a serlo un cuadro cuando el que contempla olvida que le esperan otros en su recorrido y pierde la noción del tiempo, y pierde también, por tanto, el hábito de mirar, sustituido o suplantado —o quizá excluido— por la capacidad de ver, que es lo que casi nunca hacemos porque está reñido con lo temporal. Pues es entonces cuando lo *ve* todo, las figuras y el fondo, la luz, la composición y las sombras, lo voluminoso y lo plano, el pigmento y el trazo, y cada pincelada. Es decir, ve la representación y también lo rugoso, y es entonces cuando está facultado para volver a pintar con su vista el cuadro.

Hablaban poco, de vez en cuando, frases cortas que no alcanzaban a establecerse como conversación ni diálogo, cualquier asomo de ellos moría de forma natural, interrumpido por la atención que la mujer prestaba a su cuerpo, en el que se ensimismaba, o por la atención —indirecta— que también le prestaba el hombre, siempre a través de su cámara. En realidad no recuerdo que él se parara nunca a admirarla directamente, con sus propios ojos sin nada ante ellos. En esto era como yo, que a mi vez los miraba a ambos a través del velo de mi miopía o a través de mi sombrero de aumento. Sólo Luisa, de nosotros cuatro, lo veía todo sin dificultad y sin mediación, pues la mujer, yo creo, no veía, ni tan siquiera miraba a nadie, y en cuanto a sí misma, las más de las veces utilizaba su espejo para escrutarse e inspeccionarse, y a menudo se ponía unas gafas de sol interplanetarias.

—Cómo pica hoy el sol, ¿no? Tendrías que darte un poco más de crema, no te vayas a quemar —decía el gordo en alguna pausa de sus recorridos giratorios en torno al cuerpo de su adoración; y al no recibir respuesta inmediata, decía el nombre, como las madres dicen los de sus hijos—: Inés. Inés.

—Sí, más que ayer, pero ya me he puesto factor diez, no me voy a quemar —contestaba el cuerpo Inés con desgana y en voz apenas audible mientras con unas pinzas se arrancaba un minúsculo pellejito del mentón.

No había continuidad.

Un día dijo Luisa, con quien yo sí mantenía conversaciones:

—La verdad es que no sé si me gustaría ser filmada, como la pobre Inés. Me pondría nerviosa, aunque supongo que si la cosa fuera tan persistente como la del gordo, acabaría acostumbrándome. Y quizá me cuidaría tanto como se cuida ella, a lo mejor lo hace justamente porque siempre la están filmando, se cuida porque luego va a verse, o para la posteridad. —Luisa rebuscó en su bolsa, sacó un espejito y se miró con interés los ojos, que al sol eran de color ciruela, con irisaciones—. Aunque no sé qué posteridad podría entretenerse en mirar esos vídeos tan aburridos. Me pregunto si la filmará también durante el resto del día.

—Es lo más probable —dije yo—. ¿Qué sentido tendría limitarse sólo a la playa? No creo que necesite de ese pretexto para verla desnuda.

—No creo que la filme por estar desnuda, sino seguramente en toda ocasión, quién sabe si hasta cuando esté dormida. Es conmovedor, se ve que sólo piensa en ella. Pero no sé si me gustaría. Pobre Inés. A ella no parece importarle.

Aquella noche, al acostarnos en la cama de matrimonio del hotel, los dos a la vez, cada uno por su lado, me acordé de las frases que habíamos cruzado y que acabo de recordar por escrito, y eso me impidió dormir y me dediqué a observar el sueño de Luisa durante largo rato, sin más luz que la de la luna, a oscuras. Pobre Inés, había dicho. Su respiración era suave, aunque audible en el silencio de la habitación y el hotel y la isla, y su cuerpo no se movía, a excepción de los párpados, bajo los cuales eran sin duda los ojos los que en realidad se movían, como si no pudieran acostumbrarse durante la noche a dejar de hacer lo que hacían durante el día. El gordo, pensé, tal vez estaría también despierto, filmando los quietos párpados de la belleza Inés, o quizá le retiraría las sábanas y le colocaría con mucha cautela el cuerpo en diferentes posturas, para filmarla dormida. Con el camisón levantado quizá, por ejemplo, o con las piernas abiertas si no usaba camisón ni pijama. Luisa no usaba camisón ni pijama, en verano, pero se envolvía en las sábanas como si fueran una toga, las sujetaba en torno a su cuello con ambas manos, dejándose sin embargo, a veces, un hombro y la nuca al descubierto. Yo se los cubría si me daba cuenta, y también tenía que luchar un poco para conseguir arroparme, por mi lado. Esto sólo nos sucedía en verano.

Me levanté y salí a la terraza para hacer tiempo hasta que viniera mi sueño, y desde allí, acodado sobre la barandilla, miré primero hacia el cielo y luego hacia abajo, y entonces creí ver al gordo de pronto, sentado solo junto a la piscina, ya a oscuras, el agua sin más reflejos que los astrales. No lo reconocí inmediatamente porque le faltaba el bigote que le había visto a diario, aquella misma mañana, y porque la vista ha de acomodarse a la imagen con ropa de quien siempre se le apareció desvestido. Su ropa era tan fea y mal combinada como sus trajes de baño de dos colores. Llevaba una camisa ancha, por fuera, negra desde mi terraza (desde la distancia) pero con dibujos seguramente, y unos pantalones claros, que se veían azul muy pálido tal vez por efecto del color casi suprimido del agua cercana. Tan cercana que lo habría salpicado de haber tenido oleaje. Calzaba mocasines rojos, y los calcetines (calcetines en la isla) parecían del mismo color que los pantalones, pero insisto en que quizá era la luna en el agua. Tenía la cabeza reclinada sobre una mano, y el codo correspondiente apoyado a su vez en el brazo de una tumbona, floreada, no a rayas, eran los dos modelos de la piscina. No tenía la cámara. Ignoraba que se alojaran en el mismo hotel que nosotros, nunca habíamos coincidido fuera de la playa vecina, vecina a Fornells, al norte, por la mañana. Estaba solo, inmóvil como si fuera Inés, aunque de vez en cuando cambiaba la actitud sesteante y despreocupada de la cabeza y el codo y adoptaba otra en apariencia contraria, el rostro hundido entre las dos manos, los pies encogidos, como si estuviera abatido o tenso, o quizá riendo, solo. En un momento dado se descalzó un pie, o perdió el mocasín accidentalmente, lo cierto es que no extendió ese pie para recuperarlo, sino que se quedó así, con ese pie solamente encalcetinado sobre la hierba, lo cual le confirió en seguida un aire de desvalimiento, desde mi cuarto piso, bajo mi punto de vista. Luisa dormía, e Inés también dormiría, sin duda Inés necesitaría un mínimo de diez horas de sueño para el mantenimiento de su belleza inmutable. Me vestí a oscuras, sin hacer ningún ruido, comprobé que Luisa estaba bien envuelta en su toga de sábana. Aunque no sabía que yo no estaba en la cama, lo había percibido en su sueño, pues se había colocado en diagonal, invadiendo con sus piernas mi espacio. Bajé en el ascensor, no había mirado la hora, el portero de noche soñaba incómodamente con la cabeza sobre su mostrador, como un futuro decapitado; me había dejado el reloj arriba, todo estaba en silencio, mis mocasines negros hicieron un poco de ruido, sin calcetines. Descorrí la puerta de cristal que daba acceso a la piscina y, una vez sobre la hierba, volví a correrla. El gordo levantó la vista y miró hacia esta puerta, se dio cuenta en seguida de mi presencia, aunque la falta de luz no le permitió distinguirme, quiero decir identificarme. Pero por eso, porque reparó en mí en el acto, hablé al tiempo que avanzaba hacia él y los reflejos de la luna en el agua empezaban a revelarme y a alterar mis colores, según me acercaba.

—Se ha afeitado usted el bigote —dije pasándome el índice por el lugar del bigote y sin estar seguro de poderme permitir tal comentario. Antes de que contestara ya me había llegado a su lado y había tomado asiento en otra tumbona, junto a él, la mía a rayas. Se había erguido, las manos sobre los brazos de la suya, me miraba con un poco de desconcierto, no mucho, desde luego sin desconfianza, como si no le extrañara mi aparición allí, la aparición de alguien. Creo que le veía por vez primera la cara de frente, sin cámara ante sus ojos ni sombrero ante los míos, o bien se la veía simplemente de cerca, mi vista ya acostumbrada a la poca luz por haber estado mirando desde la terraza. Tenía una cara afable, de ojos despiertos, sus facciones no eran feas, sólo gordas, me pareció que era un calvo guapo, como el actor Piccoli o el pianista Richter. Sin el bigote resultaba más joven, o tal vez eran los mocasines rojos, uno de ellos volcado en la hierba. No tenía menos de cincuenta.

—Ah, es usted. No le había reconocido al principio, así vestido, siempre nos vemos en traje de baño. —Había dicho lo que yo había pensado antes, aún arriba. Llevábamos casi tres semanas viéndonos, era imposible que su vista tan ocupada no se hubiera detenido, pese a todo, alguna vez en nosotros, en mí y en Luisa—. ¿No duerme?

—No —dije yo—. El aire acondicionado de la habitación no siempre ayuda. Aquí se está mejor, me parece. ¿No le importa si me quedo un rato?

—No, claro que no. Me llamo Alberto Viana. —Y me estrechó la mano—. Soy de Barcelona —dijo.

—Yo soy de Madrid. —Y le mencioné mi nombre. Luego hubo un silencio, y dudé entre hacer algún comentario insignificante sobre la isla y las vacaciones o bien algún otro comentario, casi igual de insignificante, sobre sus costumbres observadas en la playa. Era la curiosidad por éstas lo que me había llevado hasta la piscina, a su lado, y también mi insomnio, pero lo podía haber combatido arriba, incluso haber despertado a Luisa, no lo había hecho. Yo hablaba a media voz. Era improbable que nos pudiera oír nadie, pero la visión de Luisa, y del portero de noche luego, dormidos, me hacía tener la sensación de que si alzaba la voz interrumpiría su sueño, y mi tono quedo había contagiado o condicionado el de Viana al instante.

—Es usted muy aficionado al vídeo, he visto —dije tras la pausa y la duda.

—¿Al vídeo? —dijo él con ligera sorpresa, o como para ganar tiempo—. Ah, ya comprendo. No, no crea, no soy un coleccionista. En realidad no es el vídeo lo que me interesa, por mucho que lo utilice, sino mi novia, usted la ha visto. Sólo a ella la saco en vídeo, lo demás no me interesa, no hago pruebas. Creo que se nota, usted lo habrá notado. —Y rió un poco, entre divertido y avergonzado.

—Sí, desde luego, mi mujer y yo lo hemos notado, no sé si a ella la hace sentirse un poco envidiosa, por tanta atención como usted presta a su novia. Es llamativo. Yo no tengo ni cámara fotográfica. Llevamos ya algún tiempo casados.

—¿No tiene cámara? ¿No le gusta recordar las cosas? —Viana me lo había preguntado con verdadera extrañeza. Su camisa tenía, en efecto, dibujos abigarrados de palmeras y anclas y delfines y proas, pero aun así predominaba en ella el negro divisado desde la distancia; los pantalones y los calcetines seguían viéndose azul pálido, más azules que mis pantalones, blancos, que ya estaban, como los suyos, expuestos no sólo a la luna, sino también a su débil reflejo en el agua.

—Sí, claro que me gusta, pero las cosas se recuerdan de todos modos, ¿no? Uno lleva su propia cámara en la memoria, sólo que no siempre se recuerda lo que se quiere ni se olvida lo que se desea.

—Qué tontería —dijo Viana. Era un hombre franco, nada precavido, podía decir lo que había dicho sin que su interlocutor se sintiera ofendido por ello. Rió otro poco—. ¿Cómo va usted a comparar lo que se recuerda con lo que se ve, con lo que puede volver a verse, tal como fue? ¿Con lo que puede volver a verse una y otra vez, infinitas veces, e incluso detenerse, lo que no pudo hacerse cuando se vio de verdad? Qué solemne tontería —repitió.

—Sí, tiene usted razón —admití—. Pero no me diga que filma todo el rato a su novia para recordarla luego viéndola otra vez en pantalla. ¿O es que es actriz? No le debe quedar tiempo para eso, la filma usted a diario, según he visto. Y si la filma a diario, no hay tiempo para que lo filmado empiece a parecerse al olvido y sienta usted la necesidad de recordarlo de esa manera tan fiel, viéndolo otra vez. A menos que almacene material indefinidamente, para cuando sean viejos y quieran revivir hora a hora estos días de su estancia en Menorca.

—Oh, no almaceno, no crea que almaceno más que fragmentos muy breves, digamos que en total completo una cinta cada tres o cuatro meses. Pero todas esas están en Barcelona, archivadas. Ella no es actriz, aún es muy joven. Lo que hago aquí (bueno, y allí) es no borrar la cinta de un día hasta que no ha pasado otro, no sé si me entiende. En todo este tiempo no he usado más que dos cintas, siempre las mismas. Grabo una hoy, la guardo, grabo otra mañana, la guardo, y entonces vuelvo a grabar la primera pasado mañana y de este modo la borro. Y así sucesivamente, no sé si me entiende. Aunque esto es un decir, mañana no sé si podré grabar mucho, volvemos ya a Barcelona, se acabaron mis vacaciones.

—Sí le entiendo. Pero luego, una vez allí, ¿qué hará, un montaje con todo lo que ha filmado? No sé si le entiendo.

—No, no me entiende. Una cosa son las cintas artísticas, hechas a propósito para ser guardadas, archivadas. Ésas van por su lado, una cada cuatro meses más o menos. Otra cosa son las filmaciones de cada día. Ésas se borran en cuanto ha pasado otro día.

Quizá por lo tardío de la hora (pero me había dejado el reloj arriba), tuve la sensación de que seguía sin entender del todo, sobre todo la segunda parte de lo último que me había explicado. Tampoco me interesaba mucho el camino que había tomado la conversación, sobre cintas artísticas (así había dicho, lo había oído) y cintas borradas, de a diario. Dudé si despedirme y regresar a la habitación, aunque notaba que aún no me había venido el sueño y pensé que, de subir en aquel momento, acabaría por despertar a Luisa para que me diera ella charla. Como eso no me parecía justo, consideré que era mejor que la charla me la diera todavía quien ya estaba desvelado.

—Pero entonces —alcancé a decir—, ¿por qué la filma cada día, si luego lo borra en seguida?

—La filmo porque va a morir —dijo Viana. Había estirado su pie descalzo y había mojado el pulgar de su calcetín en el agua, la agitaba lentamente de un lado a otro con su pulgar, lentamente, la pierna muy estirada, casi no llegaba a tocar, rozaba el agua. Yo me quedé callado durante unos segundos, luego pregunté, mirando moverse lentamente el agua:

—¿Está enferma?

Viana frunció los labios y se pasó una mano por la calva, como si tuviera pelo y se lo atusara, un gesto de su pasado. Estaba pensando. Le dejé pensar, pero se demoraba en exceso. Le dejé pensar. Por fin volvió a hablar, pero no respondió a mi pregunta, sino todavía a la anterior.

—La filmo cada día porque va a morir, y quiero tener guardado su último día, el último en todo caso, para poderlo recordar de veras, para volverlo a ver en el futuro cuantas veces quiera, junto a las cintas artísticas, cuando ya haya muerto. A mí me gusta recordar las cosas.

—¿Está enferma? —insistí.

—No, no está enferma —dijo ahora sin la menor dilación—. Que yo sepa, al menos. Pero va a morir, un día u otro. Usted lo sabe, todo el mundo lo sabe, todo el mundo va a morir, usted y yo, y quiero conservar su imagen. Es importante el último día en la vida de una persona.

—Desde luego —dije mirando el pie—. Es usted precavido, piensa en algún accidente. —Y pensé (pero brevemente) que si Luisa moría en un accidente yo no tendría su imagen para recordarla de veras, casi ninguna imagen. Había alguna que otra foto en casa, fotos casuales, desde luego no artísticas, y muy pocas. Y no tenía su imagen en movimiento. Involuntariamente alcé la vista y miré hacia la terraza desde la que yo había observado a Viana, hacia nuestra terraza. Todas las luces de todas las terrazas y de todas las habitaciones estaban apagadas. También, por tanto, las de Inés y Viana. Yo ya no estaba allí, en la nuestra, no había nadie.

Viana había vuelto a sumirse en su largo pensamiento, aunque ahora había sacado el calcetín del agua y lo había posado de nuevo, mojado y oscurecido en la punta, sobre la hierba. Empecé a pensar que a él no le gustaba el camino que había tomado la conversación, y otra vez pensé en despedirme y subir a la habitación, de pronto quise subir a la habitación y ver de nuevo la imagen de Luisa, dormida —no muerta—, envuelta en sus sábanas, quizá se le había destapado la espalda. Pero las conversaciones no pueden dejarse así como así, una vez comenzadas. No pueden dejarse suspendidas aprovechando una distracción o un silencio, a menos que uno de los dos conversadores se haya enfadado. Viana no parecía enfadado, si bien sus ojos vivos parecían más vivos e intensos, era difícil determinar su color a la luz de la luna en el agua: creo que eran castaños. No parecía enfadado, sólo un poco ensimismado. Musitaba algo, ya no a media voz, sino entre dientes.

—Perdone, no le oigo —dije entonces.

—No, no pienso en ningún accidente —contestó él, de pronto en voz demasiado alta, como si no hubiera calculado bien el paso del tono de quien habla para sí mismo al tono de quien está dialogando.

—Baje la voz —dije yo alarmado, aunque en realidad no había ningún motivo de alarma, era improbable que nos oyera nadie. Volví a mirar hacia las terrazas, todas seguían a oscuras, nadie había despertado.

Viana se sobresaltó por mi orden y bajó la voz en seguida, pero no se sobresaltó lo bastante para no continuar con lo que había empezado a decir tan en alto.

—Digo que no pienso en ningún accidente. Ella morirá antes que yo, no sé si me entiende.

Miré a Viana a la cara, pero él no me miró a mí, miraba hacia el cielo, la luna, hacía caso omiso de mi mirada. Estábamos en una isla.

—¿Por qué está tan seguro, si no está enferma? Usted es mucho mayor que ella. Lo normal sería lo contrario, que muriera usted antes.

Viana rió de nuevo y, estirando otra vez la pierna, ahora metió el pie encalcetinado entero en el agua y volvió a agitarla lentamente, pesadamente, más pesadamente que antes porque ahora era el pie entero —el pie gordo y seboso— lo que estaba sumergido.

—Lo normal, lo normal —dijo, y rió otro poco—. Lo normal —repitió—. Nada es normal entre ella y yo. O, mejor dicho, nada es normal de mí hacia ella, nunca lo ha sido. Al contrario, todo ha sido siempre extraordinario. La conozco desde que era niña. Yo la adoro, ¿no entiende?

—Sí, lo entiendo, y además salta a la vista que usted la adora. Yo también adoro a mi mujer, a Luisa —añadí para rebajar el carácter extraordinario que atribuía a su admiración—. Pero nosotros somos casi de la misma edad, así que resulta difícil saber quién se morirá primero.

—¿Usted la adora? No me haga reír. Usted ni siquiera tiene cámara. Usted no quiere recordarla de veras, tal como fue, si la pierde. No quiere volverla a ver cuando ya no sea posible verla.

Esta vez el comentario del gordo Viana sí me molestó un poco, lo encontré impertinente. Lo noté porque mi silencio inmediato tuvo algo de ofendido y algo de involuntario, también algo de temeroso, como si de repente ya no me atreviera a preguntarle más y a partir de aquel instante no tuviera más remedio que limitarme a oír sólo lo que él quisiera contarme. Era como si con aquel comentario indelicado y abrupto se hubiera adueñado de la conversación, del todo. Y me di cuenta de que mi temor venía asimismo de su empleo del tiempo pretérito. Había dicho *tal como fue* refiriéndose a Luisa, debía haber dicho *tal como es*. Decidí marcharme y subir a la habitación. Quería ver a Luisa y dormir junto a ella, echarme, recuperar mi espacio en la cama de matrimonio que sería seguramente como la que compartirían Inés y Viana, los hoteles modernos repiten sus habitaciones. Podía poner fin a la conversación, estaba un poco enfadado. Pero el silencio duró apenas unos segundos, porque Viana siguió hablando, sin hacer la pausa que he hecho yo por escrito, demasiado tarde para no escucharle.

—Y ha dicho usted una gran verdad, se ha roto la frente. Resulta difícil saber quién se morirá primero, usted pretende saber, nada menos, el orden de la muerte. Para saber de ese orden hay que tomar parte en él, no sé si me entiende. No quebrarlo, eso es imposible, sino tomar parte en él. Escuche, cuando yo digo que adoro a Inés, quiero decir eso literalmente, que la adoro. No se trata de una manera de hablar, de ninguna expresión corriente y sin significado que podamos compartir usted y yo, por ejemplo. Lo que usted llama adorar no tiene nada que ver con lo que yo llamo del mismo modo, compartimos el vocablo porque no hay otro, pero no la cosa. Yo la adoro y la he adorado desde que la conocí, y sé que la adoraré aún durante muchos años. Por eso no puede durar ya mucho tiempo, porque todo lleva demasiados años siendo igual a sí mismo en mí, sin variación y sin atenuación. No la habrá, por mi parte, se hará insoportable, ya lo es, y porque todo me resultará insoportable ella deberá morir antes que yo, un día, cuando yo ya no resista mi adoración. Tendré que matarla un día, no sé si me entiende.

Después de decir esto Viana sacó el pie del agua, chorreando, y lo apoyó con tiento y asco en la hierba. La seda mojada fuera del agua.

—Va a coger un resfriado —dije yo—. Será mejor que se quite el calcetín.

Viana me hizo caso y se quitó en el acto el calcetín empapado, en un gesto mecánico, sin darle mayor importancia. Lo sostuvo entre dos dedos unos segundos, con asco, y luego lo dejó colgado del respaldo de su tumbona, desde donde empezó a gotear (el olor de la tela tras pasar por el agua). Ahora tenía un pie desnudo y el otro con su calcetín azul pálido y su mocasín rojo rabioso. El pie desnudo estaba mojado, el pie calzado sequísimo. A duras penas podía yo apartar la vista de aquello, pero creo que fijar la vista era una manera de engañar al oído, de fingir que lo importante eran los pies de Viana y aquel calcetín anegado y no lo que había dicho, que tendría que matar a Inés algún día. Prefería que no lo hubiera dicho.

—¿Qué dice usted? ¿Está loco? —No quería seguir la conversación, pero añadí justamente lo que obligaba a continuarla.

—¿Loco? Lo que voy a decirle es de una lógica estricta bajo mi punto de vista —respondió Viana, y se atusó de nuevo el pelo que no tenía—. Yo conozco a Inés desde que era niña, desde que tenía siete años. Ahora tiene veintitrés. Es la hija de quienes fueron grandes amigos míos hasta hace cinco, ya no lo son, los padres se enfadan porque una chica de dieciocho se vaya a vivir con un amigo suyo de quien tenían la mejor idea, no deja de ser normal, ya no quieren saber de mí, ni casi de ella. Yo iba con mucha frecuencia a la casa de mis amigos y veía a la niña, y la adoraba. También ella me adoraba a mí, de otro modo, claro. Ella no podía saber aún, pero yo sí supe en seguida, y decidí prepararme, esperar once años, hasta que fuera mayor de edad, hasta entonces, no quería precipitarme y echarlo todo a perder, en los últimos meses tuve que contenerla. A esto lo suele llamar fijación la gente; yo lo llamo adoración, en cambio. No crea que fue fácil, desde los doce o trece años hay niños que las cortejan, niños absurdos que quieren jugar a mayores desde muy temprano. No se controlan, y pueden hacerles daño. Calculé que cuando ella cumpliera los dieciocho yo tendría casi cincuenta, y me cuidé, me cuidé enormemente para ella, excepto la gordura, eso no he podido evitarlo, el metabolismo cambia, ni la calvicie tampoco, no se ha inventado nada satisfactorio, y usted comprenderá que un peluquín es indigno, está descartado. Pero me pasé once años yendo a gimnasios y comiendo comida sana y pasando revisiones médicas cada tres meses, el quirófano me ha dado miedo; evitando mujeres, evitando contagios; y luego, claro, la preparación del espíritu: escuchando discos de los que ella oía, aprendiendo juegos, viendo mucha televisión, programas de tarde y todos los anuncios de todos los años, me sé las canciones. En cuanto a la lectura, puede imaginárselo, primero leí tebeos, luego libros de aventuras, novelas de amor, alguna, literatura española cuando le tocó estudiarla, literatura catalana, el Manelic, el llop, y todavía ahora sigo leyendo lo que ella lee, novelistas americanos, hay centenares. He jugado mucho al tenis, también al squash, algo de esquí, muchos fines de semana he tenido que viajar a Madrid o a San Sebastián para que pudiera ir al hipódromo, aquí hemos ido de fiesta en fiesta, a las de todos los pueblos a ver los jinetes. Quizá me haya visto montado en moto. Cuando hizo falta, me supe los nombres y los centímetros de todos los jugadores de baloncesto, ahora ya se le ha pasado. Ya ve cómo visto, y eso que en verano todo resulta más admisible. —Y Viana hizo un gesto elocuente con su mano derecha, como recorriéndose el atuendo—. No sé si me entiende, he llevado durante todos estos años una existencia infantil paralela a la mía (yo soy abogado, ¿sabe?, divorcios sobre todo), luego una existencia adolescente, fui el rey de los videojuegos, y ya que no podía acompañarla, me iba a ver solo todas esas películas juveniles, gamberros y extraterrestres. He llevado una existencia paralela que además no tenía continuidad, es dificilísimo estar al día, a esas edades nunca cuajan los intereses. Usted no puede ser consciente, me ha dicho que su mujer tiene más o menos su misma edad, así que su campo de referencias será el mismo, o muy parecido. Habrán escuchado las mismas canciones al mismo tiempo, habrán visto las mismas películas y leído los mismos libros, seguido las mismas modas, recordarán los mismos acontecimientos vividos con la misma intensidad y los mismos años. Para usted es sencillo. ¿Puede imaginarse que no fuera así, los larguísimos silencios que se les impondrían en sus conversaciones? Y lo peor, la necesidad de explicarlo todo, cualquier referencia, cualquier alusión, cualquier broma relativa al propio pasado o a la propia época, al propio tiempo. Mejor suprimirlas. Yo he tenido que esperar mucho, y además he debido rechazar mi pasado y configurarme otro que coincidiera con el de ella, con el que sería el suyo, en lo posible.

Viana se interrumpió un momento, una interrupción muy breve, como si lo hubiera rozado una mosca. Era de noche, los ojos acostumbrados a la oscuridad y a la luz del agua. Estábamos en una isla, no tenía reloj. Luisa dormía e Inés también dormiría, cada una en su cuarto, en camas de matrimonio cruzadas en diagonal porque ni Viana ni yo estábamos a su lado. Quizá nos echaban de menos dormidas. O tal vez no, y sentían alivio.

—Pero todo aquel esfuerzo ya está hecho, y no es lo grave. Lo grave es la adoración, mi adoración inmutable. Tan idéntica a sí misma desde hace dieciséis años que no confío en que vaya a cambiar en el futuro próximo. Y ay si cambiara. He vivido demasiado tiempo pendiente de ella, de su crecimiento, de su formación, no podría vivir de otro modo. Pero para ella es distinto. Ha cumplido su sueño de niña, su fijación de niña, hace cinco años era tan feliz o más feliz que yo, cuando se vino a vivir conmigo, mi casa estaba pensada para albergarla, allí no le falta nada. Pero su carácter no está del todo constituido, aún depende de la novedad, lo exterior la atrae, está vislumbrando lo que hay y la aguarda más allá de mí, yo creo que está un poco cansada. No sólo de mí; también de nuestra situación anómala y extraordinaria, echa de menos lo convencional, la buena relación con sus padres. No crea que no lo entiendo, es más, lo tengo previsto. Pero que yo lo entienda no ayuda en nada. Cada uno tiene su propia vida, y es la única, nadie está dispuesto a no verla cumplida según su deseo, a excepción de los que no tienen deseos, en realidad la mayoría. La gente dice lo que quiere, y habla de abnegación, de renuncia, de generosidad, de conformidad y resignación, todo es falso, lo normal es que la gente crea desear lo que le va llegando naturalmente, lo que le va sucediendo, lo que va consiguiendo o lo que le van dando, sin que haya verdaderos deseos previos. Pero sean previos o no, a cada uno le importa su propia vida y, frente a ella, las de los demás sólo importan en la medida en que están imbricadas y forman parte de la nuestra, y también en la medida en que disponer de ellas sin miramientos ni escrúpulo puede acabar afectando a la nuestra, existen leyes, puede haber castigos. Mi adoración es excesiva, pero por eso es adoración. Mi espera también fue excesiva. Y ahora sigo esperando, sólo que se ha invertido el carácter de esa espera. Antes esperaba el logro, ahora espero la cancelación. Antes esperaba la dádiva, ahora espero la pérdida. Antes esperaba el crecimiento, ahora espero la decadencia. No sólo la mía, entiéndame, también la de ella, y para eso no estoy preparado. Usted está pensando que doy demasiado las cosas por hechas, que nada es enteramente previsible, como no lo es el orden de la muerte, se lo he dicho antes. El de la vida tampoco, está usted pensando, y piensa que acaso Inés no se canse de mí y no quiera abandonarme nunca. Piensa que quizá me equivoco al desconfiar del tiempo, que tal vez ella y yo envejezcamos juntos, como insinuó hace un rato y como está convencido de que harán su mujer y usted, he oído sus palabras, no he perdido nada de lo que ha dicho. Pero es que si fuera así, si nos quedaran por delante tantos años en compañía, mi adoración me llevaría a lo mismo, lo mismo en ese caso. ¿O es que cree que a estas alturas yo podría permitirme el fin de mi adoración? ¿Cree usted que yo podría asistir a su deterioro y envejecimiento sin ponerle el único remedio que hay contra eso, que muriera antes? ¿Cree usted que, habiéndola conocido con siete años (siete años), podría soportar ver a Inés cuarentona, y aun cincuentona, sin rastro de su niñez? No sea absurdo. Es como pedirle a un padre longevo que soporte y adore la vejez de sus propios hijos. Los padres rechazan ver a sus hijos convertidos en viejos, ya no los ven, los detestan, se los saltan, ven sólo a sus nietos, cuando los tienen. El tiempo está siempre en contra de lo que ha originado. En contra de lo que hay.

Viana hundió el rostro en las manos, como le había visto hacer desde arriba, desde la terraza, y no hasta entonces abajo, junto a la piscina. Vi que el gesto no se correspondía con una risa ahogada, sino con una suerte de agobio que sin embargo no le hacía perder la serenidad. Quizá necesitaba hacer ese gesto justamente para no perder la serenidad. Miré otra vez hacia mi terraza y hacia las terrazas en general, todo seguía en silencio, oscuro y vacío, como si más allá de ellas, más allá también de los cristales y los visillos, en el interior de las habitaciones repetidas e idénticas no hubiera nadie, ni Luisa ni Inés ni nadie durmiendo. Pero yo sabía que dormían ellas y dormía el mundo, detenida su débil rueda. Viana y yo éramos producto de su inercia tan sólo, mientras hablábamos. Sin volver aún a mostrarme el rostro, siguió diciéndome:

—Por eso no hay solución, en el tiempo —me dijo—. Antes que admitir el fin de mi adoración la mataría, no sé si ve el caso; y antes que permitir su marcha algún día, antes que permitir que mi adoración siguiera, pero sin su objeto, la mataría igualmente. Es todo de una lógica estricta, bajo mi punto de vista. Por eso sé lo que tengo que hacer un día, quizá lejano, puedo retrasarlo al máximo, es todo cuestión de tiempo. Pero por si acaso la filmo a diario, no sé si me entiende.

—¿No ha considerado matarse usted? —dije de pronto sin querer decirlo. Hacía ya rato que escuchaba porque tenía la sensación de no poder remediarlo y no porque lo deseara, y la mejor manera de no participar en la charla era no decir nada, comportarme como mero depositario de sus confidencias, sin objetar y sin aconsejar, sin rebatir ni asentir ni escandalizarme. Cada vez me parecía menos posible poner fin a aquella conversación, el camino que había tomado era interminable, así me lo parecía. Me picaban los ojos. Deseaba que se desarropara Luisa y se despertara, que reparara en mi ausencia y se asomara a la terraza como yo me había asomado. Que me viera abajo, junto a la piscina, a la luz debilitada de la luna en el agua, y me hiciera subir al llamarme, que dijera mi nombre y me rescatara así de la conversación con Viana, bastaba llamarme. Tendré que leer los periódicos con detenimiento a partir de ahora, había pensado mientras le escuchaba, cada vez que en un titular se diga que una mujer ha muerto a manos de un hombre tendré que leer la noticia entera hasta dar con los nombres, qué lata, ahora temeré ya siempre que pueda tratarse de Inés la muerta y Viana el que mata. Aunque todo pudiera ser una mentira suya, aquí en esta isla, mientras ellas duermen.

—¿Matarme? No me corresponde —contestó Viana haciendo emerger el rostro de entre las manos. Me miró con una expresión más de divertimiento que de sorpresa, las comisuras le sonreían o casi, me pareció en la noche.

—Menos le correspondería matarla a ella para conservar la adoración de la muerta en una cinta, si le he entendido.

—No, no me entiende, me corresponde matarla por lo que ya le he explicado, nadie renuncia a la forma de la propia vida si tiene una idea bastante clara de cómo quiere pasarla, y yo la tengo, lo que no es frecuente. Y, ¿cómo decirle?, el asesinato es una práctica masculina, eminentemente, como la ejecución, y no así el suicidio, que es tan propio de los hombres como de las mujeres. Antes le he dicho que ella vislumbra lo que hay más allá de mí, pero lo determinante es que más allá de mí en realidad no hay nada. Para ella no hay nada; puede que lo ignore, debiera saberlo. Si yo me matara esto no se cumpliría, más allá de mí no debe haber nada, no sé si me entiende.

El pie de Viana parecía ya seco, el calcetín, en cambio, aún goteaba a buen ritmo sobre la hierba, colgado del respaldo de su tumbona. Creí sentir su humedad en mis pies calzados, imaginaba lo que podría ser ponerse aquel calcetín mojado. Me descalcé el pie izquierdo para rascarme la planta contra la punta de mi mocasín negro, el derecho.

—¿Por qué me cuenta todo esto? ¿No teme que le denuncie? ¿O que hable con Inés mañana?

Viana cruzó sus manos sobre la nuca y se recostó en la tumbona, y entonces rozó con la calva el calcetín colgado. Reaccionó en seguida, incorporándose, como cuando a uno le roza una mosca. Se calzó el mocasín rojo que se había quitado ya mucho antes, cuando yo estaba aún en nuestra terraza, y eso le hizo perder el aire de desvalimiento y a mí me hizo pensar de pronto que la conversación podía acabarse.

—No se denuncian las intenciones —dijo—. Mañana nos vamos ya a Barcelona, no volveremos a vernos, salimos temprano, no habrá playa. Mañana habrá usted olvidado todo esto, no querrá recordarlo, no lo tomará en serio ni se acordará de mí, ni de ahora, ni tratará de averiguar nada. No preguntará en el hotel por nosotros, si salimos juntos, si pagamos la cuenta, si no ha ocurrido nada durante esta noche en la que el único despierto fue usted, hablaba conmigo. Ni siquiera le contará a su mujer lo que hemos hablado, para qué preocuparla, en el fondo no quiere creerme, lo conseguirá, descuide. —Viana vaciló un momento, pero continuó en seguida—. Y a poco que piense, si usted previniera a Inés no haría sino acelerar el proceso, me tocaría matarla mañana, no sé si ve el caso. —Volvió a vacilar, hizo una pausa, miró hacia el cielo, la luna, luego hacia el agua, luego volvió a hacer su gesto de agobio, esto es, se tapó la cara y así siguió hablando—. Y quién le dice que podría hablar con ella mañana, quién le dice que no lo he hecho ya, esta noche, hace un rato y antes de bajar aquí, quién le dice que no está ya muerta y que por eso le hablo, cualquiera puede morir en cualquier momento, nos lo enseñaban en el colegio, lo sabemos todos desde que somos niños, para ello basta entrar a formar parte del orden de la muerte, usted mismo ha dejado a su mujer dormida, pero quién le asegura que no ha muerto mientras hablaba conmigo, tal vez está agonizando en este mismo instante, ya no le daría tiempo a llegar arriba, aunque corriera. Quién le dice que no es Inés la que ha muerto a mis manos, y que por eso me afeité el bigote, hace ya mucho rato, antes de que usted bajara, antes de que yo bajara. O ambas. Quién le dice que no han muerto ambas, mientras dormían.

No le creí. La belleza ideal de Inés estaría dormida, sus ocho sortijas en la mesilla de noche, sus pechos voluminosos bien colocados sobre las sábanas, su respiración pausada, los labios idénticos entreabiertos como de niña, su pubis sin pelos haciendo un poco de mancha, esa extraña segregación nocturna de las mujeres. Luisa estaba dormida, yo la había visto, su rostro tallado y cándido y aún sin arrugas, sus inquietos ojos moviéndose bajo los párpados, como si no pudieran acostumbrarse durante la noche a dejar de hacer lo que hacían durante el día, a diferencia de los de Inés, que probablemente estarían quietos ahora, durante el sueño que necesitaban para el mantenimiento de su belleza inmutable. Ambas estaban dormidas, por eso no se despertaban ni se asomaban, Luisa no había muerto durante mi ausencia, no tenía reloj, cuánto había durado. Instintivamente miré hacia arriba, hacia las habitaciones, hacia mi terraza y hacia las terrazas, y en una de ellas vi aparecer una figura envuelta en su toga de sábana, que me llamó dos veces, dijo mi nombre, como las madres dicen los de sus hijos. Me puse en pie. A la terraza de Inés, cualquiera que fuese, no salió sin embargo nadie.

Lo que dijo el mayordomo

Para Domitilla Cavalletti

['*Durante una reciente y breve estancia en Nueva York me sucedió una de las dos cosas que los europeos más tememos en esa ciudad: quedé atrapado por espacio de media hora en el ascensor de un rascacielos, entre el piso 25 y el 26. Pero no quiero hablar del miedo que pasé ni de la justificadísima sensación de claustrofobia que me hizo chillar (lo confieso) cada pocos minutos, sino del individuo que viajaba conmigo cuando el ascensor se paró y con quien compartí esa media hora de confidencia y temor. Era un hombre de aspecto atildado y circunspección extrema (en situación tan apurada, él sólo gritó una vez, y cesó en cuanto supo que habíamos sido oídos y localizados). Parecía un mayordomo de película y resultó ser un mayordomo de la vida real. A cambio de alguna información incoherente y dispersa acerca de mi país, él me contó lo siguiente mientras esperábamos en el amplio ataúd vertical: trabajaba para un adinerado matrimonio joven compuesto por el presidente de una de las más famosas e importantes compañías americanas de cosméticos y su recién adquirida mujer europea. Vivían en una mansión de cinco pisos; se desplazaban por la ciudad en una limousine de ocho puertas y cristales velados (como la del difunto presidente Kennedy, puntualizó), y él, el mayordomo, era uno de los cuatro criados a su servicio (todos de raza blanca, puntualizó). La afición favorita de aquel individuo era la magia negra, y ya había logrado hacerse con un mechón del cabello de su joven señora, cortado mientras ella testeaba en un sillón una tarde de sumo verano y sumo sopor. Todo esto lo contaba con gran naturalidad, y mi propio pánico me hizo escucharlo con relativa naturalidad también. Le pregunté por qué había cortado cruelmente aquel mechón, si es que ella lo trataba muy mal.*

"Aún no", respondió, "pero antes o después lo hará. Es una medida de precaución. Además, si algo sucede, ¿de qué otro modo podría vengarme? ¿Cómo puede vengarse un hombre hoy en día? Por otra parte, la práctica de la magia negra está muy de moda (is very fashionable, dijo) en este país. ¿En Europa no?" Le dije que creía que no, con la excepción de Turín, y le pregunté si no podía hacer algo con su magia negra para que saliéramos del ascensor. "Lo que yo practico sirve sólo para vengarse. ¿De quién quiere usted que nos venguemos, de la compañía constructora de ascensores, del arquitecto del edificio, del alcalde Koch? Puede que lo lográramos, pero eso no nos haría salir de aquí. No tardarán." No tardaron, en efecto, y una vez recuperado el movimiento y una vez llegados a la planta baja, el mayordomo me deseó buena estancia en su ciudad y desapareció como si la media hora que nos había unido no hubiera existido jamás.'

Así empezaba un artículo que, con el título de 'La venganza y el mayordomo', publiqué en el diario El País *el lunes 21 de diciembre de 1987. A continuación el texto perdía de vista a este mayordomo y pasaba a ocuparse sólo de la venganza. No era, por tanto, el lugar adecuado para transcribir con detalle la totalidad de las palabras de mi compañero de viaje, y además en aquella ocasión me permití alterar alguno de los datos que me confió y en realidad silenciar la mayoría. Quizá me llevó a ello el hecho de que la nacionalidad de la reina de los cosméticos fuera la misma que la mía. Pensé que no era imposible que esa persona leyera el periódico, bien por sí misma o porque algún conocido de España la reconociera si me atenía demasiado fielmente a las circunstancias y le hiciera llegar mi escrito. Admito que me guió más el deseo de no poner en un aprieto a mi mayordomo que, por el contrario, el de poner en guardia a la reina en peligro. Ahora es quizá el momento, cuando mi gratitud hacia el primero es más difusa, aunque las probabilidades de que este otro texto llegue a los ojos de la segunda son infinitamente más escasas. No tengo, sin embargo, otro modo de advertirla, al menos un modo no excesivamente aparatoso. Si esa señora puede leer periódicos, no creo en cambio que lea libros, menos aún cuentos de un compatriota suyo. Pero eso no será culpa mía: los libros que no leemos están llenos de advertencias; nunca las conoceremos, o llegarán demasiado tarde. En todo caso mi conciencia estará más tranquila si le brindo la posibilidad, por remota que sea, de precaverse, sin por ello sentirme tampoco como un delator hacia la persona del mayordomo que tanto contribuyó a apaciguarme y a aligerar mi espera dentro del ascensor. El dato alterado en aquel artículo era que el matrimonio no era tan reciente como allí se afirmaba y que por consiguiente el mayordomo no esperaba, como le hice decir, futuros agravios de su señora, sino que, según él, ya los padecía continuamente. Estas fueron sus palabras, en la medida en que las recuerdo y sé transcribirlas; en todo caso sin mucho orden, ya que no me siento capaz de reproducir una conversación en regla, sino sólo de rememorar algunas de las cosas que él dijo entonces. J M]*

Dijo el mayordomo:

—No sé si todas las mujeres son iguales en España, pero la muestra con la que me ha tocado coincidir en la vida es horrible. Vanidosa, poco inteligente, malcriada, cruel, y usted me perdonará que hable así de una mujer de su tierra.

—Adelante, no se preocupe por eso, diga lo que quiera —respondí yo generosamente, sin prestar aún demasiada atención.

Dijo el mayordomo:

—Comprendo que lo que yo diga aquí no tiene mucha autoridad ni mucho valor, y puede entenderse como un desahogo. Me gustaría que el mundo fuera de tal manera que no resultara imposible una confrontación directa entre ella y yo, entre mis acusaciones y las suyas, o entre mis acusaciones y su defensa, sin que ello tuviera consecuencias graves para mí, me refiero a un despido. No crea que en la actualidad hay tantas familias que puedan dar empleo a un mayordomo, ni siquiera en la ciudad de Nueva York, no nos sobra el trabajo, poca gente puede permitirse tener uno, no digamos cuatro criados, como tienen ellos. Todo era bastante perfecto hasta que ella llegó, el señor es muy agradable y casi nunca está en casa, había sido soltero desde que yo entré a su servicio, hace cinco años. Bueno, se había divorciado, y esa es la mayor esperanza, que acabe divorciándose también de ella, antes o después. Pero puede ser después, y hay que estar prevenido. Ahora ya he completado mis cursos de magia negra, primero por correo, luego algunas lecciones prácticas, tengo el título. Todavía no he hecho gran cosa, esa es la verdad. Nos reunimos a veces a matar alguna gallina, ya sabe usted, es muy desagradable, nos llenamos de plumas, el animal pelea lo suyo, pero hay que hacerlo de vez en cuando, si no nuestra organización carecería de todo prestigio.

Recuerdo que aquel comentario me preocupó momentáneamente y me hizo prestar más atención, y por eso, para que mi temor se viera disipado por el otro temor, más fuerte, golpeé la puerta del ascensor una vez más, apreté insistentemente el botón de alarma y los de todos los pisos y chillé varias veces: '¡Eh! ¡Eh! ¡Oigan! ¡Eh! ¡Seguimos aquí encerrados! ¡Seguimos aquí!'.

Dijo el mayordomo:

—Tómeselo con calma, no nos ocurrirá nada. Este ascensor es muy espacioso, hay mucho que respirar, y ellos ya saben que estamos aquí. La gente es desaprensiva, pero no tanto como para olvidarse de dos personas encerradas en un ascensor, y además necesitarán que funcione. Mi señora, su compatriota, es desaprensiva, nos maltrata a todos, o lo que es aún peor, hace caso omiso. Tiene la capacidad, que quizá se da más en Europa que en los Estados Unidos, de hablar con nosotros como si no estuviéramos delante, sin mirarnos, sin hacernos caso, nos habla sin dirigirnos la palabra, exactamente como podría hacerlo si, en vez de con nosotros, estuviera hablando con una amiga sobre nosotros. Hace poco estuvo aquí una amiga suya italiana, y aunque hablaban sus lenguas que yo no entiendo, sé que buena parte de sus charlas versaron sobre nosotros, sobre mí en particular, soy el más antiguo, una especie de responsable o jefe de todo el servicio. Ella sabe bien cómo decir algo sobre mí en mi presencia sin que nada en absoluto dé a entender que habla de mí, pero no su amiga, ella no podía evitar que sus ojos verdes me lanzaran alguna mirada de soslayo en medio de su cháchara en lengua latina, cualquiera que fuese. Con todo, durante las semanas que su amiga permaneció en la casa ella estuvo más distraída y se ocupó menos de mí. Usted comprenderá, ella lleva ya aquí tres años, todavía habla muy mal el inglés, con fuerte acento, a veces me cuesta entenderla y eso la irrita, cree que lo hago a propósito para ofenderla; en parte es así, pero le aseguro que me limito a no hacer el esfuerzo que tendría que hacer siempre para entenderla, un esfuerzo de comprensión y de oído, de adivinación. Lo cierto es que tras tres años de estancia, hasta una ciudad como Nueva York cansa y aburre si no se tiene nada que hacer en ella. El señor sale todas las mañanas a trabajar y no regresa hasta tarde, hasta la hora española de cenar, ella la ha impuesto. Usted quizá no lo sepa, pero los cosméticos llevan mucho trabajo, son como la medicina, hay que investigar y perfeccionar, uno no puede quedarse estancado con una gama de productos fija. Hay adelantos increíbles cada año, cada mes, y hay que estar al tanto, exactamente como en la medicina, lo dice el señor.

El señor sale, trabaja durante doce horas o más, sólo está en casa por la noche y los fines de semana, poco más. Ella se aburre bastante, como es natural, ya hizo todas las compras que podía hacer para la casa, aunque sigue viviendo a la espera de las novedades de toda índole: un nuevo producto, un nuevo aparato, un nuevo invento, una nueva moda, una nueva representación en Broadway, una nueva exposición, una nueva película importante, cualquier novedad la consume al instante, en el acto, más rápidamente de lo que incluso una ciudad como esta puede ofrecer.

Yo me había sentado en el suelo del ascensor. Él, en cambio, tan atildado y circunspecto, permanecía de pie con el abrigo y los guantes puestos, una mano apoyada en la pared y un pie graciosamente cruzado sobre el otro. Los zapatos le brillaban más de lo que es normal.

Dijo el mayordomo:

—Así, por lo general está en casa, sin nada que hacer, viendo la televisión y poniendo conferencias a sus amigas de España, invitándolas a venir, no vienen mucho, no es de extrañar. Cuando ya no puede hablar más, cuando le duele la lengua de tanto hablar y le duelen los ojos de ver tanta televisión, entonces no tiene más remedio que fijarse en mí, soy yo quien está siempre en casa, o casi siempre, soy yo quien sabe dónde están las cosas o dónde pueden conseguirse si hay que hacerlas traer. Se fija en mí, ¿comprende?, y no hay nada peor que ser la fuente de distracción de alguien. Algunas veces se traiciona a sí misma, quiero decir a su espíritu despreciativo: sin darse cuenta, se encuentra con que durante unos minutos no ha estado dándome órdenes ni haciéndome preguntas útiles, sino conversando conmigo, imagínese, conversando.

Recuerdo que en este punto me levanté y golpeé de nuevo la puerta con la palma de mi mano izquierda. Iba a volver a gritar, pero decidí tomar ejemplo del mayordomo, que hablaba con mucha calma, como si estuviéramos del otro lado del ascensor, esperándolo. Me quedé de pie, como él, y le pregunté:

—¿Y de qué conversan?

Dijo el mayordomo:

—Oh, me hace algún comentario sobre algo que ha leído en una revista o sobre algún concurso que ha visto en la televisión, está loca por uno que hay todas las tardes a las siete y media, justo antes de que vuelva el señor, está loca por *Family Feud*, hace que todo se pare a las siete y media para verlo con extremada atención. Apaga las luces, descuelga el teléfono, durante la media hora que dura *Family Feud* nosotros podríamos hacer cualquier cosa en la casa, prenderle fuego, no se enteraría; podríamos entrar en su dormitorio, donde ella lo ve, y quemar la cama a sus espaldas, no se enteraría. En esos momentos sólo existe la pantalla de televisión, sólo he visto esa capacidad de abstraerse en los niños, ella es un poco infantil. Mientras ella ve *Family Feud* yo podría cometer un asesinato a sus espaldas, podría degollar alguna de nuestras gallinas y esparcir las plumas y derramar la sangre sobre sus sábanas, ella no se enteraría. Al cabo de su media hora se levantaría, miraría a su alrededor y pondría el grito en el cielo, ¿de dónde ha salido esta sangre, de dónde estas plumas, qué ha sucedido aquí? En modo alguno me habría visto degollar a la gallina. Podríamos robar, cuadros, muebles, alhajas, podríamos traer a nuestras amigas o amigos y celebrar una orgía en su propia cama, mientras ella mira *Family Feud*. Claro está que no lo hacemos, porque es también la cama del señor, al que todos queremos y respetamos. Pero imagínese, y no exagero, mientras ella ve *Family Feud* podríamos violarla y no se enteraría. Hasta que no descubrí esto tuve que buscar ocasiones propicias, como ya le he explicado, para cortarle un mechón de pelo o sustraerle una prenda, íntima o no, un pañuelo o unas medias. Si ahora quisiera más objetos personales suyos, sólo tendría que esperar a las siete y media de lunes a viernes y sustraérselos mientras ve su programa. Le confesaré una cosa, vea que no exagero: en una ocasión hice la prueba, por eso le digo que podríamos violarla sin que se diera cuenta. En una ocasión me acerqué a ella por detrás mientras miraba *Family Feud*, ella lo ve muy de cerca, muy erguida, sin duda buscando la incomodidad para mantener mejor la atención, sentada en una especie de taburete bajo. Una tarde me acerqué a ella por la espalda y le toqué un hombro con mi mano enguantada, como si fuera a advertirle algo. Me obliga a ir siempre con guantes, ¿sabe?, la librea sólo tengo que ponérmela cuando hay invitados a cenar, pero ella quiere que lleve siempre mis guantes blancos de seda, ya sabe, la idea es que el mayordomo vaya pasando los dedos por todas partes, por muebles y barandillas, para ver si hay polvo, si lo hay los guantes blancos se manchan inmediatamente, siempre llevo mis guantes, muy finos, al tacto es como si no llevara nada en las manos. Así, le toqué el hombro con mis dedos sensibles, y al ver que no los notaba, dejé la mano posada durante bastantes segundos y fui haciendo presión poco a poco. Hasta ahí habría tenido excusa. Ella no se volvió, ni se movió, nada. Entonces hice avanzar la mano, yo estaba de pie, acariciándole los hombros y las clavículas, más que presionando, y ella permanecía inmutable. Empecé a preguntarme si acaso estaba invitándome a que avanzara, y reconozco que esa duda todavía no la he despejado del todo; pero yo creo que no, que estaba tan absorta en la contemplación de *Family Feud* que no se percató de nada. De modo que hice que mi mano se deslizara cautelosamente (siempre enguantada) por su escote, ella va siempre demasiado escotada para mi gusto, al señor, en cambio, le agrada eso, se lo he oído decir. Toqué su sostén, un poco áspero francamente, y fue eso, más que mi propio deseo, lo que me convenció para sortearlo o, digamos, hacer que por lo menos la aspereza de la tela rozara sólo contra el envés de la mano, menos sensible que la palma, aunque llevaba mis guantes. No crea que las mujeres me dicen gran cosa, apenas si tengo trato con ellas, pero una piel es una piel, una carne una carne. De modo que le acaricié durante largos minutos un pecho y otro, izquierdo y derecho, muy agradables, pezón y pecho, ella no se movió ni dijo nada, ni siquiera cambió de postura mientras veía su programa. Yo creo que podría haberme eternizado allí si *Family Feud* hubiera durado más tiempo, pero de pronto vi que el presentador estaba ya despidiéndose y retiré la mano. Aún pude salir de la habitación antes de que terminara su trance, andando de puntillas, de espaldas. El señor llegó a las ocho en punto, todavía sonaba en la televisión la música final del programa.

—¿Está usted seguro de que nos van a sacar de aquí? Empieza a parecerme que tardan demasiado —dije yo por toda respuesta, y volví a gritar y a golpear la puerta metálica—. ¡Eh! ¡Eh! —¡Pam, pam!

Dijo el mayordomo:

—No tardarán, ya se lo he dicho. A nosotros nos parece que cada minuto dura una hora, pero un minuto dura siempre un minuto en realidad. No llevamos aquí tanto tiempo como usted cree, tómeselo con calma.

Me deslicé de nuevo hasta el suelo apoyándome en la pared (me había quitado el abrigo y lo llevaba colgado del brazo) y me quedé allí sentado.

—¿No ha vuelto a tocarla? —le pregunté.

Dijo el mayordomo:

—No. Eso fue antes de la muerte de la niña, a partir de entonces le tengo demasiado asco, no podría volver a acariciarle ni un dedo. Hace doce meses ella se quedó embarazada, el señor no había tenido hijos en su anterior matrimonio, así que sería el primero. Ya puede usted imaginarse cómo fue el embarazo, una pesadilla para mí, se me duplicó el trabajo y se duplicó la atención que ella me presta siempre, me llamaba de continuo para pedirme las cosas más inútiles y más idiotas. Pensé en despedirme, pero ya le digo, escasea el trabajo. Cuando dio a luz me alegré, no sólo por el señor, también porque la niña sería ahora su fuente de distracción principal y me aliviaría. Pero la niña nació muy mal, con un defecto grave que habría de matarla a los pocos meses, no me haga hablar de ello. En seguida se supo que la niña estaba condenada, que no podría durar más que eso, unos meses, tres, cuatro, seis a lo sumo, inverosímilmente un año. Yo entiendo que eso es muy duro, entiendo que, sabiéndolo, una madre no quiera encariñarse con su criatura, pero también es cierto que esa criatura, mientras dure, debe recibir cuidados y un poco de afecto, ¿no le parece? Al fin y al cabo, en lo único que esa niña se diferenciaba de nosotros, de los demás, era en que se sabía su fecha de cancelación, porque nos cancelarán a todos, cierto. Ella no quiso saber nada en cuanto se enteró de lo que iba a pasar. Prácticamente se puede decir que nos entregó la niña a nosotros, a los criados, hizo venir a una mujer que la alimentara y le cambiara los pañales, hemos sido cinco en la casa durante estos meses, ahora seremos cuatro otra vez. El señor tampoco se ocupaba mucho, pero su caso es distinto, él trabaja demasiadas horas, nunca habría tenido tiempo de nada, aunque la niña hubiera estado sana. Ella, en cambio, estaba mucho en la casa, como siempre, más de lo que le gustaría, y sin embargo jamás entraba en la habitación de la niña, muchas noches ni siquiera entraba con el señor a despedirse de ella, casi nunca. El señor sí entraba por las noches, antes de acostarse, solo. Yo lo acompañaba y me quedaba en el umbral con la puerta entornada, mi mano blanca sujetándola para que hubiera algo de luz, la que venía de fuera, el señor no se atrevía a encender la de la habitación, seguramente para no despertarla pero también, yo creo, para no verla más que en penumbra. Pero la veía al menos. El señor se acercaba a la cuna, no demasiado, siempre se quedaba a un par de yardas y desde allí la miraba y la oía respirar, poco rato, un minuto o menos, lo suficiente para despedirse. Cuando él salía yo me hacía a un lado, le abría la puerta con mi mano enguantada y lo acompañaba con mi mirada, lo veía encaminarse hacia su dormitorio, donde lo esperaba ella. Yo sí entraba en la habitación de la niña y a veces me quedaba junto a ella largo rato. Le hablaba. No tengo hijos, pero vea usted, me salía hablarle, aunque ella no fuera a entenderme ni yo tuviera la excusa de que aquella niña debía acostumbrarse a la voz humana. Lo grave del caso es que no tenía por qué acostumbrarse a nada, no tenía porvenir y nada la esperaba, no había que acostumbrarla a nada, era tiempo perdido. En la casa no se hablaba de ella, no se la mencionaba, como si ya hubiera dejado de existir antes de que muriera, son los inconvenientes de saber el futuro. Tampoco entre nosotros, quiero decir los criados, hablábamos de ella, pero la mayoría íbamos a visitarla, a solas, como quien entra en un santuario. Mi magia negra, por supuesto, no servía para curarla, sólo sirve para vengarse, ya se lo he dicho. Ella, la madre, seguía haciendo su vida, llamando a Madrid, a Sevilla, ella es de Sevilla, charlando con su amiga cuando estuvo aquí, saliendo a hacer compras y yendo al teatro, viendo la televisión y *Family Feud* de lunes a viernes, a las siete y media. No sé cómo decirle, después de aquella ocasión en que la toqué sin que se diera cuenta le había tomado un poco de afecto, el contacto trae el afecto, un poco, aunque sea un contacto mínimo, quizá esté usted de acuerdo en esto.

El mayordomo hizo una pausa lo bastante larga para que este último comentario suyo no pareciera retórico, así que me incorporé y le respondí:

—Sí, estoy de acuerdo en eso, y por eso hay que tener cuidado con a quién se toca.

Dijo el mayordomo:

—Es cierto, uno no tiene buena opinión de alguien o incluso la tiene muy mala, y de repente un día, por azar, o capricho, o debilidad, o soledad, o aprensión, o borrachera, un día se descubre uno acariciando a esa persona de la que se tenía tan mala opinión. No es que se cambie de idea por eso, pero se cobra un afecto por lo que se ha acariciado y se ha dejado acariciar. Yo le había cobrado un poco de ese afecto elemental a ella, después de haberle acariciado los pechos con mis guantes blancos mientras ella veía *Family Feud*. Pero eso fue al comienzo de su embarazo, durante el cual, por ese afecto que le había tomado, fui más paciente de lo que solía ser y le procuré cuanto me pedía sin malos gestos. Luego le perdí ese afecto, desde el nacimiento de la niña en realidad. Pero lo que me ha hecho perdérselo definitivamente y tomarle asco ha sido la muerte de la niña, que duró incluso menos de lo pronosticado, dos meses y medio, no han llegado a tres. El señor estaba de viaje, aún está de viaje, yo le comuniqué la muerte ayer mismo por teléfono, no dijo nada, sólo dijo: 'Ah, ya ha sucedido'. Luego me pidió que me encargara de todo, de la incineración o el entierro, lo dejó a mi elección, quizá porque se daba cuenta de que en realidad yo era la persona más cercana a la niña, pese a todo. Fui yo quien la sacó de su cuna y llamó al médico, fui yo quien esta mañana se ocupó de retirar sus sábanas y su almohada, se hacen sábanas minúsculas para los recién nacidos, no sé si lo sabe, almohadas minúsculas. Yo le dije esta mañana a ella, a la madre, que iba a traer a la niña aquí, para incinerarla, en la planta 32, hay un servicio de muy alta calidad, uno de los mejores de la ciudad de Nueva York, conocen su trabajo, ocupan la planta entera del edificio. Se lo dije esta mañana, ¿y sabe lo que me contestó? Me contestó: 'No quiero saber nada de eso'. 'Se me había ocurrido que a lo mejor querría usted acompañarme, acompañarla a ella en su último viaje', le dije yo. ¿Y sabe lo que me contestó? Me contestó: 'No digas estupideces'. Luego me encargó que ya que venía por esta zona le sacara entradas para la ópera para unos amigos que vienen dentro de un mes, ella tiene su abono. Ella tiene futuro, a diferencia de la niña, ¿comprende? Así que me he venido solo con el cuerpo de la niña metido en un ataúd diminuto, blanco como mis guantes de seda, podría haberlo llevado en mis propias manos, blanco sobre blanco, mis guantes sobre el ataúd. Pero no ha hecho falta, este servicio tan competente de la planta 32 lo tiene todo previsto, y nos han recogido a la niña y a mí esta mañana en un coche fúnebre y nos han traído hasta aquí. Ella, la madre, se asomó a la escalera, arriba, en el cuarto piso, justo en el momento en que yo me disponía a salir con la niña, abajo, con el ataúd, estaba ya junto a la puerta de entrada con el abrigo y los guantes puestos. ¿Y sabe cuáles fueron sus últimas palabras? Me gritó desde lo alto de la escalera, con su acento español: '¡Que no dejen de poner claveles, que haya muchos claveles, y flores de azahar!'. Esa ha sido su única indicación. Ahora vuelvo con las manos vacías, la incineración acaba de tener lugar. —El mayordomo miró el reloj por primera vez desde que nos habíamos detenido y añadió—: Hará poco más de media hora.

Orange-blossoms, había dicho: las flores de las novias en Andalucía, pensé. Pero fue entonces cuando recuperamos el movimiento del ascensor y, una vez llegados a la planta baja, el mayordomo me deseó buena estancia en su ciudad y desapareció como si la media hora que nos había unido no hubiera existido jamás. Llevaba guantes de cuero, negros, y en ningún momento se los quitó.

El médico nocturno

Para L B, en el presente,
y D C, en el pasado

Ahora que sé que mi amiga Claudia ha enviudado de muerte natural del marido, no he podido evitar acordarme de una noche en París hace seis meses: había salido después de la cena de siete personas para acompañar hasta su casa a una de las invitadas, que no tenía coche pero vivía cerca, quince minutos andando a la ida y quince a la vuelta. Me había parecido una joven algo alocada y bastante simpática, una italiana amiga de mi anfitriona Claudia, también italiana, en cuyo piso de París me alojaba durante unos días, como en otras ocasiones. Era mi última noche de aquel viaje. La joven, cuyo nombre ya no recuerdo, había sido invitada para complacerme y para diversificar un poco la mesa, o mejor dicho, para que las dos lenguas habladas estuvieran más repartidas.

Todavía durante el paseo tuve que chapurrear italiano, como había hecho durante media cena. Durante la otra media era francés lo que había chapurreado aún peor, y a decir verdad estaba ya harto de no poder expresarme correctamente con nadie. Tenía ganas de resarcirme, pero esa noche ya no habría posibilidad, pensaba, pues para cuando regresara a la casa mi amiga Claudia, que habla un español convincente, ya se habría acostado con su maduro y gigantesco marido y hasta la mañana siguiente no habría ocasión de cruzar unas palabras bien armadas y pronunciadas. Sentía impulsos verbales, pero debía reprimirlos. Desconecté durante el paseo: dejé que fuera la amiga italiana de mi amiga italiana quien hablara con propiedad en su lengua, y yo, contra mi voluntad y deseo, me

limitaba a asentir y a comentar de vez en cuando: '*Certo,
certo*', sin prestar atención, cansado como estaba por el
vino y hastiado por el esfuerzo lingüístico. Mientras caminábamos echando vaho sólo me percataba de que decía cosas sobre nuestra común amiga, como era por lo demás
natural, ya que fuera de la reunión de siete de la que pro-
cedíamos no teníamos nada de lo que ponernos al tanto.
Al menos eso creía. '*Ma certo*', seguía comentando yo sin
ningún sentido, mientras ella, que se daría cuenta de mis
omisiones, continuaba un poco para sí sola o quizá por
cortesía. Hasta que de pronto, siempre hablando de Claudia, hubo una frase que comprendí muy bien como frase
y en absoluto como significado, ya que la comprendí sin
querer y aislada de todo contexto. '*Claudia sarà ancora
con il dottore*', fue lo que dijo su amiga a mi entendimiento. No hice mucho caso, porque estábamos llegando ya a
su portal y yo tenía prisa por hablar mi lengua o al menos
quedarme a solas pensando en ella.

En aquel portal había una figura esperando, y ella
añadió: '*Ah no, ecco il dottore*', o algo por el estilo. Entendí que aquel doctor venía a visitar a su marido, quien por
hallarse indispuesto no la había acompañado a la cena. El
doctor era un hombre de mi edad o casi joven y que resultó ser español. Quizá fue sólo por eso por lo que fuimos
presentados, aunque muy brevemente (ellos dos hablaron
entre sí en francés, el de mi compatriota inconfundible
acento), y aunque de buen grado me habría quedado un
rato charlando con él para satisfacer mis ansias de verbali-
dad correcta, la amiga de mi amiga no me invitó a subir,
sino que apresuró la despedida, dando a entender o diciendo que el doctor Noguera llevaba ya allí minutos, esperán-
dola. Este médico compatriota portaba maletín negro,
como los de otra época, y tenía un rostro anticuado, como
salido de los años treinta: un hombre bien parecido pero
huesudo y pálido, con pelo rubio de piloto de caza, peina-

do hacia atrás. Como él, pensé un momento, debió haber muchos en París después de la guerra, médicos exiliados republicanos.

Al regresar a la casa me sorprendió ver aún encendida la luz del estudio, por delante de cuya puerta yo debía pasar camino de la habitación de invitados. Me asomé, suponiendo un olvido y dispuesto a apagarla, y entonces vi que mi amiga estaba aún levantada, acurrucada en un sillón, en camisón y bata. Nunca la había visto en camisón y bata pese a llevar tantos años hospedándome en sus diferentes casas cada vez que iba a París unos días: eran ambas prendas de color salmón, un lujo. Aunque el marido gigantesco que tenía desde hacía seis años era muy adinerado, también era muy tacaño debido a su carácter, a su nacionalidad o a su edad, comparativamente avanzada respecto a la de Claudia, y mi amiga se había quejado muchas veces de no poder comprar nunca nada que no fuera para embellecer la casa, grande y cómoda y, según ella, la única manifestación visible de su riqueza. Por lo demás, vivían más modestamente de lo que podían permitirse, es decir, por debajo de sus posibilidades.

Yo no había tenido casi trato con él, fuera de alguna que otra cena como la de aquella velada, que son perfectas para no tratar ni conocer a nadie que no se conozca ya de antemano. Ese marido, que respondía por el extravagante y ambiguo nombre de Hélie (algo femenino a mis oídos), lo veía yo como un apéndice, ese tipo de apéndice tolerable que muchas mujeres todavía atractivas, solteras o divorciadas, son proclives a injertarse cuando rozan los cuarenta años, o quizá los cuarenta y cinco: un hombre responsable y bastante mayor, con cuyos intereses no tienen nada que ver y con el que jamás se ríen, que sin embargo les sirve para seguir vigentes en la vida social y organizar cenas de siete como la de aquella noche. Hélie era llamativo por su tamaño: medía casi dos metros y estaba gordo, sobre todo en el pecho, una especie de peonza ciclópea rematada por dos piernas tan flacas que parecían sólo una; cuando me lo cruzaba por el pasillo, siempre se bamboleaba y llevaba las manos muy extendidas, cerca de las paredes, para tener un punto de apoyo si se resbalaba; en las cenas debía ocupar por fuerza una cabecera, porque de otro modo el lateral en que se hubiera instalado habría quedado copado por su desmedida figura y descompensado, él a solas frente a cuatro comensales pasando apreturas. No hablaba más que francés, y según Claudia era una lumbrera en su campo, que era el de la abogacía. Al cabo de seis años de matrimonio, no es que viera a mi amiga decepcionada, pues nunca había mostrado entusiasmo, sino incapaz de disimular, ni ante extraños, la irritación que nos causan siempre quienes nos están sobrando.

—¿Qué sucede? ¿Aún despierta? —le dije con el alivio de poder expresarme por fin en mi lengua.

—Sí. Es que me encuentro muy mal. Va a venir un médico.

—¿A estas horas?

—Un médico nocturno, uno de guardia. Muchas noches debo llamarlo.

—Pero ¿qué tienes? No me habías dicho nada.

Claudia bajó la luz graduable que tenía encendida junto al sillón, como si antes de responder quisiera estar en penumbra, o que yo no distinguiera sus expresiones involuntarias; nuestros rostros, cuando hablan, se llenan de expresiones involuntarias.

—Nada, cosas de mujeres. Pero me duele mucho cuando me da. El médico me pone una inyección que me calma el dolor.

—Ya. ¿Y Hélie no podría aprender a ponértela?

Claudia me miró con exagerada reserva y lo que ahora bajó fue la voz para contestar a esta pregunta, no la había bajado para contestar a las otras.

—No, no puede. Le tiembla demasiado el pulso, no me fío. Si me la pusiera él no me haría efecto, estoy segura, o a lo mejor se confundía y me inyectaba otra cosa, cualquier veneno. El médico que suelen mandar es un médico muy amable, y además, para eso están los de guardia, para venir a las casas a altas horas de la noche. Es español, por cierto. Llegará de un momento a otro.

—¿Un médico español?

—Sí, creo que de Barcelona. Bueno, no sé si tendrá la nacionalidad francesa, debe tenerla para ejercer. Lleva aquí muchos años.

Claudia se había cambiado de peinado desde que yo había salido de la casa para acompañar a su amiga. Quizá se había limitado a deshacerse el moño para acostarse, pero lo que ahora llevaba me parecía un peinado, no un despeinado de final del día.

—¿Quieres que te haga compañía mientras esperas o prefieres estar sola si te duele? —pregunté retóricamente, ya que, teniéndola levantada, no estaba dispuesto a irme finalmente a la cama sin cumplir mi deseo de cruzar unas palabras y descansar de las abominables lenguas y el vino de la velada. Y antes de que contestara, añadí, para que no pudiera contestarme—: Muy agradable tu amiga. Me ha dicho que tenía al marido enfermo, noche ajetreada para los médicos de este barrio.

Claudia dudó unos segundos y me pareció que me miraba otra vez con reserva mientras no decía nada. Luego dijo, ya sin mirarme:

—Sí, tiene un marido, aún más insoportable que el mío. El suyo es joven, un poco mayor que ella, pero lo tiene desde hace diez años y es igual de tacaño. Ella no gana bastante con su trabajo, como me pasa a mí, y él le raciona hasta el agua caliente. Una vez utilizó la ya usada de la bañera para regar las plantas, que se murieron al poco tiempo. Cuando salen juntos no la invita ni a un café, cada uno debe pagar lo suyo, por lo que a veces ella no toma nada mientras él se da una merienda. Puesto que ella gana poco, es uno de esos hombres que piensan que quien gana menos en un matrimonio se aprovecha necesariamente del otro. Está obsesionado con eso. Le vigila las llamadas, en el aparato ha colocado un dispositivo que impide llamar fuera de la ciudad, así que para hablar con su familia en Italia debe irse a una cabina con monedas o la tarjeta.

—¿Por qué no se separa?

Claudia tardó en contestar:

—No lo sé, por lo mismo que yo no me separo, aunque mi situación no es tan grave. Supongo que es verdad que gana menos, supongo que es cierto que se aprovecha; supongo que tienen razón los hombres que andan obsesionados con el dinero que gastan o logran ahorrarse con sus mujeres que ganan menos; pero para eso es el matrimonio, todo tiene sus compensaciones y viene pagado. —Claudia bajó aún más la luz de la lámpara y quedamos casi a oscuras. Su camisón y su bata parecían rojos ahora, por efecto de la oscuridad en aumento. También bajó aún más la voz, hasta convertirla en un susurro colérico—. ¿Por qué crees que tengo estos dolores, que tengo que llamar a un médico para que me inyecte un sedante? Menos mal que sólo ocurre en noches de cenas o fiestas, cuando come y bebe y está animado. Cuando ha visto que otros me han visto. Piensa en los otros y en sus ojos, en lo que los otros ignoran pero dan por descontado o suponen, y entonces quiere hacerlo efectivo, no descontado ni supuesto ni ignorado. No imaginario. Entonces no le basta con imaginarlo. —Calló un momento y añadió—: Esa mole es un suplicio.

Aunque nuestra amistad venía de muchos años, nunca habíamos incurrido en esta clase de confidencias. No es que me molestara, al contrario, nada me gusta tanto como llegar a este tipo de revelaciones. Pero no estaba acostumbrado con ella, así que puede que me sonrojara un poco (pero ella no me vería) y sólo contesté torpemente, esto es, quizá disuadiéndola de seguir, lo contrario de lo que quería:

—Comprendo.

Sonó el timbre de la puerta, una llamada débil, lo imprescindible, como se llama a una casa en la que ya se está alerta o se espera al que llama.

—Es el médico nocturno —dijo Claudia.

—Te dejo. Buenas noches y que se te pase.

Salimos juntos del estudio, ella se dirigió hacia la entrada y yo en la dirección opuesta, hacia la cocina, donde pensaba leer el periódico un rato antes de acostarme, de noche era la habitación menos fría de la casa. Pero antes de doblar el recodo del pasillo que me llevaría hasta allí, me detuve un momento y me di la vuelta y miré hacia la puerta de entrada, que Claudia abría en aquel instante, tapando con su espalda de color salmón la figura del médico que llegaba. Oí que le decía en español: 'Buenas noches', y sólo logré ver, en la mano izquierda del doctor, que sobresalía del cuerpo vuelto de mi amiga italiana, un maletín idéntico al del otro médico que me había sido presentado en el portal de su amiga también italiana cuyo nombre no recuerdo. Habrá venido en coche, pensé del médico.

Cerraron la puerta y avanzaron por el pasillo sin verme, Claudia delante, y entonces me encaminé hacia la cocina. Allí tomé asiento y me serví ginebra (un disparate la mezcla), y desplegué el periódico español que había comprado por la tarde. Era del día anterior, pero para mí las noticias eran nuevas.

Oí cómo mi amiga y el médico entraban en la habitación de los niños, que estaban pasando el fin de semana con otros niños, en otra casa. Ese cuarto, con un largo tramo de pasillo por medio, quedaba justo enfrente de la cocina, así que al cabo de unos minutos desplacé la silla en la que había tomado asiento hasta poder captar, con el rabillo del ojo, el marco de su puerta. Había quedado entornada, habían encendido una luz muy tenue, tan tenue, me dije, como la que había iluminado el estudio mientras ella y yo conversábamos y ella esperaba. No los veía, no oía nada tampoco. Volví a mi periódico y leí, pero al cabo de un rato desvié la mirada otra vez porque sentí que ahora había una presencia en el marco de su puerta, la de ellos entornada. Y entonces vi al médico, de perfil, con una inyección en su mano izquierda, alzada. Sólo vi la figura un instante, ya que estaba a contraluz, no pude verle la cara. Vi que era zurdo: era el momento en que los médicos y practicantes elevan su inyección en el aire y la aprietan un poco, para comprobar que sale líquido y que no hay peligro de obturación o, lo que es más grave, peligro de inyectar aire. Así lo hacía Cayetano, el practicante, en mi casa cuando yo era niño. Después de hacer este gesto dio un paso adelante y desapareció de mi campo visual de nuevo. Claudia debía de haberse echado en la cama de uno de los niños, de donde seguramente venía la luz, para mí tan tenue y para el médico suficiente. Supuse que la inyección sería en las nalgas.

Volví a mi periódico, y pasó demasiado tiempo antes de que se enmarcaran de nuevo en la puerta, ella o el médico republicano, ninguno. Tuve entonces una sensación vaga de entrometimiento, se me ocurrió que tal vez esperaran justamente a que yo me retirara a mi cuarto para salir y separarse. También pensé si, enfrascado como había estado en la lectura de una noticia deportiva polémica, habrían salido en silencio y yo no me habría dado cuenta. Procurando no hacer ruido para en todo caso no despertar al viejo Hélie, que dormiría desde hacía rato, me dispuse a retirarme. Antes de salir de la cocina con mi periódico bajo el brazo apagué la luz, y la luz apagada y mi quietud de un instante (el instante previo a dar un primer paso por el pasillo) coincidieron con la reaparición en su marco de las dos figuras, la de mi amiga Claudia y la del doctor nocturno. Se pararon en el umbral, y desde mi oscuridad vi cómo escrutaban en mi dirección, o eso creí. En aquel momento, en que lo que vieron fue la luz de la cocina apagada y yo aún no hice el menor movimiento, sin duda pensaron que, sin advertirlo ellos, yo ya me había marchado a mi cuarto. Si les dejé creer semejante cosa, si de hecho seguí sin hacer el menor movimiento después de verlos, fue porque el médico, a contraluz siempre, volvía a enarbolar una inyección en su mano izquierda, y Claudia, con su camisón y su bata, estaba cogida de su otro brazo como si le infundiera valor con su tacto, o con su respiración aplomo. Así cogidos de su inminencia dieron unos pasos fuera de la habitación de los niños y dejé de verlos, pero oí cómo se abría la puerta de la alcoba matrimonial, en la que Hélie estaría durmiendo, y oí cómo se cerraba. Pensé que quizá escucharía a continuación los pasos del médico prosiguiendo su marcha tras dejar a Claudia en su cuarto, para abandonar la casa una vez cumplida su misión sanitaria. Pero no fue así, lo penúltimo que oí aquella noche fue cómo se cerraba la puerta del matrimonio, en el que también se había introducido un médico nocturno con paso quedo y una inyección en la mano izquierda.

Con mucho cuidado (me descalcé), recorrí todo el pasillo hasta llegar a mi habitación. Me desvestí, me metí en la cama y acabé el periódico. Antes de apagar la luz esperé unos segundos, y fue en esos breves segundos de espera cuando por fin oí la puerta de la calle y la voz de Claudia, que despedía al médico con estas españolas palabras: 'Hasta dentro de quince días, entonces. Buenas noches y gracias.' La verdad es que me quedé con ganas de hablar un poco más en mi lengua aquella noche, en que perdí por dos veces la ocasión de hacerlo con un médico compatriota.

A la mañana siguiente yo regresaba a Madrid. Antes de salir pude preguntarle a Claudia cómo estaba y me dijo que bien, los dolores habían pasado. Hélie, en cambio, se encontraba indispuesto por los varios excesos de la noche anterior y se disculpaba por no poder despedirme.

Hablé con él por teléfono con posterioridad (esto es, cogió él el teléfono alguna vez que llamé desde Madrid a Claudia en los siguientes meses), pero la última vez que lo vi fue cuando salí de su casa aquella noche, tras la cena de siete personas, para acompañar a la amiga italiana cuyo nombre no recuerdo ahora. Precisamente porque no lo recuerdo no sé si la próxima vez que vaya a París me atreveré a preguntarle a Claudia por ella, pues ahora que Hélie ha muerto, no quisiera correr el riesgo de enterarme acaso de que también ella ha quedado viuda desde mi marcha.

La herencia italiana

Lo stesso

Tengo dos amigas italianas que viven en París. Hasta hace un par de años no se conocían, no se habían visto, yo las presenté un verano, yo fui el vínculo y me temo que sigo siéndolo, aunque ellas no se han vuelto a ver. Desde que se conocieron, o mejor, desde que se vieron y ambas saben que conozco a ambas, sus vidas han cambiado demasiado rápido y no tanto paralelamente cuanto consecutivamente. Ya no sé si debo cortar con la una para liberar a la otra o cambiar el sesgo de mi relación con la otra para que la una desaparezca de la vida de aquélla. No sé qué hacer, no sé si hablar.

En principio no tenían nada que ver, aparte de un común y considerable interés por los libros, y sus respectivas bibliotecas por tanto, hechas ambas con paciencia y devoción y esmero. La más antigua amiga, Giulia, era sin embargo una aficionada: hija de un viejo embajador *misino* (neofascista, es decir), estaba casada, tenía dos hijos, alquilaba algunos pisos de su propiedad en Roma, vivía de ello y no trabajaba, disponía de casi todo su tiempo para su pasión, leer, y, en el máximo de la sociabilidad, recibir a escritores en pálida emulación de las *salonnières* francesas del XVIII como Madame du Deffand (los tiempos no dan para más). La más reciente amiga, Silvia, era en cambio una profesional: dirigía una colección, era algo más joven, soltera, sin patrimonio, vivía con ciertos apuros gracias a entrevistas y artículos librescos para la prensa de su país; no recibía a nadie sino que salía a encontrarse con los escritores en los cafés, en los cines, acaso para cenar. A mí mismo, aunque extranjero para ellas y extranjero en la ciudad, Silvia salía a encontrarme y Giulia me recibía. Cuando Giulia me recibía, el marido solía irse durante esas horas porque odiaba todo lo español. Era un hombre mayor, veinte años más viejo que su mujer, también escritor (pero de tratados de ingeniería), poseía una incierta fortuna de la que se servía Giulia con moderación. Hubo un verano en el que el marido debió ausentarse de más por razones profesionales. Desde la ventana de la cocina, Giulia empezó a fijarse en un joven que vivía un piso más abajo. Lo veía siempre sentado, con unas gafas puestas y sin camisa, aparentemente estudiando. Más tarde se lo cruzó en la escalera, y antes de que regresara el marido ambos eran amantes, se escribían cartas de buzón a buzón, sin remite. Tan sólo un mes después el marido pidió el divorcio y abandonó la casa. El vecino subía y bajaba.

Fue por entonces cuando la otra amiga, Silvia, me anunció que se iba a casar. Uno de aquellos escritores mayores con los que salía al café o al cine se le había hecho demasiado acostumbrado para prescindir de él. Era un hombre veinte años mayor que ella, muy inteligente (decía), escribía tratados sobre el Islam, gozaba de cierto renombre y de una fortuna personal heredada de su primera mujer, muerta diez años antes. Lo único que me alertó ya entonces fue que, según me contó Silvia entre risas, odiaba todo lo español, por lo que tal vez ella tendría que seguir viéndome en los cafés y los cines cuando estuviera en París. Pensé que aquel odio podía ser musulmán.

Mientras tanto Giulia, la primera amiga, se dedicó a llevar con el falso estudiante (las gafas lo juvenilizaban, era un hombre de treinta y tantos, la edad de ella, y tenía un buen trabajo, psicólogo de una multinacional) el tipo de vida que por edad y carácter su marido no había querido o podido llevar: no sólo en verano, como hace buena parte de la población mundial, sino en todos los periodos de vacaciones efectuaban complicados viajes a lugares remotos: en el plazo de nueve meses visitaron Bali, Malaysia, por fin Tailandia. Fue en Tailandia donde el psicólogo o falso estudiante se puso enfermo por causas desconocidas, despertando su caso tanto interés entre los doctores del hospital que hasta el médico de la Reina se acercó por allí a echarle un vistazo. Nadie supo qué había tenido, pero al cabo de quince angustiosos días sanó y pudieron regresar a París.

Más o menos fue por entonces cuando, inesperadamente (del matrimonio habían transcurrido meses, en vez de años), Silvia, durante un periodo de inmovilidad de su marido islámico debido a una caída por las escaleras de su nueva casa conyugal (tantas casas en París sin ascensor), conoció en un cine (al que esta vez fue sola) a un joven de su edad por el que al cabo de unas semanas de más cine y cafés e inmovilidad marital había concebido una pasión tan fuerte que no tuvo más remedio que plantearse un divorcio raudo y reconocer su error (esto es, su impaciencia, o su debilidad, o su sumisión al hábito, o su resignación). Aquel joven era bastante más rico que el viejo escritor: se trataba del subdirector de una empresa conservera de mejillones y atún, y debía viajar de continuo a lejanos países para hacer adquisiciones o llevar a cabo transacciones oscuras. Con él fue Silvia a la China y luego a Corea y más tarde al Vietnam. Fue en este último país donde el subdirector conservero cayó enfermo de gravedad por causas desconocidas y debió aplazar sus múltiples compraventas durante dos semanas, las imprevistas que tardó en volver.

Nunca he hablado de Silvia con Giulia ni de Giulia con Silvia, pues ninguna de las dos es persona interesada en la vida de los demás ni me parece educado contar a otros oídos lo que en principio sólo se brindó a los míos. Ahora, sin embargo, tengo mis dudas, ya que este verano he visitado a Giulia en París y su situación es un poco grave: desde que decidieron tener un solo piso hace tres meses, el falso estudiante o psicólogo ha resultado ser un tipo con muy mal carácter: ahora odia los libros y ha obligado a Giulia a deshacerse de su biblioteca; le da palizas, es un violento; y últimamente, mientras ella se fingía dormida, lo ha visto dos veces a los pies de la cama acariciando una navaja (una de las veces, dice, la afilaba con un suavizador como un barbero antiguo). Giulia confía en que sea algo pasajero, una secuela de la enigmática enfermedad tailandesa o un trastorno debido al calor intolerable de este verano que nunca acaba. Ojalá sea así, pero habida cuenta de que Silvia y su conservero están pensando en tener sólo un piso, quizá debería hablar ahora con ella, para que al menos salve la biblioteca e intente convencer a su hombre de usar máquina de afeitar.

En el viaje de novios

Mi mujer se había sentido indispuesta y habíamos regresado apresuradamente a la habitación del hotel, donde ella se había acostado con escalofríos y un poco de náusea y un poco de fiebre. No quisimos llamar en seguida a un médico por ver si se le pasaba y porque estábamos en nuestro viaje de novios, y en ese viaje no se quiere la intromisión de un extraño, aunque sea para un reconocimiento. Debía de ser un ligero mareo, un cólico, cualquier cosa. Estábamos en Sevilla, en un hotel que quedaba resguardado del tráfico por una explanada que lo separaba de la calle. Mientras mi mujer se dormía (pareció dormirse en cuanto la acosté y la arropé), decidí mantenerme en silencio, y la mejor manera de lograrlo y no verme tentado a hacer ruido o hablarle por aburrimiento era asomarme al balcón y ver pasar a la gente, a los sevillanos, cómo caminaban y cómo vestían, cómo hablaban, aunque, por la relativa distancia de la calle y el tráfico, no oía más que un murmullo. Miré sin ver, como mira quien llega a una fiesta en la que sabe que la única persona que le interesa no estará allí porque se quedó en casa con su marido. Esa persona única estaba conmigo, a mis espaldas, velada por su marido. Yo miraba hacia el exterior y pensaba en el interior, pero de pronto individualicé a una persona, y la individualicé porque a diferencia de las demás, que pasaban un momento y desaparecían, esa persona permanecía inmóvil en su sitio. Era una mujer de unos treinta años de lejos, vestida con una blusa azul sin apenas mangas y una falda blanca y zapatos de tacón también blancos. Estaba esperando, su actitud era de espera inequívoca, porque de vez en cuando daba dos o tres pasos a derecha o izquierda, y en el último paso arrastraba un poco el tacón afilado de un pie o del otro, un gesto de contenida impaciencia. Colgado del brazo llevaba un gran bolso, como los que en mi infancia llevaban las madres, mi madre, un gran bolso negro colgado del brazo anticuadamente, no echado al hombro como se llevan ahora. Tenía unas piernas robustas, que se clavaban sólidamente en el suelo cada vez que volvían a detenerse en el punto elegido para su espera tras el mínimo desplazamiento de dos o tres pasos y el tacón arrastrado del último paso. Eran tan robustas que anulaban o asimilaban esos tacones, eran ellas las que se hincaban sobre el pavimento, como navaja en madera mojada. A veces flexionaba una para mirarse detrás y alisarse la falda, como si temiera algún pliegue que le afeara el culo, o quizá se ajustaba las bragas rebeldes a través de la tela que las cubría.

Estaba anocheciendo, y la pérdida gradual de la luz me hizo verla cada vez más solitaria, más aislada y más condenada a esperar en vano. Su cita no llegaría. Se mantenía en medio de la calle, no se apoyaba en la pared como suelen hacer los que aguardan para no entorpecer el paso de los que no esperan y pasan, y por eso tenía problemas para esquivar a los transeúntes, alguno le dijo algo, ella le contestó con ira y le amagó con el bolso enorme.

De repente alzó la vista, hacia el tercer piso en que yo me encontraba, y me pareció que fijaba los ojos en mí por vez primera. Escrutó, como si fuera miope o llevara lentillas sucias, guiñaba un poco los ojos para ver mejor, me pareció que era a mí a quien miraba. Pero yo no conocía a nadie en Sevilla, es más, era la primera vez que estaba en Sevilla, en mi viaje de novios con mi mujer tan reciente, a mi espalda enferma, ojalá no fuera nada. Oí un murmullo procedente de la cama, pero no volví la cabeza porque era un quejido que venía del sueño, uno aprende a distinguir en seguida el sonido dormido de aquel con quien duerme. La mujer había dado unos pasos, ahora en mi dirección, estaba cruzando la calle, sorteando los coches sin buscar un semáforo, como si quisiera aproximarse rápido para comprobar, para verme mejor a mi balcón asomado. Sin embargo caminaba con dificultad y lentitud, como si los tacones le fueran desacostumbrados o sus piernas tan llamativas no estuvieran hechas para ellos, o la desequilibrara el bolso o estuviera mareada. Andaba como había andado mi mujer al sentirse indispuesta, al entrar en la habitación, yo la había ayudado a desvestirse y a meterse en la cama, la había arropado. La mujer de la calle acabó de cruzar, ahora estaba más cerca pero todavía a distancia, separada del hotel por la amplia explanada que lo alejaba del tráfico. Seguía con la vista alzada, mirando hacia mí o a mi altura, la altura del edificio a la que yo me hallaba. Y entonces hizo un gesto con el brazo, un gesto que no era de saludo ni de acercamiento, quiero decir de acercamiento a un extraño, sino de apropiación y reconocimiento, como si fuera yo la persona a quien había aguardado y su cita fuera conmigo. Era como si con aquel gesto del brazo, coronado por un remolino veloz de los dedos, quisiera asirme y dijera: 'Tú ven acá', o 'Eres mío'. Al mismo tiempo gritó algo que no pude oír, y por el movimiento de los labios sólo comprendí la primera palabra, que era '¡Eh!', dicha con indignación, como el resto de la frase que no me alcanzaba. Siguió avanzando, ahora se tocó la falda por detrás con más motivo, porque parecía que quien debía juzgar su figura ya estaba ante ella, el esperado podía apreciar ahora la caída de aquella falda. Y entonces ya pude oír lo que estaba diciendo: '¡Eh! Pero ¿qué haces ahí?'. El grito era muy audible ahora, y vi a la mujer mejor. Quizá tenía más de treinta años, los ojos aún guiñados me parecieron claros, grises o color ciruela, los labios gruesos, la nariz algo ancha, las aletas vehementes por el enfado, debía de llevar mucho tiempo esperando, mucho más tiempo del transcurrido desde que yo la había individualizado. Caminaba trastabillada y tropezó y cayó al suelo de la explanada, manchándose en seguida la falda blanca y perdiendo uno de los zapatos. Se incorporó con esfuerzo, sin querer pisar el pavimento con el pie descalzo, como si temiera ensuciarse también la planta ahora que su cita había llegado, ahora que debía tener los pies limpios por si se los veía el hombre con quien había quedado. Logró calzarse el zapato sin apoyar el pie en el suelo, se sacudió la falda y gritó: 'Pero ¡qué haces ahí! ¿Por qué no me has dicho que ya habías subido? ¿No ves que llevo una hora esperándote?' (lo dijo con acento sevillano llano, con seseo). Y al tiempo que decía esto, volvió a hacer el gesto del asimiento, un golpe seco del brazo desnudo en el aire y el revoloteo de los dedos rápidos que lo acompañaba. Era como si me dijera 'Eres mío' o 'Yo te mato', y con su movimiento pudiera cogerme y luego arrastrarme, una zarpa. Esta vez gritó tanto y ya estaba tan cerca que temí que pudiera despertar a mi mujer en la cama.

—¿Qué pasa? —dijo mi mujer débilmente.

Me volví, estaba incorporada en la cama, con ojos de susto, como los de una enferma que se despierta y aún no ve nada ni sabe dónde está ni por qué se siente tan confusa. La luz estaba apagada. En aquellos momentos era una enferma.

—Nada, vuelve a dormirte —contesté yo.

Pero no me acerqué a acariciarle el pelo o tranquilizarla, como habría hecho en cualquier otra circunstancia, porque no podía apartarme del balcón, y apenas apartar la vista de aquella mujer que estaba convencida de haber quedado conmigo. Ahora me veía bien, y era indudable que yo era la persona con la que había convenido una cita importante, la persona que la había hecho sufrir en la espera y la había ofendido con mi prolongada ausencia. '¿No me has visto que te estaba esperando ahí desde hace una hora? ¡Por qué no me has dicho nada!', chillaba furiosa ahora, parada ante mi hotel y bajo mi balcón. '¡Tú me vas a oír! ¡Yo te mato!', gritó. Y de nuevo hizo el gesto con el brazo y los dedos, el gesto que me agarraba.

—Pero ¿qué pasa? —volvió a preguntar mi mujer, aturdida desde la cama.

En ese momento me eché hacia atrás y entorné las puertas del balcón, pero antes de hacerlo pude ver que la mujer de la calle, con su enorme bolso anticuado y sus zapatos de tacón de aguja y sus piernas robustas y sus andares tambaleantes, desaparecía de mi campo visual porque entraba ya en el hotel, dispuesta a subir en mi busca y a que tuviera lugar la cita. Sentí un vacío al pensar en lo que podría decirle a mi mujer enferma para explicar la intromisión que estaba a punto de producirse. Estábamos en nuestro viaje de novios, y en ese viaje no se quiere la intromisión de un extraño, aunque yo no fuera un extraño, creo, para quien ya subía por las escaleras. Sentí un vacío y cerré el balcón. Me preparé para abrir la puerta.

Prismáticos rotos

Para Mercedes López-Ballesteros,
en San Sebastián

El Domingo de Ramos casi todos mis amigos habían abandonado Madrid y yo me fui a pasar la tarde en el hipódromo. Durante la segunda carrera, que aún no tenía ningún interés, un individuo que estaba a mi izquierda me dio sin querer un codazo en el codo al llevarse bruscamente a los ojos sus prismáticos para mejor ver la recta final. Yo ya estaba mirando, ya tenía los míos ante mis ojos, y el golpe hizo que se me cayeran al suelo (siempre me olvido de colgármelos al cuello, y así lo pago o lo pagué aquel día, porque se me rompió uno de los cristales, los prismáticos contra las gradas, aunque no rebotaron, se quedaron allí en el suelo, quietos y rotos). El hombre se agachó antes que yo a recogerlos, fue él quien me dio noticia del desperfecto, al tiempo que se disculpaba.

—Ay perdone —dijo. Y luego—: Vaya hombre, se han roto, qué mala pata.

Lo vi agachado, y lo primero que vi de él fue que llevaba gemelos, quiero decir en los puños de la camisa, lo cual es raro de ver hoy en día, sólo los muy cursis o muy anticuados se atreven a ponérselos. Lo segundo que vi fue que llevaba una pistola con su correspondiente funda, pegada al costado derecho (sería zurdo), al agacharse se le ahuecaron los faldones de la chaqueta y pude ver la culata. Eso es aún más raro de ver, será policía, pensé en seguida. Luego, al levantarse, me di cuenta de que era un hombre de gran estatura, me sacaba la cabeza; tendría unos treinta años y lucía patillas, rectas pero demasiado largas, otro rasgo anticuado, no me habrían llamado la atención hace quince años, o bien hace un siglo. Quizá las llevaba para encuadrar y dar más volumen a su cabeza, que era alargada y pequeña, parecía una cerilla.

—Le pagaré el arreglo —dijo azorado—. Tenga, de momento le presto los míos. Estamos sólo en la segunda carrera.

La segunda carrera había ya terminado, de hecho. No nos habíamos enterado de quién había ganado, por lo que no me atreví a rasgar mis boletos de apuestas, que sostenía en la mano como hacemos todos, para romperlos y tirarlos al suelo en seguida, si hemos perdido, y olvidarnos así al instante del error de pronóstico. En aquel momento tenía también en las manos mis prismáticos rotos (los había comprado en un avión hacía no mucho, en pleno vuelo) y los del individuo intactos, me los había entregado al tiempo que me anunciaba su préstamo, yo los había cogido mecánicamente para que no se cayeran también contra las gradas. Al ver mi apuro me cogió los boletos y me los metió en el bolsillo pectoral externo de mi chaqueta, dándome a continuación una palmadita encima, como para decirme que ya estaban a buen recaudo.

—Pero si me deja los suyos, ¿qué va usted a hacer? —le dije.

—Podemos compartirlos, si no le importa que veamos las carreras juntos —contestó él—. ¿Está solo?

—Sí, he venido solo.

—Lo único —añadió el hombre— es que tendríamos que verlas todas desde aquí. Estoy de vigilancia, hoy me toca aquí, no puedo moverme.

—¿Es usted policía?

—No, qué va, me moriría de hambre, vaya mierda, conozco a algunos, ¿usted cree que si fuera un poli podría llevar la ropa que llevo? Míreme.

Y al decir esto, el hombre extendió los brazos y dio un paso atrás, las manos abiertas como las de un mago. La verdad es que iba muy mal vestido (para mi gusto), aunque con ropas caras: un traje cruzado (pero la chaqueta abierta, como ya he dicho) de un inverosímil gris verdoso, difícil de conseguir a todas luces; la camisa, que parecía muy rígida para estos tiempos, me temo que era rosa palo, no fea en sí, pero impropia de un hombre tan alto; la corbata era un enjambre incomprensible (pájaros, insectos, Mirós repugnantes, ojos de gato), predominaba el amarillo; lo más raro era el calzado: ni zapatos de cordones ni mocasines, sino unas infantiles botitas que le llegaban hasta el tobillo, debía de considerarlas modernas, el resto se suponía semiclásico. Los gemelos podían ser buenos, quizá de Durán, brillaban lo suyo, tenían forma de hoja. No era un hombre discreto, tampoco un original, seguramente no había sido educado para combinar, eso era todo.

—Ya veo —dije yo sin saber qué decir—. ¿Y qué es lo que tiene que vigilar, entonces?

—Soy escolta —contestó.

—Ah, ¿y a quién está usted escoltando?

El hombre me cogió los prismáticos que acababa de prestarme y miró con ellos hacia la tribuna de autoridades, que estaba a poca distancia (la verdad es que no hacían falta las lentes de aumento para discernirla). Volvió a entregármelos. Parecía aliviado.

—No, aún no ha llegado, todavía hay tiempo. Si por fin viene no llegará hasta la cuarta carrera, para saludar a los amigos. La que le interesa de verdad es la quinta, como a todos, y no dispone de tiempo para matarlo, quiero decir que usted habrá venido temprano para pasar el rato. Él, en cambio, estará haciendo negocios por teléfono o durmiendo la siesta para estar despejado. Yo he venido por delante, para ver cómo está la tarde, para ver si el ambiente está espeso y tomar posiciones.

—¿Espeso? ¿Qué quiere decir? ¿Qué puede pasar aquí?

—Lo más probable es que nada, pero alguien tiene que ir siempre por delante. Y alguien por detrás, junto a él, claro está. Yo suelo ir más bien por delante. Por ejemplo, si entramos en un restaurante o en un casino, o nos paramos a beber una cerveza en un bar de carretera, yo entro siempre el primero para ver cómo anda la cosa. Nunca se sabe al entrar en un local público, en ese momento puede haber dos tíos dándose de hostias. No es lo normal, pero ya sabe, un camarero que ha derramado el vino, y un cliente con mal carácter lo puede estar zarandeando. Eh, no querrá que mi jefe vea eso, o que se vea envuelto en el fregado. Las botellas vuelan rápido, ¿sabe? A lo largo del día vuelan en Madrid muchas más botellas de las que usted se imagina, se sacan navajas, la gente se zumba, la gente tiene los nervios a flor de piel. Y si en medio de todo eso aparece la riqueza, entonces todos se paran y piensan: 'Que lo pague la riqueza'. Los que se están peleando son capaces de ponerse de acuerdo en un instante y emprenderla a golpes con la riqueza: 'Que se joda la riqueza'. Hay que llevar mucho ojo, ojo.

El hombre se llevó el dedo al ojo.

—¿Sí? —dije yo— ¿Tan rico es su jefe? ¿Se le nota tanto?

—Lo lleva pintado en el rostro, tiene cara de rico. Aunque se dejara barba tres días y se vistiera de pordiosero, se le vería que es rico en la cara. Ya la quisiera yo, esa cara. Cuando entramos en una tienda de lujo, yo voy por delante, como siempre. Y a pesar de que voy bien trajeado, en cuanto me ven los dependientes me ponen mala cara o no me hacen caso, hacen como que no me han visto, se ponen a atender a otros clientes a los que hasta ese momento tampoco hacían ni puto caso o a revolver en cajones, como si estuvieran haciendo inventario. Yo no les dirijo la palabra, controlo que todo está en orden y entonces vuelvo a la puerta para abrírsela al jefe y que pase. Y en cuanto le ven la cara, todos los dependientes abandonan a los clientes y los cajones para venir a servirle con sus sonrisas.

—¿Y no será que su jefe es famoso, si es tan rico, y lo reconocen?

—Sí, puede ser —dijo el guardaespaldas, como si no hubiera pensado en ello—. Se está haciendo famosillo. Es de la banca, ¿sabe? No le digo quién, pero es de la banca. Pero oiga, vamos un poco al paddock, que habrá que ir apostando para la tercera.

Fuimos hasta allí, y de camino rasgamos por fin nuestros boletos, ea, al suelo, tras ver que habíamos perdido. Me crucé con un filósofo que no falta un domingo, también con el almirante Almira (su predestinado e incompleto apellido) y con su guapa e inmerecida esposa, quienes me saludaron con la cabeza sin dirigirme palabra, quizá se avergonzaron al verme en compañía de aquel individuo un poco gigante, yo le llegaba sólo a los hombros. Yo llevaba ahora al cuello sus prismáticos y en la mano los míos rotos, los míos son pequeños y potentes, los suyos eran enormes y muy pesados, la correa me tiraba de la nuca, pero no podía correr el riesgo de que también se cayeran. Mientras mirábamos dar vueltas a los caballos, le vi al escolta intenciones de preguntarme a qué me dedicaba yo, y como no me apetecía hablar de mí mismo me adelanté y le dije:

—Qué, qué le parece el 14.

—Bonita estampa —dijo él, que es lo que dicen siempre de los caballos los que no entienden nada—. Yo creo que le voy a apostar.

—Pues yo no, lo veo un poco nervioso. Se puede quedar en los cajones, incluso.

—¿Sí? ¿Usted cree?

—Aquí no vale la cara de rico.

El hombre se echó a reír. Era una risa inmediata, sin el más mínimo pensamiento previo, la risa de un hombre sin pulir todavía, la risa de un hombre que no piensa en la conveniencia. No tenía mucha gracia lo que yo había dicho. A continuación me cogió sus prismáticos sin pedirme permiso y miró rápidamente con ellos en dirección a la tribuna de autoridades, que desde el paddock no podía verse. Se resintió mi nuca, el hombre tiró de más de la correa, un poco.

—Qué, no ha llegado —dije.

—No, por suerte —contestó él, por intuición, supongo.

—¿Le da mucho trabajo? Quiero decir si tiene que intervenir a menudo, intervenir en serio, con peligro.

—No tanto como yo quisiera, verá usted, este es un trabajo de mucha tensión y a la vez inactivo, hay que estar alerta permanentemente, todo consiste en anticiparse, en un par de ocasiones me he abalanzado sobre personas ilustres que solamente iban a saludar a mi jefe. Les he puesto las manos a la espalda y las he reducido, sin ningún motivo, se han llevado algún golpe ducho. Me he ganado broncas por ello. Así que hay que tener mucho cuidado, no anticiparse demasiado tampoco. Hay que adivinar intenciones, eso es. Luego, casi nunca pasa nada, y se hace difícil mantener la vigilancia si uno tiene la sensación de que en realidad no hace falta.

—Claro, bajará usted la guardia.

—No, no la bajo, pero me cuesta esfuerzo obligarme. Mi compañero, el que va con él cuando yo voy por delante, la baja mucho más, me doy cuenta. Yo a veces le echo regañinas. Se abstrae en videojuegos portátiles mientras espera, tiene ese vicio. Y eso no puede ser, ¿comprende?

—Comprendo. Y él, el jefe, ¿qué tal los trata?

—Bueno. Para él somos invisibles, no se priva de nada porque estemos delante. Yo le he visto hasta hacer guarradas.

—¿Guarradas? ¿De qué tipo?

El guardaespaldas me tomó del brazo para ir hacia las taquillas de apuestas. Ahora me dio a mí vergüenza ir así con un hombre tan alto. Su manera de cogerme era protectora, quizá no sabía establecer contacto con las personas más que de esa clase: él protegía. Pareció dudar un momento. Luego dijo:

—Bueno, con tías, en el coche, por ejemplo. La verdad es que es bastante sucio, la cabeza un poco sucia, ¿sabe? —Se tocó la frente—. Oiga, no será usted periodista.

—No, se lo aseguro.

—Ah, bueno.

Yo aposté al 8 y él al 14, era un hombre terco, o supersticioso, y volvimos a las gradas. Tomamos asiento, a la espera del inicio de la tercera carrera.

—¿Cómo hacemos con los prismáticos?

—Yo miro la salida y usted la llegada, si le parece —contestó él—. Estoy en deuda.

Volvió a cogerme los prismáticos sin sacármelos antes por la cabeza, pero ahora estábamos muy cerca el uno del otro y no hubo de tirar de la correa. Miró hacia la tribuna un segundo y volvió a dejármelos sobre las rodillas. Miré sus botitas, eran incongruentes, daban a sus pies muy grandes un aspecto aniñado. Se excitó durante la carrera, gritándole '¡Vamos, *Narnia*, dales fuerte!' al número 14, que no se quedó en los cajones pero salió mal y llegó sólo cuarto. Mi 8 quedó segundo, por lo que rasgamos nuestros boletos con gesto agrio, como debe hacerse: a la mierda.

De pronto lo vi abatido, no podía ser por la apuesta.

—¿Le pasa algo? —le pregunté.

No contestó de inmediato. Miraba al suelo, hacia sus boletos rasgados, el tórax tan largo inclinado, la cabeza casi entre las piernas abiertas, como si se hubiera mareado y tomara precauciones por si vomitaba, no manchar los pantalones.

—No —dijo por fin—. Es sólo que esta era la tercera carrera, mi jefe estará a punto de llegar con mi compañero, si llegan. Y si llegan, me toca.

—Tiene que permanecer aquí para vigilar, ¿no?

—Sí, tengo que quedarme aquí. ¿No le importa hacerme compañía? Bueno, si quiere volver al paddock y a apostar, vaya usted y vuelve luego para la carrera. Me quedo con los prismáticos mientras tanto, por si acaso pasa algo.

—Iré a apostar un momento. No necesito ver los caballos.

Me dio diez mil pesetas para una gemela, otras cinco para ganador, bajé a hacer mis apuestas, no tardé nada, aún no había cola. Cuando regresé a las gradas el escolta seguía cabizbajo, no parecía alerta. Se acariciaba las patillas ensimismado.

—¿Ha llegado ya? —le pregunté, por decir algo.

—No, todavía no —respondió alzando la vista y a continuación los prismáticos hacia la tribuna. Se le había convertido en un gesto casi mecánico—. Todavía puede que no me toque.

El hombre seguía abatido, había perdido de golpe toda su bonhomía, como si se hubiera nublado. Ya no me daba charla ni me hacía caso. Estuve tentado de decirle que prefería ver esa carrera al pie de la pista, donde me arreglaría bien sin prismáticos, y abandonarlo. Pero temí por su trabajo. Estaba absorto, todo menos vigilante, justo cuando le tocaba.

—¿Seguro que no le ocurre nada? —dije, y luego, más que nada para recordarle la inminencia de su tarea—: ¿Quiere que vigile yo por usted si se encuentra mal? Si me indica quién es su jefe...

—No hay nada que vigilar —respondió—. Yo sé lo que va a pasar esta tarde. O quizá ya ha pasado.

—¿El qué?

—Mire, uno no le toma afecto a quien le paga para que lo proteja. Mi jefe, ya se lo he dicho, no sabe ni que existo, apenas mi nombre, para él he sido aire durante los dos últimos años, y de vez en cuando me ha metido alguna bronca por excederme en mi celo. Él da órdenes y yo las cumplo, me dice dónde y cuándo me quiere y allí voy yo, a la hora y el lugar indicados. Eso es todo. Cuido de que no le pase nada, pero no le tengo afecto. En más de una ocasión he pensado en atentar yo contra él para aplacar la tensión y hacerme sentir necesario, crear yo mismo el peligro. Nada serio, una pequeña paliza en el garaje, echarle un poco de comedia, emboscarme y hacerme pasar por un asaltante en mis horas libres. Darle un susto. No podía imaginar que fuera a llegar un día en que tuviéramos que cargárnoslo en serio.

—¿Cargárnoslo? ¿Quiénes?

—Mi compañero y yo. Bueno, o él o yo. Puede que él haya podido hacerlo ya, ojalá. Si es así, el jefe no aparecerá tampoco para esta carrera, no habrá salido de casa y estará tirado en la alfombra, o metido en el maletero. Pero si viene, ve usted, será que él no ha podido, y entonces me tocará a mí, a la vuelta del hipódromo, en el mismo coche, mientras mi compañero conduce. Una cuerda, o un tiro fuera de la carretera. Ojalá no vengan, ya le digo, no le tengo afecto, pero la idea de encargarme yo. Eso me pone malo.

Pensé que estaba bromeando, pero hasta aquel momento no me había parecido un hombre dado a las bromas, más bien parecía incapaz de hacerlas, por eso —había pensado fugazmente— se había reído tanto cuando yo hice una sin mucha gracia. La gente que no sabe hacerlas se sorprende tanto de que otros las hagan, y lo agradecen.

—No sé si le entiendo —dije.

El escolta seguía mesándose las patillas sin pudor. Me miró de reojo y dejó así la vista: fija en mí, pero de reojo.

—Claro que me entiende, está bien claro lo que le he dicho. Le repito que no le tengo afecto, pero me sentiría aliviado si no vinieran, si ya lo hubiera hecho mi colega.

—¿Por qué lo hacen?

—Eso es largo de contar. Por pasta, bueno, no sólo, a veces no hay más remedio, a veces hay que hacer cosas que a uno le asquean, pero hay que hacerlas, porque peor es no hacerlas, ¿no le ha ocurrido nunca?

—Sí, me ha ocurrido —dije—, pero no tan graves, supongo. —Miré de reojo hacia la tribuna de autoridades, un gesto inútil por mi parte—. Si todo esto es verdad, ¿por qué me lo cuenta?

—Bah, eso da lo mismo. Usted no va a ir a contárselo a nadie, aunque mañana lo lea en el periódico. A nadie le gusta meterse en berenjenales; si va usted con el cuento, para usted los líos y las molestias. Y a lo mejor las amenazas. Nadie cuenta nada si no le trae algún provecho. Por eso a la policía no la ayuda ni Dios, allá se las compongan ellos, piensa todo el mundo. Y nadie dice nada. Usted hará lo mismo, hoy no me da la gana de tener secretos.

Le cogí los prismáticos y volví a mirar hacia la tribuna, ahora con las lentes de aumento. Estaba casi vacía, andarían todos en el bar o en el paddock, aún faltaban unos minutos para la salida. El gesto fue aún más inútil, porque yo no conocía a su jefe, aunque quizá podría adivinar quién era por la cara de rico, si se la veía.

—¿Está? —me preguntó temeroso y mirando hacia la pista.

—No lo creo, no hay casi nadie. Mire usted.

—No, prefiero esperar. Cuando vaya a empezar la carrera, cuando entren todos. ¿Me avisa usted?

—Sí, yo le aviso.

Guardamos silencio. Yo volví a mirarle las botas (ahora los pies muy juntos) y él se miraba los gemelos de los puños de la camisa, rosa palo la camisa, los gemelos sendas hojas de tabaco. De pronto me vi deseando que un hombre hubiera muerto, que su jefe ya hubiera muerto. Me vi prefiriendo eso, para que no tuviera él que matarlo. Empezamos a notar que se llenaban las gradas, nos iba estrechando la gente, nos tuvimos que poner de pie para hacer sitio.

—Tenga los prismáticos —le dije—, quedamos en que usted miraba las salidas. —Y se los alcancé.

El guardaespaldas los cogió y se los llevó a los ojos con brusquedad, con el mismo gesto que había dejado inservibles los míos. Vi cómo los enfocaba hacia los cajones, y cuando los caballos estaban a punto de salir disparados, volvió esos prismáticos hacia la tribuna unos segundos. Le oí contar:

—Uno, dos, tres, cuatro, cinco, seis, siete, ocho, nueve, diez. No ha venido —dijo.

—Ya salen —dije yo.

Volvió a mirar hacia la pista, y cuando los caballos tomaban la primera curva le oí gritar:

—¡Vamos, *Caronte*, vamos! ¡Venga, *Caronte*, dale!

A pesar de su excitación y de su alegría tuvo la suficiente conciencia para pasarme los prismáticos cuando los caballos alcanzaban la última curva. Era un hombre considerado, cumplía su promesa de dejarme contemplar la llegada. Me los puse ante los ojos y vi cómo *Caronte* ganaba por medio cuerpo a *Heart So White*, segundo: ganador y gemela de mi acompañante de aquella tarde. Yo, en cambio, habría de rasgar una vez más mis boletos, al suelo.

Bajé los prismáticos y me sorprendió no oírle gritar de contento.

—Ha ganado usted —le dije.

Pero él no debía de haber seguido la última parte de la carrera, no debía de haberse enterado. Miraba con sus propios ojos, sin ayudarse de nada, hacia la tribuna. Estaba quieto. Se volvió hacia mí sin mirarme, como si fuera un desconocido. Yo era un desconocido. Se abotonó la chaqueta. Su rostro había vuelto a ensombrecerse, estaba casi descompuesto.

—Ahí están, ya han llegado. Han llegado para la quinta —dijo—. Lo siento, debo ir a reunirme con ellos, me querrá dar instrucciones.

No dijo nada más, no se despidió. En pocos segundos se abrió paso entre la gente y lo vi de espaldas, alejándose hacia la tribuna con su estatura gigante. Al caminar se palpaba la chaqueta a la altura del costado, llevaba la pistola en su funda. Me había dejado sus prismáticos. Rasgué mis boletos pero no los suyos, que estaban premiados. Me los guardé en el bolsillo, pensé que él no iba a querer cobrarlos.

Figuras inacabadas

No sé si contar lo que le ocurrió recientemente a Custardoy. Es la única vez, que yo sepa, que ha tenido escrúpulos, o quizá fue piedad. Venga, voy a hacerlo.

Custardoy es copista y falsificador de cuadros. Cada vez recibe menos encargos para su segunda actividad, la mejor retribuida, porque las nuevas técnicas de detección hacen casi imposible el fraude, al menos a los museos. Hace unos meses le llegó una petición, de un particular: un sobrino arruinado quería darle el cambiazo a su tía, que poseía un pequeño e inacabado Goya, escondido en su casa junto al mar. Ya no podía ni esperar su muerte, pues la tía le había comunicado que así como le legaría a él la casa, había decidido dejarle el Goya en herencia a una criadita joven a la que llevaba algún tiempo viendo crecer. Según el sobrino, la tía estaba idiotizada.

Custardoy estaba dispuesto a trabajar a partir de fotografías y del informe que años atrás había realizado un experto, pero pidió ver el cuadro al menos una vez para comprobar que el trueque sería factible, y a tal efecto fue invitado por el sobrino, que se llamaba Cámara y rara vez visitaba a la tía, a pasar un fin de semana en la casa junto al mar. La tía vivía sola con la joven criada, casi una niña a la que compraba los libros de texto y los plumieres: la niña iba todas las mañanas al colegio en Port de la Selva, regresaba para el almuerzo y pasaba el resto del día y la noche a la espera de que a su señora se le ocurriera ordenarle algún quehacer. La tía, de apellido Vallabriga, pasaba los días y las veladas ante la televisión o hablando por teléfono con amigas ya difuminadas de Barcelona. Más que a su marido, muerto diez años antes, echaba de menos a quien también había echado de menos en vida del cónyuge, un novio lánguido que se fue con otra en su juventud, minúscula y remota obsesión. Tenía un perro con tres patas, la posterior derecha amputada tras haber pasado una noche con ella martirizada en una trampa para conejos. Nadie había ido a rescatarlo, la gente de los alrededores había tomado sus aullidos por los del lobo. La mirada de ese perro, según el sobrino Cámara, decía la tía que le recordaba a la del novio perdido y doliente. 'Completamente idiotizada', añadía el sobrino. Con ese animal y la criadita solía dar la señora Vallabriga largos paseos a la orilla del mar, tres figuras inacabadas, la niña por su niñez, el perro por su mutilación, la tía por su falsa y su verdadera viudez.

A pesar de que Custardoy lleva coleta y largas patillas y alzas en los zapatos (la modernidad mal entendida, un aspecto reprobable fuera de las ciudades), fue bien recibido: la tía pudo coquetear ranciamente y a la niña le dio quehacer. Después de la cena la tía llevó a Custardoy y al sobrino Cámara a ver el Goya, que guardaba en su alcoba, *Doña María Teresa de Vallabriga*, lejana antepasada sin el menor parecido con su descendiente sesgada. '¿Es posible?', le preguntó Cámara a Custardoy en voz baja. 'Ya te contaré mañana', dijo Custardoy, y ya más alto: 'Es un buen cuadro, lástima que el fondo no esté terminado', y lo examinó con atención, pese a que la luz no era buena. Esa luz iluminaba mejor la cama. 'Esa cama no la habrá visitado nadie en diez años', pensó, 'o tal vez en más.' Custardoy siempre piensa en lo que contienen las camas.

Esa noche hubo tormenta, y Custardoy oyó ladrar al perro cojo desde su habitación en el segundo piso. Se acordó de la trampa, pero esta vez no sería eso, sino los truenos. Se acercó a la ventana para ver si el perro estaba a la vista, y allí lo vio, junto al mar llovido —perdigones contra una tela agitada—, parado como un trípode y ladrando al zigzag de los rayos, como si los aguardara. 'Quizá también hubo tormenta la noche en que permaneció en la trampa', pensó, 'y ya les perdió para siempre el miedo.' Acababa de pensar esto cuando vio aparecer a la criadita corriendo, en camisón, llevaba en la mano una correa con la que atar al perro e intentar arrastrarlo. La vio forcejear, su cuerpo bien visible bajo la ropa mojada, y oyó una voz angustiada bajo su propia ventana: '¡Que te vas a morir, que te vas a morir!', decía la voz. 'Nadie duerme en esta casa', pensó. 'Sólo Cámara, quizá.' Abrió la ventana sin ruido y asomó la cabeza un poco, no queriendo ser visto. Notó la fuerte lluvia sobre la nuca, y lo que vio desde arriba fue la copa abierta de un paraguas negro, la señora Vallabriga anhelando la vuelta de sus inacabadas figuras, era su voz, y era su brazo el brazo desnudo que de vez en cuando aparecía crispado bajo el paraguas, como si quisiera atraer o asir al animal y a la niña, que forcejeaban, el perro sin pata mal podía correr o escapar, seguía ladrando a los rayos que alumbraban su mirada reacia de novio lánguido y el cuerpo más adulto de lo que pareció vestido —el cuerpo de pronto acabado—. Custardoy se preguntó quién temía la tía que se fuera a morir, y al poco lo supo, cuando la niña se llegó por fin hasta la puerta con el perro a rastras y desaparecieron los tres, primero bajo el paraguas como una cúpula y luego en la casa. Cerró la ventana, y, ya desde dentro, oyó sólo dos frases más, las dos de la tía, la niña debía de estar sin habla: 'Este chucho', dijo. Y luego: 'A la cama en seguida, niña, quítate eso'. Custardoy oyó los cansados pasos que subían hasta su piso, y entonces, de nuevo tumbado y cuando se hizo el silencio tras el último ruido de una sola puerta que se cerró —una sola puerta—, se preguntó si acaso no se habría equivocado respecto a la cama que protegía el Goya y que nadie habría de visitar. No se lo preguntó demasiado, pero decidió que a la mañana siguiente cometería una traición: el informe que tenía que darle a Cámara sobre las posibilidades de falsificación diría que no valía la pena falsificar una copia. La heredera del Goya se lo tenía ganado. Le diría a Cámara: 'Olvidémoslo'.

Domingo de carne

Estábamos alojados en el Hotel de Londres y durante las primeras veinticuatro horas en la ciudad no habíamos salido de la habitación, sólo nos habíamos asomado a la terraza para ver desde allí La Concha, demasiado llena para que resultara un espectáculo agradable. Sólo resulta grato lo que no es masivo y es distinguible, y allí no había manera de fijar la vista en nadie, pese a los prismáticos, el exceso de carne nivela e iguala. Los habíamos llevado por si algún domingo íbamos a Lasarte, al hipódromo, no hay mucho que hacer en San Sebastián los domingos de agosto, estaríamos allí tres semanas, nuestras vacaciones, cuatro domingos pero tres semanas, porque aquel segundo día de estancia era domingo y partiríamos un lunes.

Yo me asomaba más que mi mujer, Luisa, siempre con los prismáticos en la mano, o mejor dicho, colgados del cuello para que no pudieran resbalárseme y caer desde la terraza al suelo, hechos añicos. Intentaba fijarme en alguien de la playa, escoger a alguien, pero había demasiadas personas para poder guardarle fidelidad a ninguna, hacía panorámicas con las lentes de aumento, iba viendo centenares de niños, docenas de gordos, decenas de chicas (ninguna con el pecho descubierto, en San Sebastián es aún infrecuente), carne joven y madura y vieja, carne de niño que aún no es carne, carne de madre que es en cambio la que es más carne porque ya se ha reproducido. En seguida me cansaba de mirar y entonces volvía a la cama, donde reposaba Luisa, le daba unos besos, luego regresaba a la terraza, miraba de nuevo con los prismáticos. Quizá me aburría, y por eso sentí un poco de envidia cuando vi que dos habitaciones más allá, a mi derecha, había un individuo que, también con prismáticos, los mantenía fijos en algún punto interesante, sin bajarlos más que al cabo de un rato y sin moverlos mientras miraba: los sostenía en alto, inmóviles, durante un par de minutos, luego descansaba el brazo y al poco volvía a alzarlo, siempre en la misma posición, no desviaba su mirada un ápice. Él no estaba asomado, al contrario, observaba desde dentro de la habitación, y por tanto yo sólo le veía el brazo con vello, hacia dónde, exactamente hacia dónde estaría mirando, me pregunté con envidia, yo deseaba fijar mi vista, sólo cuando se fija se descansa de veras y se pone interés en lo que se contempla, yo hacía barridos solamente, carne y más carne sin individualizar, si por fin salíamos de la habitación Luisa y yo y bajábamos a la playa (estábamos haciendo tiempo para que se despejara un poco, a la hora de comer previsiblemente), formaríamos parte del conglomerado de carnes idénticas en la distancia, nuestros cuerpos reconocibles quedarían perdidos en la uniformidad que procuran la arena y el agua y los trajes de baño, sobre todo los trajes de baño. Y aquel hombre de mi derecha no se fijaría en nosotros, nadie que mirara desde arriba —como él y yo hacíamos— se fijaría en nosotros una vez que formáramos parte del desagradable espectáculo. Tal vez por eso, para no ser divisados, para no ser enfocados ni distinguidos, es por lo que los veraneantes gustan de desnudarse un poco y mezclarse con otros semidesnudos entre arena y agua.

Intenté calcular hacia qué punto podían dirigirse los ojos fijos del hombre, de mi vecino, y logré acotar un espacio no lo bastante pequeño para que mi vista reposara del todo y se tomara interés en lo interesante, pero al menos de este modo, copiándole en su mirada o intentando adivinársela, pude descartar la mayor parte de la extensión que tenía ante mí, una playa.

—¿Qué miras? —me preguntó mi mujer desde la cama. Hacía mucho calor y se había puesto una toalla mojada sobre la frente, casi le tapaba los ojos, que no se interesaban por nada.

—No lo sé aún —dije sin volverme—. Estoy tratando de ver qué es lo que mira un hombre que está aquí al lado, en otra terraza.

—¿Por qué? Qué más te da. No seas curioso.

Me daba lo mismo, en efecto, pero en verano se trata de perder el tiempo más que de ninguna otra cosa, si no no se tiene la sensación de estar en esa estación, que ha de ser lenta y sin objetivo.

Según mis cálculos y mi observación, el individuo de mi derecha tenía que estar mirando hacia una de cuatro personas, todas ellas bastante cercanas entre sí y alineadas en última fila, lejos del agua. A la derecha de esas personas se abría un pequeño hueco, también a su izquierda, eso fue lo que me hizo pensar que miraba a una de esas cuatro. La primera (de izquierda a derecha, como en las fotos) me mostraba o nos mostraba la cara, ya que estaba recibiendo el sol de espaldas: era una mujer aún joven, estaba leyendo un periódico, tenía desabrochada la parte superior del bikini, no quitada (eso está mal visto en San Sebastián todavía). La segunda estaba sentada, otra mujer, de más edad, más corpulenta, con traje de baño de una sola pieza y un sombrero de paja, se untaba crema: sería una madre, pero sus hijos la habían abandonado, tal vez jugaban junto a la orilla. La tercera persona era un hombre, quizá su marido o su hermano, era más esbelto, tiritaba por capricho de pie sobre su toalla, como si estuviera recién vuelto del agua (tiritaba por capricho porque el mar no podía estar frío). La cuarta era la más distinguible porque estaba vestida, al menos el tórax cubierto: era un hombre mayor (la nuca canosa) sentado de espaldas, erguido, como si a su vez estuviera observando o vigilando a alguien en la orilla o unas filas más adelante, la playa como un teatro. Fijé mi mirada en él: estaba sin duda solo, no tenía que ver con el que estaba a su izquierda, el hombre que tiritaba en falso. Llevaba puesta una camiseta verde de manga corta, no podía ver si debajo tenía el traje de baño o un pantalón, si estaba vestido, inadecuadamente en aquel lugar, de estarlo llamaría la atención por eso. Se rascaba la espalda, se rascaba la cintura, la cintura era gruesa, debía pesarle, sería uno de esos hombres a los que les cuesta mucho incorporarse, para hacerlo tienen que echar los brazos hacia delante, con los dedos estirados como si alguien fuera a tirar de ellos. Se rascaba la espalda, un poco como si se señalara. No pude esperar a comprobar si se incorporaba así, con dificultad, ni a ver si llevaba pantalones o traje de baño, pero sí a saber que era él el objetivo de mi vecino, porque de pronto, con mis prismáticos fijos por fin en su cintura gruesa y su espalda ancha, vi cómo se derrumbaba, caía hacia delante, sentado, como caen las marionetas cuando las abandona la mano que las sujetaba. Había oído un golpe seco y amortiguado, y aún me dio tiempo a ver que lo que desaparecía de la terraza de mi derecha no era ya el brazo de mi vecino con los prismáticos, sino su brazo y el cañón de un arma. Creo que no se dio cuenta nadie, aunque el individuo que tiritaba se quedó parado, ya sin frío.

Cuando fui mortal

A menudo fingí creer en fantasmas y fingí creerlo festivamente, y ahora que soy uno de ellos comprendo por qué las tradiciones los representan dolientes e insistiendo en volver a los sitios que conocieron cuando fueron mortales. La verdad es que vuelven. Pocas veces son o somos percibidos, las casas que habitamos están cambiadas y en ellas hay inquilinos que ni siquiera saben de nuestra existencia pasada, ni la conciben: al igual que los niños, esos hombres y mujeres creen que el mundo comenzó con su nacimiento, y no se preguntan si sobre el suelo que pisan hubo en otro tiempo unas pisadas más leves o unos pasos envenenados, si entre las paredes que los albergan otros oyeron susurros o risas, o si alguien leyó en voz alta una carta, o apretó el cuello de quien más quería. Es absurdo que permanezca el espacio y el tiempo se borre para los vivos, o en realidad es que el espacio es depositario del tiempo, sólo que es silencioso y no cuenta nada. Es absurdo que así sea para los vivos, porque lo que viene luego es su contrario, y para ello carecemos de entrenamiento. Es decir, ahora el tiempo no pasa, no transcurre, no fluye, sino que se perpetúa simultáneamente y con todo detalle, y decir 'ahora' es tal vez falacia. Eso es lo segundo peor, los detalles, porque la representación de lo que vivimos y apenas nos hizo mella cuando fuimos mortales se aparece ahora con el elemento horrendo de que todo tiene significación y peso: las palabras dichas a la ligera y los gestos maquinales, las tardes de la infancia que veíamos amontonadas desfilan ahora una tras otra individualizadas, el esfuerzo de toda una vida —conseguir rutinas que nivelen los días y también las noches— resulta baldío, y cada día y noche son recordados con nitidez y singularidad excesivas y un grado de realidad incongruente con nuestro estado que ya no conoce lo táctil. Todo es concreto y es excesivo, y es un tormento sufrir el filo de las repeticiones, porque la maldición consiste en recordarlo *todo*, los minutos de cada hora de cada día vivido, los de tedio y los de trabajo y los de alegría, los de estudio y pesadumbre y abyección y sueño, y también los de espera, que fueron la mayor parte.

Pero ya he dicho que eso es sólo lo segundo peor, hay algo más lacerante, y es que ahora no sólo recuerdo lo que vi y oí y supe cuando fui mortal, sino que lo recuerdo completo, es decir, incluyendo lo que entonces no veía ni sabía ni oía ni estaba a mi alcance, pero me afectaba a mí o a quienes me importaban y acaso me configuraban. Uno descubre ahora la magnitud de lo que va intuyendo a medida que vive, cada vez más cuanto se es más adulto, no puedo decir más viejo porque no llegué a serlo: que uno sólo conoce un fragmento de lo que le ocurre, y que cuando cree poder explicarse o contarse lo que le ha sucedido hasta un día determinado, le faltan demasiados datos, le faltan las intenciones ajenas y los motivos de los impulsos, le falta lo oculto: vemos aparecer a nuestros seres más cercanos como si fueran actores que surgen de pronto ante el telón de un teatro, sin que sepamos qué hacían hasta el anterior segundo, cuando no estaban ante nosotros. Tal vez se presentan disfrazados de Otelo o de Hamlet y hace un instante fumaban un anacrónico cigarrillo imposible entre bastidores, y miraban un reloj impacientes que ya se han quitado para aparentar que son otros. También nos faltan los hechos a los que no asistimos y las conversaciones que no escuchamos, las que se celebran a nuestras espaldas y nos mencionan o nos critican o nos juzgan y nos condenan. La vida es piadosa, lo son todas las vidas o esa es la norma, y por eso consideramos malvados a quienes no encubren ni ocultan ni mienten, a quienes cuentan cuanto saben y escuchan, también lo que hacen y lo que piensan. Decimos que son crueles. Y es en el estado de la crueldad en el que me encuentro ahora.

Me veo por ejemplo de niño a punto de dormirme en mi cama durante tantas noches de una infancia sin sobresaltos o satisfactoria, con la puerta de mi cuarto entornada para ver la luz hasta que me venciera el sueño y aletargarme con las conversaciones de mi padre y mi madre y de algún invitado a cenar o a los postres, esto último casi siempre el doctor Arranz, un hombre agradable que sonreía siempre y hablaba entre dientes y que para mi contento llegaba justo antes de que me durmiera a tiempo de entrar en mi habitación para ver cómo estaba, el privilegio de un control casi diario y la mano del médico que tranquiliza y palpa bajo el pijama, una mano tibia e irrepetible que toca como luego ya no sabe tocar ninguna a lo largo de nuestras vidas, sintiendo el niño aprensivo que cualquier anomalía o peligro serán detectados por ella y por tanto atajados, es la mano que pone a salvo; y colgado de los oídos el estetoscopio con su tacto saludable y frío sobre el pecho encogido, y a veces también la heredada cuchara de plata con iniciales vuelta sobre la lengua, el mango que por un momento parecía ir a clavarse en nuestra garganta para dar paso al alivio de recordar tras el primer contacto que era Arranz quien lo sostenía, su mano aseguradora y firme y dueña de objetos metálicos, nada podía suceder mientras él auscultara o mirara con su linterna en la frente. Después de su rápida visita y sus dos o tres bromas —a veces le aguardaba mi madre apoyada en el quicio mientras él me examinaba y me hacía reír fácilmente, también divertida ella— yo me quedaba aún más calmado y empezaba a adormilarme mientras oía su charla en el salón no lejano, u oía cómo oían un rato la radio o jugaban un poco a las cartas, en un tiempo en que el tiempo apenas corría, parece mentira porque no hace tanto, aunque desde entonces a ahora haya dado tiempo a que yo viva y muera. Oigo las risas de quienes aún eran jóvenes aunque yo no pudiera verlos como tales entonces y sí en cambio ahora: mi padre el que menos reía, un hombre taciturno y apuesto con un poco de melancolía permanente en los ojos, quizá porque había sido republicano y había perdido la guerra, y eso debe ser algo de lo que uno no se recupera nunca, de perder una guerra contra los compatriotas y los vecinos. Era un hombre bondadoso que jamás nos regañaba a mí ni a mi madre y estaba mucho tiempo en casa escribiendo artículos y críticas de libros que las más de las veces firmaba para los periódicos con nombres supuestos porque era mejor que no usara el suyo; o bien leyendo, un afrancesado, novelas de Camus y Simenon es lo que más recuerdo. El doctor Arranz era más jovial, un hombre zumbón con su hablar arrastrado, lleno de inventiva y frases, ese tipo de hombre que es el ídolo de los niños porque con las cartas sabe hacer juegos de manos y los divierte con rimas inesperadas y les habla de fútbol —Kopa, Rial, Di Stéfano, Puskas y Gento entonces—, y se le ocurren juegos con los que los tienta y despierta su imaginación, ya que en realidad nunca tiene tiempo para quedarse a jugarlos de veras. Y mi madre, siempre bien vestida pese a que no habría mucho dinero en la casa de un perdedor de la guerra —no lo había—, mejor vestida que mi padre porque aún tenía su propio padre que la vestía, mi abuelo, menuda y risueña y mirando al marido a veces con pena, mirándome a mí siempre con entusiasmo, tampoco hay muchas más miradas así más tarde, según se crece. Veo ahora todo eso pero lo veo completo, veo que las risas del salón no eran de mi padre nunca mientras yo me iba sumergiendo en el sueño, y en cambio sí era suya y solamente suya la escucha de la radio, una imagen imposible hasta hace bien poco y que ahora es tan nítida como las antiguas que mientras fui mortal se iban comprimiendo y difuminando, cada vez más cuanto más vivía. Veo que unas noches el doctor Arranz y mi madre salían, y ahora comprendo tantas referencias a las buenas entradas, que en mi imaginación de entonces yo veía siempre cortadas por un portero del estadio o de la plaza de toros —esos sitios a los que yo no iba— y sobre las que ya no me preguntaba ninguna otra cosa. Otras noches no había buenas entradas o no se hablaba de ellas, o eran noches de lluvia que no invitaban a dar un paseo ni a ir a una verbena, y ahora sé que entonces mi madre y el doctor Arranz pasaban al dormitorio cuando ya era seguro que yo me había dormido tras ser tocado en el pecho y en el estómago por las mismas manos que la tocarían a continuación a ella ya no tibias y con más urgencia, la mano del médico que tranquiliza e indaga y persuade y exige; y tras ser también besado en la mejilla o la frente por los mismos labios que besarían luego —y la acallarían— el habla entre dientes y desenfadada. Y tanto si salían al teatro o al cine o a la sala de fiestas como si sólo pasaban a la habitación de al lado, mi padre ponía la radio a solas mientras esperaba, para no oír nada, pero también al cabo del tiempo y de la rutina —al cabo de la nivelación de las noches que siempre llega cuando las noches insisten en repetirse— para distraerse durante media hora o tres cuartos (los médicos siempre van con prisa), porque acabó distrayéndose con lo que escuchaba. El doctor se marchaba sin despedirse de él y mi madre ya no salía del cuarto, allí se quedaba aguardando a mi padre, se ponía un camisón y cambiaba las sábanas, él nunca la encontraba con sus bonitas faldas y medias. Y veo ahora la conversación que instituyó este estado que para mí no era el de la crueldad sino uno piadoso que ha durado mi vida entera, y en esa conversación el doctor Arranz lleva el bigotito cortante que yo llegué a ver en los procuradores en Cortes hasta la muerte de Franco, y no sólo en ellos, sino en los militares y en los notarios, en los banqueros y en los catedráticos, en los escritores y en tantos médicos, no en él sin embargo, fue un adelantado al quitárselo. Mi padre y mi madre están sentados en el comedor y yo aún no tengo conciencia ni tampoco memoria, soy un niño que no anda ni habla y que está en su cuna y que nunca tendría por qué haberse enterado: ella mantiene todo el rato la mirada baja y no dice palabra, él tiene los ojos primero incrédulos y luego horrorizados: horrorizados y temerosos, más que indignados. Y una de las cosas que Arranz dice es esta:

—Mira, León, yo le paso muchos informes a la policía y los míos van todos a misa, nunca han fallado. He tardado en dar contigo pero yo sé bien lo que hiciste en la guerra, y te hartaste de avisar a los milicianos para que dieran paseos. Pero aunque no hubiera sido así. En tu caso no tengo mucho que inventarme, con exagerar me basta, decir que mandaste a las cunetas a la mitad de nuestro vecindario no estaría demasiado lejos de la verdad, ya me habrías mandado a mí de haber podido. Han pasado más de diez años, pero a ti te cae un fusilamiento si yo me voy de esta, y no tengo por qué callarme. Así que tú dirás lo que quieres: o lo pasas un poco mal con mis condiciones o dejas de pasarlo del todo, ni bien ni mal ni regular tampoco.

—¿Y cuáles son esas condiciones?

Veo al doctor Arranz hacer un gesto con la cabeza en dirección a mi madre callada —un gesto que la cosifica—, a la que conocía también de la guerra y de antes, también de aquel vecindario que perdió a tantos vecinos.

—Tirármela. Una noche sí y otra también, hasta que me canse.

Arranz se cansó como nos cansamos todos de todo, si nos dejan tiempo. Se cansó cuando yo aún tenía una edad en la que ese verbo tan principal no figura en el vocabulario, ni se concibe tampoco su contenido. La edad de mi madre, en cambio, fue la edad en que empezó a marchitarse y a no reír, y mi padre a prosperar y a vestir mejor, y a firmar con su nombre los artículos y las críticas —su nombre que no era León—, y a perder un poco de melancolía en sus enturbiados ojos; y a salir por las noches con algunas entradas buenas mientras se quedaba mi madre en casa a hacer solitarios o a escuchar la radio, o poco después a ver la televisión, más conforme.

Cuantos han especulado con la ultratumba o la perduración de la conciencia más allá de la muerte —si eso es lo que somos, conciencia— no han tenido en cuenta el peligro o más bien horror de recordarlo todo, hasta lo que no sabíamos: de saberlo todo, cuanto nos atañe o nos tuvo en medio, o tan sólo cerca. Veo con claridad absoluta rostros con los que me crucé una sola vez en la calle, un hombre al que di una limosna sin mirarle a la cara, una mujer que observé yendo en metro y de la que ya no volví a acordarme, las facciones de un cartero que me trajo un telegrama sin importancia, la figura de una niña a la que vi en una playa, siendo yo también niño. Se repiten los largos minutos que pasé esperando en los aeropuertos o haciendo cola en un museo o mirando el agua en esa playa lejana, o haciendo un equipaje y deshaciéndolo luego, los más tediosos, los que nunca cuentan y solemos llamar tiempos muertos. Me veo en ciudades en las que estuve hace mucho y de paso, con horas libres para pasearlas y luego borrarlas de mi memoria: me veo en Hamburgo y en Manchester, en Basilea y en Austin, en sitios a los que no habría ido si no me hubiera llevado el trabajo. También me veo en Venecia hace tanto, en mi viaje de bodas con mi mujer Luisa, con la que he pasado estos últimos años de tranquilidad y contento, me veo en ellos, en mi vida más reciente, aunque ya es remota. Vuelvo de un viaje y ella me espera en el aeropuerto, no hubo una vez en nuestro matrimonio en que ella no se llegara hasta allí a recibirme aunque me hubiera ausentado sólo durante un par de días, a pesar del tráfico abominable y de las prescindibles actividades, que son las que más agobian. Solía estar tan cansado que sólo tenía fuerzas para cambiar de canales ante la televisión idéntica de todos nuestros países, mientras ella me preparaba un poco de cena y me acompañaba con gesto aburrido pero paciente, sabedora de que sólo necesitaría el sopor y el descanso de la noche inminente para recuperarme y al día siguiente ser el de siempre, un tipo activo y bromista que hablaba un poco entre dientes, una forma estudiada de acentuar la ironía que gusta a todas las mujeres, llevan la carcajada en la sangre y no pueden evitar reírse aunque detesten a quien haga la broma, si la broma tiene gracia. Y a la tarde siguiente, ya recuperado, solía ir a ver a María, mi amante, que todavía reía más porque con ella mis ocurrencias no estaban gastadas.

Tuve siempre tanto cuidado de no delatarme, de no herir y de ser piadoso, a María la veía solamente en su casa para que nunca nadie pudiera encontrarme en ningún sitio con ella y preguntar entonces, o ser cruel y contar más tarde, o simplemente esperar ser presentado. Su casa estaba cerca y pasaba muchas tardes camino de la mía, no todas, suponía retrasarme tan sólo media hora o tres cuartos, a veces algo más, a veces me entretenía mirando por su ventana, la ventana de la amante tiene un interés que nunca tendrá la nuestra. Nunca cometí un error, porque los errores en estas cuestiones son formas de desconsideración, o aún peor, son maldades. Una vez me encontré con María yendo yo con Luisa, en un cine abarrotado una noche de estreno, y mi amante aprovechó el tumulto para acercarse a nosotros y cogerme la mano un instante, al pasar sin mirarme a mi lado, me rozó con el muslo que bien conocía y me cogió y acarició la mano. Nunca pudo Luisa verlo ni darse cuenta ni sospechar lo más mínimo aquel contacto tenue y efímero y clandestino, pero aun así decidí no ver a María durante unas semanas, al cabo de las cuales y de no cogerle yo el teléfono en mi despacho me llamó una tarde a mi casa, por suerte mi mujer no estaba.

—¿Qué pasa? —me dijo.

—Que nunca debes llamarme aquí, ya lo sabes.

—No te llamaría ahí si me lo cogieras en el despacho. He esperado quince días —dijo ella.

Y entonces yo le contesté haciendo un esfuerzo por recuperar la furia que había sentido hacía ya esos quince días:

—Ni te lo cogeré nunca más si vuelves a tocarme estando Luisa delante. Ni se te ocurra.

Ella guardó silencio.

Casi todo se olvida en la vida y todo se recuerda en la muerte, o en este estado de la crueldad en que consiste ser un fantasma. Pero en la vida olvidé y volví a verla un día y otro, de ese modo en que todo se aplaza indefinidamente para dentro de poco y siempre creemos que sigue habiendo un mañana en el que será posible detener lo que hoy y ayer pasa y transcurre y fluye, lo que insensiblemente se va convirtiendo en otra rutina que a su modo también nivela nuestros días y nuestras noches hasta que éstos acaban por no poder concebirse sin ninguno de los elementos que se han instalado en ellos, y las noches y días han de ser idénticos en lo esencial al menos, para que no haya renuncia ni sacrificio, quién los quiere y quién los soporta. Todo se recuerda ahora y por eso recuerdo perfectamente mi muerte, es decir, lo que supe de mi muerte cuando se produjo, que era poco y era nada si lo comparo con la totalidad de mi conocimiento ahora, y con el filo de las repeticiones.

Volví de uno más de mis viajes agotadores y Luisa no falló, fue a esperarme. No hablamos mucho en el coche, tampoco mientras deshacía yo mi maleta mecánicamente y miraba el correo acumulado muy por encima, y escuchaba las llamadas del contestador guardadas hasta mi regreso. Me alarmé al oír una de ellas, porque reconocí en seguida la voz de María, que decía mi nombre una vez, luego se cortaba, y eso hizo que mi alarma disminuyera al instante, una voz de mujer diciendo mi nombre e interrumpiéndose no significaba nada, no tenía por qué haber inquietado a Luisa si la había escuchado. Me eché en la cama ante la televisión y miré programas, Luisa me trajo unos fiambres con huevo hilado comprados en tienda, no habría tenido ganas o tiempo de hacerme ni una tortilla. Aún era temprano, pero ella me apagó la luz de la habitación para invitarme al sueño, y así me quedé, amodorrado y calmado con el recuerdo vago de sus caricias, la mano que tranquiliza aunque toque el pecho distraídamente y acaso con impaciencia. Luego salió de la alcoba y yo acabé por dormirme con las imágenes puestas, hubo un momento en que dejé de cambiar de canales.

No sé cuánto tiempo pasó, o miento puesto que lo sé ahora con exactitud, fueron setenta y tres minutos de profundo sueño y de sueños que aún tenían lugar en el extranjero, de donde había vuelto una vez más a salvo. Entonces me desperté y vi la luz azulada del televisor encendida, su luz que iluminaba los pies de la cama más que ninguna de sus imágenes, porque a eso no me dio tiempo. Veo y vi precipitarse sobre mi frente algo negro, un objeto pesado y sin duda frío como el estetoscopio, pero no era saludable sino violento. Cayó una vez y se alzó de nuevo, y en aquellas décimas de segundo antes de que volviera a abatirse ya salpicado de sangre pensé que Luisa me estaba matando por culpa de aquella llamada que sólo decía mi nombre y se interrumpía y tal vez había dicho muchas más cosas que ella había borrado después de oírlas todas, dejándome a mí que escuchara a mi vuelta el inicio tan sólo, sólo el anuncio de lo que me mataba. La cosa negra cayó de nuevo y mató esta vez, y mi última conciencia en vida me hizo no oponer resistencia, no intentar pararla porque era imparable y quizá también porque no me pareció mala muerte morir a manos de la persona con quien había vivido con tranquilidad y contento, y sin hacernos daño hasta que nos lo hicimos. La palabra es difícil y se presta a equívocos, pero tal vez llegué a sentir que aquella era una muerte justa.

Veo eso ahora y lo veo completo, con un después y un antes, aunque el después no me atañe en sentido estricto y no resulta por eso tan doloroso. Pero sí el antes, o sí la negación de lo que entreví y amagué pensar entre la bajada y la subida y la nueva bajada de la cosa negra que acabó conmigo. Veo ahora a Luisa hablando con un hombre que no conozco y que también lleva bigote como el doctor Arranz lo llevó en su día, aunque no cortante sino suave y poblado y con algunas canas. Es un hombre de mediana edad, como fue la mía y quizá también la de Luisa, aunque yo la vi siempre como a una joven de la misma manera que nunca pude ver a mis padres y a Arranz como tales. Están reunidos en el salón de una casa que tampoco conozco y que es la de él, un lugar abigarrado, lleno de libros y cuadros y adornos, una casa estudiada. El hombre se llama Manolo Reyna y tiene suficiente dinero para no mancharse las manos nunca. Hablan en susurros sentados en un sofá, es por la tarde y yo estoy en esos momentos visitando a María, dos semanas atrás, dos antes de mi muerte a la vuelta de un viaje, y ese viaje aún no ha empezado, todavía se están haciendo los preparativos. Los susurros son ahora nítidos, tienen un grado de realidad

incongruente no ya con mi estado que no conoce lo táctil, sino con la propia vida, nada en ella es tan concreto
nunca, nada respira tanto. Pero hay un momento en que
Luisa alza la voz, como la alza uno para defenderse o defender a alguien, y lo que dice es esto:

—Pero él se ha portado siempre muy bien conmigo, no tengo nada que reprocharle, y así es muy difícil.

Y Manolo Reyna contesta arrastrando las palabras:

—No sería más fácil ni te costaría menos si te hubiera hecho la vida imposible. A la hora de matar a alguien lo que haya hecho no cuenta, siempre parece un
acto excesivo para cualquier comportamiento.

Veo a Luisa llevarse el pulgar a la boca y mordis-
quearlo un poco, un gesto que le he visto hacer tantas veces cuando vacila, o más bien antes de decidirse a algo. Es
un gesto trivial, y es sangrante que también aparezca en
medio de la conversación a la que no asistimos, la que se
celebra a nuestras espaldas y nos menciona o critica o incluso defiende, o nos juzga y condena a muerte.

—Pues mátalo tú entonces, no quieras que yo cometa ese acto excesivo.

Veo ahora también que quien empuña la cosa negra junto a mi televisión encendida no es Luisa, ni tampoco Manolo Reyna con su nombre folklórico, sino alguien
contratado y pagado para que la haga abatirse dos veces sobre mi frente, la palabra es un sicario, en la guerra tantos
milicianos fueron así utilizados. Mi sicario golpea dos veces y golpea con desapasionamiento, y esa muerte ya no me
parece justa, ni adecuada, ni desde luego piadosa, como
suele serlo la vida y lo fue la mía. La cosa negra es un martillo con mango de madera y cabeza de hierro, un martillo
vulgar y corriente. Es el de mi casa, lo reconozco.

Allí donde el tiempo transcurre y fluye ya ha pasado mucho tiempo, tanto que no queda nadie de quienes conocí o traté, o padecí o quise. Cada uno de ellos, supongo,

volverá sin ser percibido a ese espacio en el que se acumulan olvidados los tiempos y no verá allí más que a extraños, hombres y mujeres nuevos que creen, como los niños, que el mundo empezó con su nacimiento y para los que no tiene ningún sentido preguntarse por nuestra existencia pasada y barrida. Ahora Luisa recordará y sabrá cuanto no supo en vida ni tampoco en mi muerte. Yo no puedo hablar ahora de noches o días, todo está nivelado sin necesidad de esfuerzo ni de rutinas, en las que puedo decir que conocí sobre todo la tranquilidad y el contento: cuando fui mortal, hace ya tanto tiempo, allí donde todavía hay tiempo.

Todo mal vuelve

Para el médico nocturno,
que no quiso ser ficticio

Hoy he recibido una carta que me ha hecho acordarme de un amigo. La escribía una desconocida, de mí y del amigo.

A él lo conocí hace quince o dieciséis años y dejé de tratarlo hace dos, a causa de su muerte y no de otra cosa, aunque nunca nos vimos mucho, dado que él vivía en París y yo en Madrid. Yo visitaba su ciudad con razonable frecuencia, él muy rara vez la mía. Sin embargo no nos conocimos en ninguna de ellas, sino en Barcelona, y antes de vernos por primera vez yo ya había leído un texto suyo que me había mandado la editorial madrileña a la que por entonces ofrecía consejo (mal remunerado, como suele ser el caso). Aquella novela o lo que quiera que fuese era muy difícilmente publicable, y de ella no recuerdo apenas nada: sólo que tenía inventiva verbal y gran sentido del ritmo y considerable cultura (el autor conocía la palabra 'pecio') y que por lo demás era casi ininteligible, o para mí lo era: si fuera un crítico tendría que decir que se trataba de un continuador aumentativo de Joyce, pero menos pueril o senil que el último Joyce al que seguía a distancia. Aun así lo recomendé y mostré mi aprecio relativo en un informe, y eso hizo que su agente me llamara (aquel escritor con vocación de inédito tenía sin embargo agente) para establecer una cita con ocasión de un viaje de su representado a Barcelona, donde vivía su familia y también vivía yo, hace quince o dieciséis años.

Se llamaba Xavier Comella, y siempre me cupo la duda de si los negocios a los que veladamente se refería de vez en cuando como 'los negocios de la familia' serían la cadena de tiendas de ropa del mismo nombre en esa ciudad (jerseys eminentemente). Dado el carácter iconoclasta de su texto, yo esperaba encontrarme a un individuo barbado y selvático o bien a un iluminado con atuendo algo polinesio y colgantes metálicos, pero no fue así: por la boca del metro de Tibidabo, donde habíamos quedado, apareció un hombre poco mayor que yo, de veintiocho o veintinueve años entonces, y mucho mejor trajeado (soy persona de orden, pero él llevaba corbata y gemelos, lo cual era raro para nuestra edad y la época, corbata de nudo estrecho); con un rostro enormemente anticuado, parecía salido de los mismos años de entreguerras de los que procedía su literatura: el pelo rubiáceo echado hacia atrás y levemente ondulado como el de un piloto de caza o un actor francés en blanco y negro —Gérard Philipe, o Jean Marais en su juventud—; los iris color jerez con una mancha oscura en el blanco del ojo izquierdo que hacía a su mirada mirar herida; la mandíbula fuerte, como si la tuviera apretada siempre, una dentadura agradable y recia, un cráneo bien visible a través de la frente limpia, uno de esos cráneos que parecen a punto de estallar permanentemente, no tanto por su tamaño, que era normal, cuanto porque al hueso frontal no parece bastarle la piel tirante para contenerlo, tal vez era efecto de un par de venas verticales, demasiado protuberantes y azules. Era agraciado y amable, o aún más, extraordinariamente educado, asimismo para su edad y la época más bien grosera, uno de esos hombres con los que uno prevé que no se podrá tomar confianzas y sí en cambio confiar en ellos. Tenía un deliberado aspecto extranjero o tal vez extraterritorial que acentuaba su enajenación del tiempo que le había tocado, labrado sin duda el aspecto por sus siete u ocho años ya fuera de nuestro país: hablaba español con la grata entonación de los catalanes que no han hablado apenas catalán (suaves la *c* y la *z*, suaves la *g* y la *j*) y con un poco de titubeo antes de arrancar las frases, como si tuviera que llevar a cabo una mínima traducción mental previa, las tres o cuatro primeras palabras de cada oración. Sabía varias lenguas y leía en ellas, incluido el latín, de hecho comentó que había venido leyendo las *Tristia* de Ovidio en el avión de París, y lo comentó no tanto con pedantería cuanto con la satisfacción que produce el logro de lo que cuesta esfuerzo. Tenía algo de mundo y le gustaba tenerlo y hacerlo ver, durante la larga conversación que mantuvimos en el bar de un hotel cercano hablamos demasiado de literatura y pintura y música, es decir, de los asuntos que fácilmente se olvidan, pero algo me explicó de su vida, de la que tanto en aquella ocasión como durante los posteriores años en que nos tratamos hablaba siempre con una contradictoria mezcla de discreción e impudor. Esto es, lo contaba todo o casi todo, cosas muy íntimas, pero con una seria naturalidad —o era tacto— que en cierto sentido le restaba importancia, como quien considera que todo lo extraño y terrible y angustioso y triste que puede ocurrirle a uno no es otra cosa que lo normativo y el sino de todos, luego también del que escucha, que no deberá sorprenderse. No por eso carecía del ademán confidencial, pero quizá más como parte del bagaje de gestos del hombre atormentado que porque tuviera verdadera conciencia de lo que era en principio incontable, o uno hubiera dicho que lo era. En aquella primera oportunidad me contó lo siguiente: había estudiado medicina pero no la ejercía, sino que vivía, enteramente dedicado a la literatura, de una larga herencia o de rentas familiares, quizá procedentes de un abuelo textil, ya no recuerdo bien. Disponía de ellas y las había explotado desde hacía siete u ocho años, los que llevaba en París, adonde se había trasladado gracias a ese dinero huyendo de la para él mediocre y átona vida intelectual barcelonesa, que por lo demás no había tenido tiempo de conocer más que por la prensa, dada su juventud al partir. (Creció en Barcelona pero había nacido en Madrid, al ser su madre de esta ciudad.) En París se había casado con una mujer llamada Éliane (siempre la nombraba así, jamás le oí decir 'mi mujer'), cuyo gusto para los colores, dijo, era el más exquisito que pudiera encontrarse en un ser humano (no pregunté, pero supuse que en tal caso sería pintora). Tenía un amplio y ambicioso proyecto literario del cual había realizado ya el veinte por ciento, señaló con precisión, aunque todavía nada se había publicado: dejando de lado a sus allegados, yo era la primera persona que se interesaba por sus escritos, que comprendían no sólo novelas, sino ensayos, sonetos, teatro y hasta una pieza para marionetas. Era evidente que confiaba mucho en que prevaleciera mi criterio en el seno de la editorial, sin saber que la mía era sólo una voz entre muchas, y no de las más autorizadas, dada mi juventud. Me dio la impresión de que tenía que ser bastante feliz, o lo que por eso suele entenderse: parecía muy enamorado de su mujer, vivía en París mientras en España acabábamos de salir del franquismo si es que habíamos salido, no tenía que trabajar ni más obligaciones que las que se impusiera él mismo, probablemente llevaba una interesante o amena vida social. Y sin embargo ya en aquel primer encuentro había en él un elemento de turbiedad y desazón, como si de él emanara una nube de sufrimiento, o quizá era una polvareda que iba condensando para luego sacudírsela y dejarla atrás. Cuando me habló de lo mucho que elaboraba sus textos, de las infinitas horas que había empleado para escribir cada una de las páginas que yo había leído, creí que era sólo eso: una concepción anticuada como él mismo, casi patética de la escritura, un llamamiento al dolor necesario para conseguir que las palabras transmitan algo de conmoción sin que importe su significado, como lo logran la música o el color sin figura o deberían lograrlo las matemáticas, dijo. Le pregunté si también le había costado horas una de sus páginas más fáciles de recordar, en la que aparecía tan sólo, cinco veces por línea, el gerundio 'cabalgando', así: 'cabalgando cabalgando cabalgando cabalgando cabalgando', lo mismo en todas las líneas. Me miró con sorpresa —unos ojos ingenuos— y al cabo de unos segundos se echó a reír. 'No', contestó, 'esa página no me llevó horas, desde luego. Hay que ver cómo eres', añadió con inesperada simpleza, y volvió a reír.

Llegaba siempre con un poco de retraso a las bromas, o, mejor dicho, a las leves tomaduras de pelo que sobre todo más adelante yo me permitía para rebajar la intensidad de lo que en ocasiones me contaba o decía. Era como si no comprendiera el registro irónico a las primeras de cambio, como si también en esto tuviera que efectuar una traducción: al cabo de unos momentos de desconcierto o asimilación se echaba a reír abiertamente con una carcajada casi femenina de tan generosa, como admirado de que alguien tuviera capacidad para la chanza en medio de una conversación seria si no solemne o incluso dramática, y lo apreciara mucho, la chanza y la capacidad. Eso suele ocurrirles a las personas que creen no tener un átomo de frivolidad; él tenía, pero lo ignoraba. Al ver su reacción aventuré alguna guasa más (quizá deba decir que es mi principal manera de mostrar simpatía y afecto), y le dije más tarde: 'La verdad es que sólo te falta poder publicar para tener una vida idílica, de cuento de Scott Fitzgerald antes de que a los personajes se les tuerzan las cosas'. Esto lo hizo ensombrecerse un poco, se me ocurrió que tal vez por la mención de un autor que no debía de interesarle nada, aún menos que a mí. Me contestó con gravedad: 'También me sobra algo'. Hizo una pausa teatral, como si dilucidara si iba a contarme o no lo que ya tenía en la punta de la lengua. Yo guardé silencio. Él lo soportó (soportaba el silencio mejor que nadie); yo no. Pregunté: '¿Qué es?'. Esperó aún un poco y luego contestó: 'Soy melancólico'. 'Vaya', dije yo sin poder evitar sonreír, 'suelen recurrir a eso quienes tienen privilegios excesivos que hacerse perdonar. Pero es una enfermedad antigua, y como tal no será grave, supongo: nada clásico es muy grave, ¿verdad?'

En él casi nunca había doble intención, y se apresuró a deshacer lo que juzgó que era un equívoco. 'Padezco de depresión melancólica casi continuamente', dijo; 'vivo medicado y eso lo amortigua, y si interrumpiera la medicación me suicidaría, es casi seguro. Antes de irme a París lo intenté ya una vez. No es que me hubiera ocurrido nada concreto, ninguna desgracia, es simplemente que sufría y no soportaba vivir. Esto puede sucederme de nuevo en cualquier instante, desde luego me sucedería si interrumpiera la medicación. Eso me dicen y probablemente tienen razón, yo soy médico.' No le echaba dramatismo, hablaba de ello con absoluto desapasionamiento, en el mismo tono en que me había contado lo demás. '¿Cómo fue esa vez?', pregunté yo. 'En la casa de campo de mi padre, en Gerona, cerca de Cassà de la Selva. Me apunté al pecho con una carabina, sujetando la culata entre las rodillas. Me temblaron, flaquearon, la bala se incrustó en una pared. Era demasiado joven', añadió a modo de disculpa, y sonrió amablemente. Era un hombre muy atento y no me dejó pagar.

Nos escribimos, empezamos a vernos cuando yo iba a París, quizá es que fui pocos meses después a reponerme de algún disgusto, allí podía alojarme en casa de una amiga italiana cuya compañía siempre me ha divertido y por lo tanto me ha consolado. La de Xavier Comella me interesó y me distrajo entonces, más adelante se convirtió en algo que pedía la repetición, como pasa con la de las personas con que uno cuenta también en ausencia.

Xavier vivía temporalmente en casa de su suegro con su mujer Éliane, francesa de origen y rasgos chinos, delicada hasta la náusea como cumple a toda mujer oriental que se precie de refinada, y ella además lo era. Su fantástico gusto para los colores, tan encomiado por su marido, no tenía por destino ningún lienzo, sino la decoración, me pareció que hasta entonces más de casas de amistades y conocidos que de verdaderos clientes, también la del restaurante de su padre, el suegro, que nunca visité pero que según Xavier era 'el más exquisito restaurante chino de Francia', lo cual tampoco era decir demasiado o al menos era enigmático. En presencia de su mujer las atenciones de quien iba siendo mi amigo se extremaban, hasta el punto de resultar a veces ligeramente fastidiosas: me rogaba que no fumara porque ella se mareaba con el humo; en los cafés había que sentarse siempre en las terrazas acristaladas por el mismo motivo y porque allí corría mejor el aire, y disponernos de manera que ella quedara de espaldas a la calzada, pues la aturdía la visión del tráfico; no se podía ir a un local ni a un cine que estuvieran medio llenos porque a Éliane la angustiaban las masas, ni por supuesto a ninguna cava o tugurio, porque le causaban claustrofobia; también había que evitar los espacios muy amplios como la place Vendôme, porque asimismo padecía de agorafobia; no podía estar de pie sin andar más tiempo del que dura un semáforo, y si había que hacer una cola para un teatro o un museo, aunque fuera de pocos minutos, Xavier acompañaba a Éliane hasta algún café cercano y la depositaba allí —tras comprobar que no había ninguna amenaza, lo cual llevaba su tiempo, de tan variadas— para que esperara sentada y a salvo; entre unas cosas y otras, cuando él regresaba a mi lado para solidarizarse con mi lento avance yo ya había sacado los billetes o entradas y había que volver a buscarla: para entonces ella había pedido ya un té y había que esperar a que se lo tomara: en más de una ocasión la función empezó sin nosotros o hubimos de ver el museo a paso de carga. Salir con los dos era un poco empalagoso, no sólo por estas servidumbres e inconvenientes, sino porque el espectáculo de la adoración no es nunca agradable de contemplar, menos aún si el que adora es alguien a quien se tiene aprecio: inspira pudor, da vergüenza, en el caso de Xavier Comella era como estar asistiendo a la manifestación —o a parte— de su intimidad más apasionada, lo cual es algo que toleramos sólo en nosotros mismos —como nuestra propia sangre, como nuestras uñas cortadas—. Y quizá era aún más embarazoso porque viendo a Éliane uno podía entenderlo, o imaginarlo: no es que fuera una descomunal belleza y era más bien callada (por supuesto no pedía ni protestaba de nada porque eso no casaba con el refinamiento, ni le hacía falta: Xavier era solícito y cabal intérprete de sus necesidades), en el recuerdo es para mí una figura completamente difuminada, pero su mayor atractivo —y era muy alto— residía probablemente en que también en presencia, en presente, uno la sentía ya como un recuerdo, un esfumado y tenue recuerdo y como tal armonioso y pacífico, sedante y un poco nostálgico e inaprehensible. Tenerla en los brazos debía de ser como abrazar lo que se ha perdido, a veces sucede en sueños. Xavier me dijo una vez que estaba enamorado de ella desde los catorce años: no me atreví a preguntar cómo y dónde la había conocido tan pronto, yo no pregunto mucho. Me ha quedado una imagen de los dos juntos que predomina sobre todas las otras: en un mercado de flores y plantas al aire libre empezó a llover una mañana con bastante fuerza, pero la excursión se había hecho para que Éliane eligiera las primeras peo-

nías del año y también otros ramos, de modo que a nadie
se le ocurrió ni hubo lugar a ponerse a cubierto, sino que
Xavier abrió su paraguas y cuidó de que a ella no le cayera una gota durante su recorrido minucioso e inalterable,
siguiéndola a un par de pasos con su bóveda impermeable
en alto y empapándose él a cambio como un lacayo devoto y acostumbrado. Unos pasos detrás iba yo, sin paraguas pero sin atreverme a desertar del cortejo, lacayo de
inferior categoría, menos ferviente y sin recompensa.

Cuando quedábamos sin ella él hablaba y contaba más, también más que en las cartas, afectuosas pero
muy sobrias, a veces de un laconismo tan tenso que pre-
sagiaba algún estallido —como su frente de piel tirante y
abombadas venas— que se produciría ya fuera del sobre.
Fue sin ella delante como me habló de sus prontos violentos tan difíciles de imaginar, y a lo largo de trece o catorce
años yo no asistí a ninguno, si bien es verdad que nos veíamos sólo de tarde en tarde y su vida se me aparece ahora
como un libro deteriorado con numerosas páginas sin im-
primir, o como una ciudad que uno ha visto sólo de noche y de paso, aunque muchas veces. Una vez me contó
que en una reciente visita a Barcelona había aguantado en
silencio las amonestaciones burlescas de su padre, separado de su madre y vuelto a casar, hasta que en un arrebato había empezado a destrozarle la casa, había arrojado
muebles contra las paredes y derribado arañas, rasgado
cuadros y arrasado estantes, por supuesto reventado la televisión. Nadie lo paró: él se calmó al cabo de un par de
minutos demoledores. Lo contaba sin complacencia, pero
también sin arrepentimiento ni pesar. A este padre yo lo
conocí en París, con su nueva mujer holandesa que llevaba un brillante incrustado junto a una de las aletas de la
nariz (una adelantada a su época). Llamado Ernest, no se
parecía a Xavier más que en la frente huesuda: era mucho
más alto y con el pelo negro sin una cana, tal vez teñido,

un hombre presumido, indulgente y despreocupado, levemente altanero para con su propio hijo, a quien era evidente que no se tomaba en serio, aunque tal vez eso no tenía nada de particular, puesto que nada parecía tomarse de esa manera. Producía el efecto de un niño pijo enquistado, aún dedicado a ver concursos de hípica, tirar al plato y —aquella temporada— hojear tratados de filosofía hindú: uno de esos individuos, cada vez más raros, que parecen estar siempre en batín de seda. Tampoco Xavier se lo tomaba a él en serio, pero no podía mostrarse asimismo altanero, en parte porque lo irritaba, también porque ese rasgo no lo había heredado.

Fue también sin Éliane delante como a los dos o tres años de nuestros primeros encuentros me contó Xavier la muerte de su hijo recién nacido, no recuerdo si estrangulado por su propio cordón umbilical, o sin duda no, pues lo que sí recuerdo es uno de sus comentarios tan parcos (ni siquiera me había dicho que lo esperaran): 'Para Éliane ha sido más grave que para mí', dijo. 'No sé cómo va a reaccionar. Lo peor es que el niño llegó a existir, así que no podremos olvidarlo, ya le habíamos dado nombre.' No le pregunté cuál era ese nombre, para no tener que recordarlo yo también. Años más tarde, hablándome de otra cosa —pero quizá no pensaba en otra cosa—, me escribió: 'Lo que es repulsivo es tener que enterrar lo que acaba de nacer'. Aún no se había separado de Éliane —o Éliane de él— el día que me habló de un proyecto literario que precisaba de un experimento, me dijo: 'Voy a escribir un ensayo sobre el dolor. Pensé primero en hacer un tratado estrictamente médico y titularlo *Dolor, anestesia y diestesia*, pero he de ir más allá, lo que en realidad me interesa del dolor es el misterio que representa, su carácter ético y su descripción en palabras, y todo eso es algo cuya posibilidad tengo a mano: he planeado suspender dentro de pocos días mi medicación contra la depresión melancólica y ver qué pasa, ver hasta dónde puedo aguantar y examinar el proceso de mi dolor mental que acaba por hacerse físico en formas diversas, pero sobre todo a través de unas migrañas inconcebibles. La palabra migraña parece siempre leve por culpa de las esposas insatisfechas o esquivas, pero encierra uno de los mayores padecimientos que puede conocer el hombre, eso desde luego. Cabe la posibilidad de que si quiero detener el experimento sea demasiado tarde, pero no puedo dejar de llevar a cabo esta investigación'. Xavier Comella había seguido escribiendo más novelas y más poesía y unas 'imaginarias' —en el sentido de 'guardias'—y una epistemología, de todo lo cual habíamos logrado que la editorial madrileña que nos había hecho conocernos aceptara por fin publicar su novela *Vivisección*, mucho más extensa que la que yo había leído; sin embargo aún no había visto la luz a causa de inacabables retrasos, y él estaba trabajando en una traducción de *La anatomía de la melancolía* de Burton por encargo de la misma editorial, que lo había elegido para la tarea también por su profesión. Seguía siendo un autor inédito, y de vez en cuando, desesperado, tomaba la decisión de seguir siéndolo para siempre: cancelaba contratos que luego había que reconstruir, suerte que el editor era un hombre paciente, arriesgado y afectuoso, lo casi nunca visto. 'No tienes curiosidad por ver tu libro publicado', le dije yo. 'Sí, claro que sí', contestó, 'pero no puedo esperar, y con el ensayo sobre el dolor habré completado el sesenta por ciento de mi obra', volvió a señalar con la acostumbrada precisión. 'El día que te conocí me dijiste que sin tu medicación lo más probable era que te suicidaras, y si eso ocurriera tu obra se quedaría tan sólo en el cincuenta por ciento o quizá menos, depende del porcentaje que lleve tu ensayo. Y el cincuenta por ciento es poca cosa, ¿no?' Se echó a reír con retraso como solía y me dijo con la extraña simpleza verbal en que incurría a veces: 'Tienes unas salidas...'. Yo no me preocupé demasiado, siempre pensaba que su verdad era exagerada cuando me contaba los episodios más dramáticos y aparatosos.

Durante los siguientes meses sus cartas se hicieron aún más austeras de lo habitual, y su letra infantil más apresurada. Sólo al despedirse decía alguna frase sobre sí mismo o su estado o sobre la marcha de su experimento: 'Hoy por hoy la máxima velocidad hacia el futuro sigue siendo insuficiente y no envejecemos respecto a él sino respecto a nuestro pasado. Mi futuro perfecto tiene prisa; mi pasado perfecto no tiene frenos'. O bien: 'Siempre he vivido con la aprensión de tener que callarme un día, definitivamente. En fin, amigo, estoy más pusilánime que nunca'. Pero poco después: 'Cada vez soy más invulnerable por dentro y combustible por fuera'. Y más adelante: 'Ni vivir ni morir sino quizá durar sea lo más heroico en el hombre'. Y en la siguiente carta: '¿Qué pensarán de nosotros? ¿Qué pensamos de nosotros? ¿Qué pensarás de mí? No quiero saberlo. Mas la pregunta me produce cierto abatimiento. Ni más ni menos'. 'Como te dije en el curso de nuestra conversación frente al Luxemburgo', decía una vez refiriéndose a la obra cuyo advenimiento invocaba, 'mi puerta de entrada consiste en provocar una recaída en el cólico endógeno y cuando los meandros de los setenta primeros escolios te conduzcan al último comprenderás el porqué, tanto más si recuerdas lo que te comenté respecto a las condiciones privilegiadas que reúne mi enfermedad. Desde luego ese regreso al Hades es un poco bestia y soy el primero en reprochármelo, pero ¿cómo contentarse con atunes cuando se tiene aparejo para tiburón?' Y aún: 'No estoy otra vez muy mal. Es la misma vez'. Hubo de interrumpir el experimento antes de lo esperado: él calculaba que necesitaría seis meses para alcanzar el culmen, y a los cuatro hubo de ser hospitalizado durante dos semanas, incapaz de aguantar sin su medicación y aún sin los medios para ponerse a escribir. Sé que su familia y los médicos lo regañaron mucho.

Poco después se produjeron reveses y cambios encadenados, aunque él me los transmitía espaciadamente, sin duda por delicadeza: sólo cuando hacía algún tiempo que había ocurrido me comunicó la separación de Éliane. No me dio explicaciones lineales, pero a lo largo de nuestra charla —esta vez en Madrid, en una visita a un hermano que ahora vivía aquí— me las dio a entender, y entendí estas cuatro: un hijo muerto no une necesariamente, sino que a veces separa si la cara del uno no hace sino recordarle esa muerte al otro; los años de espera de algo concreto, un libro y su publicación, quedan justamente quebrados cuando lo esperado llega; lo que nace en la infancia no se acaba nunca, pero tampoco se cumple; el dolor propio no es que se pueda, se tiene que soportar, pero lo que no se puede es pedir que asistamos al que se inflige a sí mismo el otro, porque nunca veremos su necesidad. Aquella ruptura no supuso, con todo, el fin de la adoración: Xavier confiaba en que se demorara el divorcio, también en que Éliane no abandonara París, le ofrecían un trabajo excelente como decoradora en Montreal.

Más tarde me comunicó que su herencia o sus rentas habían llegado a su término (tal vez eran cantidades que el padre desviaba de los negocios de la familia y se cansó de seguir con la práctica). Hasta entonces su único trabajo remunerado había sido la traducción monumental de Burton, a cuyo cincuenta por ciento aún no había llegado; desconocía los horarios, por supuesto madrugar. Decidió ejercer entonces su carrera olvidada e inició las gestiones para hacerlo en París, de donde en ningún caso quería moverse mientras Éliane permaneciera allí. Esperó la nacionalidad y el doctorado de estado, tuvo que trabajar al principio como enfermero, luego en un dispensario ('Hombres y mujeres, ancianos y adolescentes transformados en lampistería: allá voy para arbitrar entre horrores y bagatelas'). Estuvo a punto de incorporarse a Médecins du Monde o Médecins sans Frontières, organizaciones que lo habrían enviado una temporada a África o a Centroamérica con los gastos pagados pero sin darle un salario, de allí habría vuelto con los bolsillos sin peso. Ya no dispuso de todo su tiempo para escribir, y disminuyó la velocidad con que iba cubriendo su famoso ciento. De Éliane no quería hablar mucho, sí lo hacía en cambio de otras mujeres jóvenes o no tanto, entre ellas mi amiga italiana que yo le había presentado años atrás: según él ella fue muy cruel; según ella sólo se defendió: tras pasar una noche juntos él salió de la casa de ella para regresar a las pocas horas con su equipaje, ya dispuesto a vivir allí. Fue expulsado con indignación femenina. Yo escuché ambas versiones y no opiné, solamente lo lamenté.

Ya no era un autor inédito, pero su novela en España no tuvo ventas ni apenas reseñas, como era de prever. Cuando yo iba a París solíamos quedar a cenar o almorzar en el Balzar o en Lipp, y eso no cambió, pero ahora permitía que yo invitara, cuando él había impuesto siempre la ley de la hospitalidad: tú eres un forastero y esta es mi ciudad. Seguía vistiendo bien —lo recuerdo mucho con gabardina elegante—, como si a eso no pudiera renunciar por educación, tal vez la única herencia del padre. Quizá, sin embargo, ya no combinaba los colores tan adecuadamente, como si eso hubiera dependido del excepcional sentido de Éliane para ellos y para cuanto fuera ornamento. Una vez la mencionó en una carta: 'De la raíz separada de Éliane brotan con furia retoños de rayo por los que se me va la mitad de la vida', dijo. Durante dos años en que no nos vimos cambió un poco físicamente, y con su tacto de siempre me lo advirtió: 'No sólo estoy cansado mentalmente sino además en pésima forma física. Testigo de cargo es la alopecia galopante que me obliga a llevar gorra para protegerme del malhumorado otoño de esta latitud'. Tuvo que trasladarse a un barrio más bien magrebí. En uno de mis viajes no contestaba al teléfono aunque yo sabía que estaba en París. Pensé que tal vez se lo habían cortado, cogí el metro y me presenté en su remota y desconocida casa, es decir, en lo que resultó ser su cuarto, tan exiguo y tan poco amueblado, paradero de la desolación. Pero en realidad de esa escena sólo recuerdo su cara de alegría al verme en el umbral. Sobre su mesa de trabajo había un vaso de vino.

Las cosas fueron mejorando un poco mientras yo me alejaba y viajaba a Italia y ya no a París, cuando viajaba. Xavier Comella encontró por fin un empleo perfecto para sus propósitos, si bien —en consonancia— no le procuraba demasiado dinero: médico interino o de reemplazo en un hospital, casi sólo trabajaba cuando lo precisaba o quería: siempre que cubriera un mínimo de suplencias al mes, quedaba a su voluntad aumentar el número según sus fuerzas o necesidades, y eso le permitió volver a tener tiempo para la impaciente ejecución de su obra. Esa impaciencia yo no la entendía muy bien, habida cuenta de que tras *Vivisección* nada más veía la luz: ni su novela *Hécate*, ni la titulada *La espada sin filo*, ni su *Tratado de la voluntad* ni sus poemas que me mandaba a veces eran aceptados por ninguna editorial. Recuerdo dos versos de una 'imaginaria' que recibí: 'Vigilia de tu geminado espíritu / Es el sueño en que por cuerpo me niego'. Cuanto escribía seguía siendo difícilmente comprensible, cuanto escribía tenía brío. Yo lo leía poco, él seguía traduciendo la *Anatomía*.

Hacía ya diez u once años que nos conocíamos cuando una mañana volvimos a estar sentados en la acristalada terraza de un café de Saint-Germain. Había ennoblecido de aspecto y había aprendido a peinarse el pelo que le iba escaseando como si se le hubiera vuelto más rubio. Lo vi animado tras aquellos años en que había padecido males, y me informó de los importantes avances de sus escritos, había llegado al ochenta y tres y medio por ciento de la totalidad de su obra, según me dijo, ya asumiendo mi ironía al respecto. Luego hizo su ademán confidencial y se puso más serio: le faltaban sólo dos textos para terminar, una novela que se titularía *Saturno* y el aplazado ensayo sobre el dolor. La novela sería lo último por sus complicaciones técnicas, y ahora se sentía con fuerzas para volver a su experimento y suspender de nuevo su medicación. Confiaba en aguantar esta vez lo bastante para poder ponerse a escribir sabiendo cuanto debía saber. 'En estos años de ejercicio de mi profesión he visto mucho dolor, e incluso lo he administrado: lo he combatido y lo he permitido, según lo que fuera más beneficioso para el paciente; lo he suprimido de cabo a rabo con morfina y otros medicamentos y drogas que no se hallan en el mercado y a los que sólo los médicos tenemos acceso, muchos son un secreto tan bien guardado como si fuera de guerra, lo que dan las farmacias y los dispensarios es una mínima parte de lo que existe; pero de todo hay un mercado negro. El dolor lo he visto, lo he observado, lo he graduado, lo he mensurado, pero ahora me toca sufrirlo de nuevo, y no sólo el físico, con el que es fácil dar, sino el psíquico, el dolor que hace que la cabeza pensante no desee otra cosa que dejar de pensar, y no puede. Tengo el convencimiento de que el mayor dolor es el de la conciencia, contra el que no hay apenas remedio ni amortiguamiento, ni más cesación que la muerte, y aun así de eso no estamos seguros.' Esta vez no intenté disuadirlo, ni siquiera de la manera oblicua y levísima en que lo había hecho ante su primer anuncio de la investigación personal. Nos teníamos mucho respeto, sólo le dije: 'Bueno, tenme al tanto'.

No se puede afirmar que lo hiciera, esto es, no me fue informando de su proceso ni de su razonamiento, quizá porque no podía hablar de ello más que indirectamente y a través de sensaciones y síntomas y estados de ánimo, a los que no tenía inconveniente en hacer referencia, y así, en sus cartas de los siguientes meses —yo estaba en Madrid o en Italia— no contaba mucho de lo que le ocurría o pensaba, letras más lacónicas que de costumbre, pero de vez en cuando soltaba una frase que me ensombrecía, nítida o enigmática, confesional o críptica según los casos: de las segundas, que solían venir al final de las cartas, justo antes de la despedida o incluso después, en un postscriptum, he vuelto a leer hoy unas cuantas: 'Dolor pensamiento placer y futuro son los cuatro números necesarios y suficientes de mi interés'. 'Nada mancha más que el exceso de pudor: paga antes de ser tu propio Shylock.' 'Hagamos lo posible por no soltarnos del vagón de cola.' 'Si no desiertas del desierto el desierto se hará transitivo y te desertará y transitivo no en el *te* sino en el hacerte desierto.' 'Un fuerte abrazo y no des descanso a nadie. Te lo podrían hacer pagar.' Esas cosas decía. Entre las primeras hay una continuidad, incluso un progreso: 'Ni me apetece escribir, ni me apetece ejercer, ni viajar, ni pensar, ni tan siquiera desesperar', decía, y a la siguiente: 'Leo por simulacro de ocupación'. Algo después pensé que se había recuperado un poco, ya que mencionaba abiertamente —la única vez— la prueba en la que estaba inmerso: 'De mi experiencia ética del dolor endógeno sigo a la espera de que estalle la bomba de relojería que monté a principios de verano pero no sé el día ni la hora. Ya lo ves, pero no te pares mucho a mirarlo, es demasiado patético para merecer consideración, y si algo de titánico hay en todo ello la verdad es que me siento francamente enano'. Yo no sé qué le respondía, ni si le preguntaba, uno olvida sus propias cartas en cuanto las echa al buzón, o aun antes, en cuanto lame el sobre y lo cierra. Él seguía dándome el escueto parte de su inactividad: 'Un poco de medicina, muy poco de pluma, algo más de recogimiento. La hojarasca húmeda'. Yo recordaba que en su primero y fracasado intento había hablado de seis meses como del tiempo que habría necesitado resistir sin su medicación para alcanzar lo que buscaba, y por eso esperé que con la llegada del invierno su bomba de relojería estallara o bien tuviera que detenerla, aunque fuera para ir de cabeza al hospital otra vez. Pero esa estación sólo contribuyó a su empeoramiento, que él sin embargo no debió de juzgar suficiente: 'Yo estoy como exangüe desde hace dos meses. Ni escribo, ni leo, ni escucho, ni veo. Oigo truenos, eso sí, pero no sé si es una tormenta que se aleja o se acerca, ni si es pasada o futura. Aquí termino: el buitre me picotea ya el hemisferio izquierdo'. Supuse que se refería a la migraña que lo torturaba.

Luego pasaron casi dos meses sin ninguna noticia, y al cabo de ese tiempo recibí en Madrid una llamada de Éliane. Tras su separación no había mantenido con ella ningún contacto, pero no tuve capacidad para la sorpresa, sino que en seguida pensé lo peor. 'Xavier me ha pedido que te llame', me dijo en francés con ese tiempo verbal que tan poco indica sobre cuándo ocurrió lo ocurrido, y antes de que continuara dudé si se lo habría pedido antes de morir o en aquel mismo instante, si estaba vivo. 'Ha tenido una recaída muy fuerte y está hospitalizado, quizá para un poco de tiempo; por ahora no podrá escribirte, y no quería que te preocuparas demasiado. Ha estado mal, pero ya está mejor.' Había en sus palabras tanto convencionalismo como era admisible en una llamada así, pero me atreví a preguntarle dos cosas aunque eso supusiera violentar a un recuerdo, es decir, a quien ya era dos veces recuerdo: '¿Ha intentado suicidarse?'. 'No', contestó, 'no ha sido eso, pero ha estado muy mal.' '¿Vas a volver con él?' 'No', contestó, 'eso es imposible.'

Durante los dos últimos años de nuestra amistad nos escribimos menos y nos tratamos menos, yo fui sólo una vez a París, él ya nunca volvió a Madrid. Fue dejando de contestar a mis cartas o tardaba demasiado, y todo requiere un ritmo. Hay más cosas de él muy desoladas, pero no quiero contarlas ahora, yo no las viví y las supe sólo por sus confidencias. La última vez que nos vimos fue en un viaje mío muy breve, almorzamos en el Balzar; había engordado un poco —abombado el pecho— y no le sentaba mal. Sonreía a menudo, como alguien para quien es un acontecimiento salir a almorzar. Me contó con cautela y pocas palabras que durante nuestro silencio por fin había escrito el ensayo sobre el dolor. Creía que eso se lo publicarían, pero sobre el texto no dijo más. Ahora ya estaba entregado al último, al *Saturno*, y lo escribía sin pausa pero con gran dificultad. Todo aquello me resultó algo ajeno: su vida se me había hecho todavía más fragmentaria, más fantasmal, como si en las últimas páginas del libro deteriorado aparecieran ya sólo los signos de puntuación, o como si hubiera empezado a sentirlo como recuerdo también a él, o quizá como alguien ficticio. Estaba casi calvo pero su rostro seguía siendo agraciado. Pensé que sus venas aún más visibles parecían altorrelieves. Allí nos despedimos, en la rue des Écoles.

Después de eso sólo recibí ya una carta, y un telegrama, la primera al cabo de bastantes meses, y en ella decía: 'No te escribo porque al final tenga algo que decirte, sino precisamente porque el tiempo pasa y cada vez me deja menos para contar. Nada positivo. Horrible invierno, lleno de recesos rellenos de remolinos. Sedimentos y caos. Un silencio editorial desmaterializante. Un divorcio con Éliane. Y náusea frente a toda creación. La semana pasada fue de un tedio coagulante. Anteanoche fue peor: me despertó un alarido, mío'. Y el postscriptum tras la firma decía: 'Así que sólo ennegreceré un poco más mi cenicienta materia'.

No me preocupé especialmente y no contesté porque al cabo de dos semanas viajaba de nuevo a París. Esto fue hace dos años, o algo más. Llevaba ya tres días en la ciudad, alojado como siempre en la casa de mi amiga italiana, y todavía no lo había llamado, esperando a desembarazarme primero de mis ocupaciones allí. Llevaba tres días cuando regresé de la calle a la casa y la amiga italiana que fue cruel con él o se defendió de él me dio la noticia de su voluntaria muerte, anteayer. Ya no era demasiado joven, no falló; era médico, fue preciso; y evitó todo dolor. Días después logré hablar con su madre, a la que nunca conocí: me dijo que Xavier había terminado el *Saturno* dos noches antes de anteayer (el ciento por ciento, se acabó la vida al acabarse el papel). Había hecho dos copias, había escrito tres cartas que se encontraron sobre la mesa junto a un vaso de vino: para ella, para la agente que no tuvo éxito, para Éliane. En la carta a la madre le explicaba el rito: pensaba leer unas páginas, oír algo de música, beber algo de vino antes de acostarse. Al teléfono ella no me supo decir qué música ni qué líneas, y no he vuelto a preguntarlo para no tener que recordar eso también. De las más de mil páginas de la *Anatomía* de Burton llegó a traducir setecientas —el sesenta y dos por ciento—, y el resto aún aguarda a que alguien se decida a concluir la tarea. No sé qué se ha hecho de su ensayo sobre el dolor.

El telegrama lo hallé a mi regreso a Madrid. Lo había escrito un vivo pero yo leí a un muerto. Decía esto: 'TODO BIEN VA NADA VA BIEN TODO MAL VUELVE MI MEJOR ABRAZO XAVIER'.

Hoy he recibido una carta que me ha hecho acordarme de este amigo. La escribía una desconocida, de mí y de él.

Menos escrúpulos

Estaba tan apurada de dinero que me había presentado a las pruebas para aquella película porno dos días antes y me había quedado atónita al ver cuánta gente aspiraba a uno de esos papeles sin diálogo, o bueno, sólo con exclamaciones. Había ido hasta allí con el ánimo encogido y avergonzado, diciéndome que la niña tenía que comer, que tampoco importaba tanto y que era improbable que esa película la fuera a ver nadie que me conociese, aunque sé que siempre todo el mundo se acaba enterando de todo lo que sucede. Y no creo que nunca llegue a ser nadie para que en el futuro quieran hacerme chantaje con mi pasado. Por otra parte ya hay bastante.

Al ver aquellas colas en el chalet, en las escaleras y en la sala de espera (las pruebas, como el rodaje, se hacían en un chalet de tres pisos, por Torpedero Tucumán, por esa zona, no la conozco), me entró miedo a que no me cogieran, cuando hasta aquel momento mi verdadero temor había sido el contrario, y este otro mi esperanza: que no les pareciera lo bastante guapa, o lo bastante opulenta. Esto último era una esperanza vana, he llamado la atención toda mi vida, sin exageraciones pero la he llamado, no ha servido de gran cosa. 'Vaya, tampoco conseguiré este trabajo', pensé al ver a todas aquellas mujeres que lo pretendían. 'A menos que la película incluya una escena de orgía masiva y necesiten extras a patadas.' Había muchas chicas de mi edad y más jóvenes, también mayores, señoras con aspecto demasiado hogareño, madres como yo sin duda, pero madres de proles, con cinturas irrecuperables, todas vestidas con faldas un poco cortas y zapatos de tacón y jerseys ajustados, como yo misma, mal maquilladas, en realidad era absurdo, íbamos a salir desnudas si es que salíamos. Alguna se había traído a los niños, que correteaban arriba y abajo por las escaleras, las demás les hacían monerías cuando pasaban. También había mucha estudiante con vaqueros y camiseta, ellas tendrían padres, qué pensarían sus padres si eran aceptadas y ellos veían la película por azar un día; aunque fuera para comercializar sólo en vídeo luego hacen lo que quieren, acaban pasándolas por las televisiones a las tantas de la madrugada, y un padre con insomnio es capaz de todo, una madre menos. La gente no tiene un duro y hay mucho desocupado: se ponen ante la televisión y ven cualquier cosa para matar el rato o matar el vacío, no se escandalizan de nada, cuando uno no tiene nada todo parece aceptable, las barbaridades resultan normales y los escrúpulos se van de paseo, y al fin y al cabo estas guarrerías no hacen daño, hasta se ven con curiosidad a veces. Se descubren cosas.

Dos tipos salieron de la habitación de arriba en que se estaban realizando las pruebas, más allá de la sala de espera, y al ver la cola se llevaron las manos a la cabeza y decidieron recorrerla lentamente —peldaño a peldaño—, diezmándola. 'Tú puedes irte', le decían a una señora. 'No eres adecuada, no sirves, no hace falta que esperes', les iban diciendo a las más matronas, también a las jóvenes con aspecto más tímido o pánfilo, tuteando a todas. A una le pidieron el carnet allí mismo. 'No lo llevo', dijo. 'Entonces fuera, no queremos líos con menores', dijo el más alto, al que el otro llamó Mir. El más bajo llevaba bigote y parecía más educado o con más miramientos. Dejaron la cola reducida a un cuarto, allí quedamos sólo ocho o nueve y nos fueron pasando. Una de las que me precedió salió al cabo de unos minutos llorando, no supe si porque la rechazaban o porque le habían hecho hacer algo humillante. Quizá se habían burlado de su cuerpo. Pero si una acude a estas cosas ya sabe lo que le espera. A mí no me hicieron nada, sólo lo previsible, me dijeron que me desnudara, por partes primero. Ante una mesa estaban Mir y el bajito y otro con coleta como un triunvirato, luego había un par de técnicos y de pie un tipo con cara de mono y pantalones rojos cruzado de brazos que no sé qué pintaba, podía ser un amigo que se había apuntado a la sesión, un mirón, un salido, la cara era de salido. Hicieron unas tomas de vídeo, me miraron bien, por aquí y por allá, al natural y en pantalla, date la vuelta, levanta los brazos, normal, un poco de vergüenza claro que pasé, pero casi me entró la risa al ver que tomaban notas en unas fichas, muy serios, como si fueran profesores en un examen oral, santo cielo. 'Puedes vestirte', dijeron luego. 'Aquí pasado mañana a las diez. Pero ven bien dormida, no nos traigas esas ojeras de sueño, no sabes lo que cantan en pantalla.' Lo dijo Mir, y era verdad que tenía ojeras, apenas había pegado ojo pensando en la prueba. Iba ya a salir cuando el tipo de la coleta, al que llamaban Custardoy, me retuvo con la voz un momento. 'Oye', dijo, 'para que no haya sorpresas ni problemas ni te nos plantes a última hora: la cosa será francés, cubano y polvo, ¿de acuerdo?' Se volvió hacia el alto para confirmar: 'Griego no, ¿verdad?'. 'No, no, con esta no, que es primeriza', respondió Mir. El primate descruzó los brazos y volvió a cruzarlos, contrariado, vaya mamarracho con sus pantalones rojos. Intenté hacer memoria rápidamente; había oído esos términos, o los había visto en los anuncios sexuales de los periódicos, quizá había sabido lo que significaban, aproximadamente. 'Griego no', habían dicho, así que eso me daba lo mismo, al menos por ahora. 'Francés', creí acordarme. Pero ¿y 'cubano'?

—¿Qué es cubano? —pregunté.

El hombre bajo me miró con reconvención.

—Pero mujer —dijo, y se llevó las manos a los pechos que no tenía. No estuve segura de entender muy bien, pero sólo me atreví a preguntar otra cosa:

—¿Está ya elegido mi compañero? —Me dieron ganas de decir 'mi compañero de reparto', pero pensé que podía parecerles una burla.

—Sí, ya lo conocerás pasado mañana. No te preocupes, él tiene experiencia y te llevará muy bien. —Esa fue la expresión que empleó el bajito, como si hablara de un baile antiguo, agarrado, cuando aún tenía sentido decir 'Yo llevo'.

Ahora estaba de nuevo en la salita de espera, esperando para rodar, esperando con mi compañero, al que acababan de presentarme, me dio la mano. Nos habíamos sentado en el sofá un tanto escaso, tanto que él, en seguida, se pasó a un silloncito que hacía juego para estar más cómodo. El tipo alto y el tipo bajo y el de la coleta y los técnicos estaban rodando con otra pareja (confiaba en que no estuviera presente el salido, daban miedo los ojos saltones y la nariz rebanada, los pantalones mortales). En el cine todo lleva siglos y va con retraso, según tengo entendido, y nos habían dicho que esperásemos y nos fuéramos conociendo. Aquello era absurdo. 'No conozco a este hombre de nada y dentro de un rato estaré mamándosela', pensé, y no pude evitar pensarlo con estas palabras. 'Qué sentido tiene que nos conozcamos un poco, que hablemos.' Yo casi no me atrevía a mirarlo, lo hacía de reojo, un ataque de pudor de lo más inoportuno. Al presentármelo me habían dicho: 'Este es Loren, tu pareja.' Habría preferido que lo hubieran llamado 'partenaire', pero ya nadie conoce esta palabra. Tendría unos treinta años, llevaba pantalones y sombrero y botas vaqueras, los actores todos americanizados, aunque sean actores porno. Así empiezan muchos, a lo mejor un día triunfaba. No era nada feo pese a la pinta, un tipo atlético de los que van al gimnasio, con una nariz levemente ganchuda y unos ojos grises, tranquilos y fríos; los labios eran agradables, pero eso quizá no tendría que besárselo, la boca agradable. Él no parecía nada inhibido, tenía las piernas cruzadas como un vaquero y hojeaba un periódico, no me hacía mucho caso. Me había sonreído al ser presentados, tenía los dientes separados, eso lo hacía un poco aniñado de cara. Se había quitado el sombrero entonces, pero luego se lo había puesto, quizá fuera a conservarlo durante las escenas. Me ofreció pastillas de regaliz, no quise, él chupaba dos a la vez, quizá fuera mejor que no nos besáramos. Llevaba en la muñeca una cinta de cuero o de piel de elefante, ajustada, no lo llamaría una pulsera. Supongo que era moderno, yo me sentí antigua de pronto con mi falda estrecha, mis medias negras y mis tacones, no sé por qué diablos me había puesto los más altos que tengo, quizá no quisieran que me los quitase si se fijaban, a muchos hombres les gusta vernos así, desnudas y con tacones, un poco infantil toda esta imaginería, él cubierto y yo calzada. Me di cuenta de que me estaba bajando un poco la falda, que se me subía demasiado sentada, y eso ya me pareció un disparate. Ni siquiera mi partenaire hacía caso a mis muslos, y hacía bien, al cabo de un rato no habría falda ni nada.

—Oye perdona —le dije entonces—, tú has trabajado antes en esto, ¿verdad?

Apartó la vista del periódico pero no lo dejó a un lado, como si todavía no estuviera seguro de ir a iniciar una conversación en regla, o más bien lo estuviera de lo contrario.

—Sí —contestó—, pero no mucho, dos, no, tres veces, desde hace poco. Pero no te preocupes, se olvida uno de la cámara en seguida. Ya me han dicho que eres debutante. —Le agradecí que dijera 'debutante' en vez de 'primeriza', como Mir, alto y calvo—. Tú no te cortes por nada, lo peor es eso, tú sígueme a mí y disfruta lo que puedas, y de los otros ni caso.

—Ya, eso se dice fácil —respondí—. Espero que tengan paciencia si me pongo nerviosa. Estoy un poco nerviosa.

El actor Lorenzo sonrió con sus dientes espaciados. Leía la página de deportes. Parecía muy seguro de sí mismo, porque me dijo:

—Mira, no vas ni a enterarte de que están rodando. Yo me encargo. —Lo dijo con ingenuidad más que con soberbia, no me molestó por eso, aunque sí que no se le ocurriera pensar que no serían los testigos la causa principal de mi nerviosismo probable en escena.

—Bueno —contesté, sin atreverme a ponerlo en duda, quizá intimidada—. Pero habrá interrupciones, ¿no?, para las diferentes tomas y eso, ¿no? ¿Y qué pasa entonces? ¿Qué se hace en medio?

—Nada, te pones una bata si quieres y te tomas una coca-cola. No te preocupes —repitió—. Hay cosas peores. Y si necesitas, seguro que tienen rayas.

—¿Ah sí, hay cosas peores? —dije yo ahora un poco irritada por su despreocupación excesiva—. Pues será que yo no las conozco todavía; anda, dime una. —Él dejó por fin el periódico a un lado, y yo me apresuré a añadir—: Oye, que quede claro que no lo digo por ti, ¿eh? No me refiero a ti, ya me entiendes, ¿no? Esto es por el dinero, pero no me digas que no es un trago. Bueno, no sé tú, pero yo, pues no.

Loren hizo caso omiso de mis puntualizaciones para no herirlo y se quedó con mis anteriores frases. Me miró con su expresión sosegada pero con una leve exaltación ahora, como si lo hubiera provocado y fuera alguien sin capacidad para eso, para sentirse provocado, y no supiera encontrar el tono adecuado. Tenía los ojos grises también algo separados, los dos muy distantes de su nariz ganchuda, que parecía tirar de los labios hacia arriba, esa clase de fosas nasales que parecen siempre resfriadas.

—Te voy a decir una cosa peor —dijo—. Te la voy a decir. Lo que yo hacía antes era mucho peor. No es que pretenda montarme en esto para siempre, pero vale para ir tirando hasta que surja otra cosa, y no sabes la maravilla que es al lado de lo que hacía antes.

—¿Y qué hacías antes? ¿Te lanzaban cuchillos en el circo?

No sé por qué le dije eso. Supongo que sonó ofensivo, como si el actor Lorenzo tuviera que provenir necesariamente del campo más arrastrado del espectáculo. Al fin y al cabo yo estaba ahora en lo mismo que él, y simplemente había perdido mi empleo hacía ya dos años y tenía un ex marido desaparecido, missing, y la niña conmigo. A lo mejor él tenía también una niña. Y además, ya no hay espectáculos de ese tipo, es una cosa anticuada, ni siquiera hay casi circo.

—No, tía lista —dijo él, pero sin reproche y sin intentar devolvérmela, no sé si porque tenía aguante o porque no habría sabido. Me lo dijo como lo dicen los niños en el colegio—: No, tía lista. Era tutor.

—¿Tutor? ¿Cómo tutor? ¿Tutor de qué? —Era la última palabra que me habría esperado oír en sus labios y no pude disimular, quizá mi sorpresa también fue ofensiva. Lo miré muy de frente ahora, un tutor, parecía salido de un spaghetti western.

Él se tocó el ala del sombrero con desazón, como colocándoselo.

—Bueno, quiero decir que tenía a alguien bajo mi tutela, bajo mi protección. Como un guardaespaldas, pero distinto.

—Ah, bueno, guardaespaldas, ya —dije con resabio y como rebajándolo de categoría—. ¿Y qué, eso era tan malo? ¿Te tuviste que interponer muchas veces entre tu jefe y las balas o qué? —No tenía motivo para estar borde con él, pero me salían las impertinencias, quizá me iba poniendo enferma la idea de tener que ir a mamársela sin preámbulos dentro de un rato, cada vez faltaba menos. Involuntariamente le miré el paquete, en seguida aparté la vista. Volví a pensar eso con ese verbo, la edad nos va haciendo groseros, o nos importa menos serlo, o es la pobreza: cuanto menos hay, menos escrúpulos. Al hacernos mayores también hay menos vida, no queda tanta.

—No, no era guardaespaldas de esos, no soy un gorila —dijo él sin resentirse de mis sarcasmos, con seriedad y sin doblez y con transparencia—. Tenía que vigilar a una persona que estaba mal, para evitar que se hiciese daño, es muy difícil evitar eso. Tienes que estar las veinticuatro horas encima, todo el rato alerta, y nunca puedes evitarlo del todo.

—¿Quién era? ¿Qué le pasaba?

Loren se quitó el sombrero y se puso a acariciar la copa con el antebrazo derecho, como hacen los vaqueros de las películas. Quizá fue un gesto de respeto. Empezaba a clarearle el pelo.

—Era la hija de un tío rico, multimillonario, no te imaginas, un empresario de esos que ni saben lo que tienen. Habrás oído el nombre, pero mejor me lo callo. La hija estaba zumbada, una histérica con tendencias suicidas, cada poco lo intentaba. Podía llevar una vida aparentemente normal durante semanas y luego, de pronto, sin previo aviso, se cortaba las venas en la bañera. Andaba de verdad grillada. No querían internarla porque eso es muy duro y además se acaba enterando todo Cristo, de los intentos de suicidio sólo unos pocos, los que estábamos cerca. Así que me contrataron para que se lo impidiera, sí, como un guardaespaldas pero no para protegerla de otros, como es lo corriente, sino de sí misma. Sus amigos me tomaban por uno convencional, pero no lo era. Lo mío era otra cosa, como un custodio.

Pensé que conocería esa palabra porque se habría tomado la molestia de buscar una para definirse. La habría conocido al buscarla.

—Ya —dije—. Y eso era peor. ¿Qué edad tenía? ¿Por qué no le ponían mejor un enfermero?

Loren se pasó el revés de la mano por la barbilla, a contrapelo, como si descubriera de pronto que no estaba bien afeitado. Iba a tener que besarme por todas partes. Pero parecía bien afeitado, estuve tentada de pasarle yo la mano, no me atreví, podría haberlo tomado por una caricia.

—Porque un enfermero canta más, por lo mismo, qué hace una tía joven todo el día con un enfermero detrás. Que tuviera guardaespaldas se entendía, el padre superforrado. Ella podía llevar su vida normal, ya te digo, iba a la Universidad, veinte años, iba a sus fiestas y a sus pijerías, y al psiquiatra, claro, pero no es que anduviera todo el día deprimida y eso, no. Estaba normal una temporada, y era simpática, eh. De repente le daba un ataque y el ataque era siempre suicida, y era imprevisible cuándo. Ni un objeto punzante en su habitación, ni tijeras ni cortaplumas ni nada, ni cinturones con los que poder ahorcarse, nada de pastillas a su alrededor, ni aspirina; hasta los zapatos de tacón, su madre cuidaba de que no fueran muy agudos desde que una vez se había rajado un pómulo con uno de ellos, le tuvieron que dar cirugía plástica, no se le notaba pero se había hecho un buen corte, a lo bestia. Los que tú llevas no se los habrían permitido, menuda arma. En eso la tenían como a los presos, ni un objeto peligroso. El padre estuvo a punto de quitarle también las gafas de sol cuando vio *El padrino III*, allí hay uno al que matan con unas gafas, con la parte más cortante de la patilla, la hostia, al tío lo habían registrado de arriba abajo y va y degüella al otro con eso. ¿Has visto *El padrino III*?

—Creo que no, vi la primera.

—Si quieres te la dejo en vídeo —dijo Loren amistosamente—. Es la mejor de las tres, a lo grande.

—No tengo vídeo. Sigue —contesté yo, temiendo que en cualquier momento se abriera la puerta y aparecieran la cara alta de Mir o la huesuda de Custardoy o el bigote bajo para hacernos pasar a rodar nuestras escenas. No podríamos hablar durante ellas, o no de la misma forma, nos exigirían concentración, a lo nuestro.

—Pues eso, había que estar todo el día encima y dormir con un ojo abierto, yo en la habitación de al lado, la mía y la suya comunicadas por una puerta de la que yo tenía la llave, sabes, como en los hoteles a veces, la casa era inmensa. Pero claro, hay infinitas maneras de hacerse daño, si alguien está de verdad dispuesto a matarse acabará consiguiéndolo siempre, lo mismo que un asesino, si alguien se quiere cargar a alguien acabará cargándoselo por mucha protección que tenga, aunque sea el Presidente del Gobierno, aunque sea el Rey, si alguien se empeña en matar y no le importan las consecuencias, acaba matando a quien quiere, no hay nada que hacer, lo tiene todo de su parte si no le importa lo que le pase luego. Mira a Kennedy, mira en la India, allí no queda un político vivo. Pues lo mismo con el que se asesina a sí mismo, me río yo de los suicidios fallidos. La princesa de pronto se tiraba de cabeza por las escaleras mecánicas de El Corte Inglés y la recogíamos con la frente abierta y las piernas en carne viva, y hubo suerte porque yo metí la mano. O se precipitaba contra una cristalera, contra un escaparate en plena calle, tú no sabes lo que es eso, toda llena de cortes y con cientos de cristalitos clavados, una locura, gritando de dolor, porque si no te matas la cosa duele. Tampoco se la podía encerrar, así no se habría curado. Me acostumbré a ver peligros por todas partes y eso es el horror, ver el mundo entero como una amenaza, nada es inocente y todo está en contra, en lo más inofensivo veía un enemigo, mi imaginación tenía que anticiparse a la suya, agarrarla de un brazo cada vez que íbamos a cruzar una calle, procurar que no se acercara a ninguna ventana alta, en las piscinas extremar el cuidado, apartarla de un obrero que pasara llevando una barra, era capaz de intentar ensartarse en ella, o así me acostumbré a pensar, que podía hacer cualquier cosa, uno desconfía de todo, de las personas, de los objetos, de las paredes. —'Así vivía yo cuando la niña era pequeña', pensé; 'aún ahora vivo así un poco, nunca tranquila del todo. Conozco eso. Sí, es horrible.'— Una vez intentó arrojarse a las patas de los caballos en plena recta final, en el hipódromo, tuve suerte de agarrarla del tobillo cuando ya estaba a punto de alcanzar la pista, se aprovechó de que yo estaba ocupado con las apuestas y se me escabulló, vaya minutos de pánico hasta que la pesqué, iba ya corriendo hacia los caballos. —El actor Lorenzo hizo una pausa sólo verbal, no mental, vi cómo seguía rumiando lo que contaba o iba a contar—. Aquello era mucho peor que esto, te lo aseguro, una tensión tremenda, una angustia continua, sobre todo desde que me la tiré, me la tiré dos veces: la puerta contigua, la llave en mi poder, las noches siempre medio despierto y sobresaltado, comprendes, era un poco inevitable. Además, mientras yo estaba así con ella no había peligro, no podía pasarle nada conmigo encima abrazado a ella, conmigo encima estaba a salvo, comprendes. —'El sexo el lugar más seguro', pensé, 'se controla al otro, se lo tiene inmovilizado y a salvo.' Hacía tiempo que no estaba en ese lugar seguro—. Pero claro, te tiras a una tía un par de veces y le coges afecto. Vamos, no mucho, yo tengo mi novia, no por fuerza, pero ya es otra cosa, la has tocado, la has besado y ya no la ves igual, y ella se pone cariñosa contigo. —Me pregunté si me pondría cariñosa con él tras la sesión que nos esperaba. O si él me cogería afecto por eso. No le interrumpí—. Así que además de la tensión del trabajo, tenía también preocupación, bueno, pánico, no quería que le pasara nada, por nada del mundo quería que le pasara nada. Total, una ganga, y al lado de aquello esto es jauja.

'Ganga' y 'jauja', cada vez se oyen menos esas palabras, parecen de chiste.

—Ya —dije—. Y qué pasó, te hartaste —pregunté sin esperanza de que fuera a contestarme afirmativamente. En realidad ya me había contado lo que había pasado, por su manera de rumiar y de contarme el resto.

Loren se puso el sombrero de nuevo y aspiró con fuerza por sus fosas nasales que parecían humedecidas, como si cobrara energía para un esfuerzo. El ala del sombrero le tapó la mirada gris y fría, su cara era ahora nariz y labios, los labios agradables que no besaría, no hay besos en la boca en las películas porno.

—No, me quedé sin empleo. Fallé, la princesa se cortó el cuello en la cocina de su casa hace tres semanas, en mitad de la noche, y yo ni siquiera la oí salir de la habitación, qué te parece. Me quedé sin nadie de quien cuidar. Un desastre, qué desastre. —Por un instante me asaltó la duda de si el actor Lorenzo no estaba actuando, para distraerme y quitarme los nervios. Pensé un momento en la niña, la había dejado con una vecina. Él se puso en pie, dio unos pasos por la habitación al tiempo que se alzaba los pantalones vaqueros. Se paró ante la puerta cerrada que tendríamos que cruzar ya pronto. Creí que iba a darle un golpe pero no se lo dio. Sólo dijo malhumorado—: Bueno, a ver si empezamos de una puta vez, yo no tengo todo el día.

Sangre de lanza

Para Luis Antonio de Villena

Me despedí para siempre de mi mejor amigo sin saber que lo estaba haciendo, porque a la noche siguiente, con demasiado retraso, lo descubrieron tirado en la cama con una lanza en el pecho y una mujer desconocida al lado, también muerta pero sin el arma homicida en el cuerpo porque el arma era la misma y se la habían tenido que arrancar tras clavársela, para mezclar su sangre con la de mi mejor amigo. Las luces estaban encendidas y la televisión, y así sin duda habían permanecido durante todo aquel día, el primero de mi amigo sin vida o del mundo sin su mundana presencia desde hacía treinta y nueve años, bombillas incongruentes con el sol severo de la mañana y quizá no tanto con el cielo tormentoso de la tarde, pero a Dorta le habría molestado el dispendio. No sé bien quién paga los gastos de los muertos.

Tenía la frente abombada por un golpe previo, no era un chichón o si lo era ocupaba la superficie entera, la piel tirante sobre el cráneo elefantiásico, como si se hubiera frankensteinizado en la muerte, el arranque del pelo con una pequeña calva que nunca había tenido. Ese golpe debería haberlo dejado fuera de combate, pero al parecer no le había hecho perder del todo el conocimiento, porque tenía los ojos abiertos y las gafas puestas, aunque podía habérselas colocado después el lancero, como escarnio, uno no necesita gafas cuando es seguro que ya no va a ver más nada: toma, cuatro ojos, para que veas bien claro el camino del infierno. Llevaba el albornoz que utilizaba siempre a modo de bata, compraba uno nuevo cada pocos meses y este último fue amarillo, quizá debería haber evitado el color, como los toreros. Tenía sus zapatillas calzadas, zapatillas duras y rígidas como de americano, una especie de mocasín bien escotado por el empeine, sin ribetes y con el tacón muy plano, uno se siente más seguro si oye sus propios pasos. Las dos piernas desnudas asomaban por entre los faldones, vi que aunque era hombre velludo tenía las canillas calvas, hay quien pierde el pelo de esa zona por el roce eterno de los pantalones, o de los calcetines si son altos, medias de sport las llaman y él las usaba siempre, nunca se le vio franja de carne con las piernas cruzadas en público. Las sangres habían manado lo suficiente durante horas —con las luces encendidas y atareados testigos en la pantalla— para empapar el albornoz y las sábanas y arruinar el suelo de madera. La cama, sin colcha por el calor, no había sido abierta, el embozo intacto. Se lo veía pálido en las fotos, como a todos los cadáveres, con una expresión en él desusada, pues era hombre festivo y risueño y bromista y la cara se aparecía seria, más que aterrorizada o estupefacta con un gesto de amargura, o tal vez —más sorprendente— de mero desagrado o fastidio, como si se hubiera visto obligado a algo no demasiado grave pero contrario a sus inclinaciones. Como morir parece grave al que muere si sabe que muere, no podía descartarse que le hubieran clavado la lanza estando él tan aturdido por el golpe previo que no hubiera tenido mucha conciencia de lo que ocurría, y eso podría explicar que tampoco hubiera reaccionado mientras hundían y sacaban con anterioridad el arma del pecho de la desconocida. La lanza era suya, traída unos años antes como recuerdo de un viaje a Kenia que le pareció detestable y del que vino lamentándose, como de costumbre cuando se ausentaba. Yo la vi más de una vez, metida descuidadamente en el paragüero, Dorta pensaba siempre que habría de colgarla algún día, uno de esos adornos fantaseados al verlos en manos ajenas y que ya no nos gustan tanto cuando por fin llegan a casa. Dorta no los coleccionaba pero de vez en cuando cedía al impulso de un capricho, sobre todo en países a los que sabía que no volvería. Quienes lo querían mal vieron algo de sarcasmo en la forma de su muerte, a él le gustaban mucho los bastones metálicos y puntiagudos, de esos tenía unos cuantos. Poca originalidad, una pedantería.

La mujer estaba casi desnuda, con unas braguitas tan sólo, en la casa no había rastro de las demás prendas con las que tendría que haber llegado, como si el lancero las hubiera recogido escrupulosamente tras sus asesinatos y se las hubiera llevado, nadie va así por la calle o en taxi por mucho calor que haga, quiero decir desnuda hasta tal extremo. Quizá era también un escarnio: ahí te quedas en pelotas, puta, así te irán follando en el camino hacia el infierno. Un engorro innecesario para un asesino en todo caso, todo lo que queda acusa, lo que queda en nuestras manos. La mujer tenía unos treinta años, tanto por el aspecto como por el informe del forense según dijeron, y podía ser una inmigrante por lo primero, cubana o dominicana o guatemalteca por ejemplo, la tez bronceada y los labios cuarteados y gruesos y los pómulos atrevidos, pero también hay muchas españolas que son así, en el sur y en el centro y hasta en el norte, no digamos en las islas, la gente se distingue menos de lo que quisiera. Ella sí tenía los ojos cerrados y una expresión de dolor en el rostro, como si no hubiera muerto en el acto y le hubiera dado tiempo a hacer el gesto involuntario, el dolor espantoso del hierro en la carne entrando y ya entrado, los dientes apretados instintivamente y la visión cegada, su desnudez sentida de pronto como una indefensión suplementaria, no es lo mismo que un arma blanca traspase primero una tela por fina que sea a que alcance la piel directamente, aunque el resultado no se diferencie en nada. O así lo creo, nunca he sido herido de este modo, toco madera, cruzo los dedos. En la mujer podía verse el boquete a la altura del nacimiento del pecho izquierdo, el uno y el otro me parecieron blandos en la medida en que se discernían y en que yo los miré por vez primera en las fotos, y fueron escasas ambas medidas. Pero uno se acostumbra a imaginar la textura y el volumen y el tacto de las mujeres al primer golpe de vista, más aún en estos engañosos tiempos, de haber sido rica se los habría siliconado, a su edad sobre todo, un tipo de blandura consustancial, que no depende de los años. Estaban manchados, la sangre seca. Tenía el pelo largo y alborotado y rizoso, parte de la melena le tapaba la mejilla derecha de forma poco natural, como si le hubiera dado tiempo a intentar cubrirse la cara con el cabello empujándolo con la mano, un último ademán de pudor o vergüenza para su posteridad anónima. En cierto sentido sentí más pena por ella, tuve la sensación de que su muerte era secundaria, que la cosa no iba en realidad con ella o que era sólo parte de un decorado. En la boca tenía restos de semen y el semen era de Dorta, según dijeron. También dijeron que ella tenía algunas caries, una dentadura de pobre, o víctima de los caramelos. Dijeron también que en ambos organismos había sustancias, esa fue la palabra, pero no mencionaron cuáles. No tengo mucho problema para imaginármelas.

Los dos estaban sentados, o mejor dicho no estaban del todo tumbados, más bien recostados, aunque en el caso de mi amigo no me ahorraron un detalle desagradable: la lanza herrumbrosa había penetrado con tanta fuerza que la punta nunca afilada ni bruñida ni tan siquiera limpiada desde que llegó de Kenia —pero tan aguda— había alcanzado la pared tras atravesar su tórax, dejándolo prendido a la cal como un insecto. Si a Dorta se le hubiera contado esto de otro, se habría estremecido pensando en el yeso dejado en el interior del cuerpo por la retirada de la lanza, alguien tuvo que sacarla, seguramente con más esfuerzo que quien la clavó en los dos pechos, el femenino y el masculino. El arma no había sido arrojada desde ninguna distancia, sino que se había embestido con ella más bien de abajo arriba, quizá a la carrera, quizá no, pero en el segundo caso la persona que la hubiera empuñado tenía que ser muy fuerte o alguien acostumbrado a clavar bayonetas. La alcoba era amplia, permitía coger carrerilla, toda la casa de Dorta era amplia, piso antiguo remozado, heredado de sus padres, él descuidaba todo menos dos espacios, el salón y el dormitorio, era grande para él. Acababa de cumplir los treinta y nueve años, se lamentaba de los cuarenta a la vuelta de la esquina, vivía solo pero invitaba a menudo a gente, de uno en uno.

—Lo peor de estas edades es que a uno le parecen ajenas —me había dicho la noche de su muerte, durante la cena. Su cumpleaños había sido una semana antes, pero yo no había podido felicitarlo al estar él aquel día ausente en Londres. No había podido hacerle las tradicionales bromas por tanto, yo tenía tres meses menos y me permitía llamarlo 'viejo' durante ese periodo. Ahora tengo dos años más de los que él tuvo nunca, doblé mi esquina—. Hace unos días leí en el periódico una noticia que hablaba de un hombre de treinta y siete años, y en efecto la asociación de esa edad y la palabra 'hombre' me pareció adecuada, para ese individuo al menos. Para mí, en cambio, no lo sería. Yo todavía espero inconscientemente que se refieran a mí como a 'un joven' y desde luego cuento con que me tuteen, y figúrate, soy ya dos años mayor que ese hombre de la noticia. Los años deberían cumplirlos siempre los otros, hacernos ese favor. Es más: al igual que antiguamente los ricos pagaban a un individuo pobre para que hiciera el servicio militar o fuera a la guerra por ellos, debería ser posible comprar a alguien que cumpliera por nosotros los años. De vez en cuando nos quedaríamos con alguno, este año es mío, ya estoy harto de tener treinta y nueve. ¿No te parece una excelente idea?

A ninguno pudo ocurrírsenos que treinta y nueve sería en su caso el número fijo, del que podría hartarse hasta el fin de los tiempos sin posibilidad de cambiarlo y sin remedio. Así eran las ideas de Dorta cuando estaba animado y de buen humor, ideas poco excelentes y disparatadas, a veces ñoñas y pueriles invariablemente, y esto último tenía justificación al menos conmigo porque nos conocíamos desde niños y es difícil no seguir mostrándose un poco como se fue al principio con cada persona que conocemos: si uno fue caprichoso, deberá serlo indefinidamente de vez en cuando; si uno fue cruel, si fue frívolo, si fue enigmático, esquivo o débil o amado, ante cada uno tenemos nuestro repertorio, en el que se admiten variaciones pero no renuncias, si alguien rió una vez deberá reír siempre o será rechazado. Y por eso a Dorta lo llamé siempre Dorta y así lo recuerdo, en el colegio uno se conoce por el apellido hasta la adolescencia. Y del mismo modo que si continúa el trato uno ve en el adulto el rostro del niño con quien se compartió pupitre superpuesto siempre, como si los posteriores cambios o la acentuación de unos rasgos fueran máscara y juego para disimular la esencia, así los logros o reveses de las edades del otro se aparecen como irreales o más bien ficticios, como proyectos o fantasías o figuraciones o miedos de los que la niñez está poblada, como si entre esos amigos cuanto acontece siguiera pareciendo y se siguiera viviendo como una espera —el estado principal de la infancia, no es ni siquiera el deseo—, lo presente y también lo pasado y hasta lo remoto. Poco o nada entre esa clase de amigos puede tomarse demasiado en serio porque se está acostumbrado a que todo sea fingimiento, introducido explícitamente por aquellas fórmulas que después se abandonan para ir por el mundo, 'Vamos a jugar a esto', 'Vamos a hacer como que', 'Ahora soy yo quien mando' (se abandonan sólo verbalmente, en realidad todo sigue). Por eso puedo hablar de su muerte con desapasionamiento, como si fuera algo aún no acaecido sino instalado en la espera eterna de lo que no es verosímil y no es posible. 'Supón que me matasen con una lanza.' En Madrid, una lanza. Pero a veces sí me viene el apasionamiento —o es ira— justamente por lo mismo, porque puedo imaginar la angustia y el pánico aquella noche de quien sigo viendo como un niño asustadizo y resignado al que hube de defender a menudo en el patio, y que luego se disculpaba y me regalaba algún libro o tebeo por haberme forzado a entrar en combate con los matones cuando no me tocaba —aunque nunca pidió mi auxilio, se dejaba pegar o empujar, eso era todo; pero yo lo veía—, a gastar mis energías en alguien que no podía nunca vencer en lo físico y cuyas gafas rodaban por tierra casi todos los días de tantos cursos. No es perdonable que hubiera de morir con violencia, aunque no se enterara de su propia muerte. Pero esto es retórico, quién no se entera. Yo no estuve allí para verlo y entrar en combate, aunque por poco.

Su estancia en Londres había coincidido con una subasta literaria e histórica de la casa Sotheby's a la que lo animaron a asistir unos amigos diplomáticos. En ella se vendían toda clase de papeles y también objetos que habían pertenecido a escritores y políticos. Cartas, postales, *billets-doux*, telegramas, manuscritos completos, borradores, archivos, fotos, un mechón de Byron, la larga pipa que fumó Peter Cushing en *El perro de Baskerville*, colillas de Churchill no muy apuradas, pitilleras inscritas, historiados bastones, amuletos experimentados. No había sido un bastón llamativo lo que hizo aflorar su impulso de comprador inconstante durante las pujas, sino un anillo que había pertenecido a Crowley, Aleister Crowley, me explicó benévolo, escritor mediocre y deliberadamente demente que se hacía llamar 'La Gran Bestia' y 'El hombre más perverso de su tiempo', todos sus objetos particulares con el 666 grabado, el número de la Bestia según el Apocalipsis, hoy juguetean con esa cifra los grupos de rock con ínfulas demoniacas, también parece que se encuentra oculto en muchos ordenadores, siempre el número de los bromistas, los vivos no saben lo antiguo que es todo, comentó Dorta, lo difícil que resulta ser nuevo, qué saben los jóvenes de Crowley el orgiástico y el satanista, seguramente un bendito conservador ingenuo para nuestros tiempos, un hombre en el fondo piadoso que convirtió a su discípulo Victor Neuburg en zebra por fallar repetidamente durante una invocación del Diablo en el Sáhara, me contó Dorta, y cabalgó sobre él hasta Alejandría, donde lo vendió a un zoológico que se ocupó del discípulo torpe o bien zebra durante dos años, hasta que Crowley le permitió finalmente recobrar la figura humana, en el fondo un hombre compasivo. Neuburg fue editor más tarde.

—Un anillo mágico, así lo presentaba el catálogo, con una esmeralda oval preciosa engastada en el aro de platino con la inscripción 'Iaspar Balthazar Melcior', había la duda de si me iría al dedo pero aun así pujé como un loco, por encima de mis posibilidades. —Todo esto Dorta lo había contado mientras le duró el ánimo, cuando estaba contento peroraba incansablemente, luego solía apagarse y entonces me preguntaba por mí y por mi vida, dejaba que fuera yo quien hablara, dos monólogos seguidos más que un verdadero diálogo—. Los compradores fueron cayendo menos un tipo con cara germánica, una de esas narices de cuya punta parece estar a punto de caer siempre una gota, daban ganas de alcanzarle un pañuelo y mandarlo a una esquina, una nariz de tapir, un tipo de facciones irritantes, iba bien trajeado pero con botas vaqueras de piel de cocodrilo, imagínate el efecto, era imposible no fijarse en ellas y no enfurecerse. Yo subía y él subía el precio, invariablemente y sin mover un músculo, se limitaba a alzar la nariz como si fuera un juguete mecánico, yo miraba hacia él de reojo cada vez que aumentaba mi puja y allí veía la nariz falsamente húmeda irguiéndose como la banderita de los semáforos prehistóricos, ¿o eran los taxis los que la llevaban?, en fin, impidiéndome cada vez el paso y obligándome a hacer rápidas conversiones mentales de esterlinas en pesetas para darme cuenta de que estaba ya ofreciendo un dinero del que no disponía.

—¿No? Tan caro no pudo ponerse ese anillo mágico, Dorta —le dije con guasa. No tenía demasiado dinero, pero aparentaba tenerlo, sus gestos eran de derrochador y no solía privarse de sus antojos, delante de testigos al menos, la mezquindad una lacra. Claro que sus antojos no eran excesivos, o no exigían fuertes desembolsos, como se decía antiguamente, o eso creía yo, no conozco todos los precios. En todo caso no le faltaba para pagar sus placeres vitales.

—Bueno, sí, habría podido seguir algo más, pero eso me habría supuesto luego pequeños sacrificios, que son los que más detesto, son los pequeños los que lo hacen sentirse a uno miserable. Y en verano cuesta más renunciar a nada. De manera que aquel sujeto levantaba la nariz una y otra vez como si fuera un paso a nivel estropeado, hasta que uno de mis acompañantes me sujetó por el codo y me impidió alzar la mano. 'No te lo puedes permitir, Eugenio, te vas a arrepentir', me dijo en voz baja, y la verdad es que no sé por qué me lo dijo en voz baja, allí el español no lo entendía nadie. Pero era cierto y no me zafé de su mano y me sentí miserable, me entró una enorme depresión al instante, aún me dura, y aún tuve que ver cómo la nariz goteante se levantaba todavía más mirándome con desafío, como diciéndome: 'Te vencí, ¿qué te creías?'. Inmediatamente se fue haciendo ruido con sus botas vaqueras de cocodrilo, no se quedó al resto de la subasta, o quizá volvió luego para otros lotes, no lo sé, porque el que se marchó fui yo al cabo de un par de pujas más. Fue una humillación como pocas, Víctor, y además en el extranjero.

Me llamó 'Víctor' y no 'Francés', por el apellido como solía. Sólo me llamaba 'Víctor' cuando no estaba bien o se sentía desamparado. Yo nunca lo llamé 'Eugenio', en ningún caso. Dorta tenía no sólo mucho de Dorta el niño, sino también de su madre y sus tías, a las que yo había visto tantas veces a la salida del colegio o en sus diferentes casas, invitado por el hijo o sobrino. De vez en cuando salía de su boca alguna frase que pertenecía sin duda a esas señoras anticuadas y cándidas que habían dominado su mundo en gran medida. Se le escapaban, no las rehuía sino que probablemente se complacía en perpetuarlas así, verbalmente, con sus expresiones perdidas: 'Y además en el extranjero'.

—¿Para qué diablos querías el anillo? —le pregunté— No te dará por creer ahora en magias, espero. ¿O es que quieres convertir en jirafa a alguien?

—No, descuida. Se me antojó, me hizo gracia, era llamativo y tenía historia, exhibirlo aquí habría invitado a mucha gente a preguntarme, cualquier cosa es útil para el acercamiento en los bares. Si creo en las magias es en los otros, no en mí, desde luego; no me he visto tocado por ninguna en toda la vida, como bien sabes. —Y añadió sonriendo—: De hecho, al perder el anillo, me arrepentí de no haber pujado por el lote anterior en tu nombre, no salió tan caro. 'El talismán mágico de Crowley para la potencia sexual y el poder sobre las mujeres', así decía el catálogo, qué te parece, un bonito medallón de plata con su 666 preceptivo. Se lo llevó también el germánico o lo que fuera, sólo que ahí no tuvo mi competencia, quizá por eso salió menos caro. Me resta el consuelo de haberlo obligado a gastar de más con el anillo. Qué te parece, 'poder sobre las mujeres'. Llevaba las iniciales 'AC' además del número grabado. Te habría ayudado.

Me reí de su malicia siempre benigna conmigo, no necesariamente con otros, su lengua era su única arma.

—Dentro de un par de años sin lugar a dudas, ya lo preveo. Pero aún no tengo demasiadas quejas en esos dos aspectos.

—¿Ah, no? Cuenta, cuéntame.

Tal vez fue entonces cuando yo pasé a hablar en aquella última cena y él escuchó con interés pero también con algo de abatimiento; que callara demasiado rato solía significar que estaba preocupado por algún asunto o momentáneamente descontento consigo mismo o con su vida, a todos nos pasa de vez en cuando pero nos dura poco si los motivos son leves, como la inquietud por el futuro impreciso o los arrepentimientos cotidianos, para los que no hay mucho tiempo, el verdadero arrepentimiento necesita perduración y tiempo. Cuando muere un amigo quisiéramos recordarlo todo de la última vez que lo vimos, la cena vivida como una más que de pronto adquiere un inmerecido rango y se empeña en brillar con un fulgor que no fue suyo; intentamos ver significado en lo que no lo tuvo, intentamos ver señas e indicios y acaso magias. Si el amigo ha muerto de muerte violenta lo que intentamos ver son quizá pistas, sin darnos cuenta de que también pudo no ocurrir nada esa noche, y entonces todas serían falsas. Recuerdo que se pasó la sobremesa fumando con gusto unos cigarrillos indonesios que había traído de Londres con aroma y sabor a clavo. Me regaló un paquete que aún tengo, Gudang Garam la marca, un paquete rojo y estrecho, '12 kretek cigarettes', no sé lo que significa 'kretek', será palabra indonesia. La advertencia no se andaba por las ramas: 'Smoking kills', dice sin más, 'Fumar mata'. No desde luego a Dorta, lo mató una lanza africana. Cuando yo paré de contar mis anodinas historias él volvió a adueñarse de la charla con nuevos bríos tras regresar del cuarto de baño, pero ya sin jovialidad ninguna. Acarició con el índice el dibujito en relieve que había en la cajetilla, parecía un tramo de rieles formando curva, un paisaje ferroviario, a la izquierda unas casas con tejados triangulares, infantiles, quizá una estación, todo en negro, dorado y rojo.

—Este verano no voy a pasarlo bien, me parece —dijo. Estábamos a finales de julio, más tarde pensé que era raro que el verano entero le pareciera aún futuro aquella noche—. Me va a resultar difícil, estoy un poco desquiciado, y lo peor es que lo que siempre me divirtió me aburre. Hasta escribir me aburre. —Hizo una pausa y añadió sonriendo débilmente, como si hubiera cometido una falta impropia—: El último libro ha sido un buen fracaso, más de lo que te imaginas. Estoy acabando a toda prisa una cosa nueva, a los fracasos no hay que darles tiempo, es lo peor que puede hacerse porque en seguida lo impregnan y lo contaminan todo, cualquier aspecto de la existencia, hasta el más remoto, el más alejado de la esfera en que se produjo el desastre, como una mancha de sangre. Aunque uno se arriesgue a empalmar dos seguidos y acabe aún más manchado. Hay gente que así se hunde. Esta noche me toca un editor con el que ya he contratado esto sin terminarlo, he quedado a tomar la primera copa con él, está de paso en Madrid y ahora exige que lo distraiga. Un tipo sin escrúpulos y algo tardo de palabra, un lastre. Pero él no está escarmentado conmigo y le ha gustado arrebatarme a los otros. Es un decir, arrebatarme, tal como están las cosas. Pronto no va a quedarme ni el nombre que suena. Eso que se dice, 'un nombre que suena', una firma.

Sus noches empezaban realmente después de la cena. Tras el editor vendría lo más festivo, terrazas y discotecas y grupos noctámbulos hasta el amanecer o casi, no era extraño que esperara ser visto aún como un joven. Lo cierto es que parecía mayor, supongo, a mí me costaba distinguir eso, pero la gente que nos conocía a ambos se sorprendía al enterarse de que habíamos sido compañeros de clase, y no es que a mí no se me noten mis años. Lo vi preocupado, pesimista, inseguro, quizá dominado por el descubrimiento reciente de que lo que tarda en llegar además no dura, un éxito relativo en su caso, que debería haber ido a más y había ido a menos demasiado pronto, acostumbrándolo a lo bueno sólo lo justo. Prefiero no decir nada de sus novelas, al cabo de dos años ya no las lee nadie, ya no está el autor en el mundo para defenderlas y seguir emitiendo, aunque su muerte violenta hizo que esa obra póstuma e inconclusa se vendiera estupendamente al principio, tuvo sus titulares extraliterarios durante unas semanas, el editor sin escrúpulos se apresuró a sacarla. Yo ya no quise leerla.

Al poco ya no hubo más titulares ni letra pequeña ni nada, Dorta fue olvidado inmediatamente, sus libros curiosos sin verdadera valía y su asesinato sin resolución y por tanto abandonado, lo que no avanza ni sigue emitiendo está condenado a una disolución muy rápida. La policía archivó o no el caso, no sé cómo funciona su burocracia, desde el primer momento no me pareció que tuvieran mucho interés en averiguar nada —gente perezosa, el castigo final les pilla lejos— una vez que supieron que lo más misterioso y raro tenía una explicación sencilla, aquella lanza turística. Pero eso no era lo más misterioso ni lo más raro, sino la mujer desconocida a su lado conteniendo su semen en las encías, porque Dorta era un homosexual —cómo decirlo—, un homosexual sin fisuras, y supongo que retrospectivamente lo había sido desde el primer día en el patio y en clase, aunque ni él ni yo supiéramos por entonces ni durante muchos venideros años la existencia de esa palabra ni de lo que denomina. Tal vez lo sabían o intuían mejor los matones del colegio, y por eso lo maltrataban. Me atrevería a decir que no había conocido mujer en su vida, fuera de algún besuqueo voluntarioso en la adolescencia, cuando salirse de la uniformidad es muy grave si uno no quiere permanecer aislado y todos hacen esfuerzos por llamar la atención y a la vez asimilarse. Sus noches eran a menudo de búsqueda, pero el acercamiento en los bares para el que todo resultaba útil no tenía como destino a mujeres precisamente. Tampoco era lo bastante rijoso para hacer excepciones o contentarse si alguna se le ponía a tiro o se le ofrecía, y era improbable que sucediera eso, ellas notan el deseo del otro aunque sea remolón y tibio y ninguna pudo sentir nunca el suyo. Lo más disparatado de su muerte era eso, más incluso que la violencia, de la que había sido víctima leve en dos o tres ocasiones, irse a la cama con desconocidos siempre más fuertes y jóvenes y más pobres supongo que entraña sus riesgos. Nunca me dijo si pagaba o no y yo no le preguntaba, quizá hubo de hacerlo según se convirtió en 'un hombre', para su extrañeza; sé que hacía regalos y colmaba caprichos conforme a sus posibilidades y su entusiasmo, una forma de compra menos cruda que la de los billetes, en el fondo anticuada, respetable, atenta y que le permitiría engañarse a ratos. Si lo hubieran encontrado junto a cualquier muchacho la cosa no me habría parecido extraña, en la medida en que no será extraña la muerte de alguien que siempre asistió a nuestra vida, muy escasa esa medida. Ni siquiera la edad de la dominicana o cubana se ajustaba a las preferencias, hasta un chico de esos años habría tenido poco interés para Dorta, demasiado viejo. Dudé un instante si decírselo al inspector que me interrogó y me mostró aquellas fotos póstumas. Dorta había sido prudente mientras vivía su madre, aún lo era un poco porque vivían las tías, aunque no se enteraban de nada; en sus libros no había nada muy confeso, sólo insinuaciones. Dudé si decírselo a aquel inspector, yo creo, por un absurdo orgullo masculino: tal vez no estaba mal que creyera que mi mejor amigo había pasado su última noche con una mujer por su gusto y costumbre, como si eso fuera algo más digno y más meritorio. Me avergoncé de la tentación en seguida y aún es más, pensé que la mujer podía ser otro elemento de escarnio, como las gafas puestas: en la boca de una tía hasta el fin de los tiempos, maricón de mierda. Y le comuniqué al inspector lo increíble de la circunstancia, aquella escenificación tan inexplicable, Dorta junto a una mujer en la cama, restos de su semen en los intersticios de la dentadura picada o en las estrías y arrugas de los labios grandes. Pero el inspector me miró con reproche y sorna, como si de pronto me juzgara mal amigo o majara por querer ensuciar la memoria de Dorta con evidentes patrañas cuando él ya no estaba allí para defenderse ni desmentirme, aquel inspector Gómez Alday participaba de mi mismo orgullo masculino, sólo que en él no estaba recóndito.

—Se lo aseguro —insistí al ver su mirada—, mi amigo no estuvo con una mujer en su vida.

—Pues entonces se le ocurrió estar con una en su muerte, por poco no fue demasiado tarde para probar —contestó malhumorado y despreciativo. Encendía cada cigarrillo con la colilla del anterior, bajo en alquitrán y en nicotina—. ¿Qué me está usted contando, vamos a ver? Me encuentro con un tío al que habrá ensartado un marido o un chulo por haberse llevado a la mujer o a la puta a mamársela a domicilio. Y me viene usted con que era jula. Vamos hombre —dijo.

—¿Es así como se lo explica? ¿Un marido o un chulo? Y a santo de qué, un chulo.

—No lo sabe, eh, sabe poco. A veces se les cruzan los cables como a cualquiera. Las mandan a trotar y luego se vuelven locos pensando en lo que estarán haciendo con el cliente. Y entonces matan a lo bestia, los hay muy sentimentales, a mí qué me cuenta. El asunto parece claro, no me venga con historias, ni siquiera ha habido robo, sólo la ropa de ella, sería un chulo fetichista. Lo único, que no sabemos quién era la tía mamona, ni vamos a saberlo seguramente. Sin papeles, sin ropa, con aspecto de sudaca, de ella no debe de haber constancia en ninguna parte, el único que tendrá constancia será el que le metió el lanzazo.

—Le digo que es imposible que mi amigo levantara a una tía. —Los policías intimidan siempre, acabamos hablando como nos hablan para congraciarnos, y ellos hablan como el hampa.

—¿Qué quiere, darme trabajo? ¿Que me meta en los tugurios de julas a bailar agarrado y a que me toquen el culo cuando lo que hay por medio es una puta? Venga ya, no voy a perder el tiempo y el humor con eso. Si a su amigo le iban los tíos, explíqueme usted lo ocurrido. Y aunque le fueran: la noche que a mí me importa le dio por irse de putas, ya ve usted, de eso hay poca duda, también es casualidad, qué inoportuno. Lo que hiciera todas las demás noches de su vida me trae sin cuidado, como si se follaba a su abuelo. —Ahora fui yo quien lo miró a él con reproche y sin ninguna sorna. Él se las veía con estas cosas a diario, pero yo no, y estaba hablando de mi mejor amigo. Era un hombre algo grueso, alto, con una calva romana y unos ojos soñolientos que de vez en cuando se despertaban como en medio de un mal sueño, repentinos fogonazos antes de volver a su sesteo aparente. Se dio cuenta y añadió en tono más conciliador y paciente—: A ver, explíqueme lo que pasó según usted, cuente su cuento, haga el favor.

—No lo sé —dije vencido—. Pero parece una composición, ya le digo. Tendría usted que averiguarlo, es su trabajo.

El inspector Gómez Alday interrogó asimismo al editor sin escrúpulos con quien Dorta había tomado una copa en Chicote, había aparecido con su mujer, los tres se fueron de allí hacia las dos y se despidieron. Los camareros, que conocían a Dorta de vista y nombre, confirmaron la hora. Allí se habían encontrado con otro amigo mío y sólo conocido de Dorta, se hace llamar Ruibérriz de Torres, pero éste se había parado a hablar con ellos nada más cinco minutos, hasta que llegaron dos mujeres con las que había quedado. También los vio salir hacia las dos por la puerta giratoria, les dijo adiós con la mano, me contó que el editor era un pasmado y su mujer muy simpática, Dorta no había dicho apenas palabra, cosa rara. El matrimonio cogió un taxi en Gran Vía y se retiró a su hotel, no sin antes asustarse de que Dorta, según les anunció, se fuera a ir andando, les comentó que iba a un sitio cercano y lo vieron encaminarse hacia arriba, hacia la Telefónica o Callao, por tramos con una fauna que a ellos, barceloneses, les pareció de espanto y como para no dar dos pasos. No corría una gota de aire.

En el hotel, pura rutina, confirmaron la hora de llegada del editor y señora, hacia las dos y cuarto: algo ridículo, a él la falta de escrúpulos no le llegaría a tanto. A Dorta lo mataron entre las cinco y las seis, como a su inverosímil y postrero ligue. Yo pregunté por mi cuenta a los escasos amigos de Dorta que conocía un poco, amigos de farras y de tugurios julaicos, ninguno había coincidido esa noche con él en los sitios habituales, 'le tour en rose', como él lo llamaba. Ellos preguntaron a su vez a los camareros de esos locales, nadie lo había visto, y era raro que no hubiera pasado por uno u otro a lo largo de la noche. Quizá sí había sido una noche especial en todo. Quizá se había enrollado por la calle impensadamente con gente insólita de otros ámbitos. Quizá lo habían secuestrado y lo habían obligado a ir con los secuestradores a casa. Pero no se habían llevado nada, sólo alguien la ropa de la mujer, que tal vez era de la banda. El lancero. No sabía qué pensar y por lo tanto pensaba absurdos. Quizá tenía razón Gómez Alday, tal vez le había dado por coger a una puta primeriza y desesperada, una inmigrante en busca de cualquier dinero, con un marido que no se lo consentiría y que habría sospechado. Cuestión de mala suerte, demasiada.

El inspector me enseñó aquellas fotos que miré por encima. Aparte de las que reproducían el decorado entero, había un par de cada cadáver tomadas más de cerca, lo que se llama plano americano en cine. Los pechos de la mujer eran blandos definitivamente, bien formados y sugerentes pero blandos, la vista y el tacto se nos acaban confundiendo, los hombres a veces vemos como tocamos, a veces ofendemos con eso. Pese a los ojos apretados y el gesto de dolor se la veía guapa, aunque eso no se sabe seguro nunca con una mujer desnuda, hay que verla también vestida, de poco sirven las playas para saber sobre esto. Tenía las aletas de la nariz dilatadas, el mentón corto y redondeado, el cuello largo. Mis vistazos fueron rápidos a las seis o siete fotos y sin embargo me atreví a pedir una copia de la de la mujer de cerca, a Gómez Alday, quien me miró ahora con desconfianza y sorpresa, como si me hubiera descubierto una anomalía.

—¿Para qué la quiere?

—No lo sé —respondí yo perdido. Realmente no lo sabía, tampoco es que quisiera mirarla más en aquellos momentos, un cuerpo ensangrentado, un boquete, las pestañas densas, la expresión doliente, los pechos blandos y muertos, no era grato. Pero pensé que me gustaría tenerla para quizá mirarla más adelante, quizá al cabo de los años, después de todo era la última persona que había visto vivo a Dorta, exceptuando al asesino. Y lo había visto bien de cerca—. Me interesa. —Era pobre como argumento, incluso grotesco.

Gómez Alday me miró ahora con uno de sus fogonazos, no duró apenas nada, en seguida sus ojos volvieron a su aspecto dormitante. Pensé que estaría pensando que yo era un morboso, un enfermo, pero tal vez entendía mi petición y el deseo, al fin y al cabo teníamos el mismo tipo de orgullo. Se levantó y me dijo:

—Esto es material reservado, sería completamente irregular que le diera una copia. —Y a la vez que decía esto metió la foto en la fotocopiadora que tenía en el despacho—. Pero usted puede haber hecho una fotocopia aquí en mi ausencia, cuando salí un momento, sin que yo me haya enterado. —Y me extendió la hoja con la reproducción imperfecta y brumosa pero reproducción al fin. Duraría sólo unos años, las fotocopias acaban borrándose, uno no se da cuenta de que empalidecen.

Ahora han pasado dos de esos años, y sólo durante los primeros meses tras la muerte de Dorta seguí dándole vueltas a aquella noche, me duró el horror algo más que el regocijo y la saña a los periódicos impacientes y a las televisiones desmemoriadas, no hay mucho que hacer cuando no hay ayuda ni avances y los medios de comunicación ni siquiera sirven de recordatorio. No es que yo lo necesitara en lo personal, pocas cosas en mí palidecen: no hay día que no me acuerde de mi amigo de infancia, no hay día en que no me pare a pensar en él en algún instante por uno u otro motivo, en realidad no se puede dejar de contar con la gente por el hecho accidental de que ya no podamos verla. A veces creo que ese hecho no sólo es accidental, sino intrascendente, el hábito y lo acumulado bastan para que la sensación de presencia sea siempre más fuerte y no se desvanezca, cómo se podría si no echar de menos. Pero sí se difumina el final si uno no saca de él nada en limpio y además puede teñir cuanto vino antes. Ese final se sabe, pero no aparece en primer plano. No fue así en los primeros meses, cuando las pesadillas se apoderan del sueño y los días comienzan todos con la misma imagen insistente, que parece una figuración y sin embargo pertenece a lo acaecido, uno se da cuenta mientras se lava los dientes, o mientras se afeita: 'Qué tonto soy, si es cierto'. Repasé muchas veces la conversación de la cena última, y el filo de las repeticiones me hizo ver que nada era significativo tras haberle otorgado significación a todo durante un periodo. Dorta se divertía fingiendo excentricidades, pero no creía en magias de ningún tipo ni tampoco en ultramortalidades y ni siquiera en azares, no en mayor grado que yo, y yo no creo en casi nada. La historia de la subasta de Londres era puramente anecdótica, lo vi claro pronto si alguna vez tuve dudas, la clase de cosas que a él le gustaba inventar o hacer más que nada para contarlas luego, a mí o a otros, a sus ignorantes idolatrados o a sus señoras sociales, sabiendo que distraían. Que hubiera pujado por un anillo mágico de aquel chiflado demonólogo Crowley no era sino la prueba: era más vistoso relatar el forcejeo por ese objeto que por una carta autógrafa de Wilde o Dickens o Conan Doyle. Una zebra. Y además no se lo había llevado, lo más disparatado habría sido que la broma le hubiera costado una buena suma imprevista. Quizá ni siquiera había existido el individuo germánico de las botas vaqueras, qué fantasía. Y aunque se hubiera alzado con la esmeralda: no cabía pensar en persecuciones ni en sectas, en venganzas a lo Tutankhamon ni en conjuras a lo Fu-Manchú, todo tiene su límite, hasta lo inexplicable.

Fue al cabo de un par de meses —la prensa ya no se interesaba y era dudoso que la policía lo hiciera— cuando se me ocurrió una posibilidad tan aceptable que no comprendí cómo no había pensado antes en ella. Llamé a Gómez Alday y le dije que quería verlo. Lo noté aburrido e intentó que le contara por teléfono el hallazgo, andaba muy mal de tiempo. Insistí y me citó en su despacho a la mañana siguiente, diez minutos, me advirtió, no disponía de más para escuchar hipótesis que le complicaran la vida. Fuera lo que fuese lo recibiría con escepticismo, me advirtió también, para él la cosa estaba clara, sólo que no era fácil dar con aquel lancero: en la lanza había muchas huellas, entre ellas sin duda las mías, casi todos los visitantes de la casa la tocábamos o la sopesábamos o la blandíamos un instante al verla sobresaliendo en el paragüero de la entrada. Me encontré al inspector con color sano y más pelo, no supe decirme si se trataba de un implante aprovechando el agosto o de una distribución más inflada y artística de su peinado romano. Mientras le hablé mantuvo los ojos opacos, como un animal dormido al que se transparentaran las pupilas bajo los párpados:

—Mire, yo no sé demasiado de las andanzas de mi amigo, me contaba algo a veces sin entrar en detalles. Pero no descarto que pagara a algunos de los chicos con los que iba. Al parecer no era infrecuente que algunos presumieran de heterosexuales, aceptaban el viaje como excepción o eso decían, se empeñaban en dejar muy claro que a ellos las tías. Esa noche mi amigo pudo encapricharse de uno, y el machito decirle que o le conseguía una mujer también o nada. Soy capaz de ver a mi amigo metiendo al muchachito en un taxi y recorriendo pacientemente la Castellana. Lo veo hasta divertido, preguntándole qué le parecía esta o aquella, opinando él mismo como si fueran dos compinches de aventuras, dos puteros en noche de sábado. Por fin cogen a la cubana y se van los tres a la casa. El muchachito insiste en que Dorta se la tire para que él lo vea, algo así. Las tragaderas de mi amigo no son ilimitadas dadas sus inclinaciones, pero se deja hacer por la mujer, una cosa pasiva, todo sea por complacer al otro y conseguir sus propósitos más tarde. El machito se pone histérico cuando le llega el turno, se pone violento, va por la lanza que le ha hecho gracia al entrar en el piso, o a lo mejor

ya la tenían en el dormitorio por indicación del propio
Dorta, para que el chico hiciera poses con ella como una
estatua, juegos así le gustaban. Y se carga a los dos, por la
encerrona, aunque fuera consentida. Ha pasado muchas
veces, arrepentidos, ¿no? Se echan atrás cuando ya no hay
vuelta. Usted sabrá de casos. Lo he pensado y me parece
posible, eso explicaría unas cuantas cosas que no casan.

La mirada de Gómez Alday siguió siendo neblinosa y holgazana, pero le salió una voz de irritación y desprecio:

—Menudo amigo está usted hecho. Qué tiene
contra él, sólo quiere echar mierda sobre su cadáver o qué,
vaya historietas, tiene usted la mente enferma —dijo. No
es que yo conociera mucho, pero el inspector no tenía ni
idea de las prácticas y cambalaches nocturnos habituales.
Las exigencias. Su orgullo sería más puro que el mío, pensé—. Pero ni siquiera me vale como mierda rebuscada, le
falta a usted un dato que supimos a los pocos días. Su amigo llegó en efecto en taxi y acompañado a su casa, pero iba
solo con la puta, los dos armando ya escándalo, la tía con las
tetas fuera y él jaleándola, según dijo el taxista. Vino a contárnoslo cuando leyó de la matanza y vio en el periódico la
foto de Dorta. Así que el lancero tuvo que llegar después: el
chulo siguiendo a la puta o el marido a la mujer, o los dos
ambas cosas, marido y chulo, mujer y puta. Ya se lo dije.

—O pudo estar ya en la casa —contesté yo, picado por la reprimenda injusta—. A lo mejor el machito,
una vez metidos en faena sin éxito, obligó a mi amigo a salir solo de caza y llevarle la pieza.

—Ya. ¿Y su amigo habría salido a recorrer las calles, dejándolo solo en el piso?

Me quedé pensando. Dorta era aprensivo y cauto.
Podía ponerse tonto una noche, pero no hasta el punto de
propiciar que lo desvalijara un chapero mientras se lanzaba a buscarle una niña.

—Supongo que no —contesté exasperado—. Qué sé yo, quizá llamó al chapero, lo hizo venir luego, las secciones de anuncios de los periódicos están llenas de ofrecimientos para cualquier hora.

Gómez Alday tuvo ahora uno de sus fogonazos, pero fue más de impaciencia que de otra cosa.

—¿Y entonces para qué la tía, dígame, a ver? Para qué se la habría llevado, eh. Qué empeño tiene en que se culpe a una maricona. ¿Qué tiene usted contra ellos?

—Nunca he tenido nada. Mi mejor amigo era lo que usted ha dicho, quiero decir que lo llamaron así muchas veces. No me cree, pregunte por ahí, pregunte entre los escritores, le contarán, son chismosos. Pregunte en los tugurios, también es su término. Me he pasado la vida defendiéndolo.

—Lo que cuesta creer es que fuera usted amigo suyo. Además, ya le dije que a mí sólo me interesaba su última noche, ninguna otra. Es la única que me atañe. Ande, lárguese.

Me fui hacia la puerta. Ya con la mano en el picaporte me volví y le pregunté:

—¿Quién descubrió los cadáveres? Los encontraron de noche, ¿no?, a la noche siguiente. ¿Quién subió a la casa? ¿Por qué subió nadie?

—Nosotros —dijo Gómez Alday—. Nos avisó una voz de hombre, nos dijo que allí teníamos pudriéndose dos animales muertos. Eso dijo, dos animales. Probablemente el marido se angustió de pensar que allí estaba su puta, tirada y con un agujero sin que se enterara nadie. Le vendría el sentimentalismo de nuevo. Colgó en seguida tras dar las señas, no sirve de mucho. —El inspector hizo girar su silla y me dio la espalda como si hubiera puesto punto final a su trato conmigo mediante su respuesta. Vi su nuca ancha mientras me repetía—: Lárguese.

Dejé de darle vueltas al asunto, supuse que la policía nunca averiguaría nada. Dejé de darle vueltas durante dos años, hasta ahora, hasta una noche en que había quedado a cenar con otro amigo, Ruibérriz de Torres, muy distinto de Dorta y no tan antiguo, siempre va con mujeres que le dan buen trato y no es apocado, menos aún resignado. Es un sinvergüenza con el que me llevo bien, aunque sé que algún día me hará objeto de la deslealtad que tiene hacia todo el mundo y ahí se acabará la camaradería. Está enterado de cuanto pasa en Madrid, se mueve por todas partes, conoce o se las arregla para conocer a quien se proponga, es un hombre de recursos, su único problema es que lo lleva pintado en el rostro, la capacidad de estafa y la voluntad de dolo.

Estábamos cenando en La Ancha, en la terraza de verano, el uno enfrente del otro, su cabeza y su cuerpo me tapaban la mesa siguiente, en la que no tuve por qué fijarme hasta que la mujer que ocupaba en ella el lugar de Ruibérriz, es decir, el que estaba frente al mío, se agachó lateralmente a recoger su servilleta, volada por un poco de aire que se levantó a los postres. Asomó por su izquierda mirando hacia delante, como hacemos cuando recogemos algo que está a nuestro alcance y que sabemos exactamente dónde ha caído. Sin embargo se confió y falló, y por eso hubo de tantear con los dedos durante unos segundos, siempre con la cara mirando hacia nosotros, quiero decir hacia nuestra posición, porque no creo que posara los ojos en nada. Fueron unos segundos —uno, dos, tres y cuatro; o cinco—, los suficientes para que yo viera la cara y el largo cuello estirado en el pequeño esfuerzo de recuperación o búsqueda —la lengua en una comisura—, un cuello muy largo o más largo quizá por efecto del escote veraniego, un mentón corto y redondo y las aletas de la nariz dilatadas, unas pestañas densas y unas cejas como pinceladas, la boca grande y los pómulos altos, la tez oscura por naturaleza o piscina o playa, eso era difícil decirlo al primer golpe de vista, aunque mi primer golpe de vista sea a veces como una caricia, otras veces como un verdadero golpe. La melena era negra y de peluquería y rizada, vi un collar o una cadena, atisbé el escote rectangular, un vestido con tirantes sobre los hombros, blancos los tirantes y también el vestido, oí ruido de pulseras. Los ojos fueron lo que vi menos, o acaso los pasé por alto por la costumbre de no verlos nunca en la fotografía, apretados allí, cerrados allí con el gesto de dolor de quien murió con gran daño. Oh sí, en verano las mujeres se asimilan unas a otras más que en invierno y en primavera, y más aún para los europeos si son o parecen americanas, a todas podemos verlas como si fueran la misma, en verano ocurre mucho, algunas noches no distinguimos. Pero ella en verdad se parecía. Eso era mucho decir, lo sé bien, el parecido entre una mujer de carne y hueso con movimiento y una mera fotocopia de comisaría, entre los colores brillantes y el blanco y negro brumoso, entre las carcajadas y la parálisis, entre unos dientes luminosos y unas muelas picadas que jamás fueron vistas sino descritas, entre una vestida sin apuros visibles y una desnuda indigente, entre una viva y una muerta, entre un escote veraniego y un boquete en el pecho, entre la lengua suelta y el silencio eterno de los cuarteados labios, entre los ojos abiertos y los ojos cerrados, tan risueños. Y aun así se parecía, se parecía tanto que ya no pude apartar la vista, eché inmediatamente mi silla a un lado, hacia mi derecha, y como aun así no alcanzaba más que a verla a medias e intermitentemente —tapada por Ruibérriz y por su acompañante, los dos se movían—, me cambié sin más de sitio pretextando que me molestaba el aire, y pasé a sentarme —desplazados el plato del postre y mis cubiertos y vasos— a la izquierda del amigo, para ver sin obstáculos y miré sin pausa. Ruibérriz se dio cuenta en seguida, con él no hay mucho disimulo posible, de manera que le dije, sabiéndolo comprensivo ante semejantes accesos:

—Hay ahí una mujer que me ha dejado sin aliento. Aunque sea mucho pedirte, no te vuelvas hasta que yo te diga. Y es más, te advierto ya una cosa: si ella y el hombre con quien está cenando se levantan, yo saldré tras ellos escopetado, y si no, esperaré lo que haga falta a que acaben para luego hacer lo mismo. Si quieres vienes conmigo y si no te quedas y ya haremos cuentas.

Ruibérriz de Torres se alisó el pelo con coquetería. Le bastaba saber que había una mujer notable en las inmediaciones para segregar virilidad y ponerse presumido. Aunque él no la viera ni ella a él; todo un poco animalesco, se le hinchó el niki.

—¿Es para tanto? —me preguntó inquieto, se le iba el cuello. A partir de ahora no iba a ser posible hablar de nada más, y era culpa mía, yo no le quitaba el ojo a la chica.

—Puede que para ti no —contesté—. Para mí sí puede serlo. Para tanto y más.

Ahora veía también de medio perfil al acompañante, un hombre de unos cincuenta años con aspecto adinerado y tirando a tosco, si ella era una puta el tipo era un inexperto e ignoraba que podía haber ido más al grano, sin el trámite de la cena en terraza. Si ella no lo era, el trámite estaba justificado, lo que lo estaría menos sería que la mujer hubiera aceptado salir con un individuo tan poco atractivo, aunque para mí siempre han sido un misterio las decisiones de las mujeres en lo relativo a sus devaneos como a sus amores, a veces una aberración según mi criterio. Lo que era seguro es que no estaban casados ni comprometidos ni nada, quiero decir que estaba claro que aún no habían yacido, según la expresión anticuada. El hombre hacía demasiados esfuerzos por mostrarse ameno y atento: llenaba puntualmente la copa de ella, parloteaba anécdotas u opiniones para no caer en el silencio que disuade de cualquier contacto, le encendía los cigarrillos con un mechero antiviento, de brasa como los de los coches, no hacen todo eso los españoles si no buscan algo, no cuidan su comportamiento.

A medida que la fui mirando mi convencimiento inicial disminuyó, como pasa con todo: a la seguridad sigue incerteza y a la incertidumbre ratificación, en general cuando es demasiado tarde. Supongo que según iban pasando minutos la imagen de la mujer viva se me imponía sobre la de la muerta, desplazándola o desdibujándola, admitiendo por tanto siempre menos comparación, menos semejanza. Se comportaba naturalmente como una mujer ligera, lo cual no significaba que hubiera de serlo, para mí no podía serlo en la medida en que aún se le superponía la desolación de las luces y la televisión encendidas durante todo un día y del semen inmerecido en la boca y del agujero en el pecho que aún se merecía menos. Lo miré, miré sus pechos, los miré por hábito y también porque eran lo que más conocía de la asesinada además del rostro, traté de que ahí se produjera también el reconocimiento pero fue imposible, estaban cubiertos por sostén y vestido, aunque pudiera vislumbrarse su inicio en el escote ni sobrio ni exagerado. Se me cruzó como un rayo el pensamiento indecente de que tenía que ver como fuera esos pechos, estaba seguro de reconocerlos si los veía al descubierto. No sería tarea fácil, menos aún aquella noche, en la que su acompañante tendría esas mismas intenciones y no me cedería el sitio.

De pronto olí el olor, un olor dulzón y pastoso, un aroma inconfundible, no supe si me lo traía por vez primera el cambio de dirección del aire —el salto de viento— o si era el primer cigarrillo con sabor a clavo que se fumaba en la mesa contigua a la nuestra, un buen cigarrillo distinto con el café o la copa, como quien se concede un cigarro. Miré rápidamente las manos del hombre, veía la derecha, manoseaba el mechero con ella. La mujer sí tenía un cigarrillo en la izquierda, y el hombre alzó entonces su brazo izquierdo para pedirle al camarero la cuenta con un gesto, la mano vacía, luego en aquel momento de olor exótico sólo fumaba ella, fumaba un Gudang Garam indonesio que crepita al quemarse con lentitud, yo había tenido un paquete hacía dos años, lo último que recibí de Dorta, y lo había hecho durar pero no tanto, al mes de dármelo él se me había acabado, fumé el último pitillo en memoria suya, bueno, cada uno y todos, guardé el paquete rojo vacío, 'Smoking kills', eso dice. Cómo era posible que a ella —si es que era ella— le hubiera durado tanto el que le habría regalado también mi amigo, la misma noche. Dos años, los cigarrillos 'kretek' estarían secos como el serrín, un paquete abierto, y sin embargo aquel olor era penetrante.

—¿Hueles lo que yo huelo? —le pregunté a Ruibérriz, que se estaba hartando.

—¿Puedo mirarla ya? —dijo.

—¿Lo hueles? —insistí.

—Sí, no sé quién está fumando incienso o algo, ¿no?

—Es clavo —contesté yo—. Tabaco con clavo.

El gesto del hombre al camarero me permitió hacerle yo a otro el mismo gesto de la escritura y estar listo cuando se levantó la pareja. Sólo entonces di permiso a Ruibérriz para que se volviera; se volvió, decidió acompañarme. Los seguimos a unos pocos pasos, vi a la mujer de pie por vez primera —la falda corta, los zapatos con los dedos al aire, las uñas pintadas— y durante esos pasos oí también su nombre, el que no había tenido nunca para mí ni para Gómez Alday ni quién sabía si para Dorta. 'Hay que ver qué bien te mueves, Estela', le dijo el tosco, no lo bastante para no estar en lo cierto en su comentario, que contenía más admiración que requiebro. Nos separamos un momento Ruibérriz y yo, él fue hasta el coche para poder recogerme en cuanto ellos subieran al suyo, no eran gente de taxi. Cuando lo hicieron monté yo en el nuestro y rodamos siguiéndolos a escasa distancia, no había demasiado tráfico pero sí el suficiente para que no tuvieran por qué notarnos. El trayecto fue breve, llegaron a una zona de chalets urbanos, Torpedero Tucumán la calle, un nombre cómico para dirigirle una carta. Aparcaron y entraron en uno de ellos, de tres pisos, había luces encendidas ya en todos, como si hubiera bastante gente en la casa, tal vez acudían a alguna fiesta, después de la cena la fiesta, en verdad cuánto trámite el de aquel sujeto.

Ruibérriz y yo aparcamos sin salir del coche por el momento, desde allí veíamos las luces pero nada más, la mayoría de las persianas bajadas a medias y había visillos que no movía el aire, habría que haberse acercado hasta alguna ventana de la planta baja y haber espiado por una ranura, puede que acabemos haciéndolo, pensé rápidamente. En seguida nos pareció, sin embargo, que no podía tratarse de ninguna fiesta, porque no salía música de aquellas ventanas abiertas ni tampoco rumores de conversación anárquica ni risotadas. Sólo estaban subidas las persianas en dos habitaciones del tercer piso y allí no se veía a nadie, sólo una lámpara de pie, paredes sin libros ni cuadros.

—¿Qué te parece? —le pregunté a Ruibérriz.

—Que no tardarán demasiado en salir. Ahí no hay mucha diversión que no sea privada, y esos dos no pasarán juntos la noche, no ahí al menos, sea lo que sea la casa. ¿Has visto quién abrió, si tenían llave o llamaron?

—No he podido, pero creo que no han llamado.

—Puede ser la casa de él, y si es así ella saldrá dentro de un par de horas, no más. Puede ser la de ella, y entonces será él quien salga, al cabo de menos tiempo, digamos una hora. Puede ser una casa de masajes, así les gusta llamarlas ahora, y entonces será también él quien se vaya, pero dale sólo media hora o tres cuartos. Por último podría haber ahí dentro unas cuantas timbas selectas, pero no lo creo. Sólo en ese caso podrían pasarse la noche ahí metidos, perdiendo y recuperando. Tampoco me pega que sea la casa de ella. No, no lo será.

Ruibérriz conoce bien los territorios de la ciudad, tiene costumbre y ojo. No hace muchas preguntas y es capaz de averiguar lo que sea o encontrar a quien sea mediante dos llamadas y quizá otras tantas hechas luego por sus interlocutores.

—¿Por qué no me averiguas qué casa es esa? Yo me quedo aquí esperando, por si salen los dos o uno antes de lo previsto. No te llevará nada de tiempo saberlo, estoy seguro, puede que baste con mirar la guía de calles.

Se quedó mirándome con los brazos bronceados sobre el volante.

—¿Qué pasa con esa tía? Qué pretendes. No la he visto demasiado bien, pero quizá no sea por fin para tanto.

—Para ti no probablemente, ya te lo he dicho. Déjame ver qué pasa esta noche y otro día te cuento el relato completo. Por lo menos tengo que saber dónde para, dónde vive, o dónde se acuesta esta noche, cuando le dé por acostarse.

—No es la primera vez que me pides que espere a un relato, no sé si te das cuenta.

—Pero a lo mejor es la última —le contesté yo. Si le contaba en seguida que creía estar viendo a una muerta, era posible que no me echara ninguna mano, esas cosas lo ponen nervioso, como a mí normalmente, no creemos en casi nada.

Descendí del coche y Ruibérriz se lo llevó para hacer sus averiguaciones. En aquella zona no había comercios ni cines ni bares, una calle residencial aburrida y arbolada, sin apenas iluminación, sin nada ante lo que disimular o con lo que distraer una espera. Si me veía un vecino me tomaría por un merodeador sin duda, no había ningún pretexto para estar allí de pie, solo, en silencio, fumando. Crucé a la otra acera por si desde allí veía algo en el piso de arriba, el único con los vanos despejados. Vi algo, pero fue muy raudo, cómo una mujer grande que no era Estela pasaba y desaparecía y volvía a pasar en la dirección contraria al cabo de unos segundos y desaparecía de nuevo empeorando mi visión tras su paso, ya que al salir apagó la lámpara: como si hubiera entrado un momento a coger algo. Crucé otra vez y me acerqué sigilosamente como un ladrón antiguo a la cancela; la empujé y cedió, estaba abierta, se dejan así cuando hay una fiesta o si el lugar es de mucho paso. Seguí avanzando con tanto cuidado que de haber estado pisando arena mis huellas no habrían podido quedar en ella, me aproximé lentamente a una de las ventanas del piso bajo, la que quedaba a la izquierda de la puerta de entrada desde mi perspectiva. Como en casi todas, la persiana estaba bajada pero de manera que a través de las ranuras pudiera pasar el aire cálido que ya había parado, es decir, no a cal y canto. Detrás había visillos inmóviles, aquella habitación tendría refrigeración o sería una sauna. Los pasos que uno ve posibles a menudo acaba dándolos sin querer solamente porque son posibles y se nos han ocurrido, y así se cometen tantos actos y tantos asesinatos, a veces la idea conduce al hecho como si no pudiera sostenerse y vivir en tanto que idea tan sólo, como si hubiera una clase de posibilidades que no se aguantan y se desvanecen si no son puestas en ejecución al instante, sin que nos demos cuenta de que también así se han desvanecido y han muerto, ya no serán posibilidades sino pasado. Me encontré en la situación que había previsto desde el coche, con los ojos pegados a la rendija que quedaba a la altura de mi mirada mirando, escudriñando, tratando de distinguir algo a través de un espacio tan exiguo y de la tela transparente y blanca que dificultaba todavía más el discernimiento. También allí había sólo una luz de lámpara baja, gran parte de la habitación estaba en penumbra, era como tratar de desentrañar una historia de la que nos escamotean los principales datos y sólo sabemos detalles sueltos, mi visión borrosa y el punto de vista tan reducido.

Pero me pareció verlos y los vi, a los dos, a ellos, a Estela y al hombre tosco subidos el uno encima del otro, fuera del haz de luz, se acabaron los trámites, en una cama o quizá era colchón o era el suelo, al principio no distinguía siquiera quién era quién, dos masas carnales enlazadas oscuras, allí había desnudez, me dije, la mujer tendría al descubierto los pechos que yo necesitaba ver, o quizá no, quizá no, podría haberse dejado puesto el sostén todavía. Había movimiento o sería forcejeo, pero apenas si salía ruido, ni gruñidos ni gritos ni placeres ni risas, como una escena de película muda que jamás fue vista en los cines decentes mudos, un ceñudo y sofocado esfuerzo de cuerpos seguramente entregados más a otro trámite nuevo —el polvo— que al deseo verdadero, sin deseo no sólo el de ella sino el de él igualmente, pero era arduo decir dónde acababa uno y empezaba otro o cuál era cuál, algo grotesco debido a la oscuridad y el velo, cómo es posible no distinguir el de una mujer juvenil del de un hombre tosco. De pronto se alzaron con claridad un tórax y una cabeza con un sombrero puesto, entraron en el haz de luz un instante antes de volver a hundirse, el hombre se había calado un sombrero vaquero para echar su polvo, santo cielo, pensé, qué mamarracho. De modo que era él quien estaba arriba o encima, al alzarse me pareció ver también su torso velludo y prieto y desagradable, ancho y sin curvatura, poco ágil. Bajé los ojos a la siguiente ranura por si a esa altura vislumbraba a la mujer y sus pechos, pero allí perdía enteramente la perspectiva y volví al intersticio de arriba, esperando a que él tal vez se cansara y quisiera descansar debajo, era raro no saber si era cama o colchón o suelo, y aún más rara la amortiguación del sonido, un silencio como de mordaza. Luego percibí laboriosidad en el animal sudoroso y bicéfalo en que se habían convertido pasajeramente, van a cambiar de postura, pensé, van a intercambiar los puestos para prolongar la duración del trámite, lo cual es a su vez otro trámite, ya que en realidad no varían los elementos.

Oí el cerrojo de la puerta y me escabullí hacia la izquierda, logré doblar la esquina de la casa antes de que una voz de mujer despidiera a quienes se estaban yendo ('Anden, y vayan con Dios', como si fuera mexicana), un crítico literario al que conozco de vista, una cara de primate purísimo y pantalones rojos y botos como de excursionista, un segundo mamarracho, si aquello era una casa de putas no me extrañaba que aquel individuo hubiera de visitarlas, pagar siempre, lo mismo que el otro, un tipo con pelo cano a cepillo y cabeza de huevo invertido y una boca reptiliácea, grueso y con gafas y con corbata. Salieron ufanos y golpearon la cancela con engreimiento, nadie los veía, la calle tan sola y oscura, el segundo tipo tenía acento canario y era un tercer mamarracho, por su pinta y por su conducta, un chulo impostado. Cuando ya no oí sus pasos volví a mi ranura, habían transcurrido un par de minutos o tres o cuatro y ahora el hombre y Estela ya no estaban entrelazados, no habían cambiado de figura sino que se habían interrumpido, el final o una pausa. El sujeto estaba de pie, o de rodillas sobre el colchón, el haz de luz lo iluminaba, a ella menos, reclinada o sentada, veía su melena de espaldas, el hombre tosco le agarró la cabeza con las dos manos y se la hizo girar un poco, ahora vi el rostro de ambos y el cuerpo erguido de él con su vello proliferante y su sombrero ridículo, me pareció que empezaba a apretarle la cara a Estela con los dos pulgares, qué fuerza pueden tener dos pulgares, era como si la acariciara pero haciéndole mal, como si excavara en sus pómulos altos o le diera un masaje cruel que ahonda cada vez más intenso, empujaba sus mejillas hacia dentro como si fuera a hundírselas. Me alarmé, pensé por un instante que iba a matarla y que no podía matarla porque ya estaba muerta y porque yo tenía que ver sus pechos y hablar algo con ella, preguntarle por aquella lanza o por aquel boquete —el arma no estaba en ella, había salido—, y por mi amigo Dorta que recibió su sangre en la lanza. El hombre cedió en su presión, la soltó, hizo restallar sus nudillos apretándoselos, murmuró unas palabras y se apartó unos pasos, quizá no era nada, quizá era sólo el recordatorio de algunos hombres a algunas mujeres de que pueden hacerles daño si quieren. Se quitó el sombrero, lo tiró al suelo como si ya no le sirviera, empezó a buscar su ropa en una silla, sería él quien se marchara. Ella se dejó caer y se quedó inmóvil, no parecía dañada, o acaso tenía costumbre de recibir violencias.

—Víctor. —Oí la voz de Ruibérriz que me llamaba quedamente desde el otro lado de la cancela. No le había oído llegar, ni a su coche.

Con la cabeza vuelta hacia el chalet —a veces cuesta apartar la vista— salí a encontrarme con él tan aéreamente como había entrado, lo cogí de una manga y lo arrastré a la otra acera.

—¿Qué hay? —le dije— ¿Qué has sabido?

—Lo previsible, casa de putas, abierta a todas horas, se anuncia en los periódicos, superchicas, europeas y americanas y asiáticas, dicen entre otras cosas. Te advierto que no serán muchas más de cuatro gatas. El teléfono viene en la guía a nombre de Calzada Fernández, Mónica. Así que saldrá él, si no ha salido.

—Debe de estar a punto, ya han acabado y se está vistiendo. Han salido unos puteros que van por ahí de literarios, creerán que son armas y letras —le dije yo—. Hay que alejarse de aquí un momento, porque luego entro yo, en cuanto él salga.

—Qué dices, te has vuelto loco, vas a ponerte en fila después de ese palurdo. ¿Qué te ha dado con esa mujer? Volví a cogerlo de la manga y lo llevé más lejos, bajo los árboles, hasta un punto en el que seríamos invisibles para quien saliera. Ladró un perro perezoso del vecindario, calló en seguida. Sólo entonces le contesté a Ruibérriz:

—No me ha dado nada de lo que tú crees, pero le tengo que ver los pechos esta misma noche, es lo único que cuenta. Y si es una puta mejor que mejor: le pago, se los veo a conciencia, puede que hablemos un rato y largo.

—¿Puede que hablemos un rato y largo? Eso no te lo crees ni tú. No es para tanto, pero para más que mirar ya da. ¿Qué hay con sus pechos?

—Nada, te lo contaré mañana porque a lo mejor no hay nada que contar tampoco. Si quieres seguir al tipo en el coche cuando se vaya, bien, aunque no creo que importe. Si no, gracias por la pesquisa y déjame ahora, ya me apaño solo. La verdad, no se te resiste nada.

Ruibérriz me miró con impaciencia pese al halago final. Pero suele aguantarme, es un amigo. Hasta que deje de serlo.

—El tipo me trae sin cuidado, y ella también, para el caso. Si estás listo aquí te quedas, ya me dirás mañana. Ándate con ojo, tú no frecuentas estos sitios.

Se fue Ruibérriz y ahora sí oí el motor de su coche a lo lejos mientras se abría la puerta de la casa ('Vaya con Dios', tal vez de nuevo, no me pudo llegar desde donde estaba). Vi al hombre tosco ya fuera del recinto, sí oí la cancela ruidosa. Echó a andar con cansancio en la dirección contraria a la mía —concluida su noche de fingimiento y esfuerzo—, yo pude ir avanzando ya a sus espaldas mientras él se perdía en la fronda negra en busca de su automóvil. Tenía mucha impaciencia, y aun así aguardé unos minutos fumando otro cigarrillo antes de empujar la cancela. En la habitación de los trámites seguía habiendo luz, la misma lámpara, la persiana bajada con sus rendijas, no aireaban inmediatamente.

Llamé al timbre, de ring antiguo, no de campanas. Esperé. Esperé y una mujer grande me abrió la puerta, la había visto en el tercer piso, parecía una de nuestras tías cuando éramos niños, tías de Dorta o tías mías, llegada desde los años sesenta sin alterar su peinado rubio de platillo volante ni su maquillaje de pincel y polvera y hasta tenacillas.

—¿Sí, buenas noches? —dijo interrogativamente.

—Quisiera ver a Estela.

—Se está duchando —contestó ella con naturalidad, y añadió sin recelo, sólo haciendo gala de buena memoria—: Usted por aquí no ha venido antes.

—No, me ha hablado de ella un amigo. Estoy en Madrid de paso y me ha hablado bien de ella un amigo.

—Bueenoo —arrastró las vocales con tolerancia, tenía acento gallego—, a ver qué se puede hacer. Tendrá que esperar un poco, eso seguro. Pase.

Un saloncito en penumbra con dos sofás enfrentados, se accedía a él en seguida desde la entrada, bastaba seguir andando. Las paredes casi vacías, ni un libro ni un cuadro, sólo una foto apaisada de gran tamaño pegada a una tabla gruesa, como había en los aeropuertos y agencias de viajes, antes. La foto era de rascacielos blancos, el letrero no dejaba lugar a la conjetura, 'Caracas', nunca he estado en Caracas. Tal vez Estela era venezolana, pensé al instante, pero las venezolanas no suelen tener los pechos blandos, o su fama es de lo contrario. Quizá tampoco Estela, quizá no era la muerta y era todo un espejismo alcohólico y veraniego y nocturno, mucha cerveza con limón y mucho calor, ojalá fuera así, pensé, las historias asumidas en el tiempo ya no deben cambiarse, aunque se hayan encajado sin explicación en su día: su falta de explicación acaba constituyéndose en la historia misma, esa es la historia, si ya se la ha asumido en el tiempo. Me senté, tía Mónica me dejó a solas, 'Voy a averiguar para cuánto rato tiene', dijo. Esperé su regreso, sabía que tendría que producirse antes de la aparición deseada, un edecán la señora. Y sin embargo no fue así, la señora tardó, no volvía, tuve ganas de buscar el cuarto de baño en que se estuviera duchando la puta y entrar y verla sin más espera, pero la asustaría, y a los dos cigarrillos fue ella quien descendió por las escaleras con el pelo mojado y bravío, en albornoz pero calzada con sus zapatos de calle, los dedos al aire, las uñas pintadas, las hebillas sueltas como único signo de que también sus pies estaban en casa, de retirada. El albornoz no era amarillo, sino azul celeste.

—¿Tiene mucha prisa? —me preguntó sin preámbulos.

—Mucha. —No me importaba lo que pudiera entender, al cabo de un rato entendería bien, y era ella quien debía darme explicaciones. Miraba sin curiosidad, sin mirar del todo, no como Gómez Alday pero sí como alguien que no aguarda sorpresas en su circunstancia. Era una mujer guapa imperfecta, o a pesar de sus imperfecciones resultaba guapa, al menos para el verano.

—¿Quieres que me vista o va bien así? —pasó a tutearme, quizá se sintió con derecho tras saber de mi urgencia. Vestirse para desvestirse, pensé, por si quería yo ver lo segundo.

—Va bien así.

No dijo más, hizo un gesto con la cabeza hacia una de las puertas de la planta baja y echó a andar hacia allí como una oficinista que va a buscar un impreso, la abrió. Yo me puse en pie y la seguí en el acto, debía de notar mi impaciencia equívoca, no parecía atemorizarla, más bien otorgarle superioridad sobre mí, sus maneras eran condescendientes, qué errada estaba si era ella y tenía que responder de una noche antigua y quizá ya olvidada. Entramos, era la misma habitación aún no aireada en la que acababa de debatirse con el tipo tosco, había allí un olor ácido pero más soportable de lo que habría supuesto. Un ventilador giraba en el techo, desde mi rendija no había podido verlo. Allí estaba el sombrero vaquero, tirado en el suelo, para uso de clientes quizá con complejos o con cabeza de huevo invertido, de alquiler también el sombrero. Un elemento vaquero en la última noche de Dorta, me había hablado de unas botas inverosímiles, de piel de cocodrilo.

Ella se sentó en la cama que no era colchón ni cama, uno de esos lechos japoneses bajos que no recuerdo cómo se llaman, creo que están de moda.

—¿Te han dicho ya el precio? —la pregunta era desganada, mecánica.

—No, pero no importa, lo hablamos luego. No habrá problemas.

—Con la señora —dijo Estela—. Lo hablas con la señora. —Y añadió—: Bueno, ¿cómo lo quieres? Aparte de rápido.

—Ábrete el albornoz.

Obedeció, se desanudó el cinturón dejando ver algo, pero no me bastaba. Parecía aburrida, parecía hastiada, si antes no había habido deseo ahora habría rechazo tácito. Su acento era centroamericano o caribe, sin duda ya endurecido por una estancia en Madrid de años.

—Ábretelo más, del todo, bien abierto, que te vea —dije, y mi voz debió de sonar alterada, porque ella me miró por vez primera del todo y con una ráfaga de aprensión. Pero se lo abrió, se lo abrió tanto que hasta los hombros le quedaron al descubierto como a una estrella antigua de cine en noche de gala, maldita la gala que había esta noche, allí estaban, los pechos bien conocidos en blanco y negro, allí los reconocí en color sin dudar un instante pese a la penumbra, los pechos sugerentes y bien formados pero de consistencia blanda, cederían en las manos como bolsas de agua, seguía siendo pobre para meterse plástico, durante dos años yo los había mirado ensangrentados en una fotocopia cada vez más languideciente, más veces de las que habría debido, más de lo que lo imaginé que lo haría cuando le hice a Gómez Alday mi extravagante petición morbosa, era un hombre comprensivo. En los pechos algo menos morenos que el resto no había ningún boquete ni raja ni cicatriz ni tajo, toda la piel uniforme y lisa y sin ninguna herida excepto por los pezones, demasiado oscuros para mi gusto, uno se acostumbra a saber qué le gusta y qué no al primer golpe de vista.

Y en seguida me vinieron agolpados demasiados pensamientos, la mujer viva y siempre viva por tanto, el gesto de dolor en la foto, los ojos apretados y también los dientes, aquellos ojos cerrados no eran ojos de muerta porque los muertos no hacen ya fuerza y todo cesa cuando expiran, incluso el daño, cómo no había pensado que aquella expresión era la de alguien vivo o la de alguien muriendo, pero nunca la de alguien ya muerto. Y aquellas bragas, por qué su cadáver tenía puestas las bragas, por qué conservar una prenda cuando se llega tan lejos, las bragas las conserva solamente alguien vivo. Y si ella estaba viva podía también estarlo mi mejor amigo, Dorta el bromista y el resignado, qué clase de broma me había gastado haciéndome creer en su asesinato y en su condena, qué clase de broma si estaba vivo.

—De dónde has sacado los cigarrillos —le dije.

—¿Qué cigarrillos? —Estela se puso alerta de pronto, y repitió para ganar tiempo—: ¿Qué cigarrillos?

—Los que has estado fumando antes, en el restaurante, con sabor a clavo. Déjame ver el paquete.

Instintivamente se cerró el albornoz, sin anudárselo, como para protegerse de su descubrimiento, estaba

allí con un tipo que la había observado y seguido desde
La Ancha o tal vez desde antes, todo aquel rato. Mi tono
debía de ser lo bastante nervioso y colérico, porque señaló su bolso dejado en una silla, la silla que había aguantado la ropa del hombre tosco.

—Están ahí. Me los dio un amigo.

Le había metido miedo, noté que me tenía miedo
y que haría lo que le dijese por eso. Ya no había superioridad ni condescendencia, sólo miedo de mí y de mis manos,
o de un arma blanca que hiciera boquete o rajara. Cogí el
bolso, lo abrí y saqué el paquete estrecho, rojo y dorado y
negro, con su tramo de rieles curvos en relieve y su anuncio, 'Smoking kills', fumar mata. Kretek.

—¿Qué amigo? ¿El que estaba contigo? ¿Quién es?

—No, yo no sé quién es él, él quería salir a cenar
esta noche, ya yo estuve con él sólo otra vez.

Ah cómo detesto a los hombres que hacen daño a
las mujeres y cómo me detesté a mí mismo —o fue luego— cuando le agarré el brazo a Estela y le volví a abrir su
albornoz de un manotazo dejándola desprotegida y pasé mi
pulgar por el canal de sus pechos como si de allí quisiera sa-
carle algo, lo pasé varias veces apretando mientras decía:

—Dónde está el boquete, ¿eh? Dónde está la lanza, ¿eh? Dónde está toda la sangre, qué pasó con mi amigo, quién lo mató, tú lo mataste. ¿Quién le puso las gafas,
di, se las pusiste tú, de quién fue la idea, fue tuya?

La tenía inmovilizada con su brazo retorcido y
más retorcido a la espalda, y con la otra mano, con mi
pulgar tan fuerte, le apretaba el esternón arriba y abajo, o
se lo aplastaba, o se lo frotaba sintiendo a ambos lados el
verdadero tacto de los pechos vistos tantas veces con mis
ojos táctiles.

—Yo no sé nada de lo que pasó, no me dijeron
—dijo gimiendo—, él ya estaba muerto cuando yo llegué. A mí sólo me llamaron para hacer las fotos.

—¿Te llamaron? ¿Quién te llamó? ¿Cuándo? Nunca se sabe lo que pueden hacer nuestros pulgares, se habría alarmado alguien que me hubiera visto por la rendija de la persiana, los pulgares que no son nuestros parecen siempre imparables o incontrolables y que para ellos será siempre tarde. Pero estos eran míos. Me di cuenta de que no hacía falta asustarla más ni hacerle más daño, dejé de hacérselo, la solté, noté mis dedos calientes por el roce, como si ardieran momentáneamente, ese mismo ardor estaría en el canal de sus pechos como un aviso y un recordatorio, contaría lo que supiera. Pero antes de que hablara, antes de que se recobrara y hablara ya la idea me atravesó la cabeza, por qué los habían descubierto a la noche siguiente, tan tarde y con demasiado retraso, los dos cadáveres que sólo era uno, quizá para pensar y prepararlo todo y hacer las fotos, y quién hizo esas fotos que nunca se publicaron, tampoco la de ella, ni siquiera el rostro medio tapado por su cabellera echada hacia delante por su propia mano bien viva, sólo retratos de mi amigo Dorta en mejores tiempos, una composición esa cabellera que encubría un poco, la noticia contó lo que la policía dijo, no hubo versión de vecinos y las fotos las vi yo tan sólo, en el despacho de Gómez Alday tan sólo, se las enseñaría a un juez como mucho.

—La policía me llamó. El inspector me llamó, me dijo que me necesitaba para posar con un cadáver de muerte violenta. A veces hay que hacer cualquier cosa, hasta acostarse con un muerto. Aunque estaba ya muerto el muerto, te lo aseguro, yo con él no hice nada.

Dorta estaba muerto. Durante unos instantes había vuelto a vivir para mi sospecha, en realidad nada extraño: el hábito y lo acumulado bastan para que la sensación de presencia nunca se desvanezca, no ver a alguien puede ser accidental, hasta intrascendente, y no hay día que no me acuerde de mi amigo de infancia con quien

ninguna mujer nunca hizo nada, ni vivo ni muerto, eso
preocupaba a Estela, la pobre: 'Estaba ya muerto el muerto,
te lo aseguro'; y ni sangres mezcladas ni semen ni nada,
todo aquello lo había inventado Gómez Alday para contármelo a mí o a cualquier otro curioso o metomentodo y
que yo lo asumiera en el tiempo, los periódicos se cansan
pronto y no dieron tantos detalles, sólo que había habido
sexo entre los cadáveres cuando aún no lo eran.

—Y te mancharon bien, ¿eh? Con sus pegotes de
sangre y todo.

—Sí, me mancharon el pecho con ketchup y es-
peraron a que se secara y tiraron las fotos luego. No llevó
mucho tiempo, con el calor fue rápido, el joven las hizo.
Me dieron unos miles y me dijeron que me callara bien.
—Con su pulgar hizo el gesto de cerrarse la boca, como
una cremallera. Seguía hablando pero me iba perdiendo
el miedo, no dejaría de hablar por eso, aunque habría notado que por mi cabeza había cruzado esa expresión o ese
pensamiento, 'la pobre', todos notamos eso, y nos tranquiliza—. De eso hace ya bastante tiempo. Si hablas te
mando a latigazos de vuelta a Cuba en un barco negrero,
me dijo, eso dijo el inspector. Y ahora qué pasará con eso,
ahora qué, me volverá para Cuba.

—El joven —dije yo, y mi voz sonó aún alterada,
aún no se podía estar del todo a salvo conmigo—, qué joven. Qué joven.

—El muchacho que estuvo con él todo el rato, estaba en el servicio militar, tenía que volver al cuartel, hablaron de eso. —Y aún se atrevió Gómez Alday, pensé,
aún se atrevió a decir que el lancero podía ser alguien
acostumbrado a clavar bayonetas, ahí te pudras con el corazón lleno de hierro aunque no estemos en guerra, un
saco más, saco de harina saco de plumas saco de carne,
kretek kretek—. Ya yo no sé más, llegué y me fui de allí
por la tarde, con mi dinero y los cigarrillos, esos me los

robé de la casa al salir cuando no me vieron, dos cartones. Aún me quedan tres o cuatro paquetes, los fumo lento y a la gente le impresionan, aún huelen mucho. El motivo para fumarlos no era muy distinto del que tenía Dorta, algo en común tenían, él y Estela. Me senté a su lado en la cama baja y le pasé la mano por el hombro.

—Lo siento —le dije—. El muerto era amigo mío y yo vi esas fotos.

Demasiadas veces tiene razón Ruibérriz de Torres, a todos nos conoce mucho. Después de todo yo llevaba tiempo viendo de tarde en tarde aquella cara doliente y aquellos pechos quietos y muertos y ensangrentados, y me daba alegría verlos en movimiento y vivos y recién duchados, aunque mi amigo en cambio siguiera muerto y hubiera habido tanto engaño. También fue una forma de pagarle y compensarle a la mujer el mal rato, aunque podía haberle dado el dinero por nada, o por la información tan sólo. Pero al fin y al cabo: tampoco iba a conciliar el sueño hasta que llegara la hora de las oficinas y las comisarías, aunque algunas de éstas pasan la noche en vela.

Dejé dinero en el saloncito al salir, quizá de más, quizá de menos, la tía Mónica se habría acostado hacía horas. Cuando me fui la mujer dormía. No pensé que la fueran a volver a Cuba, como ella decía.

Gómez Alday tenía aún mejor aspecto que la última vez que lo había visto, hacía casi dos años. Había ganado con el tiempo, lo habrían ascendido, estaría más tranquilo. Ahora que sabía que no compartía mi orgullo estúpido comprendí que se cuidara, los que lo tenemos nos cuidamos menos; no tuve tiempo ni humor para preguntas amables. No se negó a recibirme, no se levantó de su silla giratoria cuando entré en su despacho, se limitó a mirarme con sus ojos velados que no denotaron gran sorpresa, si acaso fastidio. Me recordaba.

—¿Qué hay? —me dijo.

—Hay que he hablado con Estela, su muerta, y no a través de su fotografía. A ver qué me cuenta usted ahora de su lancero.

El inspector se pasó una mano por la cabeza romana que cada vez parecía tener más pelo, él sí ganaba para sus injertos, pensé un segundo, los pensamientos inoportunos vienen en cualquier instante. Cogió un lápiz de su mesa y tamborileó con él sobre la madera. Ya no fumaba.

—Así que se ha puesto a hablar —contestó—. Cuando llegó se llamaba Miriam, si es que se refiere a la puta cubana.

—¿Qué pasó? Va a tener que contármelo. Usted no quiso investigar con los julas, para qué iba a perder el tiempo. No sé ni cómo se atrevió a llamarlos así.

Gómez Alday sonrió un poco, quizá un fantasma de rubor. No parecía más alarmado que un muchacho al que se ha descubierto en un embuste. Un embuste menor, algo que no tendrá consecuencias más allá de la riña. Tal vez sabía que yo no iba a irle a nadie más con el cuento, quizá lo supo antes de que lo supiera yo mismo. Tardó en contestar, pero no porque vacilara: era como si estuviera sopesando si yo merecía la confesión.

—Bueno, hay que disimular, verdad —dijo por fin, e hizo una pausa, aún no había decidido. Luego siguió—: Yo no sé si conoce a estos chicos, algo le contó su amigo, verdad. Si son muy jóvenes no tienen sentido alguno de la fidelidad, tampoco de la oportunidad, se van con cualquiera una noche si los seducen con cuatro halagos, no digamos con algo de fama o un buen recorrido por los sitios caros. Salen por ahí, no tienen otra cosa que hacer, salen dispuestos a ser seducidos. Usted no sabe, son mucho más vanidosos que las mujeres. —Gómez Alday se detuvo, hablaba como si nada de aquello tuviera gran importancia y perteneciera a un pasado remoto, y es verdad que el pasado se hace remoto cada vez más pronto—. Bueno, el que estaba conmigo entonces. Me lo levantó una noche su amigo, por la calle, yo estaba de guardia. No me haga hablar mal de él, era su amigo, pero se pasó con el chico, la dichosa lanza, y éste se asustó y se puso nervioso con sus jueguecitos, usted lo dijo, me acuerdo, ocurre a veces, los arrepentidos, se pueden arrepentir por muchos motivos, también se asustan con lo que está fuera del programa. Perdió la cabeza y le arreó en la frente, y luego lo ensartó, vaya lanzazo, como si hubiera sido una bayoneta. No era mal chico, créame, estaba en la mili, aunque hace tiempo que no sé de él, lo mismo que aparecen desaparecen, no son sentimentales, a diferencia de los chulos de putas y los maridos. Me llamó aterrado, había que componer algo y alejar sospechas. —Gómez Alday pareció desamparado y débil por un momento, el pasado se hace remoto de golpe cuando desaparece de nuestra vida la persona que constituía el presente, el hilo de la continuidad se rompe y de pronto ayer queda muy lejos—. Qué quiere que le diga, qué iba a hacer sino echarle una mano, qué se gana con arruinar dos vidas en vez de una sola, sobre todo si la primera está despachada del todo.

Me quedé mirando su figura algo gruesa, se la veía alta hasta sentada en su silla. A él no le costaba sostenerme la mirada, sus ojos soñolientos podrían no haber parpadeado ni haberse desviado nunca, hasta el infierno sus ojos de bruma. Ya no hubo más debilidad en aquel rostro, fue un segundo.

—¿Quién le puso las gafas? —dije por fin—. ¿A quién se le ocurrió ponérselas?

El inspector hizo un gesto de impaciencia, como si mi pregunta le hubiera hecho pensar que yo no merecía a la postre la explicación ni el relato.

—Déjese de historias —dijo—. No me pregunte por travesuras en medio de un homicidio. Haga sólo preguntas que importen.

—¿Y qué —le hice caso—, nadie quiso ver el cuerpo de la muerta tan viva? El juez, el forense.

Se encogió de hombros.

—No sea ingenuo. Aquí y en la morgue hacemos lo que queremos. Se investiga lo que interesa y nadie hace preguntas a quien no debe. De algo tuvieron que servirnos cuarenta años de hacer lo que nos diera la gana sin rendir cuentas a nadie, un aprendizaje largo. Me refiero a Franco, no sé si se acuerda. Aunque es parecido en todas partes, se aprende de muchas formas.

Gómez Alday no carecía de humor. No era alguien a quien debiera hacérsele tal pregunta, pero se la hice:

—¿Por qué apoyó tanto al chico? Aun así, se jugó usted mucho.

Hubo un fogonazo breve en los ojos adormecidos antes de que repitiera un gesto que ya le había visto con anterioridad: hizo girar su silla y me dio la espalda como si con ello pusiera punto final a su trato conmigo tan esporádico. Vi su nuca ancha mientras me decía:

—Me lo jugué todo. —Calló un momento y luego añadió desenfadadamente—: ¿Qué, usted no ha estado enamorado nunca?

Di media vuelta y abrí la puerta para marcharme. No contesté nada, pero me pareció recordar que sí.

En el tiempo indeciso

Lo vi dos veces en persona y la primera fue la más alegre y la más desdichada, aunque lo segundo sólo retrospectivamente, es decir, lo es ahora pero no lo era entonces, luego en realidad no debería decir tal cosa. Fue en la discoteca Joy a altas horas de la noche, sobre todo para él, se supone que los futbolistas deben estar acostados desde muy temprano, permanentemente concentrados en el próximo partido, o entrenando y durmiendo, viendo vídeos de otros equipos o del suyo propio, viéndose a sí mismos, sus aciertos y fallos y las oportunidades perdidas que siempre vuelven a perderse hasta el fin de los tiempos en esas películas, durmiendo y entrenando y alimentándose, una vida de bebés casados, conviene que tengan mujer para que les haga de madre y les vigile el horario. La mayoría no hacen ni caso, detestan dormir y detestan los entrenamientos, y los grandes piensan en el partido sólo cuando salen al campo y ven que más les vale ganarlo porque allí hay cien mil personas que sí llevan una semana dándole vueltas al enfrentamiento o pidiendo venganza contra los odiados rivales. Para los grandes los rivales sólo existen durante noventa minutos y nada más que por un motivo: están ahí para impedirles a ellos lograr lo que ansían, eso es todo. Luego podrían irse de copas con esos adversarios, si no estuviera mal visto. El resentimiento pertenece a los jugadores mediocres.

Él no era desde luego mediocre, y durante algún tiempo se pensó que sería un grande cuando estuviera más maduro y más centrado, lo cual no ocurrió nunca, o quizá demasiado tarde. Era húngaro como Kubala y Puskas y Kocsis y Czibor, pero su apellido era mucho más impronunciable para nosotros, se escribía Szentkuthy y la gente acabó llamándolo 'Kentucky', mucho más familiar y más castellano, y de ahí se lo apodó a veces con impropiedad 'Pollofrito' (no casaba con su complexión atlética), los locutores de radio más atrevidos y vehementes se permitían abusos cuando pisaba el área: 'Atención, Kentucky puede freír al Barça'. O bien: 'Ojo que Pollofrito puede hacer saltar la sartén por los aires, quiere organizar una de sus fritangas, cuidado que es todo aceite, aceite hirviendo, ¡ojo que quema, ojo que es resbaladizo y no se mezcla!'. Dio mucho juego a los periodistas, pero ellos olvidan pronto.

Cuando coincidí con él en la discoteca Joy llevaba temporada y media en Madrid y hablaba ya un buen español, muy correcto aunque limitado, con un innegable acento de lo más tolerable, parece que los centroeuropeos tengan siempre facilidad para las lenguas, somos los españoles los menos hábiles para aprender bien otras o pronunciarlas, ya lo decían los historiadores romanos, ese pueblo incapaz de pronunciar la *s* líquida, de Scipio como de Schillaci como de Szentkuthy: Escipión, Esquilache, Kentucky, han cambiado las tendencias lingüísticas. A Szentkuthy (lo llamaré por su verdadero nombre, puesto que lo escribo y no he de decirlo) ya le había dado tiempo a superar el deslumbramiento de un país nuevo y festivo y lujoso para su experiencia previa de acero, pero no todavía a tomárselo como algo natural y debido. Quizá estaba en ese momento que prosigue a toda consecuencia importante, en el que a uno ya no le parece un mero regalo o un milagro lo que ha logrado (ya da crédito) y empieza a temer por su permanencia, o mejor dicho, a vislumbrar como horror la vuelta posible al pasado con el que se estuvo conforme y uno tiende por tanto a borrarlo, yo no soy el que fui, soy sólo ahora, no vengo de ningún lado y no me conozco.

Conocidos comunes nos reunieron en la misma mesa, si bien durante largo rato él no se acercó a ella más que para recuperar un segundo su vaso y echar un trago entre baile y baile, una forma de entrenarse, un atleta incansable, por lo menos tendría cuerda para noventa minutos y una prórroga. Bailaba mal, con demasiado entusiasmo y poco ritmo, sin el mínimo de suficiencia necesario para armonizar los movimientos, y algunos de la mesa se reían de él, en este país un elemento de crueldad en todas las situaciones aunque nada obligue a ella, gusta hacer daño o creer que se hace. Vestía mejor que cuando llegó al equipo, según las fotos que vi en la prensa, pero no lo bastante si se lo comparaba con sus compañeros españoles, más estudiosos de la indumentaria, esto es, de los anuncios. Era uno de esos hombres que dan la impresión de llevar siempre la camisa por fuera de los pantalones aunque la lleven metida, la camiseta desde luego la llevaba por fuera en el terreno de juego cuando se lo consentía el árbitro. Por fin se sentó y ordenó a todos, con aspavientos y risa, que salieran a bailar para que él los viera mientras descansaba, ahora quería él divertirse pero sin malicia sin duda, sin crueldad ninguna, tal vez quería aprender de otros movimientos menos bisoños que los suyos. Yo fui el único que no le hizo caso, yo nunca bailo, sólo miro. No me insistió, no tanto porque no supiera quién era, no me conociera —eso parecía importarle poco, en la certidumbre de que a él sí lo conocía todo el mundo—, cuanto por mi gesto firme de negativa. Moví la cabeza de un lado a otro como solemos hacerlo los habitantes de las ciudades cuando negamos a un mendigo una limosna sin aflojar el paso. La comparación no es mía, fue suya:

—Parece que me haya negado usted una limosna —dijo cuando nos quedamos solos, los demás en la pista para complacerlo. Utilizaba el 'usted' como buen extranjero que tiene aún presentes las reglas, no era malo su vocabulario, la palabra 'limosna' no es tan frecuente.

—¿Cómo lo sabes? ¿Te la han negado alguna vez? —dije yo, y lo tuteé en cambio, por la diferencia de edad y por algún complejo de superioridad inconsciente, del cual en seguida adquirí conciencia y por eso añadí—: Podemos tutearnos. —Y aun así lo añadí como quien concede un permiso.

—¿Y a quién no? Hay muchos tipos de limosnas. Soy Szentkuthy —dijo, ofreciéndome la mano—, aquí nadie presenta a nadie.

Era un tipo listo: se conducía de acuerdo con la realidad (todo el mundo sabía quién era), pero negaba ese comportamiento con las palabras. Es decir, distinguía entre ambas cosas, lo cual no es tan fácil sin resultar abrumadoramente hipócrita o detestablemente ingenuo. Yo le dije mi nombre, añadí mi profesión, le estreché la mano. No me preguntó por esa profesión tan lejana a la suya, no le interesaba ni para llenar una conversación impensada y seguramente indeseada, él contaba con haberse quedado solo en la mesa contemplando el baile. Tenía el pelo rubio partido en dos bloques ondulados y casi simétricos peinados hacia atrás como si fuera un director de orquesta, una sonrisa cuadrada como de tebeo, la nariz un poco ancha, unos ojos azules muy pequeños y muy brillantes, como diminutas bombillas de feria.

—¿Con cuál estás? —le dije señalando con la cabeza negadora hacia las mujeres de la pista, habían salido todas en grupo—. ¿Cuál es tu novia? ¿Con cuál de ellas estás? —insistí para hacer más clara la pregunta.

Pareció gustarle que no le hablara en seguida del equipo ni del entrenador ni del campeonato y quizá por eso contestó sin pudor y con una sonrisa casi infantil. Su orgullo no era ofensivo ni vejatorio, ni siquiera para las mujeres, lo dijo como si ellas lo hubieran elegido a él, no al revés, y quizá había sido así:

—De las seis de la mesa —dijo—, he estado ya con tres, ¿qué le parece? —Y alzó tres dedos de la mano izquierda, con el estrépito no era fácil oírse. Él seguía llamándome de usted, la reiteración me hizo sentir algo viejo.

—Y hoy qué toca —respondí—, repetirse o renovar.

Él rió.

—Repetirse sólo si no hay más remedio.

—Un coleccionista, ¿eh? ¿Qué más coleccionas? Bueno, goles aparte.

Se quedó pensando un instante.

—Eso, goles y mujeres, nada más. Cada gol una mujer distinta, es mi forma de celebrarlos —dijo risueño, tanto que parecía una mera broma y no cierto.

Llevaba unos veinte marcados en lo que iba de temporada, sólo en el campeonato de Liga, seis o siete más entre la Copa y la competición europea. Yo suelo seguir el fútbol, en realidad habría preferido hablarle del juego, preguntarle como un admirador más, un hincha. Pero él debía de estar aburrido de eso.

—¿Siempre fue así? ¿También en Hungría, en el Honved? —Se lo había fichado de ese equipo de Budapest, donde él había nacido.

—Oh, no, en Hungría no —dijo serio—. Allí tenía una novia.

—¿Qué ha sido de ella? —le pregunté.

—Ella me escribe —dijo escuetamente y sin ninguna sonrisa.

—¿Y tú?

—Yo no abro sus cartas.

Szentkuthy tenía entonces veintitrés años, era un crío, me extrañó que tuviera la fuerza de voluntad, o la ausencia de curiosidad necesaria para semejante cosa.

Aunque supiera el contenido probable de aquellas cartas, es difícil no querer saber cómo se dice. También tenía que tener dureza.

—¿Por qué? ¿Y ella sigue escribiéndote a pesar de todo?

—Sí —respondió como si no hubiera nada de raro en ello—. Ella me quiere. Yo no puedo ocuparme de ella, pero no lo entiende.

—¿Qué es lo que no entiende?

—Ella ve las cosas para siempre, no entiende que las cosas cambien, no entiende que yo no cumpla las promesas que le hice un día, hace muchos años.

—Promesas de amor eterno.

—Sí, quién no las ha hecho y nadie las cumple. Todos hablamos mucho, las mujeres exigen que se les hable, por eso yo aprendo la lengua del país muy rápido, ellas siempre quieren que se les hable, después sobre todo, yo preferiría no decir nada después ni antes, como en el fútbol, metes un gol y gritas, no hace falta decir ni prometer ninguna cosa, se sabe que meterás más goles, eso es todo. Ella no entiende, ella cree que soy suyo, para siempre. Es muy joven.

—Quizá aprenda con el tiempo, entonces.

—No, no lo creo, usted no la conoce. Para ella seré siempre suyo. *Siempre.*

Esta última palabra la dijo con voz ominosa y respeto, como si ese 'siempre' que no era de él, sino de ella, que él negaba con los hechos a diario y con la distancia, supiera sin embargo que tenía más fuerza que cualquiera de sus negaciones, que cualquiera de sus goles madrileños y sus mujeres volátiles y conmutables. Como si supiera que uno no puede hacer nada contra una voluntad afirmativa, cuando la propia es sólo una voluntad que remolonea y niega, la gente se convence de que quiere algo como medio más eficaz para conseguirlo, y esa gente siempre tendrá ventaja frente a los que no saben qué quieren o están enterados sólo de lo que no desean. Los que somos así estamos inermes, padecemos una debilidad extraordinaria de la que no siempre somos conscientes y así nos puede anular fácilmente otra fuerza mayor que nos ha elegido, de la que escapamos sólo durante algún tiempo, las hay infinitamente resueltas e infinitamente pacientes. Por la manera en que Szentkuthy había dicho 'siempre' supe que acabaría casándose con aquella joven de su país que escribía, eso pensé entonces sin mucha intensidad, en realidad era un pensamiento circunstancial y anecdótico, me resultaba indiferente, no vería a Szentkuthy más que por televisión o en el estadio, tanto como pudiera, eso sí, yo adoraba su juego.

Volvían a la mesa algunos de los bailarines, así que le dije:

—Cuidado, Kentucky, una de las tres mujeres con las que no has estado viene conmigo.

Soltó una carcajada elemental y estruendosa que se impuso a la música y salió otra vez a la pista. Desde allí me gritó, antes de ponerse de nuevo en danza:

—Y es suya, ¿verdad? ¡Es suya para siempre!

No lo era, pero ella y yo nos fuimos antes de que él agotara la prórroga de su baile y viera si esa noche podía renovar o tenía que repetirse. Por la tarde le había marcado tres goles al Valencia. Me acordé un momento de su compatriota Kocsis, un interior del Barcelona a quien se apodaba 'Cabecita de oro' si no me equivoco, se suicidó hace años, bastantes después de haberse retirado. No sé por qué pensé en él y no en Kubala o en Puskas, que supieron divertirse y hacer luego carrera como entrenadores. Al fin y al cabo, Szentkuthy se estaba divirtiendo aquella noche.

Lo seguí viendo jugar durante dos temporadas más, en las que tuvo altibajos pero dejó varias imágenes para el recuerdo. Predomina en mi memoria la que predomina para cuantos la vieron: en un partido de Copa de Europa contra el Inter de Milán, en el que faltaba un gol para alcanzar las semifinales, restaban sólo diez o doce minutos cuando Szentkuthy recibió el balón en su propio campo tras el rebote de un córner contra su portería. Estaba solo para montar el contraataque y había dos defensas todavía, rezagados, entre él y el guardameta rival; se deshizo de uno ganándole en la carrera y del otro en un quiebro antes de llegar al área; salió el portero hasta allí a la desesperada, Szentkuthy lo regateó también y esquivó el penalty que trató de hacerle; levantó entonces la vista hacia la meta completamente vacía, no tenía más que golpear el balón desde el borde del área para marcar el gol que todo el estadio ya veía y ansiaba con ese resto de zozobra que siempre existe entre lo inminente y seguro y su llegada efectiva. El murmullo de excitación se tornó silencio repentino, ocultaba un grito ahogado en cien mil gargantas, que no salía: '¡Chuta! ¡Chuta ya, por amor de Dios!', todo sería definitivo con el balón en la red, no antes, había que verlo allí dentro. Szentkuthy no chutó, sino que siguió avanzando con el balón pegado al pie, controlado, hasta la línea de gol y allí mismo lo paró con la suela de la bota. Durante un segundo lo mantuvo quieto, sujeto por su bota contra la hierba o contra la cal de la línea, sin permitir que la traspasara. Otros dos defensas italianos corrían hacia él como rayos, también el portero recuperado. Era imposible que llegaran a tiempo, Szentkuthy sólo tenía que soltarlo para que cruzara esa línea, pero en el fútbol nada se ve seguro hasta que sucede. No recuerdo un silencio más asfixiado en un estadio. Fue tan sólo un segundo pero no creo que se le haya borrado a ninguno de los espectadores. Marcó la diferencia abismal entre lo inevitable y lo ya no evitado, entre lo que aún es futuro y lo que ya ha pasado, entre el 'Aún no' y el 'Ya está', a cuya transición palpable nos es dado asistir muy pocas veces. Cuando el portero y los dos defensas se le echaban encima, Szentkuthy hizo rodar suavemente el balón con la suela unos centímetros y volvió a pararlo una vez que hubo atravesado la línea de meta. No lo envió a la red, lo hizo avanzar sólo lo justo para que lo que aún no era gol ya lo fuera. Nunca se hizo tan manifiesto el muro invisible que cierra una portería. Fue un desdén y una chulería, el estadio se vino abajo y se cubrió de pañuelos, se juntaron la impresión admirable de la jugada entera y el alivio tras el sufrimiento superfluo al que Szentkuthy había sometido a cien mil personas y a unos cuantos millones más que lo vivieron desde sus casas. Los locutores de radio tuvieron que suspender su grito, lo dieron sólo cuando él lo quiso, no un segundo antes. Negó la inminencia, y no es tanto que detuviera el tiempo cuanto que lo marcó y lo volvió indeciso, como si estuviera diciendo: 'Yo soy el artífice y será cuando yo lo diga, no cuando queráis vosotros. Si es, pues soy yo quien decide'. No se puede pensar en lo que habría ocurrido si el portero llega a tiempo y le saca el balón de debajo de la bota. No se puede pensar porque no ocurrió y porque da mucho miedo, nadie perdona a quien se recrea en la suerte si la suerte le da la espalda como castigo tras haber estado a su favor totalmente. Cualquier otro jugador habría disparado a puerta vacía desde el borde del área cuando ya no hubo obstáculos, con su voluntad afirmativa de ganar la eliminatoria y ganarla cuanto antes. La voluntad de Szentkuthy era cuando menos vacilante, como si quisiera subrayar que no hay nada inevitable: va a ser gol, pero vean, también podría no serlo.

Aquella temporada no fue buena en su conjunto pese a esta jugada o quizá por ella, y la siguiente fue nefasta. Szentkuthy parecía desganado, apenas marcaba goles y sólo jugaba a ráfagas, se lesionó en el mes de enero y ya no se recuperó en todo el campeonato, lo pasó casi en blanco.

En una ocasión me invitaron a presenciar un partido en el palco presidencial, y al lado me tocó Szentkuthy, a mi izquierda; a la suya había una joven con aire un poco anticuado, oí que hablaban en húngaro, me dije que sería húngaro, no entendía una palabra. No me reconoció como es lógico, apenas si me miró, estaba embebido en el juego, como si se hallara en el césped con sus compañeros, en tensión alerta. De vez en cuando les chillaba en español porque desde allí veía muy claro lo que tenían que hacer en cada oportunidad perdida. Era evidente que sufría por no estar abajo con ellos. Cuando no le quedaran goles sólo le quedarían las mujeres, pensé. Cuando se retirara sería siempre demasiado joven.

En el descanso volvió a la realidad pero no se movió del sitio pese a la tarde fría, soleada. Fue entonces cuando me atreví a dirigirle la palabra. Iba mejor vestido, con corbata y abrigo con el cuello subido, había visto más anuncios; fumó un cigarrillo en cada tiempo, delante de sus jefes y de las cámaras.

—¿Cuándo te vemos otra vez de corto, Kentucky? —le pregunté.

—*Dos* semanas —dijo, y levantó dos dedos como para confirmarlo con hechos. Era el mes de febrero.

La joven, que entendería poco pero lo suficiente, hizo un gesto dubitativo acompañado de una sonrisa modesta y levantó tres dedos, luego un cuarto, como llamándolo a la verdad. Su intervención me permitió preguntarle a él:

—¿La señora es también húngara?

—Sí, es húngara —contestó—, pero no es la señora. —Tenía un sentido de la literalidad propia de quienes hablan lenguas que no son suyas—. Es mi novia.

—Mucho gusto —dije yo, y le di la mano y añadí mi nombre, presentándome, esta vez sin profesión.

—Encantada, señor —acertó a decir ella con inseguridad, quizá una frase suelta aprendida sin contexto, como se aprende en seguida 'Adiós' y 'Gracias'. No dijo más, se hundió de nuevo en su asiento, mirando al frente, al estadio abarrotado y un poco sesteante aquel domingo. Decir algo de ella sería por mi parte demasiado atrevimiento, la vi de perfil y la oí aún menos. Sólo que era muy joven y bastante agraciada, con un aire tímido y a la vez convencido, una voluntad afirmativa. Nada espectacular si se la comparaba con las chicas de la discoteca Joy, ni siquiera con la mujer que aquella noche venía conmigo, hacía tiempo que no la veía, quién sabía si se habrían encontrado de nuevo, Szentkuthy y ella, otra noche de farra en la que a mí ya no me hubiera importado con quién se fuese. No sé nada de ella y bien poco sabía ya entonces, aquella tarde en el palco.

El partido estaba empatado a cero y el equipo jugaba mal, voluntariosamente pero nada inspirado. En jornadas así se echaba en falta a Szentkuthy, aunque hasta su lesión no hubiera brillado.

—¿Qué, cómo va a acabar esto? —le pregunté.

Me miró con aire de superioridad momentánea, probablemente porque yo le pedía opinión, pero ese aire lo he visto a menudo en los hombres recién casados, aunque él aún no se había casado. A veces es la expresión de un esfuerzo de respetabilidad que llevan a cabo los calaveras para halagar a sus mujeres o novias cuando acaban de contraer matrimonio o están a punto de hacerlo. Luego lo abandonan, el esfuerzo.

—Podemos ganar fácil, podemos perder difícil.

No entendí bien lo que quería decir y me quedé dándole vueltas durante el segundo tiempo. Si ganaban, sería con facilidad; si perdían, sería con dificultad; o bien, era fácil que ganaran y difícil que perdieran, tal vez era eso, imposible saberlo. Él no estaba por la charla y no quise insistir. Se volvió hacia su novia en seguida, hablaron en húngaro y en voz casi baja. Era una de esas mujeres que para reclamar la atención del marido o el novio le tiran con dos dedos de la manga o le introducen la mano en el bolsillo del abrigo, no sabría explicarlo de otra forma, tampoco debo.

En el segundo tiempo se ganó tres a cero y el equipo jugó muy bien casi siempre a partir de entonces. A Szentkuthy, por tanto, se lo echó poco de menos. Su rodilla evolucionó mucho peor de lo que se pensó al principio, mucho peor de lo que se pensaba en febrero y en marzo y en abril y en mayo. O bien él no fue obediente en su convalecencia tras el quirófano. Tuvo algún conflicto con el entrenador y al término de la temporada se le dio la baja, se lo traspasó al fútbol francés, al que van los grandes cuando parece que no llegarán a serlo del todo ni se los recordará como tales. Jugó tres años más en el Nantes sin muchos alardes, aquí se supo de él poco, los periodistas olvidan pronto, tan pronto que la noticia de su muerte sólo ha aparecido con algún detalle en la prensa deportiva que yo no suelo comprar, un sobrino mío me enseñó el recorte. Hace ya ocho años que Szentkuthy dejó Madrid, seguramente hacía cinco que ya no jugaba al fútbol a menos que se hubiera arrastrado por los desconocidos equipos de su país, aquí no se sabe casi nada de Hungría. Un hombre de treinta y tres años a la hora de su muerte, un hombre joven sin goles nuevos y con sus vídeos demasiado vistos, sólo podría coleccionar mujeres en su Budapest natal, allí seguiría siendo un ídolo, el niño que se marchó y triunfó lejos y vivirá ya siempre del recuerdo orgulloso de sus hazañas remotas cada vez más difuminadas. Ya no vive porque le han disparado en el pecho, y quizá hubo un segundo en que su mujer convencida y tímida flaqueó en su voluntad afirmativa y dudó si apretar el gatillo tan duro con sus dos dedos frágiles aunque a la vez supiera que lo apretaría. Quizá hubo un segundo en que se negó la inminencia y el tiempo fue marcado y se volvió indeciso, y en el que Szentkuthy vio claros la línea divisoria y el muro normalmente invisible que separan vida y muerte, el único 'Aún no' y el único 'Ya está' que cuentan. A veces están en poder de las cosas más nimias, de unos dedos sin fuerza que se han cansado de buscar un bolsillo y tirar de una manga, o de la suela de una bota.

No más amores

Es muy posible que los fantasmas, si es que aún existen, tengan por criterio contravenir los deseos de los inquilinos mortales, apareciendo si su presencia no es bien recibida y escondiéndose si se los espera y reclama. Aunque a veces se ha llegado a algunos pactos, como se sabe gracias a la documentación acumulada por Lord Halifax y Lord Rymer en los años treinta.

Uno de los casos más modestos y conmovedores es el de una anciana de la localidad de Rye, hacia 1910: un lugar propicio para este tipo de relaciones imperecederas, ya que en él y en la misma casa, Lamb House, vivieron durante algunos años Henry James y Edward Frederic Benson (cada uno por su lado y en periodos distintos, y el segundo llegó a ser alcalde), dos de los escritores que más y mejor se han ocupado de tales visitas y esperas, o quizá nostalgias. Esta anciana, en su juventud (Molly Morgan Muir era su nombre), había sido señorita de compañía de otra mujer mayor y adinerada a quien, entre otros servicios prestados, leía novelas en voz alta para disipar el tedio de su falta de necesidades y de una viudez temprana para la que no había habido remedio: la señora Cromer-Blake había sufrido algún desengaño ilícito tras su breve matrimonio según se decía en el pueblo, y eso seguramente —más que la muerte del marido poco o nada memorable— la había hecho áspera y reconcentrada a una edad en que esas características en una mujer ya no pueden resultar intrigantes ni todavía objeto de broma y entrañables. El hastío la llevaba a ser tan perezosa que difícilmente era capaz de leer por sí sola y en silencio y a solas, de ahí que exigiera de su acompañante que le transmitiera en voz alta las aventuras y los sentimientos que cada día que ella cumplía —y los cumplía muy rápida y monótonamente— parecían más alejados de aquella casa. La señora escuchaba siempre callada y absorta, y sólo de vez en cuando le pedía a Molly Morgan Muir que le repitiera algún pasaje o algún diálogo del que no se quería despedir para siempre sin hacer amago de retenerlo. Al terminar, su único comentario solía ser: 'Molly, tienes una hermosa voz. Con ella encontrarás amores'.

Y era durante estas sesiones cuando el fantasma de la casa hacía su aparición: cada tarde, mientras Molly pronunciaba las palabras de Stevenson o Jane Austen o Dumas o Conan Doyle, veía difusamente la figura de un hombre joven y de aspecto rural, un mozo de cuadra o de establo. La primera vez que lo vio, de pie y con los codos apoyados en el respaldo del sillón que ocupaba la señora, como si escuchara atentamente el texto que recitaba ella, estuvo a punto de gritar del susto. Pero en seguida el joven se llevó el índice a los labios y le hizo tranquilizadoras señas de que continuara y no denunciara su presencia. Su rostro era inofensivo, con una tímida sonrisa perpetua en los ojos burlones, alternada tan sólo, en algunos momentos graves de la lectura, con una seriedad alarmada e ingenua propia de quien no distingue del todo entre lo acaecido y lo imaginado. La joven obedeció, aunque no pudo evitar aquel día levantar la vista demasiadas veces y dirigirla por encima del moño de la señora Cromer-Blake, que a su vez alzaba la suya inquieta como si no estuviera segura de llevar derecho un sombrero hipotético o debidamente iluminada una aureola. '¿Qué ocurre, niña?', le dijo alterada. '¿Qué es lo que miras ahí arriba?' 'Nada', contestó Molly Muir, 'es una manera de descansar los ojos para volver a fijarlos luego. Tanto rato me los fatigaría.' El joven asintió con su pañuelo al cuello y la explicación bastó para que en lo sucesivo la señorita mantuviera su costumbre y pudiera saciar al menos su curiosidad visiva. Porque a partir de entonces, tarde tras tarde y con pocas excepciones, leyó para su señora y también para él, sin que aquélla se diera jamás la vuelta ni supiera de las intrusiones de éste.

El joven no rondaba ni se aparecía en ningún otro instante, por lo que Molly Muir no tuvo nunca ocasión, a través de los años, de hablar con él ni de preguntarle quién era o había sido o por qué la escuchaba. Pensó en la posibilidad de que fuera el causante del desengaño ilícito padecido por su señora en un tiempo pasado, pero de los labios de ésta jamás salieron las confidencias, pese a las insinuaciones de tantas páginas leídas y de la propia Molly en las lentas conversaciones nocturnas de media vida. Tal vez aquel rumor era falso y la señora no tenía en verdad nada que contar digno de cuento y por eso pedía oír los remotos y ajenos y más improbables. En más de una oportunidad estuvo Molly tentada de ser piadosa y relatarle lo que ocurría todas las tardes a sus espaldas, hacerla partícipe de su pequeña emoción cotidiana, comunicarle la existencia de un hombre entre aquellas paredes cada vez más asexuadas y taciturnas en las que sólo resonaban, a veces durante noches y días seguidos, las voces femeninas de ambas, cada vez más avejentada y confusa la de la señora, cada mañana un poco menos hermosa y más débil y huida la de Molly Muir, que en contra de las predicciones no le había traído amores, o al menos no que se quedaran y pudieran tocarse. Pero siempre que estuvo a punto de caer en la tentación recordó al instante el gesto discreto del joven —el índice sobre los labios, repetido de vez en cuando con los ojos de leve guasa—, y guardó silencio. Lo último que deseaba era enfadarlo. Quizá era sólo que los fantasmas se aburren igual que las viudas.

Cuando la señora Cromer-Blake murió, ella siguió en la casa, y durante unos días, afligida y desconcertada, dejó de leer: el joven no apareció. Convencida de que aquel muchacho rural deseaba tener la instrucción de la que seguramente había carecido en vida, pero también temerosa de que no fuera así y de que su presencia hubiera estado relacionada misteriosamente con la señora tan sólo, decidió volver a leer en voz alta para invocarlo, y no sólo novelas, sino tratados de historia y de ciencias naturales. El joven tardó algunas fechas en reaparecer —quién sabe si guardan luto los fantasmas, con más motivo que nadie—, pero por fin lo hizo, tal vez atraído por las nuevas materias, acerca de las cuales siguió escuchando con la misma atención, aunque ya no de pie y acodado sobre el respaldo, sino cómodamente sentado en el sillón vacante, a veces con las piernas cruzadas y una pipa encendida en la mano, como el patriarca que nunca debió de ser.

La joven, que se fue haciendo mayor, le hablaba con cada vez más confianza, pero sin obtener nunca respuesta: los fantasmas no siempre pueden o quieren hablar. Y con esa siempre mayor y unilateral confianza transcurrieron los años, hasta que llegó un día en que el muchacho no se presentó, y tampoco lo hizo durante los días ni las semanas siguientes. La joven que ya era casi vieja se preocupó al principio como una madre, temiendo que le hubiera sucedido algún percance grave o desgracia, sin darse cuenta de que ese verbo sólo cabe entre los mortales y que quienes no lo son están a salvo. Cuando reparó en ello su preocupación dio paso a la desesperación: tarde tras tarde contemplaba el sillón vacío e increpaba al silencio, hacía dolidas preguntas a la nada, lanzaba reproches al aire invisible, se preguntaba cuál había sido su falta o error y buscaba con afán nuevos textos que pudieran atraer la curiosidad del joven y hacerlo volver, nuevas disciplinas y nuevas novelas, y esperaba con avidez cada nueva entrega de Sherlock Holmes, en cuya habilidad y lirismo confiaba más que en casi ningún otro cebo científico o literario. Y seguía leyendo en voz alta a diario, por ver si él acudía.

Una tarde, al cabo de meses de desolación, se encontró con que la señal del libro de Dickens que le estaba leyendo pacientemente en ausencia no se hallaba donde la había dejado, sino muchas páginas más adelante. Leyó con atención allí donde él la había puesto, y entonces comprendió con amargura y sufrió el desengaño de toda vida, por recóndita y quieta que sea. Había una frase del texto que decía: 'Y ella envejeció y se llenó de arrugas, y su voz cascada ya no le resultaba grata'. Cuenta Lord Rymer que la anciana se indignó como una esposa repudiada, y que lejos de resignarse y callar le dijo al vacío con gran reproche: 'Eres injusto. Tú no envejeces y quieres voces gratas y juveniles, y contemplar caras tersas y luminosas. No creas que no lo entiendo, eres joven y lo serás ya siempre. Pero yo te he instruido y distraído durante años, y si gracias a mí has aprendido tantas cosas y también a leer no es para que ahora me dejes mensajes ofensivos a través de mis textos que he compartido contigo siempre. Ten en cuenta que cuando murió la señora yo podía haber leído en silencio, y no lo hice. Comprendo que puedas ir en busca de otras voces, nada te ata a mí y es cierto que nunca me has pedido nada, luego tampoco nada me debes. Pero si conoces el agradecimiento, te pido que al menos vengas una vez a la semana a escucharme y tengas paciencia con mi voz que ya no es hermosa y ya no te agrada, porque no va a traerme más amores. Yo me esforzaré y seguiré leyendo lo mejor posible. Pero ven, porque ahora que ya soy vieja soy yo quien necesita de tu distracción y presencia'.

Según Lord Rymer, el fantasma del joven rústico eterno no fue enteramente desaprensivo y atendió a razones o supo lo que era el agradecimiento: a partir de entonces, y hasta su muerte, Molly Morgan Muir esperó con ilusión e impaciencia la llegada del día elegido en que su impalpable amor silencioso accedía a volver al pasado de su tiempo en el que en realidad ya no había ningún pasado ni ningún tiempo, la llegada de cada miércoles. Y se piensa que quizá fue eso lo que la mantuvo todavía viva durante bastantes años, es decir, con pasado y presente y también futuro, o quizá son nostalgias.

Mala índole

Para quien ríe a mi oído

Nadie sabe lo que es ser perseguido si no ha pasado por ello y la persecución no ha sido constante y activa, llevada a cabo con deliberación y determinación y ahínco y sin pausa, con perseverancia o con fanatismo, como si los perseguidores no tuvieran otra cosa que hacer en la vida que darle a uno alcance y antes buscarlo, acosarlo, seguirle la pista, localizarlo y a lo sumo aguardar la ocasión mejor para ajustarle las cuentas. No se trata de que alguien nos ponga la proa y esté dispuesto a arruinarnos si nos cruzamos en su camino o le damos oportunidad para ello, no de alguien que nos la tiene jurada y espera, espera, se limita a esperar y por lo tanto es todavía pasivo o rumia la preparación de sus golpes, que mientras son sólo maquinaciones no pueden ser golpes, pensamos que llegarán pero tal vez no lleguen, acaso le dé un infarto a nuestro enemigo antes de ponerse a la obra efectivamente, antes de aplicarse de veras a hacernos daño, o a destruirnos. O quizá se olvide, se calme o se distraiga y se olvide, y si no reaparecemos en su trayecto es posible que nos libremos, la venganza cansa mucho y el odio tiende a desvanecerse, es un sentimiento frágil y efímero, tan poco perdurable y difícil de mantener que en seguida deja su puesto al rencor o al resentimiento, cosas más llevaderas y más fácilmente recuperables, mucho menos virulentas y en modo alguno apremiantes, mientras que el odio siempre tiene prisa y apremia, lo quiero ya, lo quiero ya muerto, traedme la cabeza de ese hijoputa, lo quiero ver desollado y con brea y plumas por todo el cuerpo, degollado y desollado, un despojo, para que ya no sea nadie y así se pare mi odio que me fatiga tanto.

No, no se trata de que alguien nos perjudique si hacerlo se le pone a tiro, no son esas enemistades civilizadas en las que alguien tacha un nombre de la lista de convidados al baile de la embajada y se ve resarcido, o silencia en su sección de un periódico los logros del adversario, o deja de invitar a un congreso a quien un día le arrebató una plaza. No es tampoco el cornudo que se afana por devolver los cuernos, o lo que cree que es devolverlos, ni siquiera el hombre que te confió sus ahorros y fue estafado, compró por adelantado una casa que nunca fue construida o se empeñó hasta las cejas para financiar una película de la que jamás hubo intención de rodar un solo metro, es increíble cómo el cine engatusa y engaña a tantos. Tampoco es el escritor o el pintor que no ganó el premio que te fue concedido y cree que otra habría sido su vida si se hubiera hecho su justicia entonces, hace ya veinte años; ni siquiera es el peón apaleado mil veces por el capataz abusivo y sañudo que se arrimó al propietario, y que ansía la llegada de un nuevo Zapata a cuya sombra deslizará una navaja hasta el vientre de su verdugo y hasta la yugular del terrateniente de paso, porque ese peón está también instalado en la espera, por no decir en la ensoñación pueril en que incurrimos todos de vez en cuando para hacernos recordar nuestros deseos, esto es, para no olvidarnos de ellos, la reiteración parece estar al servicio de la memoria pero en realidad la difumina y la burla, y también la aplaca, relega las necesidades a la esfera del advenimiento y así nada parece depender ya de nosotros, nada depende de los peones y el capataz sabe que hay una amenaza vaga o quimérica, también él padece su ensoñación, la del miedo, que lo conduce tan sólo a extremar su brutalidad y su saña, para cobrarse por adelantado el navajazo en el vientre que sólo recibe en sueños, los suyos y los ajenos.

No, ser perseguido no es nada de eso, no es saber que podría uno serlo, no es saber quién vendría a matarlo si estallara de nuevo una guerra civil en estos países nuestros susceptibles y encolerizados, no es tener la certeza de que alguien nos pisaría la mano si con ella nos agarráramos al borde de un acantilado (no solemos arriesgarnos a eso, no en presencia de los despiadados), no es temer un mal encuentro que podría evitarse yendo por otras calles, o a otros bares, o a otras casas, no es temer el azar que nos escarnece o las tornas vueltas en nuestra contra un día, no es crearse enemigos posibles o probables o incluso ciertos pero futuros siempre, cometer agravios cuyo desagravio está emplazado en el tiempo no llegado, hay una dilación para casi todo, casi nada es inmediato ni existe y vivimos en la demora, en la vida suele haber sólo demora y anuncio y planes, proyectos y maquinaciones, confiamos en la pereza y el letargo infinitos de todo el mundo, en la pereza de que las cosas se cumplan y lleguen, y en la de hacerlas.

Pero a veces no hay pereza ni letargo ni ensoñaciones pueriles, a veces —aunque es lo raro— hay la urgencia del odio, la negación de la tregua y de la astucia y de la estratagema, o si las hay son tan sólo improvisadas por la resistencia intolerable del perseguido, las hay sólo como contratiempo, sin más valor que la rectificación de la trayectoria prevista para una bala porque el blanco se ha movido y la ha esquivado. Esta vez. Nada más, o así se espera, y si el tiro se erró no cabe sino disparar de nuevo, y seguir y seguir hasta que caiga la pieza y se la remate. Cuando uno es así perseguido tiene la sensación de que sus cazadores no hacen más que perseguirlo y buscarlo las veinticuatro horas del día: uno está convencido de que no duermen ni comen, no beben ni tan siquiera se paran, sus pasos envenenados son incesantes e infatigables y no hay ningún alto; no tienen mujer ni hijos ni necesidades, no van al cuarto de baño ni charlan, no follan ni van al fútbol, carecen de televisión y de casa, a lo sumo tienen coches para perseguirlo a uno. No es que uno sepa que algo malo podría pasarle un día o si se adentra por donde no debe, es que ve y sabe que ya le está pasando lo peor, lo más temible, y entonces el perseguido tampoco bebe ni come ni para; o a veces sí, se queda quieto más por el pánico que por tener la seguridad de estar guarecido y a salvo, y más que quietud es parálisis, como la de un insecto que no vuela o la de un soldado en su trinchera. Pero aun así no duerme más que cuando el cansancio priva de realidad y amenaza a lo que ya está ocurriendo, cuando la existencia pasada de tantos años se impone —tanto tardan en marcharse las costumbres, la existencia sin plazos— y decide por un instante que el presente es lo falso, la ensoñación o una pesadilla, y lo rechaza porque es anómalo. Duerme entonces y come y bebe, y folla si tiene suerte o si paga, charla un rato olvidado de que los pasos envenenados nunca se paran y siempre avanzan mientras los propios siempre inocentes están detenidos o no obedecen, o hasta están descalzos. Y eso es lo peor y el mayor peligro, porque uno no debe olvidar que si huye no puede descalzarse nunca, ni mirar la televisión, ni a los ojos de quien se le aparece de frente y podría retenerlo acaso tras ablandarlo un instante, mis ojos sólo miran hacia atrás y los de mis perseguidores hacia delante, hacia mi negra espalda, y por eso llevan las de alcanzarme siempre.

Todo vino por el señor Presley, y esta no es una de esas frases idiotas que hacen referencia al disco que estaba sonando cuando nos entretuvimos o nos descuidamos o se nos fue la mano, ni a que fuera el ídolo de la persona que nos trajo el problema al obligarnos a asistir a un concierto para seducirla, o para contentarla al menos. Todo vino por Elvis Presley en persona o, como yo solía llamarlo hasta que me dijo que ese tratamiento lo hacía sentirse como su padre, por el señor Presley. Todo el mundo lo llamaba Elvis a secas con gran confianza y así lo siguen llamando sus adoradores y sus detractores aun después de muerto, quienes nunca lo vieron en carne y hueso ni cruzaron con él una palabra, o quienes entonces lo veían por vez primera, como si su fama lo convirtiera en amigo involuntario o servidor inconsciente de todos, y quizá eso fuera normal y hasta justificable aunque a mí me desagradara: ¿acaso no lo conocía el mundo entero, entonces? Todavía hoy lo conoce. Yo prefería sin embargo llamarlo señor Presley y luego Presley sin más, por el apellido, cuando me ordenó prescindir del elemento para él tan venerable, si bien no estoy seguro de que no lamentara un poco su orden, tengo para mí que le gustaba oírse llamar así alguna vez en la vida, Mr Presley o señor Presley según la lengua, a sus veintisiete o veintiocho años. Y fue eso, la lengua o sus aledaños, el aspecto más ornamental, lo que me llevó hasta él, a ser contratado e incorporado a su regimiento de colaboradores, ayudantes y consejeros durante seis semanas en principio, las que debía durar la realización de su película *Fun in Acapulco*, creo que se estrenó en España con el título cambiado como de costumbre, no *Diversión en Acapulco* ni *Marcha en Acapulco* sino *El ídolo de Acapulco*, nunca la vi en España.

Pero sí compré aquí hace poco el disco correspondiente, la banda sonora original que me saltó a la vista en la tienda cuando buscaba algo de Previn. Me hizo gracia y me la llevé, me trajo recuerdos que durante mucho tiempo había preferido que fueran olvidos, como sin duda lo prefirieron todos los demás del equipo, y lo procuraron, y lo consiguieron: pues en el folleto explicativo del disco se sigue contando un viejo embuste ya consagrado, una historia falsa. En él se dice que Presley no pisó Acapulco durante el rodaje y que todas sus escenas se filmaron en Los Ángeles, en los estudios de la Paramount, para evitarle desplazamientos y molestias, mientras un equipo de segunda unidad viajaba hasta México para hacer tomas de paisajes inertes o de lugareños en movimiento que luego serían utilizadas para transparencias, Presley recortado contra el mar y la playa, contra las calles en bicicleta y con niño a cuestas, contra los acantilados de La Perla, contra el hotel en que trabajaba o aspiraba a trabajar su personaje, un antiguo trapecista traumatizado llamado Mike Windgren, siempre recuerdo los nombres, más que las caras. La versión oficial ha prevalecido, como ocurre con casi todo, pero es una versión amañada, como suelen serlo las oficiales sin que importe quién las divulgue, un particular o un gobierno, la policía o una compañía cinematográfica. Es cierto que todo el material que aparece efectivamente en la película —tal como se estrenó y tal como existirá ahora en vídeo— está rodado en Hollywood siempre que Presley se encuentra en escena, y la verdad es que apenas se lo perdía de vista en todo el metraje. Tuvieron buen cuidado de no emplear ni montar un solo plano con su presencia que no hubiera salido de los estudios, ni uno solo que pudiera contradecir esa versión de la productora y del entorno del señor Presley. Pero eso no significa que no hubiera otro material que fue descartado, escrupulosa y deliberadamente descartado en este caso, posiblemente arrojado a las llamas o guillotinado, convertido en pulpa de celuloide, no quedará ni rastro, ni un milímetro, ni un fotograma, o eso supongo. Porque la verdad es que Presley sí rodó en México, no tres semanas pero sí diez días, al cabo de los cuales no sólo abandonó el país sin despedirse de nadie, sino que se decidió que jamás lo hubiera pisado ni hubiera estado allí, ni diez días ni cinco ni uno, el señor Presley no se había movido de California o de Tennessee o de Missouri, lo mismo daba, no había puesto el pie en México ni por tanto en Acapulco, y quien habían entrevisto o visto los turistas y los acapulqueños —o como se llamen— durante aquellos días de febrero era sólo uno de sus numerosos dobles, tanto o más necesarios que nunca en esta producción dado que el personaje que interpretaba el cantante, a fin de superar el mal trago de haber dejado caer desde el trapecio a su hermano con el consiguiente descalabro moral para él y físico para el hermano volante —totalmente siniestrado—, debía arrojarse al Pacífico desde lo alto de los brutales acantilados de La Perla en la escena final o más bien prefinal de *Diversión en Acapulco*, un título, desde luego, para conseguir el cual nadie se devastó el cerebro. Esa fue la versión oficial del paso de Presley por México o más bien de su falta de paso; aún perdura, por lo que veo, y hasta cierto punto es comprensible. O quizá es más simple, quizá es que nunca hay manera de borrar lo dicho, sea verdadero o falso, una vez que se ha dicho: las acusaciones y las invenciones, las calumnias y los cuentos y las fabulaciones, desmentir no es bastante, no borra sino que se añade, antes habrá mil versiones contradictorias e imposibles de un hecho que la anulación de ese hecho una vez relatado; los mentís y las discrepancias conviven con lo que refutan o niegan, se acumulan, se agregan y jamás lo cancelan, en el fondo lo sancionan mientras se siga hablando, lo único que borra es callar, y callar prolongadamente.

Han transcurrido treinta y tres años de aquello y hace ya dieciocho que murió el señor Presley, está bien muerto aunque lo conozca aún todo el mundo, y se lo escuche y se lo eche en falta. Y lo cierto es que yo lo conocí en carne y hueso y estuvimos en Acapulco, ya lo creo que estuvimos y estuvo y estuve, y también en Ciudad de México, adonde volamos más de la cuenta en su avión privado, viajes de horas, intempestivos, estuvo él y estuve yo, yo durante más tiempo, demasiado tiempo o se me hizo tan largo, el tiempo de las persecuciones dura como ningún otro porque cada segundo es contado, uno, dos y tres y cuatro, aún no me han alcanzado, aún no me han degollado, aquí sigo y respiro, uno, dos y tres y cuatro.

Claro que estuvimos allí, estuvimos todos, el equipo entero de la película y el equipo del señor Presley al completo, que era mucho más amplio, él viajaba —o no era necesario tanto: se movía— con una legión siempre a su espalda, un batallón de parásitos más o menos imprescindibles, cada uno con su función o sin funciones demasiado precisas, abogados, gerentes, maquilladoras, músicos, peluqueros, acompañantes vocales —The Jordanaires invariables—, secretarias, entrenadores, *sparrings* —su nostalgia del boxeo—, apoderados, asesores de imagen, modistos y una costurera, técnicos de sonido, conductores, electricistas, pilotos, gestores fiscales, publicitarios, encargados de promoción, de prensa, portavoces oficiales y oficiosos, la presidenta de su club nacional de *fans* en inspección autorizada o en visita informativa, y por supuesto guardaespaldas, coreógrafos, profesora de dicción, ingenieros de mezclas, un maestro de interpretación facial y también gestual (lograba poco), ocasionales médicos y enfermeras y un farmacéutico fijo con su cargamento inverosímil, jamás se vio botiquín parecido. Unos dependían de otros en organizada jerarquía según contaban, pero no era nada fácil saber quién de quién ni cuántas eran las divisiones y subdivisiones, los departamentos y cuadros, habría hecho falta un árbol genealógico pintado o lo otro, quiero decir un organigrama. Y así había individuos a los que nadie controlaba seguramente y a los que cada uno suponía a las órdenes de algún otro, gente que entraba y salía y merodeaba y pululaba sin que nunca se supiera cuál era su misión exacta, aunque se daba por descontado que alguna sería, nadie desconfiaba aún mucho en aquellos tiempos, aún no se había asesinado a Kennedy. En sus chaquetas o camisas o camisetas o monos o blusas llevaban todos bordadas las iniciales 'EP' en azul, rojo o blanco según el color de la prenda, de manera que habría bastado con que cualquier espontáneo le hubiera pedido el favor a su madre para haberse hecho pasar por miembro del equipo sin grandes complicaciones. Allí no preguntaba nadie, éramos demasiados para conocernos todos, y creo yo que el único que discernía un poco y supervisaba el conjunto era el Coronel Tom Parker, una especie de descubridor de Presley, o tutor o padrino o algo según me contaron (nadie estaba muy al tanto de nada), cuyo nombre aparecía en todas las películas del cantante como 'Asesor técnico', cargo vago donde los haya. Tenía un aspecto bastante distinguido y severo y hasta algo misterioso en aquel entorno abigarrado, siempre con corbata y bien vestido, las mandíbulas tensas como si no descansara, apretados los dientes como si le rechinaran en sueños, hablaba en voz muy baja pero muy firme y acercándose mucho al rostro del interlocutor, lograba que fuera éste el único que lo oyera aunque se dirigiera a él en una habitación llena de gente, a menudo ociosa y gratuitamente cotilla. Lo de Coronel no sé de dónde salía, si era cierto que pertenecía al ejército o era sólo fantasía y se hacía llamar de ese modo para dar nominal cumplimiento a alguna aspiración truncada. Pero entonces por qué no General, nada se lo impedía. Su figura seca y su pelo ordenado y canoso imponían respeto y hasta aprensión en la mayoría, tanto que cuando hacía acto de presencia en el plató o en una oficina o en una sala, el lugar se iba vaciando insensible pero rápidamente como si fuera hombre de mal agüero, o nadie quería permanecer mucho rato expuesto a su ojo nórdico, un ojo translúcido y difícil de mirar de frente. Aunque iba de civil y su aire era más senatorial que militar, todos lo llamaban Coronel en todo caso, incluido el señor Presley.

A buen seguro mi función no era imprescindible sino producto de un capricho de Presley, y fui contratado para la ocasión, sólo aquella. Así que allí estuvimos todos, los habituales de sus formularias películas copiadas unas de otras —*Fun* era la decimotercera— y también los nuevos, en el desganado rodaje de una cinta absurda y sin pies ni cabeza según mi criterio, aún me admira que cobrara el autor del guión, un tal Weiss incapaz del más mínimo esfuerzo, andaba por allí interesado en la música solamente, quiero decir la que cantaba Presley por doquier y a todas horas con sus inseparables Jordanaires o con otros acompañantes vocales de ultrajante nombre, The Four Amigos. Yo no sé demasiado bien de qué trataba aquella historia, no por su complicación sino por lo contrario, resulta arduo seguir una trama cuando no hay tal trama ni estilo que la sustituya o distraiga; ni siquiera habiéndola visto proyectada luego —poco antes de su estreno, hubo una deferencia— puedo contar esa supuesta historia. Sólo sé que Elvis Presley, ex-trapecista torturado como ya he dicho —pero sólo a ratos, también se baña a menudo con desenvoltura y corteja desinhibido—, vaga por Acapulco no recuerdo si por algún motivo, es de suponer que ahuyentando su pasado negro o huyendo del FBI si éste lo creyó fratricida voluntario (no me consta, quizá estoy mezclando películas, de esta hace treinta y tres años). Como es lógico y necesario, canta y baila, así que actúa en locales diversos, en una cantina, en un hotel, en una terraza sobre el acantilado soberbio. De vez en cuando mira con complejo y envidia a los nadadores —o son palanquistas— que se lanzan de cabeza a la piscina desde un trampolín normalísimo y con gran ufanía. Hay una mujer torera e indígena que lo pretende, y otra, la relaciones públicas del hotel o algo así, que se lo disputa a la matadora, el señor Presley siempre tenía éxito con las mujeres, en la ficción como en la vida. Hay también un rival mexicano llamado Moreno que salta desde el trampolín más de la cuenta, frenéticamente y sin pausa, sólo para fastidiar a Windgren y tildarlo luego de cobarde. Con él se disputa Presley a la relaciones públicas, que no era otra que la actriz suiza Ursula Andress en bikini o con camisas anudadas caprichosamente al ombligo y cintas a juego en el pelo mojado, acababa de hacerse universalmente deseable y célebre —sobre todo entre los adolescentes y entre los maridos con panza— tras emerger en bikini blanco en la primera aventura de James Bond, *Agente 007 contra el doctor No* o como quiera que se titulase en España; sus bikinis acapulqueños quedaron sin embargo desaprovechados y a poca altura, eran mucho más castos que aquel otro jamaicano, quizá una imposición del Coronel Tom Parker, parecía un señor decoroso, o acaso no toleraba competencias desleales para con su pupilo. Correteaba también por allí un niño pseudomexicano con exceso de labia del que Windgren se hacía amigo —the two amigos—, sin saberse la razón ni los fines: aquel niño era una peste parlante y merecía ser sorteado hasta en los ascensores, de hecho eso hacíamos todos cada vez que se nos acercaba verboso creyendo que la ficción proseguía, pues en ella era íntimo del ex-trapecista amargado por la fatalidad fraterna y por el vicioso trampolinista Moreno. Esa era toda la historia, si es que eso es una historia.

Y por allí andaban también, deprimidos, dos veteranos cuya actitud entre humillada y escéptica contrastaba con el ambiente festivo de aquella producción decimotercera. (Debimos pensar en el número.) Uno era el director Richard Thorpe y el otro el actor Paul Lukas, de origen húngaro y de verdadero apellido Lukács. El primero tenía cerca de setenta años y el segundo cerca de ochenta, y ambos se veían al término de sus carreras haciendo el indio en Acapulco. Thorpe era un hombre bondadoso y paciente o más bien hastiado y vencido, y dirigía con desgana, como si sólo una pistola en la nuca empuñada por Parker lo convenciera de gritar 'Acción' antes de cada toma. 'Corten', en cambio, lo decía con más energía y alivio. Había realizado estupendas o muy dignas películas de aventuras como *Ivanhoe* y *Los caballeros de la Tabla Redonda*, *Todos los hermanos eran valientes* y *La casa de los siete halcones* y *Quentin Durward*, incluso había trabajado con Presley en su interpretación tercera y en tiempos no tan rutinarios, dirigiendo *Jailhouse Rock* o *El rock de la cárcel*, 'aquello era todavía otra cosa, en blanco y negro', se disculpaba con Lukas en alguna pausa; pero disimuladamente, no era hombre para ofender a nadie, ni siquiera al provinciano magnate McGraw ni al también venerable productor Hal Wallis. En cuanto a Lukas o Lukács mismo, había sido casi siempre un secundario, pero tenía un Oscar y había obedecido a Cukor y a Hitchcock, a Minnelli y a Huston, a Tourneur y a Walsh, a Whale y a Mamoulian y a Wyler, y esos nombres estaban permanentemente en sus labios como si quisiera conjurar con ellos y su noble recuerdo la ignominia del que se temía su papelón postrero: en *Diversión en Acapulco* hacía de padre vagamente europeo de Ursula Andress, un diplomático o ministro o quizá aristócrata tan venido a menos que en el hotel ocupaba el puesto de cocinero. Durante todo el rodaje no pudo quitarse el altísimo gorro blanco —se pasaron de altura, había que almidonarlo— que es el cliché de los de ese oficio, quiero decir mientras estaba en escena soltando tópicos que lo avergonzaban, porque en cuanto Thorpe musitaba 'Corten' con un bostezo, y aunque fuera sólo para repetir la toma de inmediato, Paul Lukas se arrancaba de la cabeza con furia el sombrero infame, lo miraba con desprecio húngaro posiblemente —en todo caso nunca visto en América— y murmuraba de forma audible: 'Ni un solo plano, cielo santo, a mi edad ni un solo plano con mi limpia calva'. Me alegré cuando supe dos años más tarde que no fue esta su última película sino la penúltima, y que pudo despedirse de su profesión con un gran papel y una interpretación excelente, la del buen señor Stein en *Lord Jim*, junto a verdaderos pares suyos como Eli Wallach y James Mason. Fue atento conmigo, y le habría dolido decir su adiós al lado del señor Presley. No debe inferirse de este último comentario que yo despreciara ni desprecie al señor Presley. Todo lo contrario. Poca gente habrá habido que lo admirara y lo admire más que yo (sin fanatismos), y sé que en eso tengo enorme competencia. No ha existido una voz como la suya, ningún vocalista de tanto talento ni tan variados registros, y además era un hombre agradable y bastante afable, mucho menos engreído de lo que estaba en disposición de ser con justicia. Pero el cine no. Se lo había empezado tomando en serio, y sus primeras películas no estaban mal, *King Creole* por ejemplo (admiraba tanto a James Dean que se sabía todos sus diálogos). Pero el problema del señor Presley, como el de tantos otros individuos de descomunal éxito, fue la prodigalidad excesiva a que se lo obligaba: cuanto más éxito tiene alguien y más dinero ingresa, más trabajo y menos libertades tiene. Quizá es que hay también otras gentes que ingresan dinero gracias a él, y entonces lo explotan, lo fuerzan a producir, componer, escribir, pintar o cantar, lo exprimen y lo chantajean, sentimentalmente, con su amistad, con su influjo, con ruegos, ya que las amenazas de poco sirven contra quien está en la cumbre. Bueno, amenazas puede haber siempre, por descontado. Así que Elvis Presley había rodado doce películas en seis años, además de multiplicarse en otras mil actividades diversas, al fin y al cabo el cine era en su tinglado una industria secundaria. Detrás de estos individuos siempre hay hombres de negocios y empresarios, a los que cuesta aceptar que de vez en cuando se pare la fábrica de lo que venden. En realidad yo no he visto a nadie tan explotado y que se esforzara tanto como el señor Presley, y a evitarlo no lo ayudaba el carácter, que no era malo ni arisco ni tan siquiera arrogante —en ocasiones sí pendenciero— sino más bien complaciente, le costaba decir que no, le costaba oponerse. Y así sus películas fueron cada vez peores y en ellas tuvo Presley que hacer cada vez más el ridículo, lo cual no era grato de ver para quien como yo lo admirase.

Él no se daba cuenta, o así parecía; o si se la daba aceptaba ese ridículo sin mala cara y hasta con un punto de orgullo, como parte de la tarea. Y como en el trabajo era esforzado y serio y además un entusiasta, no podía situarse por encima o burlarse de ninguna de sus partes. Supongo que con el mismo espíritu disciplinado y conforme se dejó crecer perdularias patillas en los años setenta y consintió en salir a los escenarios ataviado de mamarracho circense, con trajes de lentejuelas o flecos de fantasía y pantalones acampanados con raja, anchos cinturones de puta bisoña y taconadas botitas de duende, y una capa corta —una capa— que lo asemejaba más a Superratón que al probable modelo imitado, Supermán, imagino. Por suerte no lo traté en esa época, ni siquiera diez días, y en los años sesenta en que lo conocí no tuvo que rebajarse tanto, pero tampoco se vio libre de las extravagancias que se les ocurrían a otros, y me temo que fue en *Fun in Acapulco* donde le tocaron más fantochadas.

Cada vez que presenciaba el rodaje de una nueva escena yo pensaba: 'Oh no, Dios mío, eso no, señor Presley', y lo asombroso era que el señor Presley parecía no dar importancia a nada e incluso disfrutar del horror con su indudable capacidad de zumba. Yo no creo que estuviera satisfecho ni ufano, sino que no se atrevía a defraudar con reparos o con negativas a alguien cercano que hubiera tenido la delirante idea de turno, fuese el Coronel Tom Parker o el coreógrafo O'Curran o el propio productor Hal Wallis o incluso aquel cuarteto del nombre ofensivo, The Four Amigos, que tenían ocurrencias a pares. O quizá estaba tan confiado en sus dotes que pensaba que saldría airoso de cualquier barrabasada, lo cierto es que a lo largo de su carrera cantó de todo y en todas las lenguas —y para éstas no estaba desde luego dotado— sin que su prestigio se desplomara. Pero eso aún no lo sabíamos. 'Oh no, santo cielo, ahórrenle algo', pensaba yo cuando descubría que Presley iba a tocar la pandereta y a jugar con un sombrero mexicano rodeado de mariachis de feria —el Mariachi Águila y el Mariachi Los Vaqueros, para mí indistinguibles— mientras cantaban *Vino, dinero y amor* todos a coro en una cantina. 'Oh Señor, no lo permitas', pensaba cuando me anunciaban que el señor Presley había de vestirse de corto con chorreras en la camisa y faja escarlata para interpretar la solemne canción *El Toro* al tiempo que zapateaba. 'Oh no, por favor, qué opinará su padre cuando vea esto', pensaba mientras él acometía *Y el torero era una dama* con traje aproximadamente ranchero y haciendo ondear un capote taurino por encima de su repeinada cabeza o posándoselo sobre los hombros por el lado amarillo como si fuera un manto. 'Oh no, esto ya es ir demasiado lejos, esto es un regicidio', pensé cuando leí en el guión que en la última escena Presley debía cantar *Guadalajara* en español y al borde del precipicio, jaleado hipócritamente por todos los mariachis juntos. Pero esto es capítulo aparte, y no fue culpa mía el desastre idiomático.

Para eso me habían contratado. No ya para evitarlos, sino más aún, para que todo fuera pedantemente perfecto. Yo llevaba un par de meses en Hollywood haciendo lo que cayese, me había presentado allí con unas cartas de recomendación de Edgar Neville, a quien había tratado en Madrid un poco. No me sirvieron de mucho —casi todos sus amigos muertos o jubilados—, pero sí al menos para hacer algunos contactos y no morirme de hambre desde el principio. Me ofrecían trabajillos de una semana o dos, en un rodaje o en los estudios, como figurante o como chico de los recados, tanto daba, tenía veintidós años. Así que no di crédito cuando me llamó a su oficina Hal Pereira y me dijo:

—Oye, Roy, tú eres español de España, ¿verdad?

Mi apellido, Ruibérriz, no es fácil para los de habla inglesa, de manera que en seguida pasé a ser Roy Berry, la gente me llamaba Roy, allí fue mi nombre de pila o primer nombre como dicen ellos, y como Roy Berry aparezco en letra minúscula en los títulos de crédito de algunas películas del 62 y el 63, mejor no confesar en cuáles.

—Sí, señor Pereira, soy de Madrid, España —contesté.

—Estupendo. Escucha. Tengo una cosa fantástica para ti y además nos quitamos de encima un problema de última hora. Seis semanas en Acapulco, bueno, tres allí y tres aquí. Película con Elvis Presley. *Holiday in Acapulco.* —Así se llamó inicialmente, nunca estuvieron dispuestos a romperse el cráneo—. Él es un bañero trapecista, no sé, me incorporo mañana. Elvis tiene que hablar y cantar un poco en español, bien. Ahora se nos descuelga diciendo que no quiere tener acento mexicano sino español muy puro, como si lo hubiera aprendido en Sevilla, dice que se ha enterado de que la *c* se pronuncia distinto en España y así quiere pronunciarla, bueno, tú sabrás. Así que no nos sirven de nada los cien mil mexicanos que tenemos por aquí, quiere un español de España para que esté con él durante el rodaje y controle su distinguido acento. No tenemos muchos por aquí, españoles de España, para qué los queremos, es absurdo. Pero Elvis es Elvis. No aceptamos una negativa. Te contratará su equipo, estarás a sus órdenes y no a las nuestras. Pero en cambio te pagará la Paramount, Elvis es Elvis. Así que no esperes mejor salario que el que estás ganando esta semana. Qué dices. Salimos mañana.

No tenía nada que decir, o más bien me quedé sin habla. Seis semanas de trabajo seguro y fácil y junto a un ídolo, y además en Acapulco. Creo que por primera y última vez bendije el lugar de mi nacimiento, que no suele traer ventajas, y allá me fui para México a no hacer apenas nada, ya que eran bien pocas las frases en español que debía soltar el señor Presley a lo largo de la película, cosas como 'muchas muchachas bonitas', 'amigo' y 'gracias'. Lo más difícil era la canción *Guadalajara*, tenía que cantarla con su letra original entera, pero estaba programada para la tercera semana de rodaje y habría tiempo de ensayarla.

El señor Presley me tomó simpatía en seguida, era un hombre divertido y amigable y al fin y al cabo me llevaba sólo cinco o seis años, aunque a esas edades bastan para que el más joven reverencie al más experto, y más aún si éste es ya legendario. Lo del acento era en verdad un capricho, y además estaba incapacitado para pronunciar la *c* de Madrid, así que nos quedamos con la de Sevilla, yo le aseguré que aquella era la famosa *c* de España, aunque a él le resultó sospechoso que fuera tan parecida a la mexicana que quería evitar en principio. De manera que me empleó más como intérprete que como profesor de dicción castellana.

Era inquieto y necesitaba estar siempre activo, moverse de Acapulco en cuanto acababa la jornada, cogíamos el avión privado y nos íbamos unos cuantos a Ciudad de México —cabíamos cinco contando al piloto, era una miniatura, the five amigos—, o en varios coches hasta Petatlán o Copala, Presley no aguantaba pasar el día y la noche en el mismo sitio, aunque también se cansaba del nuevo lugar en seguida y volvíamos siempre a las pocas horas, a veces al cabo de unos minutos si lo que veía le desagradaba, quizá lo que lo atraía era sólo el trayecto. Pero también había trabajo a la mañana siguiente, con tanto desplazamiento dormíamos de dos o tres a siete, y a los tres o cuatro días los más excursionistas estábamos destrozados excepto Presley, su resistencia era incomparable, alguien en perpetua explosión, y acostumbrado a dar conciertos. El día se lo pasaba cantando o canturreando aunque no le tocara hacerlo, se notaba que le entusiasmaba, como una máquina cantora, ensayaba sin cesar con The Jordanaires o con los mariachis o hasta con The Four Amigos, y en el avión o en el coche, si la conversación no cuajaba, empezaba a tararear al poco trecho y los demás acabábamos acompañándolo, un honor canturrear con Presley, aunque yo desafinara mucho y él se riera y me insistiera con burla: 'Sigue, Roy, sigue tú solo, puedes hacer gran carrera'. (Alternábamos lentas y rápidas, y así yo le he hecho voces sobre las nubes de México en una de mis favoritas, *Don't*, o en *Teddy Bear* —páparabba, páparabba—. Esas cosas no se olvidan.) Su manía cantora hacía que todo el mundo anduviera un poco frenético en el rodaje o por lo menos excitado, el equipo de Wallis y el equipo de Presley, una vida musical continua no hay quien la aguante con equilibrio, quiero decir si no se es músico. Hasta el digno Paul Lukas, con sus ochenta años y su enorme fastidio, tarareaba a ratos sin darse cuenta, yo le oí entre dientes *Bossa Nova Baby*, vaya en su descargo que era muy pegadiza, seguro que él no tuvo conciencia. Presley la cantó junto a unos tipos con levitas verdes y panderetas.

Pero los más insoportables eran los que no sólo se dejaban envolver por la marea del canto y el tarareo incesantes, sino que lo procuraban, y azuzaban al señor Presley para sentirse a su altura o caerle en gracia, más elvíticos que Elvis. De estos había unos cuantos entre tripulación tan extensa, pero el más grotesco era McGraw, el magnate pueblerino, un hombre de unos cincuenta y cinco años —mi edad de ahora, qué espanto— que durante los dos días que visitó el rodaje se comportó no ya como si tuviera los veintisiete de Presley o los veintidós míos, sino catorce en pleno frenesí de púber nuevo. George McGraw era uno de tantos individuos impropios que Presley arrastraba por no se sabía bien qué razones, tal vez inversores fuertes de su tinglado, o gente de su zona natal a la que toleraba por eso o debía viejos favores, como el Coronel Tom Parker posiblemente. Entendí que George McGraw tenía empresas variadas en Mississippi y quizá en Alabama y Tennessee, en todo caso en Tupelo, donde había nacido Presley. Era uno de esos sujetos soberbios que no son capaces de corregir sus maneras despóticas aunque hayan dejado muy lejos las quinientas millas a la redonda en que tienen influjo sus negocios remotos y seguramente fraudulentos. Era dueño de un periódico en Tuscaloosa o Chattanooga o en la propia Tupelo, no recuerdo, todos esos lugares estaban a menudo en su boca. Al parecer había intentado que a la población en cuestión se le cambiara el nombre y se la conociera por Georgeville, y como había fracasado en sus pretensiones había rehusado ponerle el de la ciudad a su diario y lo había bautizado con el suyo primero: *The George Herald* nada menos, una represalia cotidiana y tipográfica. Así lo llamaban algunos a él con chanza, George Herald, reduciéndolo a un heraldo (he conocido luego a otros como él: editores, productores, empresarios culturales que se quedan en seguida con el sustantivo sólo). Recuerdo haberle hecho bromas al señor Presley con aquellos sitios de su zona originaria, le hacía mucha gracia que Tupelo pudiera significar en español lo que significa si se lo separa ('Your Hair', repetía reventado de risa), y también que nuestra palabra 'tupé' se le aproximara tanto. 'Parecen de mentira esos nombres', le decía yo, 'Tuscaloosa suena como una bebida alcohólica y Chattanooga como un baile, vamos a tomarnos unos tuscaloosas y a bailar el chattanooga', con el señor Presley todo marchaba bien si uno le gastaba bromas, era un hombre risueño, de risa fácil y pronta, quizá demasiado, una de esas personas tan poco exigentes que acaba por caerles bien todo el mundo, hasta los pelotas y los imbéciles. Esto resulta algo irritante, pero uno no puede enfadarse con esa clase de benditos. Además yo era un asalariado.

George Herald, quiero decir McGraw, presumía sin duda de su amistad con Presley y llegaba a imitarlo patéticamente: su pelo con tupé era un remedo lamentable, una masa en exceso compacta que de frente parecía un gorro de trampero como el de Davy Crockett y de perfil —puesto que cola de castor no lucía— uno de botones de hotel, aunque aquí le faltaba el barboquejo. Admiraba o envidiaba tanto a Presley que quería a la postre ser más que Presley, no irle a la zaga en nada, ser una especie de socio paternalista, como si los dos fueran cantantes de equiparable éxito y él el más veterano y dominante. Sólo que McGraw ni siquiera cantaba (salvo en los coros de avión en aquel desdichado viaje que para mí fue el último) y su enfermiza rivalidad era nada más imaginaria. Se apropiaba con descaro de las frases del cantante, y si éste nos decía a mí y al piloto una tarde: 'Venga, Roy, Hank, vámonos a FD', refiriéndose a Mexico City, Federal District en su lengua, y añadía: 'FD suena como un homenaje a Fats Domino, vámonos a Fats Domino' (admiraba mucho a ese músico), McGraw repetía la ocurrencia cien veces hasta privarla enteramente de su posible gracia, 'Camino vamos de Fats Domino, a Fats Domino nos vamos'. Acaba uno odiando el hallazgo. En su afán entre adulador y competitivo se pasó los dos días de su visita bailoteando exageradamente, estuviera donde estuviese (en la playa, en el hotel, en el restaurante, en el ascensor, en una aparente reunión de negocios), en cuanto oía unos acordes cerca o incluso a lo lejos, y algunos sonaban siempre en alguna parte. Bailaba con impudor como un loco falso, ayudándose de una toalla que se frotaba a gran velocidad por la espalda o por la zona posterior de los muslos como si fuera una mujerzuela, una visión denigrante, ya que era grandón tirando a grueso pero se movía como una adolescente histérica, sacudiendo la cabeza ancha de la que no se despegaba un cabello Crockett y haciendo girar sus pies muy pequeños como si fueran tornados. Y no paraba. En el avión, en el viaje de ida (bueno, para mí no hubo de vuelta), tuvimos que recomendarle a Presley que no canturreara cosas muy rápidas porque el dueño del *George Herald* se enfebrecía en seguida —los ojillos viciosos— y ponía en precario nuestro equilibrio aéreo. A McGraw no le gustaban las lentas, sólo *Hound Dog, All Shook Up, Blue Suede Shoes* y así, que le permitían enloquecerse y jugar con la toalla o con alguna estola o pañuelo que encontrara a mano, eran indecentes sus gestos. Puede que fuera lo que hoy llamarían algunos un criptogay u homosexual que disimula hasta consigo mismo, pero de hecho se jactaba de no dejar pasar a su lado a una tía comestible —su expresión— sin echarle mano o soltarle un requiebro zafio.

Aquella noche tenía la mira puesta —además de en Presley, a quien vigilaba patológicamente— en una actriz episódica de la película, una jovencita rubia que formó parte de nuestra expedición a DF, yo era fijo en todas para hacer de intérprete, Hank se escabullía cuando cogíamos los automóviles. Pero aquella noche volamos. La chica se llamaba Terry, o Sherry, se me ha escapado ese nombre, es raro o no tanto, y McGraw pretendía competir también en ese terreno con Presley, quiero decir que atacaba sin esperar a ver si el Rey tenía sus propios planes y eso era una falta de tacto además de iluso, sobre todo porque saltaba a la vista que la joven sí los tenía y que en modo alguno incluían a aquel magnate mastuerzo.

La culpa no fue de Presley ni mía o sólo en segunda instancia, sino de McGraw en primerísima, y no por otro motivo he hablado, muy a mi pesar, de aquel cabeza de trampero. Cuando entrábamos los cinco en una sala de fiestas o discoteca o taberna —cinco si habíamos volado a México; diez o quince si era en Acapulco, Petatlán o Copala—, lo normal era que en cuanto los parroquianos descubrían a Presley se armara un motín y abundaran los desmayos. En cuanto lo descubrían los dueños o encargados de los locales, ponían fin a ese revuelo por las bravas y expulsaban a las desmayadas para no molestarlo y que no se marchara al instante —yo he visto a matones de bar espantando muchachitas inofensivas a puñetazos, no nos gustaba eso pero no quedaba más remedio si queríamos tomar un tuscaloosa tranquilos o asistir a un chattanooga—. Y una vez restablecido el orden lo más frecuente era que atrajéramos sin excepción las miradas arruinando el espectáculo de los artistas de turno y todo se limitara a eso y a algún autógrafo furtivo. En una ocasión tuvimos un aviso de lo que ocurrió aquella noche, a unos jóvenes se les subieron los celos, se pusieron provocadores y dijeron inconveniencias graves. Preferí no traducírselas al señor Presley y convencerlo de que nos largáramos, y no hubo nada. Aquellos tipos llevaban navajas, y a veces se ve al capataz encarnado en cualquiera con la cartera abultada.

Fuimos a caer a un tugurio antipático y con mala vigilancia, o era que los matones estaban para proteger a los dueños antes que a ningún cliente, aunque fuera un famoso gringo. Nos metíamos donde se nos antojaba, según la pinta externa del antro y lo anunciado en sus carteles, fotos de cantantes o bailarinas mexicanas casi siempre, unas pocas brasileñas con el aire apócrifo. Había bastante gente en una atmósfera que se masticaba holgazana y bronca, pero era el tercer alto de nuestra velada y no andábamos exiguos de tequila, así que nos fuimos a una barra y nos pusimos en fila haciéndonos hueco con modales no del todo exquisitos, en el lugar no habrían pegado.

Al otro lado de la pista de baile había una mesa llamativa, eran siete u ocho con aspecto rico y a la vez poco educado, cinco hombres y unas tres mujeres, éstas tal vez alquiladas por noche o contratadas a diario, nos miraron insistentemente ellas y ellos pese a que dábamos la espalda a la pista y por lo tanto a su mesa contigua. Quizá eran tipos a los que gustaba ver bailar a los otros de cerca, las mujeres sí lo hacían pero de ellos sólo uno, el más joven, un individuo flexible con altos pómulos y facha de guardaespaldas, y esa facha la compartía con dos más que se estaban quietos, no dejaban solos a sus patrones ni un minuto. No parecían del local, resultaron serlo, uno de los patrones lo era también del sitio, un sujeto anodino en México, de unos treinta y cinco años con bigote y pelo rizado, pero en Hollywood lo habrían contratado como a un nuevo Ricardo Montalbán o Gilbert Roland o César Romero, era alto y apuesto y llevaba las mangas de la camisa muy subidas, enrolladas cuidadosamente y haciendo asomar unos bíceps que ponía a prueba a cada instante. Su socio o lo que fuese era un gordo de tez muy blanca, de extracción más europea, con el pelo planchado hacia atrás como si fuera un gomoso y en la nuca demasiado largo, las canas no se las teñía empero. En nuestro tiempo habría dicho que eran mafiosos lavados, pero esa expresión no se empleaba entonces: individuos fulminantes pero en principio intachables, propietarios de restaurantes o tiendas o bares y hasta de ranchos, empresarios con asalariados que los acompañan a donde vayan, y si hace falta los protegen de los peones y aun de algún capataz equivocado. El gordo sostenía en la mano un inmenso pañuelo verde con el que alternativamente se secaba la frente y aireaba la atmósfera como si espantara moscas o propiciara magias, invadiendo con él la pista un segundo.

No se armó mucho revuelo a nuestra llegada porque nos acodamos de espaldas y porque Hank, que era enorme, se interpuso entre el señor Presley y las tres o cuatro mujeres que al principio se nos acercaron, se interpuso muy disuasorio. Al cabo de unos minutos Presley giró en su taburete y miró hacia la pista, hubo un murmullo, él bebió como si no hubiera nadie y las voces se amortiguaron. Con su mirada a veces vidriosa tenía capacidad para aplacar a las muchedumbres, era como si no las viera y las anulara, o hacía leves gestos faciales que parecían prometer algo bueno para más tarde. Él mismo estaba pacífico entonces, bebiendo de su copa y mirando bailar a los hermanos mexicanos, era como si a ratos le entrara melancolía. No le duraba nada.

Pero George McGraw no tenía freno, un individuo exasperante y desde luego infatigable a la hora de realizar proezas, y si veía a Presley tranquilo, lejos de adecuarse e imitarlo en eso, aprovechaba para intentar brillar más y eclipsarlo, tarea vana. Quiso sacar a bailar a Sherry conminándola casi, pero ella no lo acompañó a la pista e hizo un mal ademán, se tapó la nariz como indicando que allí olía a tigre, y vi que eso no pasó inadvertido al gordo de la melenita aceitosa, que arrugó las cejas, ni tampoco al nuevo César Montalbán o Ricardo Roland, que tensó el bíceps derecho más de la cuenta.

Así que McGraw salió contoneándose solo con pasitos muy cortos, los ojos como botones encendidos por la rumba trompetera que estaban tocando, y no se abstuvo de desplegar su repertorio de movimientos pavorosos ni de lanzar aullidos inoportunos y agudos, parecían una burla de los gritos mexicanos de jaleo. Hank y Presley lo observaron divertidos, estallaron en carcajadas y la joven Sherry los siguió por contagio y cortejo. Aquel dueño del

George Herald era tan obsceno bailando que sus golpes de cadera furibunda importunaron a alguna mujer de la pista, y el guardaespaldas de los pómulos subidos, que se movía como una goma, lo mató en un parpadeo de sus ojos de indio, pero no se detuvo. Otros bailarines sí se pararon y se hicieron a un lado, no sé si por repugnancia o para contemplar a McGraw a sus anchas: éste daba tales sacudidas a su gorro de trampero o de botones que uno temía que pudiera salir despedido y malbaratarse, olvidando que lo llevaba pegado al cuero cabelludo y que lo tenía a salvo. El problema fue que no viajaba con su toalla y debía de juzgarla elemento indispensable del baile, así que en un momento de descuido en que el gordo de la tez blanca lanzó su pañuelo al aire para ventilar el ambiente, McGraw se lo birló sin miramiento y se lo colocó de inmediato a la espalda sujetándolo por dos puntas y empezó a restregárselo hacia arriba y luego hacia abajo con la celeridad acostumbrada que le conocíamos ya de sobra. El gordo dejó la mano inerte extendida, no la retiró en seguida, como si no renunciara a recobrar su querido pañuelo verde —un fetiche acaso— en el instante siguiente al de su pérdida. De hecho intentaba alcanzarlo desde su asiento cuando McGraw se le arrimaba en su danza, cada vez más indecoroso. Fue un momento de sus recorridos en que retuvo demasiado la prenda o se complació con ella en las nalgas lo que hizo perder la paciencia al gordo. Se alzó un segundo —vi que era un gordo muy alto— y arrebató el pañuelo al bailón irredento con fastidio. Pero éste se dio la vuelta ágilmente y, antes de que el gordo se sentara de nuevo, se lo quitó otra vez con un gesto imperativo, estaba acostumbrado a imponer su voluntad y sus órdenes, allí en Tupelo o en Tuscaloosa. El instante fue cómico, y no me gustó ver que a Gilbert Romero y a los suyos no les hacía ninguna gracia, porque gracia tenía, con el gordo y el semigordo disputándose la seda verde junto a la pista de baile. Y aún me gustó menos lo que vino a continuación: el gordo del pelo tieso trocó su expresión de impaciencia en una de cólera fría y de saña, y volvió a arrebatarle el pañuelo a McGraw de un manotazo a la vez que el guardaespaldas elástico le propinó un rodillazo en el riñón al magnate que lo hizo caer de hinojos, su baile parado en seco. Como si estuviera ensayado —pero no podía estarlo—, el siguiente movimiento raudo del gordo fue ceñirle el pañuelo al cuello a McGraw de rodillas y empezar a tirar de las puntas para estrangularlo allí mismo. La tela se adelgazó y tensó inverosímilmente y perdió todo vuelo en un segundo, quedó como una cuerda fina y desapareció su verde, una cuerda que apretaba. El gordo tiraba de las dos puntas con fuerza, la tez roja como un filete y la expresión despiadada, como quien anuda un paquete engorroso maquinalmente y con prisas. Creí que lo mataba en el sitio, como un relámpago y sin decir palabra, delante de cien testigos sobre la pista de baile, que en un instante se vació del todo. Confieso que no supe reaccionar, o quizá sentí que nos veríamos libres del magnate de pueblo, me limité a pensar (o lo pensé más tarde pero lo atribuyo a entonces): 'Lo mata, lo mata, lo está matando, nadie podía preverlo, la muerte puede ser tan idiota e inesperada como se cuenta, uno entra en un garito y no imagina que allí acaba todo de forma ridícula y en un segundo, uno, dos y tres y cuatro, y cada segundo que pasa sin que intervenga nadie hace más segura esta muerte irreversible, la muerte que está sucediendo, la estamos viendo, a un rico de Chattanooga lo mata un gordo con mal carácter en Ciudad de México ante nuestros ojos'.

Luego me vi gritando cosas en español en la pista, todos en ella, Presley agarrando de las solapas al hombre de goma que se zafó de una palmada seca, Hank con el pañuelo en la mano, le había dado un empellón al gordo que lo había devuelto a su asiento haciendo que se vertieran las copas de la mesa de Roland. Aquellos tipos no llevaban navajas o no solamente, eran bien adultos y no eran peones sino capataces y propietarios y llevaban pistolas, lo vi claro en los gestos de los otros dos matones, uno al pecho y el otro a un costado, aunque los frenó Montalbán abriendo una mano horizontal como si dijera: 'Cinco'. Hank era el más excitado, también él llevaba pistola siempre, no le había echado mano por suerte, se excita más quien tiene un arma cuando prevé que podría usarla. Hizo un ovillo con el pañuelo y se lo tiró al gordo de las malas pulgas diciéndole en inglés: '¿Está loco o qué? Ha podido matarlo'. Flotó la seda en su viaje.

—¿Qué ha dicho ese? —me preguntó Romero en seguida, ya se había dado cuenta de que yo era el único de la partida que hablaba la lengua.

—Que si está loco, ha podido matarlo —contesté automáticamente—. No es para tanto —añadí de mi cosecha.

La cosa no iba a mayores, ahora cada segundo que transcurría o jadeo haría disminuir la tensión, un altercado sin importancia, la música, el calor, el tequila, un extranjero comportándose como un crío mimado, se iba incorporando ayudado por Sherry, tosía violentamente, se lo veía asustado y sin comprender que a él pudiera habérsele hecho daño. Estaba bien, en realidad no había dado tiempo a gran cosa o el gordo era menos fuerte de lo que parecía.

—La nena vieja se puso pesada con el amigo Julio y Julio se cansa pronto —dijo Romero Ricardo—. Será mejor que se la lleven rápido. Váyanse todos, las copas están pagadas.

—¿Qué ha dicho? —me preguntó Presley en seguida. También tenía urgencia por entender, saber qué ocurría y qué se decía, lo vi deslizarse hacia la pendencia, el espectro de James Dean lo visitaba y me dio mala espina. Sus propias películas eran demasiado blandas para contentar a aquel espectro con ellas. Hank le hizo un gesto con la cabeza de que nos fuéramos, hacia la puerta.

—Que nos vayamos rápido. Nos invita a las copas.

—¿Y qué más? Ha dicho más.

—Ha insultado al señor McGraw, eso es todo.

Elvis Presley era amigo de sus amigos, al menos de los antiguos, tenía sentido de la lealtad y mucho orgullo y nadie le daba órdenes desde hacía muchos años. De la melancolía a la pendencia sólo hay un paso. Y su nostalgia del boxeo.

—Lo ha insultado. Ese tipo lo ha insultado. Primero intentan matarlo y después lo insultan. ¿Qué ha dicho? ¿Qué ha dicho, vamos? ¿Y quién es él para decir que nos vayamos?

—¿Qué ha dicho? —Le tocó ahora preguntarme a Roland César. Se ponían furiosos de no entenderse, eso altera los nervios cuando se discute.

—Que quién es usted para decir que nos vayamos.

—Han oído, Julio, muchachos, me pregunta el gachupín que quién soy yo para ponerlos en la calle —contestó Montalbán sin mirarme. Me extrañó (si es que dio tiempo a tanto) que dijera que yo preguntaba: preguntaba el señor Presley y yo sólo traducía, fue un aviso del que no hice caso, o el aviso lo recuperé tarde, cuando uno revive lo sucedido, o lo reconstruye—. Soy aquí el propietario. Aquí soy el dueño, por muy famoso que sea su patrón —repitió con un ligero trémolo de uno de sus bíceps móviles. Eran antipáticos, mi patrón no les impresionaba, no habían ido a saludarlo a nuestra llegada y ahora nos echaban—. Y les digo que se larguen y se lleven a la bailona. La quiero ya fuera de mi vista, no espero.

—¿Qué ha dicho? —Era el turno de Presley.

Me estaba cansando de aquel doble asedio cruzado. Miré a la bailona, como lo había llamado Romero, ya respiraba sin dificultades pero seguía atemorizado —brumosos los ojos chicos y psicopáticos—, tiraba de la cazadora de Hank para que nos fuéramos, Hank seguía haciéndole gestos con la cabeza ladeada a Presley, Sherry se encaminaba ya hacia la puerta, McGraw se apoyaba en ella, quizá abusaba o la toqueteaba, era de los que nunca escarmientan. El gordo Julio se había recompuesto en su asiento, tras el esfuerzo la blancura le había vuelto como una máscara, atendía a la conversación partida con las manos cruzadas (lucía anillos), como quien no ha descartado entrar en acción de nuevo.

Antes de responder a Presley me pareció oportuno decirle yo algo a aquel Ricardo:

—Él no es quien usted cree. Es su doble, sabe, su sosias, para hacer las escenas de peligro en el cine, estamos rodando una película allí en Acapulco. Se llama Mike.

—El parecido es tan logrado —intervino Julio con sarcasmo— que le habrán hecho la cirugía estética a Mike, como a las presumidas. —Se pasó el pañuelo por la frente, a aquellas alturas un asco.

—¿Qué han dicho? —insistía Presley— ¿Qué han dicho?

Me volví hacia él.

—Son los dueños. Es mejor que nos marchemos.

—¿Y qué más? ¿Qué habláis de Mike? ¿Quién es Mike?

—Mike es usted, les he dicho que se llama así, que usted es el doble de usted y no usted, pero creo que no se lo creen.

—¿Y qué han dicho de George? Has dicho que lo han insultado. Dime qué han dicho esos tipos de George, no pueden decir lo que quieran.

El último comentario fue una ingenuidad norte-
americana. Y aquí vino mi parte de culpa, Presley y yo la
tuvimos sólo en segunda instancia, McGraw sin duda en
primera, puede que yo sólo en tercera. Cómo podía expli-
carle en aquel momento al señor Presley que aquellos tipos estaban empleando el femenino para referirse a Mc-
Graw, la nena vieja, pesada, bailona, en inglés no existen
géneros y no iba a dar una lección en aquella pista. Miré
otra vez a la nena vieja y bailona —tengo su edad de entonces—, sonreía débilmente, se iba alejando cobarde,
empezaba a sentirse fuera de riesgo, tiraba de Hank,
Hank tiraba un poco de Presley ('Vámonos, Elvis, déja-
lo'), de mí no tiraba nadie. Señalé con la cabeza a César
Gilbert.

—Bueno, él ha dicho que el señor McGraw es
una maricona gorda —dije. Claro está que no dije eso,
sino en inglés su equivalente, en la medida de lo posible.
No pude evitar resumir así y no pude evitarlo, deseaba
que el dueño del *Herald* lo escuchara y no pudiera mostrarse déspótico pese a ello ni castigar a nadie ni hacer
nada sino tragarse el insulto. Y quería que los demás lo
oyeran, una niñería.

No conté con la puntillosidad de Presley y por un
instante olvidé al espectro. Habíamos bebido tequila todos. El señor Presley levantó un dedo, me apuntó con él
teatralmente y me dijo:

—Le vas a decir esto palabra por palabra al bigo-
tes, Roy, no te dejes ni una sílaba. Dile esto: Usted es un
matón y un cerdo, y la única maricona gorda es su amiguita del pañuelo. —Así dijo en inglés, con la boca torci-
da que se le ponía a menudo y que hacía desconfiar de él
a las madres de sus *fans* más jóvenes. Eran unos insultos
un tanto escolares, nada de cabrón o hijo de puta, esas
palabras tenían más peso en los años sesenta. Para 'maricona gorda' empleó el equivalente aproximado que yo ha-

bía sugerido, el femenino último fue literal, porque dijo 'girl-friend', que también puede ser 'novia', y no 'friend' a secas. Hizo una pausa mínima y con el dedo siempre en alto añadió—: Díselo.

Y yo se lo dije a Ricardo César, le dije en español (pero con titubeos):

—Usted es un matón y un cerdo, y la única maricona gorda es su amiguita del pañuelo. —En español sí dije 'maricona gorda' tal cual, y nada más soltarlas me di cuenta de que era la primera vez que esas palabras concretas se pronunciaban allí realmente, aunque no eran mucho más ofensivas que 'bailona' o 'nena vieja'.

Presley continuó:

—Dile esto también: Ahora nos vamos porque queremos y porque este lugar apesta, y espero que se lo quemen pronto con todos ustedes dentro. Díselo, Roy.

Y yo repetí en español (pero en tono menos hiriente que el suyo y en voz más baja):

—Ahora nos vamos porque queremos y porque este lugar apesta, y espero que se lo quemen pronto con todos ustedes dentro.

Vi cómo a Gilbert Ricardo le temblaron los bíceps como gelatina y se le retrajo una esquina del bigote, vi que el gordo Julio abría con aspaviento fingido una boca de pez y se acariciaba los anillos como si fueran un arma, vi que uno de los dos matones de la mesa se apartaba sin recato el faldón de la chaqueta y exhibía una culata en su funda como un villista de estampa. Pero Ricardo Romero volvió a extender la mano horizontal, otra vez como si indicara: 'Cinco', y eso no era tranquilizador del todo porque nosotros éramos cinco. Luego, con la misma mano, hizo una leve señal hacia mí con el índice hacia arriba, como si sostuviera una pistola y el pulgar fuera el seguro levantado. Sherry ya estaba en la puerta, también McGraw apretándose el riñón dañado, Hank tiraba de

Presley con una mano y la otra se la metió en el bolsillo y la mantuvo allí como si agarrara algo, de mí ya he dicho que nadie tiraba.

Presley se dio media vuelta en cuanto vio que yo lo había traducido todo y en dos zancadas estuvo con los demás en la puerta, la mano en la cazadora de Hank tenía un sentido inequívoco, también para los mexicanos, seguro. Yo los seguí, la puerta ya abierta, iba rezagado, todos iban hacia el exterior avivando el paso, ya estaban fuera, yo iba a salir tras ellos pero entonces el hombre de goma se entremetió entre el señor Presley y yo, me puso la espalda delante, era más alto y eso me hizo perder de vista a los demás un segundo, el hombre de goma salió también y en cambio entró el portero que vigilaba la calle y cerró la puerta antes de que yo pudiera atravesarla. Se colocó delante y me impedía el paso.

—Tú, gachupín, te quedas.

Nunca creí que fuera cierto que a los españoles nos llamasen de este modo en México, como tampoco aquello otro que nos contaban de niños, que si en México pedíamos 'Una copita de ojén' al ritmo de siete golpes en el mostrador de una cantina —o incluso si dábamos los siete golpes rítmicos sin decir nada—, nos dispararían sin mediar más palabra porque aquello era un agravio. En aquel momento no se me ocurrió averiguarlo, tampoco tenía ganas ni de ojén ni de nada.

Esta vez no me lo llamó Gilbert Montalbán sino Julio, y el gordo me parecía más iracundo y descontrolado, lo había visto anudando.

—Pero mis amigos ya se marchan —dije volviéndome—, tengo que irme con ellos. No hablan español, ya han visto.

—No te preocupes por eso. Pacheco los acompañará hasta el hotel, llegarán sanos y salvos. Por aquí no volverán, eso es seguro.

—Volverán por mí si no me dejan salir —respondí a la vez que miraba de reojo hacia atrás, la puerta no se abría.

—No, no van a volver, no sabrían —dijo ahora César Roland—. Ni siquiera tú sabrías volver acá si salieras. Seguro que ni te fijaste la calle que estamos, se alejaron ustedes un poquito del centro sin darse cuenta, les pasa a muchos. Pero no vas a salir, nos tienes que acompañar más esta noche, es temprano, contarnos cosas de la Madre Patria y a lo mejor volver a insultarnos, para que te oigamos más el acento.

Esto ya no me gustó nada.

—Mire —dije—, yo no los he insultado. Fue Mike, me dijo que les dijera y yo sólo traduje.

—Ah, no más tradujiste —intervino el gordo—. Lástima que nosotros no sepamos si fue así, el inglés no lo entendemos. Lo que ha dicho ese Elvis no lo hemos entendido nosotros, pero a ti sí, hablas muy claro, un poco golpeadito como todos allá en España, pero te oímos muy bien, vaya si te escuchamos. A él en cambio no, a tu patrón no pudimos, él hablaba en inglés, verdad, nosotros no lo hemos aprendido, tenemos pocos estudios. ¿Tú lo entendiste lo que dijo el gringo, Ricardo? —le preguntó a Gilbert o César, que en efecto se llamaba Ricardo.

—No, yo no lo entendí tampoco, Julito. Pero al gachupín sí, lo entendimos muy bien todos, ¿verdad muchachos?

Los muchachos y las muchachas no respondían nunca, parecían saber que su concurso en estas ocasiones era meramente retórico.

Volví la cabeza otra vez hacia la puerta, allí seguía el portero grande, casi tanto como Hank de grande, me indicó con la barbilla que me fuera hacia el interior del antro, 'Oh Elvis, ahora sí me has robado mi juventud', pensé. Habrían intentado volver a entrar al ver que yo no salía, Pacheco no los dejaría, los habría encañonado acaso. Pero Hank llevaba pistola y en la calle eran tres contra uno sin contar a Sherry, por qué no regresaban por mí, no perdía aún la esperanza, la perdí un instante después, cuando vi que el villista de la culata visible abandonaba la mesa y venía hacia mí, pero sólo para pasar de largo y seguir hasta la calle, el portero le franqueó el paso y cerró de nuevo en seguida, me plantó una mano en el hombro mientras abría, una mano pesada como un filete que me inmovilizaba. Tal vez el matón iba a ayudar a Pacheco el de goma, tal vez no iban a acompañar a los míos a ningún hotel —no había hotel, sólo avión— sino a ajustarles las cuentas como a mí los otros, sólo que fuera del local a ellos, dar el paseo se llama.

No sabía qué preferir, si que estuvieran impidiéndoles rescatarme o que me hubieran dejado en la estacada. Rescatarme. El único que podía sentirse obligado era el señor Presley, y aún: habíamos coincidido unos días, yo como asalariado o peón, eso era todo, y al fin y al cabo yo hablaba la lengua de allí y sabría manejarme; Hank no parecía mal tipo para abandonar a nadie, pero era capataz y su principal deber era velar por el señor Presley y hacerlo regresar ileso tras aquel mal encuentro, lo demás era secundario, ya me buscarían más tarde, cuando el Rey estuviera lejos y libre de todo riesgo, qué ruina si le sucedía algo, para tantos. Yo en cambio no arruinaba a nadie. En cuanto a McGraw y la chica, McGraw me habría dejado allí hasta el fin del infierno y no sería para reprochárselo, yo no había movido un dedo mientras lo estrangulaban en una pista a los sones de una rumba. La música empezó a sonar de nuevo, se había interrumpido con el altercado de grupo, no con la muerte que pareció llegada. Recibí un empujón en la espalda —aquel filete tan crudo— y caminé hasta la mesa de Ricardo, me había instado a sentarme señalando con la mano el asiento vacío desocupado por el matón villista. Lo hizo con ademán amigable, llevaba al cuello un pañuelo granate muy pulcro y bien colocado, sólo me quedaba tratar de hacerme perdonar las palabras que no eran mías pero habían estado en mis labios o sólo a través de ellos se habían hecho reales, era yo quien las había revelado o descifrado, era increíble aquello, cómo se me podía culpar de lo que no procedía de mi cabeza ni de mi voluntad ni de mi ánimo. Pero había salido de mi lengua, lo había posibilitado mi lengua, desde ella lo habían captado y de no haberlo traducido aquellos hombres se habrían quedado sólo con el tono de Presley, y los tonos carecen de significado, aunque los representen o imiten, o los insinúen. No se mata por los tonos. Yo había sido el mensajero, el intermediario, el verdadero emisor, el intérprete, a mí me habían entendido y quizá no querían problemas graves con alguien tan importante y famoso como el señor Presley, hasta el FBI habría cruzado la frontera para cazarlos si le hubieran hecho un rasguño, los mafiosos pequeños saben antes que nada con quién pueden meterse y con quién no pueden, a quién pueden escarmentar y a quién hacer sangre, como lo saben los capataces y los empresarios, no así los peones.

Los acompañé aquella noche eterna, a todo el grupo, las mujeres y los hombres, fuimos a un montón de locales, nos sentábamos en torno a una mesa y veíamos unos bailes o una canción o un *striptease,* nos íbamos luego a otro. No sé dónde estuve, cada desplazamiento lo hacíamos en varios coches, yo no conocía la ciudad apenas, miraba los rótulos de algunas calles o plazas, se me quedaron algunos nombres y no he vuelto a Ciudad de México, sé que no regresaré a ese sitio pese a que Ricardo rondará ahora los setenta años y el gordo Julio está muerto desde hace siglos. (Los matones no habrán durado, es gente de vida desperdigada y breve.) Doctor Lucio, Plaza Morelia, Doctor Lavista, se me grabaron esos pocos nombres. Me asignaron —o fue elección suya— la compañía del gordo durante la velada, era él quien me daba más charla a ratos y me preguntaba de dónde era y por Madrid al decírselo, cómo me llamaba y qué hacía en América, por mi vida y mi corta historia que quizá empezó entonces, tal vez necesitaba él saber a quién iba a matar aquella noche más tarde.

Recuerdo que me preguntó:

—¿Qué es eso de Roy? Te llamó así tu patrón, ¿verdad? Ese no es un nombre nuestro.

—Me llaman así para abreviar, me llamo Rogelio —mentí. No iba a darle el verdadero.

—Rogelio qué más.

—Rogelio Torres. —Pero casi nunca miente uno del todo, mi apellido completo es Ruibérriz de Torres.

—Yo he estado en Madrid una vez, hace años, me alojé en el Hotel Castellana Hilton, lindo. Se pasa bien por la noche, mucha gente, muchos toreros. De día no me gustó, un lugar sucio y con demasiados policías por las calles, parece que teman a los ciudadanos.

—Más bien los ciudadanos los temen a ellos —contesté—. Por eso me he marchado.

—Ah muchachos, es un rebelde.

Intentaba ser parco en mi información y a la vez cortés en el trato, no me daban mucha ocasión de mostrarme simpático. Conté alguna anécdota a ver si les resultaba ameno o chistoso, pero no estaban dispuestos a verme la gracia. Cuando alguien nos pone la proa no hay nada que hacer, nunca nos reconocerá ningún mérito y antes se morderá carrillos y labios hasta hacerse sangre que reír con lo que uno dice (a menos que sea mujer, ellas sí ríen en todo caso). Y de vez en cuando uno u otro recordaban el motivo de mi presencia allí, lo recordaban en voz alta para que nadie se enfriase:

—Ay, por qué nos querrá tan mal el muchacho —decía de pronto Ricardo tras fijar en mí la vista—. Esperemos que no se hayan cumplido sus deseos durante nuestra ausencia y nos encontremos El Tato reducido a cenizas a nuestra vuelta. Sería muy penoso.

O bien me decía Julio:

—Pues que fuiste a escoger una palabrita bien fea, Rogelito revoltoso, por qué tuviste que decirme maricona, podías haberme dicho sarasa. Esa me habría dolido menos, ya lo ves cómo son las cosas. Las sensibilidades son un gran misterio.

Yo intentaba argumentar cada vez que me venían con esto: no había sido yo, sólo había transmitido; y ellos tenían razón, McGraw se lo había buscado y Mike no había sido nada justo. Pero era inútil, se acogían siempre a la idea extravagante de que era a mí solo a quien habían oído y comprendido, qué sabían ellos de lo que decía en inglés el cantante.

Las mujeres también me dirigían la palabra en algún momento, pero ellas sólo tenían curiosidad por Elvis. Yo me mantuve firme y no me desdije, aquel era su doble y al verdadero Elvis apenas lo había visto por el rodaje, era muy inaccesible. En el tercer local apareció Pacheco y me sobresalté mucho al verlo. Se acercó hasta Ricardo y le contó al oído con sus ojos de indio mirándome, el gordo Julio arrimó la silla y se llevó mano a la oreja para escuchar el informe. Luego Pacheco salió a bailar, le gustaban las pistas. Ricardo y Julio no dijeron nada, pese a que yo los miraba con expresión interrogativa y seguramente aprensiva, o quizá por eso callaron, para inquietarme. Por fin me atreví a preguntar:

—Perdone, señor, ¿sabe si llegaron sanos y salvos mis amigos? El otro señor los acompañaba, ¿no?

Ricardo me echó el humo de su cigarrillo a la frente y se sacó una brizna de tabaco de la lengua. Aprovechó para palparse el bigote y contestó tensando su bíceps (era casi un tic aquello):

—Eso no lo podemos saber nosotros. Parece que va a haber tormenta esta noche, así que ojalá y se estrellen.

Miró hacia otro lado deliberadamente y no me pareció aconsejable insistir, y además entendí lo bastante. La frase no tenía sentido si no se refería al vuelo, así que Pacheco debía de haberlos conducido hasta el aeródromo de las afueras en que habíamos aterrizado y ahora se lo habría contado a Ricardo: nada de hotel, un avioncito, de otro modo Ricardo no podía estar enterado, nadie mencionó el aeroplano en El Tato ni tampoco yo luego. Ahora sí me sentí perdido, si Presley y los otros habían despegado rumbo a Acapulco me tocaba despedirme. Tuve una sensación de tajo y abismo, de abandono y lejanía enorme o telón echado, mis amigos ya no estaban en mi mismo territorio. Y lo que nunca se me ocurrió pensar, ni entonces ni a lo largo de los cinco días siguientes, fue que el abismo se haría o se había hecho mucho mayor en seguida y su territorio más remoto, que levantarían el campo inmediatamente en vista de lo sucedido, alarmados por McGraw y Sherry y Hank, convencidos de la inseguridad manifiesta de aquel país para Presley; ni que en Acapulco quedaría sólo, cuando yo llegara maltrecho al cabo de esos cinco días —cinco—, el equipo de segunda unidad del que aún hoy hablan los folletos, en parte para rodar material inerte y en parte como destacamento por si yo aparecía; ni que a partir de aquella noche el señor Presley jamás habría pisado México sino que habría interpretado su papel entero del trapecista Mike Windgren en un estudio, mi idea del doble fue aprovechada; ni que yo no lograría estar presente para la escena cumbre de *Guadalajara* cantada, que habría de convertirse por ello en la más disparatada demostración de español jamás oída en disco o vista en pantalla, Presley la canta entera con toda la letra y no se le entiende nada, un lenguaje inarticulado: cuando se acabó de rodar la escena todos le daban palmadas y lo felicitaban hipócritamente según me contaron ('Mucho, Elvis'), él creyó que su ininteligible pronunciación era perfecta y nadie lo sacó del error, quién se atrevía. Elvis era Elvis. Nunca hice muchas averiguaciones, pero parece que fue así, que obligaron al señor Presley a dejarme colgado, primero Pacheco con sus amenazas o su pistola, luego McGraw y el Coronel Tom Parker y Wallis con sus grandes pánicos. A uno no le gusta pensar que lo ha defraudado un ídolo.

Me sentí perdido y tenía que largarme, escapar de allí, pedí permiso para ir al lavabo, me lo dieron pero vino conmigo el otro guardaespaldas, el de pistola en la axila, un tipo perezoso y rechoncho que se mantenía a mi lado siempre, en los locales y también en los automóviles durante los trayectos entre uno y otro. En realidad me habían arrastrado toda la noche como a un paquete vigilado, sin hacerme mucho caso y como parte de un séquito, asustándome para divertirse un rato de vez en cuando, ni siquiera me había constituido en su principal entretenimiento, era un grupo algo cansino y poco imaginativo, debían de reunirse casi todas las noches los mismos y estarían hartos. Yo era una novedad, pero seguramente me engulló la rutina, debía de poder con todo.

Y fue en el cuarto local, o era el quinto (se me hizo difícil llevar la cuenta), donde se cansaron del todo y dieron por concluida la velada.

Habíamos salido de la ciudad unos kilómetros, no supe si por sur o norte, este u oeste. Era un sitio de carretera y de última hora, rodeado ya de campo, se reconoce esos sitios en cualquier parte del mundo, se va sólo por alargar, con desgana y de retirada. Había muy poca gente y al cabo de unos minutos hubo aún menos, de hecho nos quedamos nosotros solos, dos chicas muy fatigadas, Pacheco, el rechoncho, Ricardo y Julio, el encargado y un camarero sirviéndonos, parecían todos amigos o incluso subalternos los últimos, tal vez Ricardo era también propietario de aquello, o quizá lo era su socio el gordo. Ricardo había bebido mucho —quién no— y sesteaba un poco, caído sobre el escote de una de las mujeres. Eran hampones de poca monta, lavados, sus crímenes no organizados.

—Por qué no acabas ya y nos vamos a dormir, ¿eh Julito? —le dijo con un bostezo.

Acabar qué, pensé entonces, no habían iniciado nada. Acaso iba a aplicarme un castigo el gordo, o quizá me dejarían. Pero no habían cargado conmigo la noche entera para luego nada. O quizá me ejecutara el gordo, el pensamiento pesimista convive siempre con el optimista, el osado con el temeroso, y viceversa, nada va solo y sin mezcla.

El gordo Julio tenía manchas de sudor en la chaqueta clara, tanto sudor tenía que calaba la camisa y alcanzaba la chaqueta, el pelo planchado lucía más gris y se le había rebelado durante la noche eterna, la melenita en la nuca se le había rizado, casi caracolillos le hacía. La tez blanca era ahora pálida, había hastío en sus ojos, había también mala índole. De pronto se levantó con su gran altura y dijo:

—Está bien, como quieras. —Me puso una mano en el hombro (la suya era más como un pescado, húmeda y con olor y como con chapoteo al hacer contacto) y añadió dirigiéndose a mí—: Anda muchacho, vente conmigo un rato. —Y señaló hacia una puerta trasera con ventanuco, a través de él se adivinaba vegetación o follaje de árboles, parecía dar a un jardincillo o huerto.

—¿Dónde? ¿Dónde quiere que vayamos? —exclamé alarmado, y se me notó el miedo. No pude evitarlo, tenía un agotamiento nervioso, así se llamaba entonces a aquel estado.

El gordo me agarró del brazo y me levantó de un tirón violento. Me lo dobló y me lo inmovilizó a la espalda. Tenía fuerza, pero había hecho esfuerzo para ejercerla, eso se percibe siempre.

—Ahí atrás, a charlar tú y yo un ratito más sobre mariconadas antes de irnos todos a la cama. También tú has de dormir, que el día habrá sido muy largo y la vida en cambio es corta.

El arranque de aquel día se perdía en un tiempo remoto. Habíamos rodado escenas en Acapulco por la mañana, con Paul Lukas y Ursula Andress, parecía imposible. Él no sabía cuán lejos quedaba eso.

Los otros no se movieron, ni siquiera para mirar, era cosa personal del gordo y en esas cosas no hay testigos. Con la mano izquierda me empujó hasta la puerta trasera, con la otra me retorcía el brazo, una puerta de vaivén que se quedó oscilando, salimos al aire libre, sí se anunciaba tormenta para aquella noche, corría ya un viento cálido y se agitaban los arbustos, más allá la arboleda de un soto, eso me pareció al pisar hierba y al sentirla contra la cara al instante, hierba seca, el gordo me derribó de un puñetazo en un costado sin más espera, ya no iba a andarse con dilaciones. Sentí en seguida su peso enorme sentado sobre mi espalda a horcajadas y a continuación algo en el cuello, el cinturón o el pañuelo, tenía que ser el pañuelo verde que hubo de interrumpir su tarea unas horas antes y ahora la reanudaba sobre mi garganta, el paquete por fin anudado. No era sólo su mano, todo el gordo olía a pescado y su sudor destilaba, y ahora no había música ni rumba ni trompetas ni nada, sólo el ruido del viento sublevándose o acaso huyendo de la tormenta, y el chirrido del vaivén de la puerta por la que habíamos salido al escenario de mi muerte imprevista, un jardín trasero en las afueras de Ciudad de México, cómo podía ser cierto, uno entra en un garito y no imagina que ahí empieza el fin y que todo acaba de forma oculta y ridícula bajo la presión de un pañuelo arrugado y grasiento y sucio y pasado mil veces antes por la frente y el cogote y las sienes de quien nos mata, me mata, me mata, me está matando, nadie podía preverlo esta mañana y todo acaba en un segundo, uno, dos y tres y cuatro, nadie interviene y ni siquiera me mira nadie cómo muero de esta muerte segura que está sucediendo, me mata un gordo que no sé quién es, sólo que se llama Julio y es mexicano y lleva esperándome sin saberlo veintidós años, mi vida es corta y se acaba contra la hierba seca de un jardín trasero en las afueras de Ciudad de México, cómo puede ser cierto, no puede serlo y no es porque de pronto me vi con el pañuelo en la mano —flotó la seda— y lo rasgué con rabia y había descabalgado al gordo con el esfuerzo de mi negra espalda y de mis desesperados codos que se clavaron como pudieron contra sus muslos, quizá tardó demasiado el gordo en anudar mi garganta y se le fue la fuerza como tardó demasiado en atar la de McGraw para llevarlo al infierno, no basta el primer impulso para estrangular a alguien, ha de ser sostenido durante más segundos, cinco y seis y siete y ocho y aún más, más todavía porque cada segundo de esos es contado y cuenta y aquí sigo y respiro, uno, dos y tres y cuatro y soy yo ahora quien agarra un pico y corro con él alzado para clavárselo en el pecho al gordo que está caído y no puede levantarse rápido, como si fuera un escarabajo, las manchas de sudor me indican dónde debo golpear con el pico, allí hay carne y allí hay vida y tengo que acabar con ellas. Y clavo el pico una y dos y tres veces con un ruido como de chapoteo, lo mato, lo mato, lo estoy matando, cómo puede ser cierto, está sucediendo y es irreversible y lo veo, ese gordo se levantó esta mañana y no me conocía siquiera, se levantó esta mañana y no imaginó que no volvería ya a hacerlo porque lo mata un pico que aguardaba tirado en un jardín trasero desde hacía mil años, un pico para hendir la hierba y también para cavar una tumba imprevista, un pico que quizá no conocía antes la sangre, esa sangre que aún huele más a pescado y es siempre húmeda y brota, y mancha al viento que huye de la tormenta.

Se acaba entonces también el agotamiento, ya no hay cansancio ni turbiedad pero acaso tampoco conciencia, o sí la hay pero no se domina ni se controla ni ordena, y mientras uno emprende la huida y empieza a contar y a mirar atrás va pensando: 'He matado a un hombre, he matado a un hombre y es irreversible y no sé quién era'. Y el tiempo verbal con que piensa es sin duda ese, uno no se dice 'quién es' sino inexplicablemente ya 'quién era', y no piensa si está bien ni mal ni justificado ni si hubo otro remedio, sólo piensa en el hecho: he matado a un hombre y no sé quién era, sólo que se llamaba Julio y le decían Julito y era mexicano, había estado una vez en mi ciudad natal alojado en el Castellana Hilton y tenía un pañuelo verde, eso es todo. Y él no sabía nada de mí esta mañana ni tampoco ha conocido mi verdadero nombre ni yo sabré más de él nunca. No sabré de su infancia ni de cómo era entonces, ni de si fue a un colegio para sus pocos estudios entre los que el inglés no estuvo, no sabré quién es su madre o si vive y le darán la noticia de la imprevista muerte de su gordo Julio. Y uno piensa en eso aunque no quiere pensarlo porque ha de escapar y correr ahora, nadie sabe lo que es ser perseguido si no ha pasado por ello y la persecución no ha sido constante y activa, llevada a cabo con deliberación y determinación y ahínco y sin pausa, con perseverancia o con fanatismo, como si los perseguidores no tuvieran otra cosa que hacer en la vida que darle a uno alcance para ajustarle las cuentas. Nadie sabe lo que es ser perseguido así durante cinco noches y cinco días si no ha pasado por ello. Tenía veintidós años y no volveré nunca a México aunque Ricardo ronde los setenta ahora y el gordo esté muerto desde hace siglos, yo lo he visto. Aún hoy extiendo mi mano horizontal y la miro y con ella me digo: 'Cinco'.

Sí, era mejor que no pensara y corriera, que corriera sin parar hasta donde me aguantara el alma que ya no tenia turbiedad ni cansancio, todos mis sentidos despiertos como si acabara de levantarme tras el largo sueño, y mientras me adentraba y me perdía en el soto y sonaban los primeros truenos oí con claridad a través del viento los pasos envenenados que se ponían en marcha con la urgencia del odio para destruirme, y la voz de Ricardo que gritaba a través de ese viento:

—Lo quiero ya, lo quiero ya muerto y no espero, traedme la cabeza de ese hijoputa, lo quiero ver desollado y con brea y plumas por todo el cuerpo, degollado y desollado, un despojo lo quiero, para que ya no sea nadie y así se pare mi odio que me fatiga tanto.

Un sentido de camaradería

Salí a fumar un cigarrillo, el cura se estaba alargando. Me acerqué hasta la balconada, ante mis ojos el campo de Ronda, una gran extensión dominada desde lo alto pero no muy alto, una visión en cinemascope, se sentía la anchura más que la altura, una vista parecida a la que había contemplado otras veces desde el hotel famoso con la estatua negra e incongruente del poeta Rilke a la espalda, también le enseñan a uno su habitación no alquilable, un minúsculo museo. Apoyé el pie sobre el barandal inferior de la balconada, mi pie un poco alzado, encendí el pitillo contra el viento sin trabas, o era sólo un aire fuerte que estimulaba y no molestaba, el de un día despejado de primeros de marzo, todavía invierno para el calendario.

Como si lo hubiera animado o contagiado —casi nunca se sale una sola persona de los actos públicos, se sale una y otras la imitan envalentonadas, aunque sea en mitad de un concierto o de una conferencia, el erudito o el músico balbucean un instante y se descorazonan, sus palabras o sus notas sin querer vacilan y un segundo se hunden—, otro hombre salió tras mis pasos, no se demoró ni diez segundos. Apoyó un pie pequeño lo mismo que yo, sobre el barandal, a una distancia de tres zancadas a mi izquierda, sacó un mechero brillante que habría de andar recargando, guareció la llama con su mano.

—Ese cura se está alargando —dijo—, parece que hay para rato. —En seguida le noté el acento andaluz, pero no muy pronunciado, como corregido y controlado, seguramente era alguien que casi lograba disimularlo cuando no estaba en su tierra y que lo recuperaba fácil cuando volvía a ella, un hombre mimético e indeciso—. No sé yo por qué tiene que haber tanta homilía. —Pensé que no era esa seguramente la palabra apropiada para las disquisiciones más o menos matrimoniales que estaba soltando aquel cura verboso a los contrayentes, pero hace mucho que no voy por iglesias e ignoro el término exacto, amonestaciones, admoniciones, no, eso me suena que las reciben antes los novios, sean lo que sean, que no tengo idea.

—Hombre —dije—, el cura tiene que aprovechar sus oportunidades. Para una vez que se le habrá llenado el templo...

—No se crea —respondió el individuo—, aquí en el sur no andan tan despojados como en otros sitios. Me llamo Baringo Roy. ¿Es usted del novio o de la novia?

Me pregunté si habría querido decir lo que había dicho o si le había salido por 'despoblados'. Había soltado sus dos apellidos con naturalidad y sin énfasis, como si fuera un árbitro de fútbol, como quien acostumbra a utilizarlos siempre, García Lorca o Sánchez Ferlosio. Sólo que llamándose de primero algo tan infrecuente como Baringo, no veía uno necesidad de segundo.

—De ninguno de los dos, supongo. He venido desde Madrid acompañando a una amiga que no conduce. Ella es prima del novio, pero yo no los había visto nunca hasta ahora, ni a él ni a la novia. Bueno, aún no les he visto las caras siquiera, sólo avanzar por la nave y luego ante el altar, de espaldas.

Se volvió hacia mí, hasta aquel momento sólo había imitado mi postura, el pie sobre el barandal inferior, mirando al frente a los campos anchos y amenos, ladeando un poco el cuello al presentarse, sin llegar a torcerlo.

—Ah, esa prima guapita de Madrid, ya la he visto —dijo—. Cómo se llama, María, ¿no? Me la han presentado hace un instante.

—Sí, esa guapita —contesté, y pensé que el diminutivo no le habría sentado muy bien a ella, de haberlo oído. Ya se lo contaría yo, para burlarme un poco—. Y usted qué, de la novia —añadí, proponiéndolo más que preguntándolo. Lo dije por corresponder, me traía sin cuidado, no sentía curiosidad alguna por aquella gente, sólo estaba haciéndole un favor a María, que va mucho a bodas, yo no voy nunca, si me toca me escurro y mando en mi lugar un buen regalo.

—Bueno —respondió Baringo—, soy de los dos, a los dos los trato. Pero más de la novia en realidad, la conocía ya de antes. No mucho antes que a él, pero sí algo antes. Y a ella la conocí también antes, antes de que la conociera él, me refiero.

Como no prestaba atención apenas, aquello me pareció un lío, pero no estaba dispuesto a que me lo aclarara, me traía sin cuidado, la gente da a menudo demasiadas explicaciones sin que se las pida nadie, hay mucha a la que le resulta vital puntualizar y dejar muy claras sus insignificancias ante los desconocidos, es gente con tiempo, así son los andaluces premiosos, otros son muy taciturnos y hay que arrancarles los vocablos, otros son ligeros y rápidos. Será de los premiosos, pensé, y ahora me volví también yo hacia él, por vez primera, y lo miré mejor. Era de mediana estatura y tirando a corpulento, un poco cuadrado, no tanto para sospecharle gimnasio diario, quizá era su constitución tan sólo. Llevaba unas gafas con montura de carey muy claro, le hacían los ojos chicos, un miope considerable, también le daban un aire levemente profesoral que no acababa de casar con su tez muy tostada, del mismo color que sus labios gruesos, como si ambas cosas, tez y labios, formaran un continuum de tonalidades. Vi que iba muy puesto incluso para asistir a una boda, e intenté descifrar en qué consistía el exceso. No fue difícil: el corte de su traje (también su corbata), aunque de un gris algo pálido para estar aún en invierno, hacía pensar en un chaqué indefectiblemente, un chaqué falso o aproximado, que le confería un aspecto de novio suplente o segundo novio, más que de mero invitado.

—Ya —dije, más que nada para corresponder a su pausa y evitar que empezara a explicar su trabalenguas previo.

Al darle yo la cara él giró de nuevo, para mirar hacia la iglesia ahora, apoyados los codos en la barandilla. Hizo con la cabeza un gesto hacia aquella iglesia, como si la señalara con las cejas. Ese gesto lo repitió aún dos veces antes de hablar de nuevo, como si con él tomara carrerilla. Dijo:

—A la novia, sabe usted, yo me la he tirado.

Debo reconocer que me hizo gracia, y quizá pensé: Ah, un despechado. No había en el comentario tanto desprecio ni fanfarronería cuanto un elemento de puerilidad irresistible que estoy harto de ver en los hombres, también alguna vez en mí mismo. No me gustan los que alardean de esa clase de hazañas, con frecuencia falsamente, pero en él había, en principio al menos, más un tono de reivindicación posesiva que de simple jactancia. Pensé: Una de dos: o esto no lo sabe nadie y él ha estallado mientras la ve casarse, ha tenido que soltárselo a alguien —bien elegido, no peligroso, un forastero— mientras la ve alejarse, o bien lo sabe todo el mundo —fueron novios o pareja, por ejemplo— y lo que él no ha soportado es que hubiera aquí un individuo, uno de Madrid indiferente, no enterado de su pasado vínculo. Y como me hizo gracia su aserto, no pude evitar responder con una ocurrencia algo bromista, a menudo no sé aguantarme las bromas ni las ocurrencias.

—Bueno —dije—, imagino que no será el único.

—¿Qué quiere decir con eso? —Se puso en guardia al instante.— No señor, no malinterprete, que no habrá muchos que puedan afirmar lo mismo.

Había ofendido el buen nombre de la novia, que, según muy antiguos cánones, él había ofendido primero ante un completo desconocido y en medio del sacramento. Cómo ha cambiado todo, pensé. Todavía no ha empezado el xxi propiamente y el noventa por ciento de la literatura española del siglo xx es ya una antigualla en sus asuntos al menos, algo tan remoto como Calderón de la Barca. Al museo, Valle y Lorca y tantos otros que vinieron luego, son ya pura arqueología.

—No, si yo no la conozco, ya le he dicho, estoy aquí de prestado. Pero vamos, que esa novia rondará los treinta, y en fin, lo normal, como todo el mundo, habrá tenido alguna experiencia. Mejorando lo presente —añadí sin poder contenerme—. ¿Lo sabe el novio?

Baringo Roy se alzó un poco las gafas con el dedo corazón de su mano izquierda, mientras con la derecha me ofrecía su cajetilla. Le cogí un pitillo, no respondió hasta que hubimos encendido ambos con su ostentoso mechero, la llama guarecida por nuestras cuatro manos del aire rondeño que corría sin impedimentos.

—Sabe y no sabe —dijo, tras acodarse de nuevo sobre la barandilla dando la espalda al paisaje—. Es un imbécil. Sabe, sabe, pero a la vez no puede ni imaginárselo. Yo a su novia, que estará ahí con su velo y su ramo venga a soltarle promesas —y volvió a señalar hacia la iglesia, quizá esta vez con una y no con dos cejas—, la he tenido, sabe usted, como he querido. A mis pies, de rodillas, encima, debajo, de frente, de espaldas, de lado y en ángulo. Una fiera. Conmigo, una fiera. —Y levantó un índice en dos tiempos, como dibujando una voluta en el aire.

No me caía mal aquel tipo, Baringo Roy. Quizá estaba despechado en efecto y además era algo chulo, pero más en lo que decía que en el tono empleado. No había exactamente despecho en aquel tono, ni ganas de humillar a los contrayentes. No era eso lo que lo impelía a hablar, su indiscreción parecía responder más bien al deseo de establecer una verdad en un momento crucial aunque inadecuado, de hacer constar unos hechos. No es que se expresara con desapasionamiento (había habido vehemencia, y también estima, al decir 'una fiera'), pero su tono tampoco denotaba rabia ni afán de venganza, deseo de desprestigiar la ceremonia que se celebraba en aquel instante ni rencor hacia la novia, ni hacia el novio siquiera. Tenía claro que era un imbécil, pero eso era todo, así lo había calificado como quien enuncia algo sabido y manifiesto, no tanto su opinión o su particular insulto cuanto una idea comúnmente aceptada. Y como no me caía mal aquel Baringo, seguí dejándome llevar por las bromas que suele propiciar ese sentido de camaradería que se da de inmediato entre los varones si no se atacan ni rivalizan, hoy tan mal visto ese sentido. Uno suele saber en seguida cómo son los otros porque lleva viéndolos la vida entera, lleva viéndolos desde niños, en el colegio y en la calle. Muchas veces los desaprueba o hasta los detesta al primer vistazo, pero es por lo mismo, porque uno los 've' casi siempre, los comprende o los reconoce o se reconoce, sabe que podría ser como el peor de ellos sin demasiado esfuerzo, al contrario: el esfuerzo lo hacemos constantemente para no ser como los peores de ellos. Así que le dije:

—Bueno, si se pasaba de fiera a lo mejor no hace usted mal negocio con que se encargue el novio. A ver si iba usted a fatigárseme.

Me miró como a un renacuajo, aunque yo le sacaba unos cinco centímetros de estatura. Su expresión fue tan inequívoca que creí que le iba a salir ya del todo su vertiente chulesca: Qué dices chalao, algo de ese estilo. No llegó a tanto, quizá porque no era mi impertinencia probable lo que lo tenía estupefacto, sino mi consideración para él ingenua del contrayente.

—Qué novio ni qué novio, el imbécil ese. Ese duerme con patuquines, hombre.

—¿Lo dice por inexperto? A lo mejor su fiera logra quitárselos, ¿no?

Aún me miraba como a un gusano.

—No, lo digo por imbécil, ese no tiene aprendizaje posible. Y además, ojo: he dicho una fiera, conmigo. Conmigo. Yo soy muy sexual, usted no sabe. He estado hasta con travestis.

No veía mucho la relación, intenté buscársela, por educación más que nada:

—Ya ya —dije—. Se dice que son los heterosexuales los que van con travestis...

—No le quepa duda —me interrumpió tajante.

Aquella extraña derivación me resultaba embarazosa, no tenía las ideas demasiado claras al respecto. Me sentía más cómodo con la fiera a solas, así que volví a Baringo y a ella.

—Lo que no entiendo entonces es por qué no está usted ahí en el presbiterio, en vez del de los patucos. ¿O es que está ya casado? No quiero ser indiscreto, pero como me está contando...

Baringo Roy se rió con una carcajada seca y corta, como si no quisiera dejar lugar a dudas de que era una risa sarcástica, hubo énfasis en ella. Luego resopló dos veces con sus gruesos labios del color de su carne.

—A mí no se me ha visto ni se me verá jamás en ese sitio, yo no puedo permitírmelo, yo estoy siempre del otro lado. Soy muy sexual, ya le digo, pero por eso mismo no me conviene estar nunca a mano. A mano de nadie, me entiende. Soy el que no está siempre, soy la excepción y la fiesta. No soportaría notar un día que la fiesta está en otra parte, y no me refiero ahora sólo al sexo, sino en ge-

neral a todo, a la diversión, al estímulo, a lo inesperado.
También al sexo, por supuesto, y no hay nada que hacer
contra eso, juzgue usted: lo que no sabe ese imbécil es que
hace sólo quince días también me tiré a su novia, y además ante sus ojos, como quien dice. Estábamos un grupo
de amigos grande cenando en un restaurante de Sevilla,
él y ella incluidos. A los postres me levanté y fui al lavabo.
Ella apareció a los dos minutos, coincidimos en el pasillo,
ella de ida y yo ya de vuelta. Allí mismo me la tiré en un
santiamén, en el lavabo de caballeros, tiramos de pestillo
y fuera.

—En un santiamén tuvo que ser, desde luego.
—Tampoco pude ahorrarme este comentario, creo que en
esta ocasión por estar muy impresionado.

Baringo Roy lo pasó por alto, le quedaba por decir todavía.

—Y lo que tampoco puede saber es que dentro
de otros quince días, cuando hayan vuelto de su viajecito de
novios, sucederá lo mismo. No necesariamente en un lavabo, claro. Contra eso no hay voluntades que valgan, eso
está comprobado. Puede que hoy no lo sepa ni ella, eh, yo
no digo que esté actuando como una lagarta, no, en absoluto. Pasó eso hace quince días, pero hace siete la llamé
y no quiso ni oírme: Ya está bien, se acabó del todo, me
dijo; bueno, lo normal, la influencia, la cercanía de esto.
—Y volvió a hacer su gesto de cejas hacia la iglesia, aunque con menos expresividad y menos brío, quizá la señaló sólo con las pestañas.— Yo lo entiendo, hay que ponerse en situación para una cosa como esta, si no se hace
todo muy cuesta arriba. Pero de aquí a quince días no podrá aguantarse, ya lo verá.

—No, dudo que yo lo vea. —Intercalé otra ocurrencia, incorregible.— Nos volvemos a Madrid esta noche, después del jolgorio.

Baringo Roy rió, esta vez naturalmente.

—No, claro, usted no, era una forma de hablar. Pero lo veré yo, y lo verá también ella. Contra eso no se lucha, usted debe saberlo. Y lo que sí va a poder ver es cómo ella me mirará cuando salgan, por muy recién casada que salga. Contra eso no se lucha, ni con la mirada. Lo que pasa es que casi nadie sabe verlas, las miradas.

Hube de fijarme en la suya. No se hacía muy conspicua, ni siquiera interpretable tras aquellas gafas que le achicaban los ojos. La curiosidad sí me crecía ahora, tenía ganas de verles a los dos la cara, al imbécil y a la fiera, capaz de tirar de pestillo en un santiamén, como había dicho Baringo. Apenas si había tenido un atisbo lateral de ambos, cuando habían recorrido por separado la nave. La impresión había sido de apostura. María decía que ese primo suyo era el más guapo de todos los primos, con diferencia, y la verdad es que ella es guapita y bien guapita, y se incluía. Pero eso no tiene nada que ver con lo que el individuo estaba nombrando.

—Estaré muy atento, descuide. —Eso le dije.

Y fue entonces, justo cuando le dije eso, cuando estuve ya seguro de lo contrario, de que haría lo imposible por no fijarme, por no estar atento a lo que de hecho sucedería. Lo supe por la desesperada convicción del hombre, Baringo Roy se llamaba. Encendió otro pitillo con algo más de agitación e impaciencia que los dos anteriores, impaciencia consigo mismo, hasta se le olvidó ofrecerme. Creo que se le olvidó porque en aquel momento empezamos a oír los murmullos de la ceremonia acabada, y acto seguido empezaron a surgir invitados por la puerta de la iglesia, poco a poco, escalonadamente, aún habría muchos saludándose dentro o arrastrando sus pies cansados, habría de deshacerse el atasco hasta que pudieran surgir los novios y entonces la gente que se iba quedando cerca, una vez fuera, los vitoreara y les arrojara flores, esperaba que al sur no hubiera llegado la costumbre del arroz prosaico.

Baringo Roy se separó de la balconada y dio un par de pasos en cuanto vio aparecer a los invitados menos lentos. Ya no me miró ni volvió a mirarme, se había olvidado de mí y de nuestra charla al instante, sin transición alguna aquel olvido. Dio otros dos pasos en dirección a la iglesia, y tras ellos ya lo tuve ante mi vista completamente de espaldas. No le sentaba mal el chaqué falso, sólo parecía inadecuado. Tiró el cigarrillo que acababa de encender, casi intacto, se acercó un poco más, aunque aún no tanto como para que sus conocidos se dirigieran ya a él y lo incorporaran a sus corrillos, y lo distrajeran con sus conversaciones. Sólo se juntó con los grupos cuando los vimos volverse hacia el pórtico, a la vez todos, para recibir por fin la salida de los recién casados, fiera e imbécil o imbécil y fiera. Alcancé a ver que en cuanto asomaron ambos sonrientes y cogidos del brazo, Baringo Roy prorrumpió en aplausos como los demás invitados, y los suyos eran muy fuertes, no se le podía negar entusiasmo, parecía auténtico y no fingido, o era acaso la devoción por ella. Entonces di media vuelta y miré otra vez hacia el campo ancho y ameno y dejé que el aire sin trabas me azotara de lleno el rostro. Ni siquiera iba a buscar con la mirada a María, de cuyo lado había huido hacía rato. No quería correr el riesgo de fijarme en la novia y comprobar con mis propios ojos que en ningún momento iba a dirigir hacia Baringo los suyos. Sabía que llegaría entre vítores hasta un automóvil engalanado y que se montaría en él con su imbécil y su larga cola sin tan siquiera acordarse de que allí estaba aquel individuo, tan pretérito de golpe, entre los invitados. No es que a él fuera a importarle que yo asistiera a esa mirada femenina ausente que en él no se detendría, Baringo Roy ya me había olvidado. Pero a mí sí me importaba y prefería no verla, porque para entonces ya estaba asentado y en marcha mi sentido de camaradería.

Un inmenso favor

Mi amigo de infancia Custardoy está cada día más loco y ya no me cabe duda de que tarde o temprano acabará muy mal. Al hablarle de los graves problemas que me estaba causando un hombre poderoso de la ciudad, el empresario Jauralde, dedicado a perseguirme a mí y a mis allegados, no se le ocurrió otra cosa que pararme a mitad del relato y decirme: 'No sigas. La historia en sí no me interesa, las he oído peores y más amenas también. Pero conozco al tipo que te lo puede solucionar. Te lo presentaré mañana, déjame a mí. Si él interviene, ya no habrá más acoso ni persecución'.

Al día siguiente volvimos a encontrarnos en el mismo lugar, uno de los bares del Hotel Palace de Madrid. Están todos tan llenos de gente haciendo negocios importantes y hablando de pactos y estrategias secretas que allí nadie tiene tiempo ni ganas de ponerse a escuchar a los de la mesa vecina, con lo que se ventila en la propia todos tienen suficiente. Cuando llegamos, el hombre al que había citado ya nos esperaba. Custardoy no había querido explicarme —eso es muy de él—, pero dados sus muchos y muy variados contactos imaginaba que sería algún colega de Jauralde con ascendiente o poder sobre él. El hombre había dejado una cartera acorazada sobre una butaca, se había instalado ante una mesa con seis asientos, aunque íbamos a ser sólo tres. Vestía convencionalmente, con traje y corbata —corbata amarilla salpicada de pajaritos, lo único de color—, parecía un individuo rico pero descuidado, se le veían brillos en la chaqueta y en los pantalones, de excelente calidad. Custardoy me lo presentó como el señor Garray, pero ese no debe ser su verdadero nombre, ni tan siquiera su apodo habitual. Tendría unos cuarenta años y grandes entradas en el pelo que intentaba disimular ahuecándoselo, usaría un champú voluminizador, así los llaman, según creo. Llevaba gafas con montura transparente, a lo largo de la conversación se le deslizaban con pereza hacia abajo, como si las patillas fueran demasiado cortas y no engancharan bien las orejas, o tal vez resultaba inevitable por causa de su chata nariz, era una nariz inadecuada para sostener nada encima, como si al retratista se le hubiera olvidado acabarla, cerrarla, quizá por eso la corbata era llamativa, una forma de compensar y de desviar las miradas ajenas de la impalpable nariz. No lo conseguía, porque cada poco rato se alzaba las gafas con el dedo índice, incluso cuando aún estaban en su lugar, un tic.

—Bueno, cuéntale —me dijo sin más Custardoy, tras las presentaciones y tras haber pedido unas consumiciones—. Como yo ya me conozco la historia, me voy a dar un garbeíto por el hotel, a ver qué hay. Vuelvo en seguida.

Salió, lo vi encaminarse hacia la zona de tiendas, me dejó a solas con el señor Garray, quien puso su blindada cartera un segundo encima de la mesa, la abrió con seis movimientos rápidos (rápidos, pero seis, mucho candado tenía aquello), y se limitó a sacar de ella un folio en blanco, como quien se dispone a tomar notas. Tuvo cuidado de volver a cerrarla, con sus seis movimientos otra vez.

—Bien, usted dirá —dijo—. Pero antes de que empiece debo hacerle la pregunta de rigor, la que siempre hago. ¿Está completamente seguro de que no hay más solución?

Su tono era levemente funcionarial, no privado de cierta solemnidad.

—¿Más solución? —contesté sorprendido—. ¿A qué se refiere? ¿Más solución que cuál? Custardoy me ha dicho precisamente que usted sería el hombre que tendría la solución...

El señor Garray me interrumpió:

—Digamos que lo puedo ser, todavía no he aceptado. Por eso, antes de nada, le pregunto lo que siempre pregunto antes de nada: ¿está completamente seguro de que quiere quitar de en medio a su enemigo, a su competidor, lo que sea? ¿Está seguro de que no hay otra solución? ¿De que no se puede intentar antes algo intermedio, un buen susto, una campaña de amenazas, el secuestro de algún familiar? Porque si aún ve opción intermedia, es mejor que la pruebe y, claro está, que busque a otro para eso: yo no me encargo más que de lo total. No doy palizas, no hago llamadas, no hago secuestros, eso no es para mí, entiende. Y mis encargos sólo los acepto si el cliente no ve más salida, tiene que estar muy seguro. Es más: aunque lo esté, yo siempre trato de disuadirlo antes de aceptar, aunque eso sea tirar piedras contra mi propio tejado. Así que el procedimiento es este: si está usted convencido, dígamelo. Entonces le escucharé. A continuación intentaré hacerle abandonar la idea y optar por algo menos total. Sólo si no lo logro, y me convienen las condiciones, y lo veo todo factible con razonable facilidad, sólo entonces aceptaré su encargo. Pero antes de nada quiero ver su grado de seguridad, es decir, su grado de desesperación. Si no es absoluto desde el principio, ni siquiera vale la pena que gaste saliva contándome el cuento. No sé si lo ve claro: no soy yo quien va a persuadirlo a usted de seguir adelante; todo lo contrario, trataré de disuadirlo. Es usted quien ha de convencerme a mí, y si no está segurísimo de antemano, es inútil, no me convencería jamás. No sé si me he explicado.

Por suerte el señor Garray hablaba muy de prisa, sin dejarle a uno meter baza, y se había tomado su tiempo para plantearme su procedimiento con total claridad. Cuando él terminó su parrafada yo estaba atónito, pero no tanto como cuando la había iniciado y me había hecho comprender, de golpe, con qué clase de individuo me había citado Custardoy. 'Está chiflado', pensé. 'Cómo se le ha ocurrido que yo quiera matar a Jauralde, por muchas salvajadas que me esté haciendo.' Pero aún fue peor lo que pensé de inmediato, a continuación: 'En qué se ha convertido Custardoy. Qué clase de conocimientos ha llegado a adquirir, a qué gentes trata, no se le ha ocurrido otra cosa que traerme a un asesino a sueldo para remediar mis problemas, y además en un santiamén, de un día para otro, como si fuera fácil echar mano de individuos semejantes, para él debe de serlo. Se ha vuelto loco, ha perdido todo sentido de lo que se puede y no se puede hacer'. Casi me daba más pavor la imagen que se me aparecía ahora de Custardoy, mi amigo de infancia, que el disparatado descubrimiento que acababa de hacer: estaba sentado frente a un asesino a sueldo cuyo posible cliente era yo.

—¿Me he explicado? —insistió impacientado el señor Garray, y se alzó las gafas que esta vez, efectivamente y tras su parrafada, se le deslizaban por la inútil nariz.

Miré hacia la puerta por la que había desaparecido Custardoy, por ver si ya regresaba, aunque sabía que tardaría, estábamos en el Palace y se habría encontrado, seguro, a algún conocido o desconocida, tendría un martini en la mano en algún otro bar.

—Verá —le dije por fin al señor Garray—, me parece que aquí ha habido un lamentable error. Yo no he pensado nunca en esa clase de solución para mis problemas, si le entiendo bien, señor Garray. Custardoy desde luego me ha entendido mal, o ha interpretado mi desesperación, cómo decir, de manera exagerada. No sé cómo ha podido creer... No sabe cómo lo siento. Que lo haya hecho venir hasta aquí para nada. De verdad, no me le explico. No sé, cada día lo veo más loco...

Garray abrió su cartera de nuevo y guardó en ella el folio que había sacado. En su lugar sacó un periódico y lo colocó sobre otra de las butacas desocupadas de la mesa de seis. Quizá ganaba tiempo para disimular su estupor.

—Entiendo —respondió con calma, aunque un chasquido de su lengua contra los dientes denotó fastidio, o quizá ni eso, contrariedad. Hizo una pausa y añadió—: Sí, cada día está más loco. Me va a oír. El problema no es, sin embargo, que yo haya perdido el tiempo, tengo otra cita aquí mismo dentro de... —miró rápidamente el reloj, que llevaba en la muñeca derecha, quizá era zurdo—... de treinta y cinco minutos, y no me falta lectura para la espera. —Y uno de sus ojos se fue hacia el diario—. El problema es otro, comprenda usted.

Se quitó un par de imaginarias motas de la chaqueta con brillos y se quedó mirándome muy fijamente a través de sus cristales y de su montura, tan transparente que casi formaba un todo con el vidrio. Sus ojos eran inexpresivos, ojos sin pestañas, me ponen un poco nervioso.

—¿Cuál es el problema? —le pregunté en voz demasiado baja para mi gusto. Carraspeé y añadí, más alto—: Créame que lamento muchísimo este malentendido.

—No me cabe duda —contestó—. Pero eso no nos resuelve el problema que ahora tenemos los dos. —Se detuvo, pero al ver que yo no decía nada, prosiguió—: Veo que no lo comprende, o no lo quiere comprender, se lo explicaré. Usted sabe ahora, innecesariamente, a qué me dedico yo. Antes le he dicho que no siempre acepto los encargos que se me hacen. Cuando alguien está decidido a quitar de en medio a un enemigo, o a unos padres, o a un rival, o a su marido, o a su mujer, o a un competidor en los negocios, ya le he contado que lo primero que hago es intentar disuadirlo. Yo no soy de los que valoran conseguir clientes a toda costa, entiéndame. No soy de los que no se dan cuenta de lo que hacen, o no les importa lo más mínimo. Claro que no me considero más culpable de lo que pueda serlo el gatillo que yo aprieto. Yo soy otro gatillo, a mí me aprietan también, me aprieta quien me contrata, no tengo conflicto con eso. Pero no soy tampoco un gatillo fácil, con el que se pueda jugar, vea usted. No admito bromas, ni indecisiones, ni arrepentimientos, entre otras razones porque son las indecisiones y los arrepentimientos los que pueden ponerme en peligro. Antes, durante, y sobre todo después. Quien me aprieta a mí ha de estar muy seguro, tanto que mis propios argumentos en contra no lo puedan disuadir en modo alguno. Quien a mí me aprieta debe tener la sensación inequívoca de que al dejarme, al ceder, le estoy haciendo un enorme favor. Debe sentir agradecimiento, debe verme como a su salvador.

—Pero le pagarán bien —no pude evitar decir (no me convencía mucho lo del favor).

El señor Garray debió de ver por dónde iba mi comentario, porque contestó:

—También eso han de percibirlo como un inmenso favor. Yo les hago el inmenso favor de aceptar su dinero y aceptar su encargo. Yo no necesito mucho, vivo bien. Sin grandes lujos, pero bien. No tengo grandes necesidades, las de cualquiera con una familia, y no hace falta tanto para vivir bien, la gente se ha hecho ambiciosa hoy en día, nada les basta y nada les sobra si se lo ofrecen, siempre quieren más. Yo estoy bien como estoy. —Se detuvo, dándose cuenta de que mi observación lo había hecho desviarse en exceso del problema que teníamos ahora, él y yo, según él—. A lo que iba —añadió, a la vez que se planchaba meticulosamente, desde el nudo hasta la punta, la corbata amarilla con el dorso de su mano—, las personas que saben a qué me dedico son sólo personas que me han contratado o me han querido contratar, gente que me ha pedido un favor y que me va a estar siempre agradecida. Gente, por tanto, que no me va a buscar las cosquillas ni se va a ir de la lengua nunca, entiende. Empecé a entender. O quizá había empezado ya desde el primer instante, sin querérmelo reconocer, confiando en equivocarme. Si el problema era ese, no tenía fácil solución, pensé con temor. Y dije:

—Pero usted no siempre acepta. Quiero decir: habrá personas con las que habrá hablado con tanta o más franqueza que conmigo, y que a la postre no le habrán encargado el trabajo, fuera por su falta de convencimiento o porque usted lograra quitarles la idea de la cabeza, ¿no? Esas personas también sabrán de su tarea, y sin embargo entre ellas y usted no habrá existido finalmente un vínculo que ligara a ambas partes, no sé si me sigue bien.

Garray continuaba alisándose la corbata, ahora por la parte posterior, que no suele quedar a la vista. No me gustaba ese movimiento alisador, planchador, con el dorso de su mano, debía de ser meticuloso, en su trabajo también, probablemente uno de esos hombres que hacen siempre más de lo preciso, que toman todas las precauciones y no dejan cabos sueltos, que nada dejan al azar ni corren riesgos. De qué lo conocería Custardoy. Seguramente le habría encargado algo, pensé de pronto con espanto, no se me había ocurrido hasta aquel instante. Pero tal vez, con suerte, Garray lo habría disuadido, y entonces mi amigo de infancia no tendría un asesinato a sus espaldas, sólo la tentación de encargarlo, ojalá que fuera así.

—Sí, le sigo —respondió el señor Garray—. Pero su caso es distinto de cualquier otro, de ahí que nos encontremos con este pequeño problema. —Me alivió que lo calificara de 'pequeño' esta vez—. Vea: esas personas cuyos encargos no acepté me contactaron en todo caso con la idea o intención inicial de que yo matara a alguien por

ellos. Cualquiera que haya llegado a establecer contacto
con un totalizador (así nos llaman últimamente, es la palabra de moda, ya sabe cómo van estas cosas), y aunque el
trato no haya cuajado al final ni haya habido muerte alguna, sabe ya algo muy importante: que podría cambiar
de opinión y volverse atrás en su decisión. Cualquiera
que llega a establecer contacto conmigo sabe ya, aunque
a la primera se eche atrás, que puede regresar. Piensa, por
fuerza, que acaso no está aún maduro para tirar adelante,
que tal vez sea cuestión de acostumbrarse a la idea, de
convivir más tiempo con ella, hasta llegar a verla como
algo tolerable, como algo compatible con seguir viviendo
después. O piensa que quizá a la próxima recurrirá al gatillo, es decir, con el próximo enemigo o competidor. El
que llega hasta mí nunca descarta del todo volver, y así yo
me siento seguro, aunque el vínculo que liga, como usted
ha dicho, no se haya establecido a la postre. Su caso es
muy distinto. Usted, resulta, no ha pensado nunca en
quitar a nadie de en medio, todo ha sido producto de un
malentendido gravísimo, impensable, una frivolidad im-
perdonable de Custardoy, le voy a dar un buen susto, me
va a oír, aunque algo de responsabilidad también tengo
yo. Pero vea: usted debe de estar escandalizado de mí, y
no lo estará en cambio de sí mismo, como lo estaría cualquiera que (por ejemplo, a posteriori) se escandalizase de
mí tras haberme conocido por iniciativa propia y con vistas a pedirme un inmenso favor. Ese, digamos, no podría
condenarme sin condenarse a sí mismo también. A usted,
en cambio, nada le impide condenarme, nada le impide
escandalizarse de mí y de mi existencia. De hecho está escandalizado, ¿cree que no se lo noto? No es un asesino, ni
siquiera ha estado tentado de serlo, como los demás que
saben de mí. Usted no me ha considerado siquiera, por
muy mal que lo tenga, por mucho daño que le esté haciendo quien se lo haga.

Bajé la vista. Me ponían nervioso sus ojos sin pestañas con lentes, pero sobre todo fue un acto reflejo y estúpido, como si al dejar de mirarlo pudiera darle a entender que no tenía intención de recordar su rostro, ni su apodo o su alias, Garray, era el apellido de un futbolista o el nombre de una población o quizá era el de un barco; ni de denunciarlo, ni de ir con el cuento a nadie.

—¿Y qué podemos hacer? —pregunté. También yo, pese a no haber querido hacerle nunca ningún encargo, empezaba a verlo como a alguien a quien se debe un inmenso favor, y que puede solucionar las cosas y que merece agradecimiento. Sólo quería dejar de tenerlo delante, que me permitiera marchar, que se olvidara de mí. Aguardé su respuesta, pero debo reconocer que en ningún momento esperé la peor respuesta, la que habrían temido los grandes aprensivos, los timoratos, los asustadizos, los pesimistas y los fatalistas. Nunca esperé que dijera algo así como: 'Pues lo siento mucho, pero voy a tener que realizar un trabajo sin encargo y sin cobrar, o mejor, se lo cobraré a ese chiflado imbécil de Custardoy'. No, esa respuesta no la temí.

Miró el reloj, en la muñeca derecha, zurdo.

—Nada —contestó—. Qué quiere que hagamos, aparte de lo que ya he hecho: le he hablado, le he expuesto nuestro problema, el problema gratuito y absurdo que nos ha traído ese imbécil chiflado de Custardoy. Si lo ve ahora, dígale que no vuelva a la mesa, que me llame esta noche, al móvil, dígaselo, no quiero ni verlo ahora. Creo que ha captado usted bien la naturaleza de nuestro problema. Qué más quiere que haga, ya le he dicho que yo soy sólo un gatillo y además difícil. Y los gatillos no se aprietan solos, no deciden, carecen de voluntad. Confío en su buen criterio y en su prudencia, eso es todo. Y ahora váyase, mi segunda cita podría adelantarse y prefiero que no se vean, sabiendo lo que sabe usted. En cuanto me pierda de vista dejará de saberlo, ¿verdad? Y no creo que nos veamos más.

Según decía estas últimas frases se puso en pie, cogió mi gabardina de una butaca y me la echó sobre el brazo. Estuve tentado de pagar la cuenta, pero quizá se irrite, pensé, si me entretengo llamando al camarero y recogiendo vueltas, quiere que me vaya ya y seguro que no le importará abonar unas coca-colas. No es ambicioso, lo ha dicho, tampoco será tacaño, pensé.

—Descuide —le contesté. Iba a darle la mano para despedirme, pero él ya había desplegado su periódico y me daba la espalda. Él se había despedido ya de mí—. Y gracias —añadí. Pero el señor Garray no se volvió.

Caminé sin mirar atrás, salí del bar y busqué por los pasillos a Custardoy, lo que tendría que oírme, también a mí. No lo vi. Me asomé a los otros bares del hotel, también a varios salones. La gente tomaba sus aperitivos, era la una y media. Y al primer bar no me atreví a volver, aunque tal vez mi inencontrable amigo de infancia había regresado allí mientras yo lo buscaba, había entrado por otra puerta y nos habíamos cruzado. Lo localizaría más tarde, no podía arriesgarme a irritar a Garray, me había ordenado que me fuera ya. Así que salí por la puerta principal, bajé los escalones de la entrada y me dirigí hacia la izquierda, donde están los taxis. Y fue al abrir la puerta del mío cuando alcé un momento la vista, antes de entrar en él, y vi a pocos metros —lo vi de perfil pero claramente, con su pelo canoso abombado y sus ojos chicos siniestros— al empresario Jauralde que subía con prisa los escalones del Palace y desaparecía en su interior. Miré el reloj. Habían transcurrido treinta y cinco minutos desde que Garray había mirado el suyo por primera vez y había dicho: 'Tengo otra cita aquí mismo dentro de treinta y cinco minutos, y no me falta lectura para la espera'.

—¿Sube o no sube? —me preguntó impaciente el taxista.

—Sí, perdone —dije, y entré y me senté.

Debieron de pasar más segundos de los debidos, porque le oí preguntar otra vez:

—¿Adónde?

'No puede ser', pensé. 'No puede ser. Mucha gente se cita en el Palace, está siempre lleno de gente conocida, y de gente importante haciendo negocios y preparando estrategias, yo mismo he visto por allí a Jauralde en alguna otra ocasión. No puede ser, no será y no puede ser.' Pero tampoco pude evitar preguntarme, antes de decirle al taxista mi dirección, si no se le presentaría ahora al meticuloso señor Garray la oportunidad de no dejar cabos sueltos ni correr ningún riesgo, y si no se le aparecería ahora quien lo apretase, quien apretase su gatillo difícil y sin voluntad contra mí, y si en contra de lo que creía no tendríamos que vernos más, una vez más. Y no pude sino encomendarme, entonces, a su tan mencionada como en realidad incierta capacidad para la disuasión.

Caído en desgracia

Me lo habían comunicado para que estuviera advertido:

—Los Lambea han caído en desgracia.

Eso podía significar varias cosas o así quise pensarlo tras oír por teléfono la frase aislada, sólo una en principio, y sabía que no se me permitiría indagar demasiado. Tampoco me habrían dejado preguntar mucho de haber tenido a mi interlocutor delante, de haber estado los dos cara a cara. Tendían a ser ambiguos en primera y en última instancia, como si jugaran a los criminales, sólo que a veces el juego se tornaba serio y resultaban ser criminales. Las menos veces posibles, sin duda, y en esas nada quedaba nunca del todo claro, preferían un accidente, un suicidio, una reyerta improvisada, un mal encuentro en la calle, antes que un asesinato que tan sólo pudiera ser eso y no admitiera otras explicaciones —qué mala pata—, otra conformidad —qué remedio—, otro lamento —qué infortunio, qué desgracia—. Pero esta última palabra era la anterior a todo, primero hay que caer en desgracia para que se produzca la desgracia, caemos en ella como si fuera un envoltorio, una mano abierta que nos la anuncia, y que después se cierra y nos engulle, tal vez aprieta. Pero era a mí, y no a los interesados o presas, a quien se había hecho el anuncio, yo no debía transmitírselo.

Me atreví a hacer una sola pregunta, la más abarcadora que se me ocurrió, porque estaba seguro de que para una segunda ya no habría respuesta. A lo sumo un bufido de impaciencia, una reconvención inarticula-

da, un toque de atención por mi torpeza o mi impertinencia.

—¿Y eso qué significa exactamente?

—Significa que si les ocurre algo en estos días, no
te mates por ayudarlos.

Luego colgó sin despedirse, sin darme ocasión de
averiguar lo que más temí en el instante, si por desventu-
ra era yo lo que podía ocurrirles, si me tocaba convertirme en el envoltorio y cerrarme. Suponía que no, de otro
modo me lo habría indicado de alguna forma más explícita. Sentí un poco de alivio, dentro de la fea noticia. Cuando me lo comunicaron casi había concluido el primero de
'estos días', eran sólo dos los que yo debía pasar acompañando a los Lambea, a su disposición como contacto, intérprete, entretenedor y guía, no debía dejarlos solos más
que cuando lo quisieran y seguir a mano entonces, resol-
verles cualquier dificultad o problema y adelantarme a
los contratiempos, procurar que no llegaran al Museo del
Prado justo a la hora del cierre, llevarlos a restaurantes
gratos, de compras o a algún espectáculo, impedir que se
los estafara, por supuesto que se los atracara en el Madrid
más turístico de los Austrias. Luego también protegerlos
con mi presencia. Ahora se me venía a decir que me abs-
tuviera de esa tarea, la de protegerlos; no se me ordenaba, en
cambio, que les retirara la presencia. Todo debía continuar igual, así pues, aparentemente, y me tocaba esperar,
esperar ahora a que les sucediera algo mientras permane-
cían bajo mi tutela o custodia, era lo más probable, mientras
estaban en mi compañía, tendría que ser su testigo, me
vería obligado a asistir a ello y a no intervenir, a no echarles una mano.

No me gustó nada el aviso, y no sólo por su contenido. A los Lambea, tal vez, no era aún seguro, les so-
brevendría una desgracia. Pero el saber era mío, el miedo
me correspondería pasarlo a mí, una alerta involuntaria

y continua. Durante un segundo deseé que la catástrofe se concretara inmediatamente y tuviera ya lugar, para así acabar con la espera y con mi temor cuanto antes. Pero en seguida se me instaló también una esperanza, de que las horas se deslizaran rápidas y se alcanzara el momento de llevarlos hasta el aeropuerto, de despedirlos, sin que nada hubiera ocurrido, quiero decir nada malo. Sin embargo no me engañé, había que descartar una parte de esa esperanza: a partir de la llamada, el tiempo transcurriría muy lento.

Giovanni y Sara, se llamaban los Lambea. Pronto me invitaron a dirigirme a ellos por esos nombres y me pidieron permiso para hacer lo propio conmigo y utilizar sólo el de pila. Les di el permiso y les hice caso, pero no me apeé del usted, me habría costado bastante esfuerzo pese a que eran más o menos de mi edad, quizá él dos años más y ella dos menos, pasados los treinta y cinco eso ya no es diferencia. Él tenía los ojos muy claros y acuosos, como si le bailaran lágrimas en los bordes, llevaba una cuidada barba rubiácea y tendía a mostrarse imprevisible y chistoso, no me hacía ninguna gracia. Ella era una mujer elegante y serenamente atractiva, de mirada verde suavizada por pestañas de muñeca antigua y frecuente sonrisa tímida o quizá refrenada por su voluntario control, y le seguía la corriente con una mezcla de devoción y hartazgo. Era como si las tonterías de él la exasperaran y al mismo tiempo se desviviera por él, por su salud y su humor, como si hubiera hecho en Giovanni una inversión biográfica y sentimental importante, acaso un día ya lejano, y se tuviera prohibido perderlo bajo ningún concepto, por abandono, ofensa, enfermedad o accidente, no digamos por defunción. Todo su fervor, sin embargo, parecía obedecer más a la trascendencia de la decisión tomada en aquel pasado remoto que a verdadera dependencia de su amor presente. En cierto sentido Sara recordaba a esas madres cuyos hijos jóvenes o ya adultos no les caen nada bien y les parecen unos pertinaces memos sin remisión, pero a los que en modo alguno pueden retirar su afecto y de los que nunca sabrían despreocuparse; es más, el corazón les da un brinco cada vez que creen verlos amenazados por algún peligro o papelón, un brinco soliviantado, irritado y hasta saturado cuando es el enésimo papelón o peligro que ellos se buscan o en que se ponen, y además es gratuito y una estupidez bien evitable. Y a su vez él, Giovanni, recordaba a ese hijo coqueto que precisa de un espectador alarmado, de alguien que se avergüence o se sobresalte ante sus ocurrencias y sus entrometimientos y sus imprudencias e impertinencias, que se los reproche y se los repruebe, aunque sólo sea con una fatigada mirada verde, eso ya le basta para saber que se repara en él y que por su causa se sufre un poco o hay alguna alteración o disgusto; Giovanni era un fabricante incansable de chasquidos de lengua y suspiros hondos de Sara, también de aceleraciones de su asustadizo pulso.

Estábamos cenando cuando recibí la llamada del móvil, en el jardín del restaurante Iroco, pésimamente iluminado, allí no se ve ni torta, pero era el sitio al que habían querido ir o él más bien, Giovanni no sentía curiosidad por la comida española, prefería un italiano sólito y algún conocido o algún folleto le habían recomendado esa terraza con vegetales para final de la primavera y verano, la noche se había puesto destemplada y habría sido más sensato quedarse en el interior, pero él no desaprovechaba oportunidad de llevar la contraria en las cuestiones menores o de forjarse caprichos nuevos que le brindaran las circunstancias, de hacer que Sara cogiera frío y sobre todo se preocupara por que lo cogiera él. La mayoría de los demás clientes tempranos había abandonado sus mesas y pasado dentro en cuanto se levantó la brisa, nos habíamos quedado casi solos en la penumbra, la luz de la tardía tarde o perezosa noche era más fuerte que la de la electricidad, él juzgaba descabellado cenar a las diez, como el horario español entero, no se explicaba que lo retrasáramos e hiciéramos durar todo tanto.

A partir de aquel momento, nada más colgar, me empezó a parecer peligroso todo, lo presente, lo venidero y aun lo pasado, retrospectivamente. De pronto me resultó ominosa la lenta oscuridad sólo cernida, nuestra momentánea soledad al aire libre, con ocasionales ráfagas de viento que nos obligaban a sujetar el mantel y las servilletas durante un segundo; y hasta el camarero que nos atendía de tarde en tarde se me apareció un poco siniestro. En vez de volver dando un paseo hasta el Hotel Palace, en el que se alojaban (para caminar la noche estaba agradable, no para permanecer sentados al fresco; ocupaban una *suite*, luego los Lambea habían pasado de ser visitantes privilegiados a caer directamente en desgracia, qué se les habría descubierto), pensé en seguida que sería mejor regresar en taxi, aunque un accidente en coche suele ser más grave que cualquiera a pie, excepto el atropello. Y un autobús o un camión podría arrollarlos a ellos y dejarme a mí incólume, mientras que una colisión con los tres a bordo podía llevárseme a mí también por delante, y a eso no iban a arriesgarse, no creía, soy muy útil. Me entró la duda de si lo era tanto, me vino la convicción de que no lo es mucho nadie.

Al día siguiente, me dije, no había por qué variar el plan mañanero: mientras Lambea acudía a sus asuntos y reuniones políticas, para las que había venido y de paso hacer turismo relámpago, yo acompañaría a Sara al Prado, y a la Thyssen si Giovanni se demoraba más de la cuenta y a ella le apetecía, entre cuadros y con gente se hace raro imaginar peligros. Luego, ya los tres, almorzaríamos pronto en el hotel o en una *brasserie* cercana, no nos alejaríamos de la zona, bien vigilada por ser la del

Parlamento, era improbable que por allí ocurriera nada, aunque al instante recordé que hacía dos o tres años, justo detrás del Congreso, en una calle estrecha, en verano, una turista griega había forcejeado para retener su bolso y los asaltantes muy jóvenes la habían acuchillado, volvió a su país con monedero y *lipstick* pero sin vida, no soltó el bolso, un caso aciago. Todo podía suceder, en cualquier sitio. Tal vez a la tarde sí convenía alterar los planes y no llevarlos a El Escorial —una hora de carretera, otra a la vuelta, y total: masiva piedra— ni a deambular por el Madrid de los Austrias, se quedarían sin ver el Palacio Real, la espantosa Almudena —Catedral abyecta y reciente, más valía— y la Plaza Mayor, ésta hoy ya no gran pérdida, cada vez más degradada, nueva Corte de los Milagros llena de pordioseros con pústulas o sin brazos, de buhoneros desaprensivos con casetas municipales y de vagabundos africanos aletargados o bien eslavos más aguerridos, estos últimos botella en ristre demasiadas veces, nuestros avariciosos alcaldes la han convertido en un perpetuo escenario circense. Si no los exponía apenas, a los Lambea, tal vez no fuera fácil que les pasara nada durante su estancia, o lo que restaba de ella. Tal vez fuera posible llevarlos hasta su avión nocturno sanos y salvos, y que luego se ocuparan otros en su país de traerles o propiciarles la desgracia, siempre estarían a tiempo y allí yo no tendría que verlo, ni que sentirme responsable a medias, o más que a medias en tres cuartos.

Me había hecho a la idea inicial de que debía protegerlos. De nada en particular en principio, de los lances menores que acechan a cualquier extranjero desconocedor del terreno, casi ninguno tiene tan mala suerte como aquella griega aferrada. Pero me costaba cambiar de actitud, desentenderme, la advertencia me había llegado cuando ya llevaba muchas horas sin despegarme de ellos, se le coge simpatía a casi cualquiera cuando uno sabe que la presencia va a acabar pronto, el contacto, y que ya no habrá más de tratarlo, seguramente nunca más en la vida, como si el uno para el otro hubiéramos muerto, tras el breve encuentro. A veces se hacen un poco intensos o un poco íntimos artificialmente, estos encuentros, como las conversaciones inesperadas en los antiguos trenes o en los aún más antiguos barcos de pasajeros, si alguien va a desaparecer en seguida nada tiene gran consecuencia.

El momento de mayor intimidad lo tuve con la señora, con Sara, a la mañana siguiente, mientras Lambea estaba a sus cosas, me preguntaba si cuando regresara tendría ya algún indicio o sospecha de haber caído en desgracia. Estábamos ella y yo en el Prado, y como es un museo en el que lo cambian todo gratuitamente de sitio cada pocos meses y no hay manera de ir a ver algo a tiro hecho y sin pesquisas previas, caminábamos sin rumbo muy fijo, parándonos ante los cuadros que le llamaran la atención a ella. Se había detenido ante el retrato de cuerpo entero de un principito asqueroso, me acerqué a mirar el letrero, *Carlos II*, obra de Juan Carreño de Miranda, decía, ese era el llamado 'el Hechizado', me sonaba haber visto otro aún más macabro y tomado desde menor distancia, con más años ya el rey o príncipe, un adulto, con más aspecto aún de enfermizo, o en efecto de embrujado. En el que teníamos ante la vista se apreciaban —eso en su contra— sus piernecitas raquíticas, no así en el otro que yo recordaba. El pelo rubio muy largo y lacio sobre los hombros de negro; desprovisto de color el rostro excepto por un poco de rojo pálido en los protuberantes labios feos sobre el mentón prognático, casi curvado; enormes ojeras para ser un adolescente, los ojos acuosos, sin brillo, algo saltones; las cejas demasiado finas, era como si careciera de ellas. Pensé que había nacido en desgracia.

—¿Por qué lo pintarían —dijo la señora Lambea—, siendo como era? —También ella se había aproximado para mirar en el rótulo de quién se trataba. Decía *Carlos II*, luego ya debía de ser rey por entonces—. No tiene mucho sentido, querer que permanezca un retrato de alguien tan anormal y horrendo. Aunque fuera el rey. —Lo miraba con más estupor que repugnancia o piedad—. Es más, siendo rey, nadie podría obligarlo a mostrarse. O podían haber esperado a que cogiera un aire más saludable.

—No lo sé —contesté, por contestar algo—. En otro retrato de más mayor, yo lo he visto reproducido, tenía el mismo o peor aspecto, seguramente nunca pareció sano. Quizá no pintarlo equivalía a reconocer que el rey era espantoso. Quizá, mientras eso no se admitiera, podía vivirse la ilusión de que no lo era. A veces actuar como si las cosas no fueran permite que no lo sean del todo. Al menos durante un tiempo, al menos mientras las cosas existen, o las personas, durante su presente. Cuando dejan de existir y han transcurrido unos meses, todo el mundo dice la verdad, pero no antes, ¿no?, y las ficciones se prolongan cuanto convenga. Mire en su mismo país de usted, por ejemplo: el actual Papa tiene cara de hombre muy malo, y casi todos lo ven así y están de acuerdo, y lo comentan en privado. Pero no lo dirá ningún periódico, ningún locutor de televisión ni ningún vaticanista, porque se supone que todo Papa es bondadoso y no se puede admitir que uno, aunque no lo sea, quién sabe, le parezca al ojo común lo contrario, al de la gente. Así que si esa impresión no se exterioriza, por general que sea, las mismas personas que ven en él maldad aparente pueden fingir que ven bondad, que es lo que toca, y hasta acabar creyendo verla efectivamente, y que ellas eran las equivocadas al principio. No sé si me explico —añadí dudándolo—. A menudo me hago un lío, no soy muy ducho yo hablando.

Pero Sara no debió de prestarme atención apenas, seguía más bien a lo suyo, mirando con rechazo el cuadro. —Es como si a Giovanni le hubieran hecho un retrato cuando yo lo conocí. —Pensé que quizá los ojos acuosos y el pelo rubiáceo la habían llevado a asociarlos, sólo eso: Lambea era atractivo, para algunas mujeres seguro; yo lo encontraba un imbécil—. Estaba muy enfermo, ¿sabe? Se puede decir que le salvé yo la vida. Entonces tenía un aspecto casi tan deprimente como ese joven, pintado así ya para siempre. Así lo han visto y lo seguirán viendo los siglos. Ahora se lo ve saludable, a mi marido. En forma. Ahora se le podría hacer el retrato, pero no entonces. Habría sido una crueldad, entonces.

—¿Le salvó la vida? Pero usted no es médico, ¿verdad? ¿En qué sentido?

Me pareció que Sara se sonrojaba levísimamente, quizá arrepentida de haberlo expresado tan sin mediación, sin ambages. Pero eso significaba que esa era la idea que ella tenía interiorizada, lo que creía, aunque seguramente no soliera manifestarlo. Se apresuró a matizar:

—Bueno, claro, no es que se la salvara literalmente. Lo hicieron los médicos. Pero fui yo quien lo convenció de acudir a ellos, a unos y a otros, en el extranjero, fuimos a tres países, ¿se imagina?, hasta que nos dieron una esperanza. Quien le dio tenacidad, quien lo acompañó en todas las fases, quien estuvo a su lado cuando el trasplante y luego, largas estancias en los hospitales, pruebas y más pruebas, controles y más controles; quien le dio ilusión y fuerzas, y lo animó a seguir viviendo. Y quien ahora procura que no se exceda y se cuide como es debido. No me hace mucho caso, se cree que no hace falta, a menudo se pone en peligro por nada. Pero si no estuviera yo, supongo que ya habría muerto.

Así que esa era la inversión biográfica, quizá más que sentimental, que Sara Lambea había hecho. Suficiente, pensé, en efecto, para continuar junto a su marido y considerarlo como de porcelana. Es suficiente creer que la vida de alguien depende de la presencia de uno para no negársela, para no sentirse libre de irse en cualquier momento, por harto que se esté de su compañía y de la vida diaria. Esa era la mezcla de devoción y hartazgo que yo había percibido en ella desde el principio. La devoción pertenecía al pasado, se había extendido o prolongado más allá de su nacimiento, su crecimiento, su estallido, su periodo de duración y su entera vida. De hecho debía de haber muerto hacía tiempo para dar paso al hartazgo, que pertenecía al presente y también al futuro, previsiblemente. Y sin embargo allí permanecía encadenada como un fantasma, la devoción difunta más allá de su fallecimiento, como esos retratos antiguos de los patriarcas que presidían los salones de las casas indefinidamente, a lo largo de generaciones a veces, mirando con gesto serio, o exigente, o severo, a todos los descendientes, los próximos y los remotos. O como el retrato de un rey que nadie quita. En el chistoso, caprichoso, chinchoso Giovanni de ahora vivía también el desvalido y dócil de antes, el que había estado enfermo o directamente desahuciado, el que habría suplicado compasión y ayuda y habría convencido a Sara de ser para él imprescindible, la salvación, eternamente. Quién sabía si aún lo era o ya en modo alguno, pero hay persuasiones que arraigan de tal manera que luego ni el persuasor puede arrancarlas.

—¿Cuánto hace de eso? —le pregunté—. ¿De que se conocieran, de ese trasplante? ¿De qué fue?

—Van a cumplirse doce años. —Sólo me contestó eso.

Tiempo de sobra para que hubiera caducado la misión iniciada entonces. Pero también tiempo de sobra para que a estas alturas Sara fuera ya incapaz de renunciar a ella. El que sí podía era Giovanni, parecía probable. Se sentiría bien, se sentiría curado, aquellas lejanas fases de miedo y aquel peregrinaje de esperanza los habría olvidado deliberadamente, y lo único que guardaba, acaso, era la costumbre de preocupar a Sara, de alarmarla y mantenerla en un perpetuo sobresalto. De sentirse muy querido por ella, de tener a alguien al tanto de cada paso suyo, y de cada desobediencia. Y de no anularle su inversión, también eso.

Cuando regresó de sus reuniones y se sentó en la *brasserie* a nuestra mesa, lo noté algo malhumorado, algo irritable, menos estúpidamente festivo de lo que solía mostrarse. Pero no abatido ni angustiado ni temeroso. Las cosas no habrían marchado a su gusto, pero eso no lo habría llevado a inferir que había caído en desgracia ni que fuera a pasarle nada, ante él habrían disimulado. Al pensar eso en singular, sólo a él referido, recordé que la advertencia había sido en un plural inequívoco: 'Los Lambea', habían dicho. 'Los Lambea han caído en desgracia.' Me pregunté por qué también ella, no parecía participar apenas en los asuntos de su marido, aunque quizá no los desconociera, seguramente velar por ellos había sido parte de sus funciones desde el principio, dadas las circunstancias. 'Tal vez para que nadie dé la lata luego ni indague con mucho ahínco', pensé; 'para que no quede nadie que haga preguntas ni se vaya a tomar molestias.' Seguro que no tenían hijos, o Sara no habría podido ser tan maternal con Giovanni, a su manera impacientada, o como de enfermera. 'O acaso para no dejarla en el mundo sin misión que cumplir, un mundo demasiado hueco.' Pero no creía que pudieran tener mis jefes semejantes consideraciones.

Había transcurrido ya la mañana sin contratiempos ni sustos, en realidad día y medio desde su aterrizaje en Madrid, y unas quince horas a partir del feo aviso, faltaban unas ocho más hasta su partida, había que llenarlas y atravesarlas con extremo cuidado. Los escasos pasos que habíamos dado Sara y yo por las calles —cruzar el Paseo del Prado hasta alcanzar el museo, la vuelta, poco más— se me habían convertido en un breve sufrimiento. En cada persona con la que nos encontrábamos había visto a un asaltante, en cada coche una embestida, un atropello, en cada obra (siempre mil en Madrid) un accidente, una trampa; en los guardianes del museo, en los turistas y en los camareros, posibles y diversos sicarios. 'Yo no puedo intervenir', pensaba ante cada imaginario riesgo, 'o no debo. Si los van a matar, no impediré yo que lo hagan. Si algo cae sobre ellos desde un andamio, he de permitir que caiga, y que dé en el blanco.' Había abrigado la vaga esperanza de que Giovanni no regresara nunca de sus reuniones, de que padeciera el siniestro por su cuenta, mientras estaba ausente, y la mujer pudiera entonces quizá librarse. Incluso había dudado si llamar para interceder por ella con discreción, para consultar si no podía a ella salvarla, en caso de que les ocurriera algo, en efecto, durante aquellos días a mi cuidado. Giovanni me resultaba antipático y a Sara en cambio le cogí simpatía, no más que eso, quizá por su largo esfuerzo, o quizá me agradaba su mirada serena verde que se alarmaba fácilmente. Pero sabía que esa clase de iniciativa no iba a ser nada grata ni bien acogida. Me di cuenta de pronto de que mi posición durante esas horas que se avecinaban era semejante a la de Sara en su vida respecto a su marido: si les negaba mi presencia, corrían mayor peligro, los dejaba más al descubierto. La mejor forma de que yo 'no me matara por ayudarlos', según la orden o expresión empleada, era no verme siquiera tentado a ello, no poder ni intentarlo, no estar ya presente cuando sucediera. Pero es suficiente creer que la vida de alguien depende de la presencia de uno para no negársela, para no sentirse libre de irse en cualquier momento, o no del todo. Si yo no me apartaba de ellos, quizá todo fuera más difícil, y vivirían al menos hasta llegar a Roma.

Fue entonces cuando sonó el teléfono, que había permanecido extrañamente callado durante quince horas, aquel sólo servía para una línea, para las demás usaba el mío. Y me ordenó que me apartara.

—No los acompañes al aeropuerto cuando llegue la hora —me dijo la voz conocida—. Mételos en un taxi e inventa algo, pero ahórrate tú el trayecto. E indícale al taxista que no corra mucho, los señores se marean.

Colgué o me colgaron —siempre eran concisos— y supuse lo que sucedería; recurrirían a los peruanos, o a los colombianos. Hay bandas de individuos de esos y de otros orígenes que se atraviesan con su coche o sus coches ante otro que se dirige o viene del aeropuerto, o le tocan con insistencia el claxon hasta que se frena, les gustan los recién llegados o los que ya se marchan, con maletas repletas todos. Los fuerzan a detenerse mediante algún subterfugio o falsa alarma y en seguida a desviarse, los escoltan o guían hasta un descampado y allí los desvalijan a voluntad. No suelen matarlos, aunque no salen de los automóviles hasta estar bien embozados, rara vez hay testimonios en contra de nadie. Pero tampoco se sabe nunca cómo acaban esas cosas, esos secuestros parciales, o tan breves. Giovanni, con su natural imprudencia, sería capaz de hacerles frente o de fingir hacérselo, y así les daría pretexto para fulminarlo si necesitaban pretexto; para que constara en la versión del taxista, a éste lo dejarían para contarlo, fue un atraco que acabó torciéndose.

Así que me despreocupé —es un decir— de momento, y ya no tuve inconveniente en llevar a los Lambea a pasear por el centro, en que vieran el Palacio Real y los Jardines de Sabatini y el Campo del Moro y la Catedral abominable, la Plaza Mayor devastada y las calles en que vivieron Calderón de la Barca y la Princesa de Éboli y Lope de Vega y Cervantes y en la que fue asesinado Escobedo, Sara dijo estar interesada, a Giovanni nada le importaba nada, seguía de mal humor, siguió chinchando. Hasta el punto de que cuando en la nueva tarde tardía o ya era perezosa noche los ayudé a bajar el ligero equipaje no muy repleto hasta la parada de taxis del Hotel Palace, o más bien dirigí al botones, me alegré durante un instante de ir a perderlo de vista hasta el fin de los tiempos. Fue sólo un instante porque aún no veía seguro que no fuera a acompañarlos, quiero decir que al final no decidiera subirme con ellos al taxi, pese a las instrucciones de la voz telefónica conocida. Me había ya disculpado, les había ya advertido de mi imposibilidad absoluta, un asunto imprevisto e impostergable, en el aeropuerto no tendrían problemas, allí cualquiera podría orientarlos si lo precisaban, el taxista les echaría una mano con los escasos bultos, me encargaba yo de eso, le pagaría de antemano el trayecto y apuntaría sus números de matrícula y licencia; sin cuidado. (Y bien que había de apuntarlos, para en seguida comunicarlos; aunque alguien los habría ya tomado, estaría alguien observando.) Sara lo comprendió ('Faltaría más, ya ha hecho usted demasiado', me dijo) y a Giovanni pareció incomodarlo, estaba acostumbrado a que se lo hiciera sentir importante desde que se levantaba hasta que se acostaba, sobre todo si andaba de visita, invitado en el extranjero. Pero tal vez lo vio lógico, como consecuencia de no haber llegado a un acuerdo, o de que no se hubieran satisfecho sus expectativas o sus pretensiones. No creía haber caído en desgracia, eso era seguro, pero acaso sí haber cedido terreno, perdido influencia. Aún debía de creerlos recuperables, cualquier día de estos: por ufano era optimista.

El equipaje ya estaba cargado y yo aún vacilaba. Se despidieron, me dieron las gracias por todo, Giovanni maquinalmente, Sara con ese fácil calor con que se dice adiós a los desconocidos esenciales, cómo expresarlo: a quienes lo eran hasta un día o dos antes y van a volver a serlo, como si no hubieran existido. Si al cabo de seis meses nos encontráramos fuera de aquel contexto, por ejemplo en un aeropuerto, ella no me reconocería, así es como van las cosas. Pero en aquel momento se mostró casi efusiva, me besó en la mejilla, con el calor que no compromete ni se puede tener en cuenta. Lamenté ser para siempre eso, un esencial desconocido, aunque su siempre fuera a ser corto, lo más probable.

Él entró antes que ella en el taxi, en atención a su falda estrecha o por hartazgo o por prisa. Yo estaba siempre a tiempo de montar al lado del chófer y exclamar: 'Qué diablos, los acompaño; no me va a retrasar eso tanto'. Pero no hablé, y me cruzó un pensamiento de muy exigua esperanza: 'Tampoco es fácil que les ocurra nada, es improbable', me dije. 'Con tanto tráfico como hay hacia Barajas, esas maniobras de interceptación se hacen difíciles, podrían ocasionar un instantáneo atasco o un choque y que la operación se fuera al traste, sólo deben de abordar en las carreteras secundarias.' Pero también me imaginaba que si no eran los peruanos ni los colombianos, podrían inventar otra cosa. Estuve a punto de abrir la portezuela en el último segundo, para no negarles mi presencia ni ser del todo un desconocido. Se me llegó a ir la mano hacia ella, sin decisión y sin alcanzarla, y vi arrancar el taxi y empezar a alejarse, con el antiguo enfermo sanado a bordo y su enfermera eterna. Disminuyeron sus nucas y pensé: 'Que ella no se dé la vuelta, por favor, que no se despida mirándome'. Un semáforo los obligó a detenerse cuando aún estaban a poca distancia. Y entonces lo vi con temor, la vi volver la cabeza un instante, y por penúltima vez en el mundo su devoto brillo verde.

No supe quedarme. Alcé el brazo, di una voz, caminé velozmente hacia el taxi o corrí casi, confiando en que no se les abriera el disco hasta que los hubiera alcanzado, me esperarían en todo caso, ella me había visto hacer el gesto. Entonces sí abrí la portezuela delantera derecha y me senté al lado del taxista, y a los Lambea les dije:

—Qué diablos, los acompaño; no me va a retrasar eso tanto.

El coche reanudó la marcha, nada más cerrar yo la puerta. Miré hacia delante. Lo que hubiera de pasar pasaría, aunque yo estuviera allí, probablemente. Lo que en cambio era nuevo y casi seguro es que ahora yo también habría caído en desgracia.

Cuentos aceptables

La vida y la muerte de Marcelino Iturriaga

I

El 22 de noviembre de 1957 fue un día muy nublado. Las nubes, formando una masa inerte, compacta e inexpugnable, cubrían el horizonte, y la tormenta amenazaba constantemente con desencadenarse.

Aquel día tenía un especial significado para mí. Hacía un año exactamente que había abandonado a los míos para no volver jamás. Era el primer aniversario de mi muerte. Por la mañana había venido Esperancita, mi mujer, y me había traído un ramo de flores, que me había colocado con mucho cuidado encima. No me gustaba que hiciera esto, ya que las flores me estorbaban y no podía ver bien, pero el día 22 de cada mes venía a renovármelas, trayendo consigo, una vez sí y otra no, a los chicos. Aquel mes les tocaba haber venido, pero supongo que Esperancita, por ser el primer aniversario, habría preferido venir sola. Por esta misma razón el ramo de claveles era más abundante que de costumbre, y me dificultaba la visión más que nunca. Aun así, pude observar bien a Esperancita. Estaba un poco más gorda que el mes pasado e indudablemente ya no era aquella chica ágil, esbelta y graciosa que tanto me había gustado antaño. Se movía con cierta pesadez y dificultad, y el luto, que todavía guardaba, le sentaba muy mal. Así vestida me recordaba a mi suegra enormemente, porque además el pelo de Esperancita ya no tenía aquel color negro puro, sino que empezaba a blanquearle sobre la frente y en las sienes. En aquel momento recordé cómo era la última vez que la vi con los ojos abiertos, y al hacerlo se me presentó claramente la escena que había ocurrido hacía un año en mi piso de Barquillo y, al mismo tiempo, toda mi vida.

II

Yo nací en Madrid en 1921, en un pequeño piso de la calle de Narváez. Mi padre era dueño de una farmacia que estaba bajo nuestro piso, y en cuya parte superior había un letrero que decía: 'ITURRIAGA. FARMACIA', y un poco más abajo, y en letras más pequeñas se leía: 'También se venden caramelos', y era por esta razón por la que mi hermano y yo pasábamos la mayor parte del día en el establecimiento. La otra parte del día la invertíamos en estar encerrados en una vieja y sucia clase del colegio cercano, donde un solo profesor nos daba clase, a catorce chicos, de todas las asignaturas existentes entonces. Eran unas clases aburridas, en las que nos dedicábamos a dormitar o a tirarnos bolitas de papel.

Mi madre era una mujer regordeta y apacible, que siempre nos ayudó a mi hermano y a mí cuando teníamos algún problema o cuando mi padre, tras un mal día de venta, descargaba su furia sobre nosotros.

Mi padre era, por el contrario, muy irascible, sobre todo cuando estaba de mal humor, y siempre creí que hubiese sido mucho más propio de él el ser carnicero o algo parecido en vez de farmacéutico.

Estuve en aquella escuela de Narváez hasta los quince años, y entonces empezó la guerra, que pasó por mí como una cosa más en la vida. No me trajo grandes pérdidas ni a mí ni a mi familia. Mi hermano estuvo en el frente, pero salió indemne, y vino cargado de un patriotismo y un orgullo por la victoria de las derechas que yo nunca compartí. Entonces empecé la carrera de Económicas, que tardé en acabar ocho años, ante el disgusto de mi padre, al que le hubiese gustado no verme repetir cursos. Sin embargo creo que a pesar de todo aquellos ocho años de carrera fueron los más felices y alegres de mi corta vida. En ellos me divertí, estudié poco y conocí a Esperancita. Era una chica bastante tímida con los chicos, pero no por eso dejaba de mostrarse afectuosa y servicial. Íbamos juntos al cine, al circo o a pasear, para acabar haciéndolo casi todas las tardes. Dos años después de finalizada la carrera le pregunté a Esperancita si quería casarse conmigo. Accedió; y a los dos años vino mi primer hijo, Miguel, y dos años más tarde Gregorito, nombre que a mí no me gustaba, pero al que hube de acceder, por empeñarse en ello mi suegra, que se llamaba Gregoria. Además, siempre creí que Gregorito Iturriaga Aguirre era un nombre demasiado largo y con demasiadas erres.

Ahora que lo pienso, creo que no me casé con Esperancita por amor o cosa equivalente, sino porque creí que me sería muy útil para ayudarme en mi trabajo del Banco. Luego no me fue de gran ayuda, ya que se tomaba demasiado en serio las cosas de los niños y estaba todo el día con ellos. Aunque no fui muy feliz con ella, tampoco puedo decir que fuese muy desdichado.

Vivían con nosotros mi suegra y mi padre, que no se podían ver, y como tenían que hacerlo, dado que la casa era bastante pequeña, todo el día estaban peleando y discutiendo sobre cosas estúpidas y de las cuales no podían —mejor dicho, no debían— discutir, ya que sabían muy poco de ellas. Esto, añadido a los gritos de Esperancita a Manuela, la criada, y a los llantos de los niños, hacía de mi casa un lugar insoportable, así que a mí el Banco me parecía el paraíso. Hacía horas extra con gusto, ya que, además de tener que alimentar a siete personas, gozaba de más ratos de tranquilidad.

Mi madre murió cuatro años después de finalizada la guerra, y creo que fue la única persona por la que tuve un gran cariño. Sentí mucho más su muerte que la de mi padre, al cual nunca profesé un verdadero amor filial.

III

Mi muerte fue algo bastante inesperado para todos. En agosto de 1956 empecé a experimentar unos fuertes y agudos dolores en el pecho. Alarmado, consulté a mi hermano, que era médico. Me tranquilizó diciéndome que sería algún pequeño constipado o anginas que habría cogido.

Me dio una receta para tomar unas píldoras, y el dolor dejó de molestarme hasta el 16 de noviembre, en que me atacó con más furia que en agosto. Volví a tomar las píldoras, pero esta vez no me aliviaron en nada, y el día 21 estaba en la cama, con mucha fiebre, un cáncer de pulmón y ninguna esperanza de vivir.

Aquel día fue algo angustioso. Los dolores eran horribles y nadie podía hacer nada para remediarlos. Veía nubladamente a Esperancita, que lloraba arrodillada junto a mi cama, mientras mi suegra, doña Gregoria, le daba golpecitos afectuosos y consoladores en la espalda. Los niños estaban quietos sin acabar de comprender lo que ocurría. Mi hermano y su esposa, sentados, parecían esperar el momento de mi muerte para poderse marchar de aquel lugar tan aburrido y melodramático. Mi jefe y algunos de mis compañeros, en la puerta, me miraban compasivamente, y cuando veían que los observaba me dirigían una amistosa sonrisa muy forzada. A las seis de la tarde del día 22, cuando empezaba a subirme la fiebre de nuevo, intenté levantarme y después caí sobre la almohada, muerto. Sentí que todos mis dolores y angustias se desvanecían al momento de expirar, y quise decirles a mi familia y amigos que ya no sentía dolor, que estaba vivo y bien, pero no pude. No podía hablar, ni moverme, ni abrir los ojos, a pesar de que veía y oía perfectamente lo que ocurría a mi alrededor. Mi suegra dijo:

—Ha muerto.

—Que Dios lo tenga en su gloria —contestaron los demás.

Vi cómo mi hermano y su esposa, tras decirle a Esperancita que ellos se encargarían del entierro, que sería mañana, se retiraban. Poco a poco toda la gente se fue y me quedé solo. No sabía qué hacer. Pensaba, veía y oía, luego existía, luego vivía, y mañana me iban a enterrar. Luché para moverme, pero no pude. Entonces me di cuenta de que estaba muerto, de que detrás de la muerte no había nada, y que lo único que me quedaba era quedarme en mi tumba para siempre, sin respirar, pero viviendo; sin ojos, pero viendo; sin oídos, pero oyendo.

Al día siguiente me metieron en un ataúd negro, y después en un coche, que me llevó hasta el cementerio. No fue mucha gente al entierro. No duró mucho y después todos se fueron. Me quedé solo. Al principio no me gustó el lugar, pero ahora que me he acostumbrado, me gusta porque es un sitio donde hay silencio. Veo a Esperancita cada mes y a los chicos cada dos, y esto es todo: esta es mi vida y mi muerte, donde no hay nada.

El espejo del mártir

Aspera militiae iuvenis certamina fugi,
Nec nisi lusura novimus arma manu.

OVIDIO

—Ha habido verdaderos dramas en el ejército, se lo aseguro; el suyo no es un caso aparte, por mucho que su reprobable exceso de individualismo le haga pensar lo contrario. Ha habido falacias, invectivas, maledicencia; ajusticiamientos de carácter meramente diplomático, deserciones a mansalva, regimientos enteros diezmados para dar un escarmiento, una lección; consejos de guerra contra altos cargos, traiciones y delaciones, espionaje interno, amotinamientos, insubordinaciones y mucha insolencia; actos de indisciplina que han costado batallas cruciales, sedición, sentimientos malsanos, casos de homosexualidad, rebeliones, atropellos; ...casos de homosexualidad, todo tipo de aberraciones carnales, morbosidad; y pánico, mucho pánico. Y, por encima de todo, implacabilidad. Esto entre nosotros: el ejército es injusto siempre, tiene que ser injusto para ser un auténtico ejército. ¿No conoce usted, por ejemplo, el caso del capitán Louvet, durante la campaña rusa de Napoleón? ¿No lo conoce? ¿De veras? Louvet era un valiente (tengo para mí que fue un valiente), y sin embargo, según todos los indicios, acabó fusilado por los suyos. ¿Por qué? Por una razón muy sencilla y a la vez inapelable: el ejército no admite la duda, la desconoce y en última instancia niega su existencia; y su caso era dudoso, muy dudoso. Es posible, sí, que la evidencia obrara a su favor, pero no basta con semejante testimonio en nuestro seno. Parecía decir la verdad y los hechos tendían a apoyar su versión, por eso había dudas; pero, ¡justamente!, no existía certeza; y, más que eso, lo que había era una irregularidad de por medio, suficiente por sí sola para condenarlo. Podía habérsele desterrado, haber suprimido su nombre de las matrículas y los archivos, como va a hacerse con usted prácticamente (usted va a ir a la isla de Bormes por tiempo indefinido, hasta nueva orden, ¿comprende?), pero, ¡ah!, siempre quedaba la posibilidad de que escapara, de que regresara, de que eludiera la deportación, incluso de que se alzara en armas contra nosotros (nunca se sabe), arrastrando tras de sí algunas compañías leales a su persona o enfervorizadas por el remordimiento. El heroísmo tiene adeptos y produce ceguera; es admirable, sí, pero si se le une el infortunio el resultado es fanatismo. Por eso ya no hay héroes individuales, porque fomentan un entusiasmo desmedido y nocivo, despiertan las ansias de emulación y las tropas ya sólo piensan en hazañas improbables, en proezas singulares y en la gloria en general. Incluso se ha tenido que acabar con el genio militar, con el gran estratega: aunque de adhesión más minoritaria (únicamente entre los oficiales, ¿sabe?), también esa figura provocaba delirios e idolatría. El ejército es anónimo, tiene que ser anónimo...

El coronel se pasó un dedo por la punta de la lengua (fue un gesto fugaz) y se alisó una ceja que se le levantaba.

—Anónimo. Así que no conoce usted el caso del capitán Louvet, del ejército francés... Pero ¡hombre de Dios, si es muy famoso! Descanse, descanse y figúrese: un soldado valioso, arrojado, con excelentes condiciones, batallador, un poco ingenuo (era un teórico), seguramente lo que lo perdió. Su historia fue muy comentada y más tarde silenciada, no se sabe a ciencia cierta... Pero ¡esa es la esencia del ejército! No se sabe; aunque esté constituido por individuos, el ejército no es una unidad; ni aun haciendo abstracción de esa multitud de individuos que lo componen siempre de manera circunstancial. Y al no ser unidad, ni sabe ni se deja saber, porque ¿acaso lo que no es unidad puede conocer o ser conocido? ¿Puede ser conocido lo que no es unidad ni divisible en unidades por lo único que tiene capacidad cognoscitiva, a saber: la unidad? Vea usted que escapa a nuestra comprensión, como muchas otras cosas que nos empeñamos en entender. El ejército es incognoscible, y sin embargo no es tampoco una patraña. ¿Qué es, pues? Ah, yo no lo sé ni pretendo saberlo; es indefinible, ahí radican su grandeza y su misterio. No, no me pregunte, yo sólo sé que es múltiple y anónimo (múltiple en virtud de que no es uno, pero irreductible a partes e incontable según ellas); y que se lo entiende mal. Se lo toma por lo que no es porque se lo trata de entender (hay colegas, camaradas que se jactan... ¡y yo recomendaría la abstención!), y al final de tal empresa no caben más que el desconcierto o el error... Pues bien, no se sabe a ciencia cierta cómo acabó Louvet porque su episodio estaba de tal modo imbricado en lo que podríamos denominar los supuestos esenciales o fundamentos de la corporación, y hasta tal punto participaba de su espíritu más íntimo e incontaminado, que todas las vicisitudes inherentes al caso se negaban a revelarse y se adivinaban incognoscibles; y el ejército, al silenciarlo, no hizo sino dar configuración palpable y sancionar, con sus atribuciones más temporales, lo que ya era de por sí un estado real y verdadero, hondo, tajante e incuestionable: arrojó un velo figurativo sobre el velo trascendente que ocultaba el resplandor ya polvoriento de los hechos; con su decisión prestó encarnación a los dictados eternos de la ley natural. ¿Cómo no conoce usted el caso Louvet? ¡Si es paradigmático! Es muy ilustrativo de la tragedia del ejército (porque el ejército también es trágico, ¿lo sabía?; por estructura y por definición). Y no toda corporación es de naturaleza trágica, ese es un mérito que prácticamente nos cabe en exclusiva, y se lo debemos a nuestro profundo sentimiento de las jerarquías, tan arraigado y cabal que cualquier tergiversación o trastorno de las mismas desemboca indefectiblemente en la tragedia. Usted sabe que la tragedia, para producirse, precisa de un cuerpo rígido de leyes como entorno, de una normativa inviolable cuyo desacato revista tal gravedad que el conflicto suscitado por la transgresión y por la intromisión de un segundo corpus doctrinal (cuando lo hay, cuando merece ese apelativo) incompatible con la vieja legislación (vieja en tanto que es inmemorial, no crea: su vigencia es asombrosa e imperecedera) sólo pueda tener por desenlace la catástrofe; así, la historia toda del ejército, o mejor dicho su errática y siempre declinante trayectoria no es más que un jalonamiento, tumultuoso y caótico, de diferentes prótasis, epítasis y catástasis simultáneas (o atemporales quizá, si me apura usted: ya sabe, exposición, nudo y clímax), que en un momento y lugar determinados se unen, o más propiamente convergen, y, manifestándose instantánea y excepcionalmente en el Tiempo, adquieren un orden fugaz y un sentido efímero para a continuación deshacerse en una catástrofe común. Esta catástrofe puede tomar la forma de un destino unívoco y personal, como en el caso Louvet, o presentarse bajo la apariencia arrolladora... ¿qué le diré?, de un exterminio imprevisible y masivo de tropas, por citar tan sólo un par de ejemplos de los sinnúmero dados a través de todas las épocas y por darse en el futuro. O también de ambas cosas a la vez, una de las características del ejército en su vertiente o modo fenoménico es la ubicuidad. Pero vea usted que la meta continuamente renovada del ejército (siempre la misma y ajena a toda voluntad con visos de humanidad) consiste en hallar cauce a los parsimoniosos meandros y entresijos de un itinerario deslavazado, anómalo y torrencial, para acto seguido desintegrarlo en un océano redolente de pasado y extenderlo entre los acuosos desperdicios acumulados por la actividad acéfala, perpetuamente creadora y destructiva, de los tiempos. Le diré que ese cauce momentáneo, una vez disuelto en el bajío de desechos, queda irreconocible para siempre: hay que aceptar la imposibilidad de su recuerdo. El coronel se echó levemente hacia atrás (con la punta del largo cortaplumas que hasta aquel instante había guardado bajo la axila, en posición de fusta o bastón de mando) una indómita onda del cabello que le bailaba por la frente: fue un gesto juvenil y enteramente perfunctorio.

—Es esta una función ingrata para los inocentes que hemos de darle corporeidad, pero como no está en nuestra mano abolir o renunciar a tal misión..., ¡al tiempo!; y por otra parte (y quizá deba decir afortunadamente), son pocos los que, incluso desempeñándola, están al tanto de ella. Tal vez sólo miembros de hierro, como usted, Louvet o yo, capaces de hendir la espuela en el barro y esperar la acometida; brutales como sablazos, tersos, inconmovibles, desheredados sin origen que piden a voces su aniquilación: porque yo participo de su pequeño drama, ¿comprende?: usted va destinado al islote de Bormes indefinidamente, o quizá al de Malvados, y soy yo quien le convierte en un militar oscuro y provinciano (en un descamisado, sí) cuando su hoja de servicios le auguraba un puesto en el mando y una vitola de mundanidad que a buen seguro habría contribuido enormemente a realzar su prestigio y a acentuar su personalidad; soy yo quien le va a sumir en el olvido y la deyección, en la rutina y la desidia, o para ser más exactos: yo formo parte de la encarnación de la catástasis... no me atrevería a hablar aún de catástrofe en su caso, no se dé importancia... los dramas habidos en el ejército han sido legión y multiformes, y de magnitudes tales que si se hiciera un simple recuento grosso modo, el mundo quedaría boquiabierto y pasmado usque ad nauseam. Y el suyo está viciado a primera vista, tiene... ¿cómo expresarlo?, una cierta aureola de carácter anecdótico que impide determinar con rotundidad si efectivamente se inscribe en nuestra inveterada y fatídica trayectoria (siendo lógico en tal caso que cuanto más pronunciado es el declive más anodinas resulten sus manifestaciones visibles) o si bien, por el contrario, es solamente otra estampa de lo que podríamos llamar el santoral de nuestro cuerpo: algo con que promover y recordar la regularidad invulnerable del ejército, algo con que dar a conocer y divulgar de forma amena y superficial nuestros conceptos entre los novatos y los legos. Ya le digo: no lo sé, aún ignoro la fuerza y la necesidad a que responden sus errores y el consiguiente derrumbamiento; el ejército está cambiando, el arte de la guerra no es el único desuetudinario, no es el único que ha dejado de existir; y al haberse desvanecido (al haberse amortiguado cuando menos) lo que en buena medida conformaba la representación viva y material de nuestra esencia, los atajos de que se vale nuestro espíritu son desorientadores hoy por hoy: sólo causan perplejidad y desconfianza, incluso un poco de desaliento involuntario (falta de fe, en otros términos) para los que, como yo mismo, somos versados en la materia, hemos reflexionado y conocemos la ilustración portentosa del pasado. Sepa usted que este nugatorio deambular de nuestros días es algo nuevo enteramente, y que una de las características de esa configuración, de esa fuga del magma, de ese cauce o cristalización de que le hablo, era la luz, el breve fulgor, el destello nítido y cegador, la irradiación sublime del momento culminante; en una palabra el fugitivo cielo estrellado entre la masiva e idéntica condensación de dos tormentas en la noche. Pero parece que es este un brillo ya difunto, cancelado, innecesario: como si el desenvolvimiento de la tragedia mortífera y perenne del ejército hubiera desechado a la postre su incursión final por nuestro tiempo, como si la materia de que están hechas las tres primeras partes hubiera absorbido a la cuarta albergándola en su seno y en su dimensión y confundiéndola; como si se estuviera produciendo un transvase, una transubstanciación cuyo efecto sería la progresiva y gradual difuminación de la catástrofe: si su difuminación o su desaparición, eso me temo que nosotros no lo llegaremos a saber, ni a intuir siquiera. Tal vez de ahora en adelante (si no ha ocurrido ya) el ciclo funesto y glorioso del ejército se reduzca y pierda su estructura dorada y modélica. ¿Se lo imagina? Un encadenamiento tan indiscernible e incesante que lleve a la descomposición de los eslabones; una yuxtaposición tan brumosa y perfecta que finalmente no sea sino la fusión de las partes, un continuum informe y compacto, como el tiempo incontable del convicto en la mazmorra o del amante postergado; y todo ello dándose en un reino que nos está vedado, en el campo invisible de batallas fantasmales y campañas venales, en un terreno donde ni se muere ni llueve, ¿comprende usted?, ¡donde ni se muere ni llueve!...

El coronel encuadró entre sus manos el rostro inflamado y venoso, acentuándose más todavía la forma de huevo invertido de su cabeza senil y pulposa y aterciopelada.

—Espantoso, ¿verdad? Pero piense usted al mismo tiempo que, de consumarse este vuelco en que al parecer nos hallamos inmersos, el resultado equivaldría tan sólo al cumplimiento absoluto de nuestra incognoscibilidad esencial. Y deberíamos alegrarnos por ello. Hasta ahora, aunque no cupiera el conocimiento, sí era posible su simulacro, incluso su aspiración: la especulación, la conjetura, la hipótesis... Todo ello errado desde su nacimiento, sí, y sin posibilidad de acertar, pero en cierto modo remunerador, un alivio. Un consuelo banal, bien es verdad, pero conciba usted lo que puede ser su falta. Entonces no nos quedará más que el recuerdo borroso del vestigio que fue; y ambas cosas se irán debilitando poco a poco, hasta que sobrevenga el día en que incluso ese mortecino reflejo deje de iluminarnos ya y se apague, extenuado por el exceso de trabajo a que lo habremos sometido. Es este un resplandor perecedero, que necesita regenerarse y cobrar fuerza de sus iguales; y si no los hay, si no obtiene descendencia, se extingue tras languidecer lentamente: no es capaz de soportar el peso de siglos, ni aun de lustros de temporalidad infecunda... Lo que me pregunto es si la carencia total de casos como el de Louvet y la paulatina abrogación de su culto y su memoria, la falta de cúspides donde respirar hondo tras la turbulencia y el clamor del ascenso, de atalayas con que alimentar nuestra única ilusión, la primordial: que desde allí, y por un momento, se contempla con diafanidad la curva entera del trayecto recorrido en la ignorancia, el ancho valle que antes había sido imperceptible y la negrura del océano del que se procede y al cual se habrá de volver..., me pregunto si todo esto no conllevará la disolución de la naturaleza trágica del ejército, del ejército mismo en consecuencia; o al menos de su representación más inmediata y por ello imprescindible, irrenunciable; en una palabra, de nosotros mismos, del cuerpo como tal. Y así, no sé tampoco si su caso merece la pena realmente, si es que se inscribe en esa difuminación degradante y gradual de la catástrofe, en esa imparable nebulosidad de que le he hablado (perteneciendo por tanto, pese a todo, a lo más profundo y entrañable de nuestro carácter), o si bien no es usted más que un nuevo capítulo del martirologio. Sí, una muestra más, de muy relativa importancia, de mero interés cuantitativo. No sé si es usted como Louvet, Lucan y algunos otros (un vínculo admirable, la confluencia, la síntesis) o si, por el contrario, su drama es un vulgar disfraz, una máscara innoble con que pretende engañarnos la temporalidad atolondrada y pragmática a que estamos condenados. Porque su historia, ¿sabe usted?, está desprovista de emoción y de grandeza, no es una cumbre ejemplar, dibujada e inequívoca, carece de grandilocuencia y de esplendor, ni siquiera veo en ella el rastro o estela estremecedor de la catástasis, del clímax, de la premonición; en suma, puede usted ser, simplemente, un eslabón tan llamativo que nos induzca al error: y a fuer de ser sinceros, le diré que ojalá sea así; lo contrario supondría sin duda lo que a la vez le he expresado en forma de esperanza y de temor (más de lo segundo a la postre, lo confieso sin ambages ni resquemor; aún no he envejecido lo suficiente para anhelar la evanescencia, aunque todo se andará): un deterioro representativo tan bárbaro, tan irreversible, tan implacable, que nos podríamos dar por clausurados. ¿Se imagina usted lo que sería el fin de los Louvet, de los Pompeyo, de los John Hume Ross? ¿El fin, incluso, de los menos fulgentes, de los Manera y de los Moreau, de los Custardoy? Un óbito corporativo, eso sería, una intolerable defunción... ¡No más Louvets, no más Louvets! Impensable aún hoy, ¿verdad? Yo habría dado cualquier cosa por ocupar su lugar: por haber experimentado en mis propias venas espeluznadas el vértigo de la consumación, por haber cabalgado a solas, como lo hizo él, por haber gozado de sus antecedentes geniales, por haber sucumbido como él. Louvet, fíjese usted, se vio bendecido por la fortuna hasta en los detalles más nimios, ni siquiera tuvo que atravesar el obligado engrisecimiento de la carrera ascendente y lenta de todo soldado: entró y salió del ejército como capitán, sólo intervino en una campaña... Fue un personaje relampagueante y fugaz como su propia función. Cuando Napoleón preparaba la marcha sobre Rusia, su asombroso ejército se encontraba ya tan desgastado y yacente pese a los triunfos obtenidos que no sólo tuvo que reclutar tropas de manera indiscriminada y abusiva, sino también que inventarse oficiales no siempre merecedores del rango. Louvet fue una de estas creaciones tardías, pero en su caso no puede hablarse de desliz ni de improvisación: sus profundos conocimientos teóricos del arte bélico, la ingente obra escrita en que los había plasmado, la clarividencia estratégica que tales páginas dejaban traslucir no hacían sino convertir en lógica y apremiante su incorporación a filas en un puesto de mando y responsabilidad, y en disparatada, absurda, perversa, la circunstancia de que hasta entonces se hubiera mantenido alejado de los campos de batalla y hubiera confinado su saber abrumador al polvo de las bibliotecas y a los ojos cansados y débiles de los curiosos y los ilustrados. Pero al igual que el aficionado a los mapas rara vez siente el impulso o la necesidad de viajar porque sabe que la carta no miente y que en el lugar visitado no hallará más que lo que aquélla le anuncia y describe y da ya, así a Louvet no se le había ocurrido jamás (considerándolo algo denigrante y superfluo) constatar personalmente sobre el terreno la veracidad de unas doctrinas que, como su progenitor, él reputaba obligadas y ciertas. Y sólo en 1812, quién sabe si porque la magnitud de la empresa le atrajo o porque, ya cincuentón, sufrió una conmoción inesperada y profunda de carácter patriótico, quién si porque se dejó seducir a fuerza de lisonjas y halago o porque a punta de bayoneta fue forzado a ingresar, quién, finalmente, si porque vio en ello una rúbrica adecuada a su obra o porque quizá enloqueció, el docto Louvet recibió su primer baño de fatiga y de sangre al pasar a formar parte del ejército nacional con el rango de capitán. Y no me cabe ninguna duda de que ya entonces Louvet presintió su destino y aceptó de buen grado que aquella incursión intempestiva y marchita le costara la vida. La función que a lo largo de la campaña desempeñó era la propia de un general veterano y con experiencia estratégica, pero el caso de Louvet desde un principio resultó singular: pese a estar tan capacitado para dirigir las operaciones de envergadura como cualquiera de los mariscales del Emperador, no se le concedió tan alta graduación, quizá para evitar los recelos, quejas y descontento de quienes la disfrutaban por los méritos y cicatrices acumulados desde el año 93, quizá a petición propia y con el íntimo, probable propósito de conocer el ambiente que le era contrario y militar en el frente. Y así, se daba la contradicción de que mientras a Louvet se le asignaba de facto un cargo espectral y oficioso que podríamos denominar de supervisor general estratégico y táctico, al tiempo, de iure y como capitán, participaba en el combate con asiduidad y una extraña delectación; ... en la lucha cuerpo a cuerpo, sí, en la refriega misma, ¿de qué se asombra usted?, dirigiendo cargas de caballería y cortando cabezas: el sable en la mano, la mirada encendida, la mandíbula tensa, poseído sin duda por la enajenación y el pavor. Tanto es así que en las confrontaciones previas a Borodino se distinguió más por su arrojo en el campo, pêle-mêle, que por su maestría o habilidades tácticas (sentía gran respeto por las teorías y maniobras del general Phull). No puede decirse que el suyo fuera un arrojo suicida, sino más exactamente irracional: a menudo recordaba al todo o nada que el pánico suele propiciar en el ánimo impresionable y endeble del novel; pero tenga usted en cuenta que en última instancia eso era Louvet, y que aunque su espíritu estuviera traspasado de marcialidad, no era en ningún caso un militar, sino un hombre de letras, un estudioso que había pasado la totalidad de su vida entre libros, planos y crayons: meditando, trazando, proponiendo, arguyendo; en suma, no era un hombre de acción; y el único medio a su alcance para sobreponerse al espanto y la fascinación que el combate no podía por menos de producirle era sumergirse en él con el entusiasmo y la dedicación del que nada tiene que perder, o mejor dicho, de quien está convencido de que lo va a perder todo...

Con la parte más carnosa de la palma de la mano el coronel volvió a alisarse delicadamente la ceja tupida, que en esta ocasión se le disparaba hacia abajo (por efecto de la humedad y el calor) confiriendo a su rostro una expresión levemente bobalicona y sombría, bovina y languideciente.

—Pero, eso sí, Louvet sabía muy bien lo que se traía entre manos y, sobre todo, a lo que estaba asistiendo: una cosa es que rodeado del estrépito de los aceros, del fogonazo a quemarropa brutal, de las caídas de los caballos en serie, de las salpicaduras de la tierra arrancada y de las voces ininterrumpidas y entrecortadas, sordas, sin procedencia y anónimas de los combates, perdiera el control de sí mismo y se transformara en un soldado aguerrido cuyo fanatismo llamaba tanto más la atención cuanto que de un lado se investía de su improbable figura de hombre pasivo, arropado e incrédulo, y de otro contrastaba con la ausencia de espontaneidad y el escepticismo en la lucha que aquejaban a sus camaradas y a las tropas en general, que en algunos casos llevaban diecinueve años batiéndose sin apenas respiro ni tregua; otra cosa muy distinta es que con la llegada del anochecer, durante los últimos pasos quebrados de las interminables marchas o en la atmósfera fría, ominosa y mortal de su tienda, no cavilara sin sueño sobre el velo que descorría su fogosidad. Y puesto que hablamos de ello, le diré que su destino personal, sustraído a su poderosa imbricación con el sino invariable, global y constante del ejército, tuvo que resultarle muy doloroso y sarcástico ya antes de Borodino: Louvet, como le he comentado, desdeñaba la comprobación empírica de sus teorías juzgándolas a priori infalibles y verdaderas y negando todo crédito o significancia a los desmentidos que accidentalmente le echaba en cara la experiencia ajena. Su visión del arte militar era formalmente irreprochable, pero (sin llegar a los extremos de la del general Phull, su celebrado adversario) se encontraba anticuada: su sistema era enteramente dieciochesco y se fundaba en una concepción de la táctica y de la estrategia que dejaba poco o ningún resquicio de acción al poder del azar. Louvet estaba persuadido (y su convencimiento era inflexible) de que poseyendo una buena y fidedigna información sobre las fuerzas propias y enemigas, sobre la disposición de ambos ejércitos en el campo de batalla, sobre sus respectivos movimientos en anteriores enfrentamientos y su tradición guerrera, sobre las características del terreno escenario de la contienda, e incluso si se quería (esto se le antojaba secundario, optativo, una cuestión de estilo) sobre la psicología más evidente y superficial de los miembros clave del staff contrario, se podían efectuar unos cálculos tan ajustados y precisos que al desarrollo fáctico de las operaciones no le quedara otra alternativa que erigirse en el cumplimiento simple, riguroso, exacto y aun taxativo del plan previamente acordado. La premisa menor de todo lo cual era un sentido férreo e inquebrantable de la disciplina: las tropas debían tener tanta voluntad como las piezas del ajedrez. Sin que ello signifique que concedo ningún valor a las tajantes, mojigatas, enormemente pueriles y poco autorizadas afirmaciones del conde Tolstoy al respecto, le diré que quizá *ahora* vuelva a ser posible tal cosa, pero que entonces *ya* no lo era en absoluto. De una manera aproximativa y muy imperfecta, lo había sido en el siglo XVIII, pero fueron justamente las campañas napoleónicas, con el precedente inmediato de las guerras revolucionarias, las que trastocaron por completo esta concepción de lo bélico sustituyéndola por otra, más rica y más amplia, que durante un periodo lamentablemente corto y que ya ha terminado otorgó al ejército la facultad de convertirse en una especie de Todo nacional (de receptáculo del Estado) en tiempo de guerra. Y si bien puede aseverarse que Louvet llevó a la cumbre y a la cabalidad que les faltaba los cálculos geométricos aplicados a las maniobras militares (siendo en esto un auténtico genio y como tal un adelantado a su época..., amén de un nexo hoy insoslayable entre la previa y la presente), hay que añadir, sin embargo, que partía (para *su* tiempo, que no para el nuestro) de un tremendo error de base que invalidaba de raíz y de un plumazo todos sus planteamientos. Esto no tuvo ocasión de averiguarlo hasta que él en persona entró en liza, y no tanto a través de los fracasos menores que como táctico cosechó en la ruta de Smolensk cuanto de su propio comportamiento individual, que le hizo la deplorable revelación de que de momento andaba errado y de que a lo sumo podía confiar en que el paso de los siglos hiciera coincidir algún día su pensamiento con los hechos y trocara lo que ahora se le mostraba como simple desideratum en realidad. Pues era en sí mismo en quien vislumbraba la contradicción: llevado de su celo y de su furor, él era el primero en contravenir las órdenes que había impartido, creando el desconcierto y fomentando la apatía entre sus hombres; incomprensiblemente se veía escindido, desdoblado durante la lucha, aferrándose de un lado a sus convicciones más antiguas y sedimentadas (que siempre unos minutos antes había pretendido encarnar en la forma de voces autoritarias de mando e indicaciones precisas a sus soldados), y hundido, de otro, en la vorágine de sus arrebatos particulares, los cuales, como un ariete arremetiendo contra su espalda al mismo ritmo que el de los latidos violentos de su yugular, le empujaban y señalaban, una y otra vez, el camino untuoso de la enajenación y el pavor, de lo sanguinario y lo montaraz. Y así, el destino que durante el día iba adquiriendo su configuración todavía impalpable, se le presentaba a la noche como algo aún no trágico sino más bien patético, y por ende doblemente desconsolador. Y a la luz de las hogueras donde fecha tras fecha se consumían las ilusiones maltrechas mezcladas con la ginebra, encajaba, durante el reposo postrero de cada jornada, los reveses fatales de su militancia tardía, casi póstuma, irreal y senil. Cuando finalmente lograba

conciliar el sueño tras largas horas no tanto de medita-
ción como de contemplación atónita de su trayectoria in-
clinada, un olor pútrido impregnaba sus fosas nasales a
modo de despedida trayéndole el vaho incipiente del fraude, la muerte y la descomposición; y sólo la certeza de que
llegaría la madrugada y con ella la oportunidad de dar
rienda suelta a su congoja en la insensatez de la lucha, le
permitía reclinar la cabeza por fin y dormir: ansiaba las
hostilidades hasta tal extremo que con una escaramuza se
conformaba: celebraba con desmedido alborozo y ninguna contención la aparición fantasmagórica de una partida
de cosacos extraviados sobre los que caer y tajar, y ello lo
llevaba a unirse con frecuencia a los grupos más adelanta-
dos, a marchar en primera línea a lo largo del día entre-
mezclado con los guías, los intérpretes, los pelotones de
reconocimiento y las arriesgadas avanzadillas napolita-
nas; y era tal la parafernalia de la Grande Armée que no
le costaba demasiado confundirse entre las líneas que más
probabilidades tenían de entrar en combate sin que la de-
serción de su puesto se hiciera notar; y si alguna vez eran
advertidas sus intromisiones en aquellos lugares que ni
por cuerpo ni rango le correspondían, sus superiores (quizá porque las achacaban a su impaciencia por dominar las
extensiones que se les iban abriendo y llevar a cabo una
inspección topográfica continua de los terrenos, quizá
porque lo reverenciaban pese a su graduación inferior)
guardaban silencio y le dejaban hacer. Y así, durante las
trece semanas de marcha la figura de Louvet fue abdican-
do de su aura de sabiduría para verla suplida por otra que
le iban tejiendo a partes iguales la extravagancia, la teme-
ridad y la obcecación. Su nombre empezó a ser conocido
ahora de los soldados rasos, y a pesar de que su conducta
como oficial y su pregonada labor estratégica no inspira-
ban ya confianza ni eran las de desear, sus hombres, viéndolo prodigar energías y audacia en el campo, mohíno,

taciturno y vencido en su carromato, comenzaron a sentir por él la veneración que en esos seres gregarios, pasivos, expectantes y llanos suscita todo lo que no alcanzan a comprender: admirándolo sin querer, imitándolo sin darse cuenta de ello y procurando no obstante no cruzarse con él, lo consideraban inaccesible y peligroso como un buque en cuarentena. Lo que sin embargo Louvet ignoraba es que estaba aproximándose a una desembocadura gigantesca e insigne que acabaría por fundirse con él; que mientras avanzaba hacia Borodino y Moscú haciendo descubrimientos vitales y para él impensados sobre el arte marcial, sobre su profesión, otro movimiento de sombras, oculto a su conocimiento y a su ciega mirada, recorría a su vez los últimos tramos de su propio abismo habiendo iniciado el descenso anheloso y alado no se sabe ni dónde ni cuándo: como la tromba de agua de un gran dique roto que rápidamente deglute poblaciones y campos sin que los moradores reparen en ella hasta que les es bien audible el creciente y aciago rumor, cuando ya no podrán escapar; como esa muerte imprevista que atrapa a quien menos lo espera, al que ignora los años que llevaba acercándose a través de un sendero invisible y oscuro y distinto del nuestro; como esa compañera adventicia y discreta, desdeñosa y siempre un poco distante que sólo presentiremos, cuando ya casi nos roce, en el aceleramiento de una palpitación que tomaremos por nuestra y le pertenecerá más a ella; como esa muerte, sí, como esa muerte que va por su propio camino trazado hace siglos y que sólo nos sale al encuentro cuando sin percatarnos nos deslizamos nosotros en él y así penetrando en su dimensión cenicienta y voraz y siempre y entonces extraña y remota nos integra o disuelve o nos quita de en medio; como esa mujer sorda, ciega y sin tacto que desconocemos, de la que nunca podremos hablar y cuyo recuerdo imborrable nos exigirá el espantoso tributo de olvidar lo demás; ... de igual manera el desperezamiento opaco, laborioso e informe del ejército buscaba en Louvet su desagüe, tanteaba su vertedero, le designaba para precipitar sobre él su recalentada descarga, le elegía para grabar en su frente la señal manifiesta de su inmenso, insistente e imperturbable poder.

El coronel, como si dudara de si el giro que había tomado su alocución era infatuado y pomposo o por el contrario sublime y avasallador, se detuvo y articuló algunas sílabas inconexas (agudamente acentuadas) para a continuación balancearse ligeramente sobre sus talones adelante y atrás (las manos rosadas en la mesa apoyadas) a modo de pausa o de transición.

—Una carga fallida: ese fue el marco de su aprendizaje y consagración. Una carga contra las Tres Flechas a las órdenes del gran Poniatowski, cuya poco envidiable misión consistía en atacar por detrás con el grueso de la caballería aquel reducto imponente y bien guarnecido. El riesgo y las dificultades que la operación entrañaba le hicieron mostrarse cauteloso, indeciso, y cancelar por dos veces las instrucciones ya dadas para sustituirlas por otras, casi opuestas en la primera ocasión, en la segunda vacilantes, mal enunciadas y ambiguas. Mientras tanto la batalla iba desplegándose rápidamente en los otros dos frentes, y los jinetes empezaban a impacientarse al ver que el momento previamente indicado para que se produjera la carga se disipaba sin que ésta tuviera lugar. Louvet, en cabeza, aguardaba con exasperación el instante de participar finalmente en una acción concertada y masiva: su caballo, instigado por él, se revolvía sobre sí mismo contagiado de su sanguinolencia exultante, tentando bruscas arrancadas y quiebros a la espera del espoleamiento definitivo, sin miramientos, brutal, que desde hacía ya varios minutos se insinuaba inminente dentro de su inagotable demora. Poniatowski, el Bayard polaco, trémulo de fiebre y titubeante, reflexionaba. Las cabalgaduras, nerviosas e irritadas, recalcitraban, piafaban. La tensión de los hombres, al tiempo, cedía y se diluía. Por fin, ensartando la bruma y el vaho, sonaron las voces encadenadas, resolutas, imperativas: hubo una espontánea e improvisada reordenación de las filas, demasiado dispersas ahora, en exceso ausentes y apaciguadas: los corazones más jóvenes batieron con fuerza, los oficiales se calaron un poco más los morriones y desenvainaron haciendo innecesariamente entrechocar los metales, todas las filas se irguieron; altisonante, confusa, se oyó la orden de ataque, y entonces empezó a formarse una nube de polvo, denuedo y calor que fue ascendiendo paulatinamente desde los cascos de los caballos hasta los muslos de los jinetes a medida que unas líneas, al desplazarse, invitaban a las siguientes a avanzar y ocupar su lugar, y que el trote, en virtud del trabajoso pero regulado crescendo de todo impulso remolón e inicial, se iba acelerando mecánicamente. Y como el polvo que enturbiaba la aurora, también el retumbar aumentaba y se hacía a cada segundo más profundo y más uniforme: las tropas compactas marchaban al trote y adoptaron un ritmo de dáctilo, amenazador, machacón; y trotaban, trotaban, trotaban, trotaban. Louvet, abriendo la carga, se despegaba unos metros del bloque para acto seguido remitir y frenar, dejarse de nuevo engullir por el tinte azulado de sus camaradas y a continuación distanciarse otra vez: adelante, siempre su empuje lo llevaba adelante sin que nadie lo pudiera sobrepasar; y mientras él sorteaba hábilmente los tocones de árboles que emergían del suelo como enormes cabezas de condenados asiáticos, algunas monturas comenzaron a tropezar arrastrando consigo a sus dueños en aparatosos derrumbamientos y revolcones masivos. Por el contrario Louvet, imbuido de esa concentración tan intensa que otorga el anhelo, apretaba más bien el paso; y cuanto más velozmente corría, mejor manejaba las riendas de su jaspeado caballo, bordeando con desenvoltura, como un artista circense o un bailarín metamorfoseado, los obstáculos que el endemoniado terreno le presentaba. De nuevo la voz monosilábica, empañada, aspirada, resonó entremezclada con los murmullos de aliento que las cabalgaduras y los jinetes, en forma de resoplidos los unos, de imprecaciones secretas los otros, mutuamente se prodigaban; y Louvet...

Louvet espoleó aún más su montura emprendiendo el galope en lo que él entendió como el apogeo de la dilatada carga: a tres cuerpos de los demás cuando acometió su trascendental carrera, fue exigiendo a cada salto adelante mayor rapidez o tal vez fue incapaz de embridar los ímpetus de su animal desbocado. Y sólo cuando el verde cercano de los uniformes contrarios surgió con rotundidad tras el humo y la polvareda, obligó a resbalar al caballo en un alto y volvió la mirada: sus compañeros, sus subordinados, a una distancia ya mucho mayor de la que lo separaba de los cosacos, estaban inmóviles o se replegaban hacia su campo: nadie en cualquier caso lo había seguido, la carga se hallaba interrumpida, anulada, tan sólo él había atacado. El Bayard polaco se había arrepentido otra vez, las dudas lo habían vuelto a asaltar. Y Louvet, con los ojos agigantados empapados no se sabe si de gloria o espanto, con el sable en la mano inclinado hacia abajo y sumiso, todo el tronco torcido, volteado hacia atrás y un estribo perdido en el súbito giro, penetró en otro tiempo, ¿comprende?, un tiempo distinto que no conocemos, nada tiene que ver con el nuestro: una vaharada de irremisión salida de su propia boca debió de envolverlo mientras sus vítreas, agrietadas mejillas despedían un reflejo encerado e intoxicante, y en aquel momento se unió al sino latente, impasible y perenne de nuestra corporación, que cristalizaba con él por enésima vez lanzando destellos refulgentes y efímeros, verbosos (fíjese) así que jaculatorios, para en seguida recluirse de nuevo en su zona de inmanencia y de sombras y volver eternamente a empezar. Y él, Louvet, dirigió su montura a galope tendido contra los cañones rusos de las Tres Flechas. Desde la lejanía se lo vio llegar hasta allí con el brazo derecho extendido, como una estatua ecuestre dotada de movimiento y pasión, sin que lo abatiera ni se produjera un solo disparo; y a continuación, tan fugazmente como al pretenderse vigilar la inaprehensible conducta de un instante aislado, se vislumbró tan sólo el caballo y después nada más. Y cuando los tumefactos despojos del ejército ruso, escasos, maldicientes, vencidos y pese a todo en buen orden se retiraron como un enigma insoluble al ponerse el sol, el erudito Louvet marchaba con ellos...

El coronel tomó asiento e hizo girar con tal fuerza el globo terráqueo que adornaba su mesa que a punto estuvo de derribarlo: tan decidido y enérgico fue su manotazo.

—Yo tengo para mí que Louvet fue un valiente: tengo para mí que el Bayard polaco, asediado por las temperaturas aquella madrugada, ordenó detener la ofensiva al ver cómo los tocones y los maderos que poblaban el campo trababan las patas de las cabalgaduras y causaban numerosísimas bajas innecesarias. Sepa usted que unos minutos más tarde la verdadera carga tuvo lugar al trazarse un complicado rodeo y atacar el reducto de flanco (con éxito muy relativo, dicho sea de paso). Sí, tengo la convicción absoluta de que Louvet fue un valiente y un militar ejemplar, y sin embargo la plana mayor de la Grande Armée, escarmentada y dolida, susceptible y confusa por la acumulación de descalabros y sinsabores que sin atreverse a mirar entreveían quizá como merecidos, no lo juzgó de este modo: el hecho de que no hubiera disparos por parte de los cosacos mientras él cabalgaba hacia ellos con el sable empuñado y ofreciendo un buen blanco, la escandalosa denuncia que hizo Chambray del favorable trato dispensado a Louvet durante su cautiverio (a lo largo del cual los demás prisioneros lo habían visto cambiar impresiones, departir, *confraternizar* y *colaborar* a menudo con Wittgenstein, Phull, Clausewitz: ¡sus iguales!): ambas irregularidades, unidas a los pequeños fracasos tácticos del erudito antes de Borodino, que ahora se consideraron a una luz tendenciosa y malsana, levantaron la infundada, grotesca y miope sospecha de una traición: de que pudiera haberse pasado al bando enemigo en plena batalla y con premeditación. Y cuando Louvet volvió a su patria ya liberado, se le formó un consejo de guerra del que sólo sabemos que salió condenado. No hay dato ninguno sobre la clase de pena que le fue impuesta: no existen pruebas de que se lo fusilara, tampoco de que se lo deportara como vamos a hacer con usted (¡al islote de Bormes!, ¿comprende?; ¡por siempre jamás!). Nada sabemos porque el ejército no admite los casos dudosos ni es cognoscible, y allí donde asoma su esencia demasiado relampagueante para ser contemplada, no caben más que la indiferencia, el disimulo, la omisión y el silencio si se aspira a mantenerlo intacto y con vida. Cuando así se muestra su naturaleza terrible, mejor no intentar aprehenderla, mejor no enterarse de ella. Porque nada sabemos, nada en efecto sabemos, y no obstante fíjese en que gracias a ello y a no averiguar nos es dado conjeturar, cavilar, incluso decidir sobre lo que fue de Louvet con la máxima libertad. ¿Lo ve usted? ¿Lo comprende? Consulte, vaya a mirar en los libros: le mentirán tanto como yo le pueda mentir; tan equivocada al respecto y a todo se encuentra la Historia como lo pueda estar yo, porque su saber es idiota, irrisorio, parcial, consanguíneo del mío, con el agravante de que no se sabe contradecir ni modificar, traicionarse ni negarse a sí mismo, apuñalarse como yo me apuñalo una y otra y aun una vez más. Esos libros escritos con el firmísimo pulso del que nada conoce y la pretensión de enseñar le contarán que Bonaparte entró en Rusia en agosto y que no hacía frío, sino un insoportable calor; que los contingentes de la fuerza invasora eran apabullantes, inmensos, y que la moral de las tropas, lejos del resquebrajamiento, el cansancio o la abulia, era tan elevada o más que el año 93; que antes de Borodino no hubo enfrentamientos de envergadura y apenas escaramuzas, que los soldados franceses sólo conquistaban cenizas y espacio desierto; también le dirán que no era el gran Poniatowski quien aquella mañana se hallaba febril, sino el propio Napoleón... y no le hablarán de Louvet. Un docto traidor cuyas obras mediocres consume el olvido, así lo verá mencionado en algún documento de archivo. Y sin embargo aquello fue como yo se lo cuento. Tengo para mí que en aquellos instantes anteriores al éxtasis, Louvet no supo o no quiso distinguir las voces de alto y creyó que se encomendaba la galopada final; y que cuando se dio cuenta de lo que sucedía (e ignoro si desde su cúspide en realidad se la dio), ... cuando deslumbrado y perplejo le cupo la duda de si el acto de indisciplina, la contravención, el error, lo habían cometido los otros al retroceder o él mismo al no frenar y avanzar, prefirió la embestida furiosa y la muerte (petulante, retorcida, ampulosa, que no se deja buscar) a volverse atrás. Supo entonces sin vacilación, una vez tomada la decisión y al fundirse con la trágica esencia de nuestra corporación... esa esencia que a nosotros nos huye... cuanto se pueda saber, cuanto es imposible saber; y sin embargo, al mismísimo tiempo no quiso ya probar más de nuestro conocimiento empobrecedor y parcial: desdeñó desde las alturas toda falta de plenitud y no pudo transigir con lo humano. Y no estoy seguro, a la postre, de si temió el desengaño posible, insoportable y total del mundo incompleto que acababa de abandonar o si no le interesó ya conocerlo tal vez... Ni siquiera, fíjese, tuvo que renegar de él: la separación entre ambos fue espontánea, fácil y natural, no fue producto, ¿comprende?, de ninguna, de ninguna voluntad...

El coronel se interrumpió y se quedó pensativo: con el pulgar y el corazón de la mano izquierda sobre las negras ojeras, negras como la pez, me miró con fijeza y pausadamente añadió:

—No sé si sabiendo, ya no quiso saber.

Portento, maldición

I

La primera impresión, claro está, ha sido desastrosa. Cierto que ya me habían advertido, pero no esperaba encontrarme con semejante exageración; y además, de su carácter, que por desgracia adivino, nada se me había dicho, ignoraba que se tratase de un fatuo. Lo veo, es algo manifiesto que me va a hacer la vida imposible, y no porque no pueda evitarlo, porque esté implicado (que lo está) en su sola existencia, sino porque sin ningún género de dudas lleva esas intenciones dentro de su cabecita; ese braquicéfalo, capaz de pensar pese a todo; de ideas luminosas: de eso es de lo que, con certeza, está poblada. Luminosas, resplandecientes, exigentes, un prodigio y un hallazgo. Y además es presumido: si fuera mujer, se tendría por una beldad, y he de decir que aun con todos los sinsabores que semejante condición me podría acarrear en el futuro, lo preferiría. ¿Quién lo habrá engañado? ¿O es que acaso es dueño de una voluntad omnipotente capaz de convertirlo todo en sentido, en convicción, en ley? Así ha de ser, de otra manera ya habría puesto fin a su vida; pero debería comprender que se sale de lo corriente y optar por el término medio, moverse en ese terreno donde todo es cuestión de vocabulario, donde no es difícil pasar inadvertido y donde, desde luego, las maldiciones son mucho más llevaderas. Ni siquiera me acuerdo muy bien de cómo se llama. ¿Y para qué? Tendré que ponerle algún apodo, es lo que se merece. De esa forma irá aprendiendo y sabrá quién toma las decisiones. Pero, aun con todo, me va a hacer la vida imposible, de eso estoy completamente seguro. Lo lleva en la sangre, esos ojitos que sin oposición ni lamento se dejan invadir por los párpados y las mejillas me lo han dicho con franqueza, a pesar de que miraban amistosamente y con un poco de coquetería. Debe de tener bien aprendida la lección, sabe a lo que se expone, no carece de experiencia. Esquivar, esquivar, en eso consiste su estrategia y su carácter: preocupante no es, no es esa la palabra justa, aquí no hay cabida para las medias tintas y matices: es un fenómeno, un energúmeno; y además es un traidor, la sonrisa así lo proclama; y no por ser desenfadada es menos ostentosa. Poco podía yo imaginar esto ante la pila, cuando fui su padrino. A las primeras de cambio, en cuanto me descuide, me quemará los papeles, roerá las puntas de los visillos, aserrará tres patas a una mesa, me hará tropezar para reírse de mí. ¿Qué puedo hacer?

II

Hoy le he visto saltando a la comba en el jardín. Lo hacía excesivamente mal, más que otra cosa provocaba hilaridad, y en vista de que en esos momentos su situación con respecto a mí era de absoluta desventaja y nada podía temer de sus desplantes (ni de sus impertinencias y sarcasmos, que nunca utiliza para defenderse, sólo para atacar), me he atrevido a interpelarle y me ha contestado, con aplomo y sin titubeos, que quiere ser boxeador. Al parecer, entre sus cosas, que en su mayoría están aún por llegar, hay un punching bag. Le he preguntado si no le cansaba hacer tanto ejercicio y me ha respondido que no, y que además así adelgaza. Por lo menos sabe (y lo que es más importante, no lo niega ni se hace el loco al respecto) que es gordo y no se ofenderá tal vez si le hago bromas acerca de su disparatado volumen; estas alegrías son las únicas que hoy por hoy me pueden distraer de mi condena. También he observado que bebe grandes cantidades de líquido, pero en cambio, en contra de lo que había supuesto, no le gustan los dulces. Su grasa debe de tener un origen endocrino; pobre, al pensarlo, mi firmeza se tambalea: a lo mejor, después de todo, él no tiene la culpa. Pero me indigna verlo así, me dan ganas de zarandearlo, de abofetearlo, incluso de darle patadas en los muslos. Los tiene tan anchos que al andar se rozan entre sí y producen un ruido semejante al del frotamiento rítmico de dos telas bastas. Más le valdría llevar pantalones largos. Lo que sucede es que tendría que acompañarlo yo a comprárselos y me da vergüenza salir a la calle con él; aunque algún día me veré obligado a hacerlo, no puedo confinarlo a la casa y al jardín. Y de una vez por todas he de hacerme a la idea de que esta situación no es temporal, no se trata de algo pasajero, ¡hélas!: lo voy a tener siempre conmigo, soy lo único que le queda en todo el mundo. He de reconocerlo: él tiene la totalidad de sus esperanzas depositadas en mí.

III

Por fin (confesaré que tras largas reflexiones y vacilaciones, a cual de índole más penosa, sí) me he decidido a seguirlo en sus paseos por los campos de los alrededores. Y ya sé por qué va siempre vestido de negro, gris o azul marino: se cae, ¡se cae con muchísima frecuencia! Más o menos cada veinticinco pasos. Y la única solución para que la ropa no se le vea excesivamente sucia es llevarla de tonos muy oscuros. No me había dado cuenta en todo este tiempo, pues hasta ahora casi siempre lo había visto quieto, por lo general desplomado en un sofá y enfrascado en sus abominables lecturas. No sé qué le podrá suceder, pero a él no parece preocuparle en absoluto: ni me lo ha comentado ni me ha pedido que lo lleve a un médico. Cada vez que se caía el espectáculo era excelente; lo he observado con mucha atención, y no tropieza, ni siquiera con sus propios pies; simplemente se cae (o quizá se deja caer agotado por el esfuerzo de caminar, aunque esto, bien mirado, es imposible: de ser así no saldría a dar paseos; y en ningún momento parecía fatigado). Sí, se cae, y si el terreno presenta algún desnivel o inclinación, rueda un par de metros. No se levanta inmediatamente, como sería de esperar, sino que una vez en el suelo permanece allí desparramado como si comprobara con regocijo la infalibilidad de la regla o contemplara con serenidad la puesta en práctica de su sino; pero, transcurridos estos segundos iniciales, da comienzo a una serie de agónicos movimientos que nunca son los mismos. Visto el gran número de caídas que sufre, lo natural sería que ya hubiese hallado un método gracias al cual le resultara sencillo incorporarse y que lo empleara siempre; y sin embargo no es así, cada vez intenta levantarse de una manera distinta. En una ocasión ha tratado de hacerlo estando boca arriba y sin ayudarse de las manos, a la manera de los atletas; le ha costado mucho, pero, inexplicablemente, al final lo ha conseguido. En otra, ha pretendido girar sobre el suelo para, aprovechando el impulso de sus propias vueltas, alzarse impetuosamente con el rostro enrojecido, no sé si por el esfuerzo o por la emoción. Debería decirle que la manera más fácil es: poniéndose boca abajo y apoyando las manos en el suelo. Pero si lo hiciera se enteraría de que he estado espiándolo y podría imaginarse que me intereso por él. Y ya es bastante vanidoso, ya es bastante vanidoso. No lo puede ser más.

IV

He descubierto que lee biografías. ¡Biografías! ¿Qué gusto les encontrará? Tiene la habitación literalmente atestada de biografías, algunas, además, noveladas; hay varias de Metternich, me ha parecido ver por lo menos dos o tres; y otras de personajes tan irrelevantes y secundarios que ni siquiera estoy muy seguro de saber quiénes son: el emperador Jacques I de Haití, Carmen Sylva, el barón Jomini... Tal vez no las lea y simplemente las coleccione; eso podría explicar su nauseabunda indiscriminación. También tiene algunos libros de teatro, pero son todos muy malos, y las ediciones tan arrastradas que no dejan de llamar un poco la atención. Debe de ser comprador de quioscos. Ayer, para probarle, le ofrecí un tomito de poesías de Querubin y otro de Valéry y me los desdeñó. Me dijo que no le interesaban en absoluto, y al preguntarle yo por qué, me dio la espalda y prosiguió su lectura sin contestarme. Durante unos segundos de estupor dudé entre derribarlo al suelo, sobre la alfombra, y golpearlo hasta hacerle vomitar una respuesta o marcharme sin hacer ningún comentario. Finalmente opté por lo segundo, y lo cierto es que estoy arrepentido de mi presurosa decisión: ahora se envalentonará y se permitirá no responderme siempre que se le antoje. La única manera de impedir que semejante actitud se convierta en un hábito es no hacerle más preguntas, no dirigirle la palabra, ignorarlo. Me atrevería a presumir que tal medida acabaría por destrozarle los nervios y llevarlo a una conducta diametralmente opuesta si no fuera por que la soledad y el silencio no parecen afectarle demasiado: se las arregla bien a solas. Tiene la cabeza hueca, eso es lo que le ocurre, aunque las notas que todos los meses se molesta en enseñarme como si a mí me interesara verlas parecen decir justamente lo contrario;

debe de ser muy aplicado. Y he de reconocer que jamás
me pide ayuda para nada.

V

Lo peor son las comidas. Ahora son más insoportables aún si cabe. Ya se ha dado cuenta de que yo hago lo
inimaginable por no sentarme a la mesa hasta que él ha
terminado, y ahora, después del postre, desdobla un periódico y se pone a hojearlo con desinterés para no abandonarlo, empero, hasta que yo he puesto punto final a mi
almuerzo y enciendo un cigarrillo (con la intención de
ahumarlo y ahuyentarlo, no tolera el olor). Y así, mientras
él come solo y durante ese acto sin duda trascendental
para sus humores goza de intimidad y no se ve importu-
nado por nadie, yo me veo obligado a soportar sus miradas opacas, tanto más irritantes cuanto que nada revelan.
Está mucho más atento a mis movimientos que al diario
que con enorme soltura maneja entre sus manitas de cera;
lo sé muy bien porque a veces, cuando no me queda vino
en la copa, acerca con disimulo la botella hasta mis dominios; o si he acabado el primer plato, empuja la bandeja
del segundo hasta que ésta tropieza con mi codo. Y juega
con mi servilletero. Parece que se impacientara, que estuviera deseoso de despejar la mesa para utilizarla él; pero
no, cuando he terminado se limita a quitarla sin la menor
diligencia, y a continuación se queda merodeando a mi
alrededor completamente desocupado, como si no tuviera otra cosa que hacer que vigilar mi digestión. He de variar mis costumbres: de ahora en adelante volveré a comer
al mismo tiempo que él, será mejor que me acompañe a
pesar de su estúpida cháchara banal. Al menos de esa manera estaremos en igualdad de condiciones y yo no me
sentiré tan cohibido por su presencia, pues ciertamente la

opinión que uno pueda merecerle al otro en esos momentos delicados de la alimentación no será tan severa como la que él debe de albergar acerca de mí en la actualidad: ambas, en cierto modo, quedarán suspendidas al verse amenazadas por el juicio del otro comensal. El diario que siempre lee es deportivo.

VI

Hoy ha regresado del veraneo; viene muy tostado por el sol del sur y con ropa de colores claros que, al parecer, le han regalado, como a los demás, los responsables del coro, sus amigos y protectores. Me ha traído un fósil envuelto en un pañuelo de carísimo madapolán, y lo único que se me ha ocurrido ha sido ponerlo encima de mi mesa de trabajo a guisa de pisapapeles. Antes de la cena he ido a su cuarto para devolverle el pañuelo y, tras decirme que no tenía apetito y que hiciera el favor de no esperarle, se me ha quedado mirando torvamente: no quiero pensar, por su propio bien, que con desprecio. No debe de haberle gustado la misión que le he encomendado a su piedra, pero, ¿qué quería que hiciese con ella? ¿Para qué necesito yo un fósil? Y, además, ¿por qué me tiene que hacer regalos? ¿Acaso le he hecho yo alguno? Jamás. Yo nunca le he dado nada que no fuera imprescindible, que no entrara en mis obligaciones; ahora supongo que estoy en deuda con él y tendré que hacerle un obsequio. Ya está: le regalaré una biografía de Ponce de León; o si no, un estuche con compás, tiralíneas y bigoteras, para que se distraiga con provecho. ¿O quizá un disco de 33? ¿Una caja de insectos? ¿Un uniforme? ¿Un disfraz de torero? ¿O tal vez algo más útil, por ejemplo un albornoz? Lo más probable es que, por provenir de mí, nada de lo que le lleve sea de su agrado. Intuyo que hasta sería capaz de (a escondidas y después de recibir el presente con indiferencia) salir a la calle y comprárselo de nuevo para más tarde, cuando la devolución fuera ya infactible, comunicarme que había olvidado que desde hacía tiempo tenía uno igual; tanto tiempo que lo había olvidado. Este temor me fuerza a devanarme los sesos sin justificación y a pensar en algo único que sus múltiples recursos no sepan imitar ni repetir.

VII

Ya sabía yo que un día de estos iba a depararme alguna sorpresa; llevaba cerca de una semana inquieto y desasosegado, evitando encontrarse conmigo para así no exponerse a caer en la tentación de formular verbalmente el ruego que me tenía reservado; aplazando el momento de dar *un* primer paso, de hacer su petición y de, con ello, reconocer final y abiertamente que aunque las apariencias estén muy lejos de subrayarlo, se halla a merced de mis designios y mis órdenes. Hoy ya no ha podido eludir el compromiso, tal vez porque desde el exterior lo han presionado, impacientados por la demora injustificada, por el incumplimiento de lo prometido. Parece que, en contra de mis previsiones, incluso de mis vaticinios y deseos, no se ve rehuido en demasía: puede que posea algún encanto o aliciente que yo he sido incapaz de apreciar o descifrar, pues para encontrárselo hace falta sin duda una concepción en cierto modo matemática del mundo, habilitada para convertirlo todo en módulos y en congruencia. Debe de cumplir con unos requisitos muy difíciles de reunir, pero ignoro cuál podrá ser la combinación deseada para que él, precisamente él, haya logrado proporcionarla. Le he dado permiso y calculo que he hecho bien: así me estará agradecido por mi magnanimidad y se verá en la obligación moral de demostrarme su gratitud de al-

guna manera que yo mismo me encargaré de sugerirle y
que tal vez consiga devolverme parte, al menos, de mis
energías. Sí, parecerá un contrasentido, pero le he concedido lo que anhelaba. Y además, lo he hecho con gran astucia y no poca elegancia, como si en realidad me extrañara
sobremanera que me pidiese permiso para semejante baga-
tela. Y sin embargo, ¡ay de él si no me lo hubiera pedido!

VIII

Hacía casi tres años, desde que él llegó prácticamente, que nadie entraba por la puerta de esta casa. La
desbandada fue general y no hubo gratificantes excepciones. Han llegado todos juntos, debían de haberse citado
previamente en una esquina o (quién sabe) en un café;
han pulsado el timbre con más fuerza de la indispensable
y yo me he apresurado a ir a abrir para echarles una ojea-
da, aprovechándome de una caída del energúmeno, que
ya se precipitaba hacia la entrada con gran alborozo. He
hecho bien, porque luego me ha resultado imposible atis-
bar ni oír nada. Y además he de confesar que, pese a estar
al acecho, tampoco me he enterado de en qué momento
se han marchado, tan sigilosos han sido. Eran tres y parecían normales; su aspecto era un poco desaliñado, pero
normal dentro de todo, consecuencia de su ingrata edad.
Uno de ellos, en eso me he fijado, lucía bigote, y los tres
llevaban cajas bajo el brazo, aunque no he conseguido ver
qué clase de cajas eran ni qué forma exacta tenían. Al principio pensé que tal vez fueran instrumentos musicales y
que venían dispuestos a acompañarlo en sus ensayos, pero
no, en toda la casa no ha sonado una sola nota; en consecuencia no sé qué es lo que habrán estado haciendo. Y me
muero de ganas de saberlo. Esta noche, durante la cena,
se lo preguntaré, y como me debe el favor no osará negar-

se a contestarme. Y si se niega, tomaré medidas muy severas y esta vez ya me cuidaré yo de que no pueda esquivarlas. Pensándolo bien, el castigo se lo tiene ya más que merecido: debería... ¡sí, debería haberme presentado!

IX

Ya no sé qué hacer. Cada vez hay más fiestas, se suceden sin apenas interrupción, mi vida en la actualidad transcurre en medio de una fiesta a la que por lo demás no se me ha invitado; aunque sería más propio decir *junto* a una fiesta; me siento como el inquilino del piso contiguo al del insaciable anfitrión, como ese inquilino que sufre tanto de insomnio como de envidia; a veces, lo más, como un vecino que no tanto a causa de sus méritos o encantos personales cuanto de su proximidad, ha ido a parar por accidente al vestíbulo, ha llegado hasta la antesala de la fiesta probablemente animado a pasar en el momento culminante por algún personaje que de manera indebida se ha arrogado el derecho a convidarlo de una forma verbal e improvisada, sobre la marcha; como ese vecino que, sin embargo, no se atreve a acceder: remolonea en el umbral especulando con su suerte, aguardando una insistencia que en aquel ámbito lo dote de identidad para, finalmente, rehusar. Y lo más indignante es que las fiestas, bien mirado, no son tales a pesar de los inequívocos preparativos; quiero decir que en ellas (o junto a ellas) no se puede pasar inadvertido; las conversaciones, escasas e infrecuentes, se celebran en voz muy baja y nunca entre más de dos personas a la vez. Si alguien habla, los demás prestan atención y no intervienen hasta que un nuevo tema se ha propuesto y se ha efectuado el reparto de papeles. Se diría un seminario. Todo esto lo infiero del tono de las reuniones, lo único que puedo percibir: la puerta permanece invariablemente cerrada con pestillo y, cuando llamo, el silencio se va haciendo de manera acompasada: el diálogo o el discurso quedan al instante interrumpidos y dan paso a unos murmullos que yo calificaría de deliberatorios para que, finalmente, *sólo* su voz se eleve (de un modo que delata el carraspeo previo, la artificialidad) y pregunte: ¿quién es?, sabiendo a la perfección que *sólo* se puede tratar de mí. El otro día, en lugar de dar la consabida respuesta y agregar un requerimiento o una petición superflua y rebuscada que nunca logran sus propósitos de justificar mi acción, me quedé callado y volví a golpear la puerta con los nudillos para forzarlo a abrir. Así lo hizo, pero con tanta cautela y avaricia que únicamente me fue permitido ver uno de sus ojos color sepia y un considerable volumen de carne que debía de pertenecer a su mejilla derecha. Sin embargo, algo saqué en limpio: su mirada, dentro de la inexpresividad habitual, denotaba por una parte soberbia y por otra temor. Este último sentimiento es lo único que todavía puede salvarme, y yo, víctima del escepticismo, había descartado su existencia.

X

Si *sólo* se trata de un problema de cotidianeidad, entonces estoy irremisiblemente perdido, pues nada se puede hacer para solucionarlo; mi esperanza es que, por el contrario, *sólo* pueda resolverse desde las alturas más sublimes, mediante un gran salto (en el vacío, sí, pero matemáticamente calculado) que me haga estar donde está él y lo obligue, al ver invadido su propio espacio de terreno y ser él un personaje que no puede admitir más que su opuesto, a trasladarse al único-otro lugar donde aún sería capaz de sostenerse en pie, donde todavía podría seguir vistiendo sus galas y satisfaciendo sus pruritos como si nada hubiera sucedido. Pero si una vez en ese lugar, el que yo ocupo y me corresponde según la ley y la tradición, todo efectivamente continuara *como* si nada hubiera sucedido, ¿habría sucedido algo en realidad? ¿Habría servido de algo el trabajoso y aventurado intercambio habida cuenta de que ignoro, aún hoy, quién goza de la posición más favorable, de privilegio? ¿De que no sé si su malestar, por no decir inaudito tormento, es superior o quizá inferior al mío? ¿Y de que él, en tanto que morador de mi morada, podría verse tentado (aún es más: obligado) a llevar a cabo la misma, idéntica operación más adelante, anulando así los siempre dudosos efectos de mi arriesgada maniobra? Todos estos interrogantes llevan implícita la respuesta en su propia formulación; todo este desconocimiento de las circunstancias sólo tiene de ello la apariencia, con la que yo trato de revestir de ignorancia algo que, precisamente al poder constatarse como tal, ha dejado ya de serlo. Estos párrafos, por tanto, huelgan.

XI

La brillantez con que ha ganado el concurso me da que pensar. No es que dudara de sus condiciones, menos aún de su buena y concienzuda preparación; de hecho tengo que reconocer que aun cuando no estaría en modo alguno dispuesto a concederle el adjetivo de excelente, su voz no es mala. Considerando los términos y la índole de nuestra relación, lo consecuente habría sido que me hubiera resultado imposible soportar sus afanosos ensayos, plenos de tenacidad, que se prolongan monótonamente a lo largo del día sin apenas pausa ni cesación; y sin embargo, puedo afirmar que si bien tampoco me llaman lo suficiente la atención como para prestarles oído, han llegado a formar parte de los sonidos naturales de la casa, como el tictac del reloj, los cambios de humor de la nevera o los timbres de las bicicletas que circulan por la vecindad; es decir, me pasan inadvertidos. Sólo cuando practica el trémolo o el vibrato con excesivos denuedo y rigor logra que mis pensamientos, alarmados por los alaridos, se distraigan y confundan. Esta tolerancia para con sus ensayos, tan sesudos, se vio no obstante disminuida tras tener ocasión de contemplarle un día, de manera absolutamente accidental, en medio de su conmoción. Deambulaba yo de un lado a otro del jardín aprovechando el magnífico sol para examinar un documento al aire libre cuando, al pasar junto a la ventana de su habitación, su voz, que hasta aquel momento había desatendido como de costumbre pese a su insistencia en hacerse notar, produjo una fuerte vibración en los cristales, sobresaltándome. Me detuve y, a escondidas, atisbé el interior del cuarto: lo primero que vi fue un gran desorden; los libros yacían amontonados en pilas de gran altura, algunos desparramados por el suelo; una silla estaba caída y todos los cuadros ladeados; algunas gotas de leche se habían vertido sobre la alfombra. Y allí estaba él, enorme, provocador, inmerso en los dominios de la vanagloria y probando el alcance de sus facultades: semidesnudo, con tan sólo una camiseta que a duras penas le llegaba a la cintura, tenía los brazos extendidos hacia adelante, las cortas manos carnosas insuficientes para expresar toda la turbación de su despliegue; con una rodilla apoyada en la alfombra, su pasión contrastaba con los innecesarios e inverosímiles esfuerzos que se veía obligado a hacer para, desde su encogida posición, pasar las hojas de la partitura sin perder el equilibrio (el atril se encontraba a la altura del pecho de una persona que está de pie). Su cuerpo, amarillento y rebosante, se tambaleaba de un lado a otro con pesadez acompañando la intensidad de las sucesivas notas, proferidas con inagotable sentimiento pero privadas de toda razón. Era la imagen de la desmesura y el derroche, de la enajenación y el pavor. Sudoroso, desgañitándose sin que nada le importara o concerniera, sin duda se había olvidado hasta de su propia existencia en aras no tanto de la música que interpretaba cuanto de la dificultad que, por su propia voluntad, entrañaba la escenificación. La voz (hasta entonces siempre mediada y velada por pasillos, puertas y salones), de una potencia que escapaba a mi comprensión, no parecía provenir de su garganta, invitaba a suponer un fraude; pero la certeza de que efectivamente era suya me hacía penetrar en el reino de la incoherencia y me golpeaba la cabeza como un mazo empuñado por la sinrazón. Sus carnes blandas, llanas, incapaces de alcanzar el retorcimiento a que aspiraban, se conformaban con el suave balanceo que como único resultado daban sus pretensiones de agitación. Así, el encrespamiento de la voz no se dejaba asociar a la molicie de la figura, gruesa y extraña, sin edad ni género, en verdad ajena al entendimiento. Si en aquellos momentos él hubiera reparado en mi presencia, si tan sólo la hubiera adivinado o intuido, no sé qué habría sido de mí. Tal vez, sumido en el trance, mi persona habría resultado inasequible a su percepción, y en el mejor de los casos sólo habría atinado, tras vislumbrarme, a desvanecerse, acongojado por la revelación de una objetividad inopinada con la que no había contado. Tal vez no, tal vez se habría abalanzado sobre mí y me habría destrozado sin por ello interrumpir el canto: sí, sus movimientos demoledores se habrían acoplado a la melodía y yo habría pasado a formar parte de la representación, único ámbito en el que podría habérseme dotado de sentido. Tras esta visión, lo natural, en efecto, habría sido que desde entonces ya no hubiera podido soportar sus estentóreos y vertiginosos vibratos: que me hubieran traído a la memoria la imagen de su espantosa transformación. Si no es así, ello es debido a que la escena sufrió una alteración y obtuvo un desenlace que cambiaron su signo en mi recuerdo, confiriéndole un carácter más benigno: en medio de la jactanciosa dilación de su crescendo, cuando todavía el punto culminante estaba lejos, su rodilla flaqueó como la navaja mal clavada en la madera y cayó en tromba arrastrando el atril, la partitura, una silla y el colchón. Quedó tendido en el suelo, estupefacto; la cabeza, levantada, trataba de formar ángulo recto con el tronco en su vano intento de descubrir alguna causa externa que hubiera precipitado su aparatoso derrumbamiento, inesperado a todas luces esta vez. La partitura se había cerrado al caer. Entonces se levantó poseído de un rencor sin destinatario y, tras asumir el desbarajuste del contorno, inició de nuevo el despliegue aspaventoso y amenazador, no por hacerlo iracundo y ya sin fe con menos vigor, arrojo y exactitud.

XII

Todavía no salgo de mi asombro pese a que después de tantos años nada debería haberme sorprendido, menos aún después de haber comprobado que su estado habitual es el de enajenación. Bien es verdad que la posibilidad de un enfrentamiento explícito y directo no escapaba al círculo de mis conjeturas, pero tampoco es menos cierto que la tenía por la más remota de todas ellas: los prolongados años de taciturnidad, la convivencia (de manera inexpresa, pero) ya estatuida sobre la base del supuesto mutuo y de la arbitraria predicción que descarta lo predicho, la delimitación de los terrenos no por impuesta menos inviolable, la habían relegado al último lugar. Si hubiera seguido al pie de la letra los preceptos que rigen el futuro, no otra cosa se me habría aparecido más probable, semejante posibilidad habría pasado a ocupar el primer término, se habría convertido en la certidumbre inapelable de lo que me aguardaba; pero ¿cómo seguir esos preceptos infalibles sin con ello invalidar su contenido? Lo que más me duele es no haber sabido responder, enmudecido por la incredulidad, a su mendacidad y a su impudencia. Diríase falta de experiencia, más bien fue estupefacción desprevenida, disculpable en toda circunstancia, ¿no es así? Me comunicó, con un día de antelación, que deseaba hablar conmigo, tener unas palabras, pero se negó a especificar el tema hasta, según su propia expresión, haber meditado cabalmente lo que tenía que decirme. Veinticuatro horas más tarde comprendí que lo que había hecho durante ese tiempo no era meditar, sino memorizar: con el aspecto reluciente de quien se dispone a asistir a su primera fiesta, tan bien peinado, arreglado y compuesto como no lo había visto jamás, se presentó en mi despacho a la hora convenida y a mi provocador ¿y bien?, contestó sin ningún preámbulo con un discurso resoluto, desafiante, audaz, perfectamente elaborado, en el que se adivinaba la académica puntuación de la escritura y en el que, a lo largo de los quince minutos que duró, no cesó de acusarme, con la pedantería que los mismos términos proclaman, de iniquidad, contumacia, protervia y prevaricación. De esas cuatro cosas precisamente, esos fueron los sustantivos que utilizó. Expuso los motivos que lo habían impulsado a aventurarse de aquella manera y se quejó de mi inaccesibilidad a sus prodigados detalles y a su evidente voluntad de acabar con los recelos y tensiones que ya hacían insufrible la enemistad. El texto recitado, salpicado aquí y allá de metáforas inútiles por su transparencia, era, sin embargo, arrogante y duro, estaba enteramente desprovisto de los tonos de la súplica, lo dictaba la exigencia. Las razones se sucedían ordenadamente y no faltó algún que otro silogismo de baja factura. Sus quejas, dentro de una exageración que lindaba con la falacia, no eran injustas ni disparatadas desde su posición; pero él ignora que desde la mía sólo son improcedentes y una desfachatez: aún no está en edad de comprender que me ha hecho la vida imposible, que su mera presencia es un tormento, que ha arruinado mi fulgurante y prometedora carrera, que además, con su alegato, no ha hecho más que agravar todo el asunto, que ahora ya es irremediable que acabe con él cuando llegue el momento, que por su culpa he sido víctima de la mediocridad y del desánimo, que sé muy bien que tras de su corrección se ocultan la perfidia y el rencor. No se da cuenta tampoco de que con su denuncia es ahora más endeble y vulnerable, que a mis ojos su prestigio se ha perdido para siempre; más que de prestigio habría que hablar de avasallamiento y tiranía, de inexpugnabilidad, de despotismo, de terquedad, de inmundicia y de impiedad. ¡Ah, el día que yo pueda hacer caer sobre ti todo el peso de la ley no escrita, ese día te arrastrarás jadeante ante mis pies y lamentarás cada palabra pronunciada en medio de tu locura precoz!

XIII

Insospechadamente se me ha afeado mi conducta; sólo ha sido una tímida insinuación no exenta de respeto, pero ha bastado para que el pálido y exiguo velo del disimulo cayera hecho jirones, dejando al descubierto su recóndito afán; se me ha afeado mi conducta para con él, y ese es el resultado de haber permitido que una desconocida al fin y al cabo penetrara en mi casa y en mi intimidad y gozara de una confianza otorgada sin cortapisas ni recelo que ahora me veré obligado a retirarle: haciendo caso omiso de los atenuantes, de sus invocaciones a un ayer que ya carece de memoria, y a pesar de su bisoñería. No puedo ser condescendiente con ella, y sus visitas deben cesar inmediatamente, tocar a su fin definitivo antes de que sus descabelladas proposiciones lleguen a oídos de él y encuentren un eco no por mitigado enteramente inocuo. No hay mayor peligro que el de la connivencia. Yo, al hacerle mi narración, no le pedía ni su interpretación ni su opinión, ni tan siquiera comprensión: sólo, si acaso, solicitaba un interés por mi persona que, por otra parte, parecía ya haber manifestado en algunos campos de manera bien sobrada; fue eso, su tenacidad y no otra cosa, lo que en verdad le despejó el camino hasta mi alcoba, que llenó (y se lo agradezco) de fragancia y esplendor. Pero a todo bienestar le corresponde un exceso que lo troca en malestar, y para delimitar sin riesgo y con precisión la longitud del trayecto que se puede recorrer en uno y otro sentido indistintamente antes de hollar el enfangado terreno donde ceden los rieles, se requieren grandes dosis de talento y tacto, mucho mayores de las que (y lo lamento) mi preciosa admiradora parece haber conseguido reunir a lo largo de su breve y lozana existencia. Lo que aún no sé es cómo decírselo: comunicarle que nuestras entrevistas van a quedar no interrumpidas, ni espaciadas (mal menor), sino para siempre canceladas, es tarea delicada, y pienso si no sería más prudente no dar (sí, injustamente) ni aviso ni explicación de mi brusca decisión: aun a expensas de tener que soportar un asedio tanto más insulso cuanto que estaría guiado por la miopía del desconcierto. Si yo fuera capaz de desterrar todo afecto y sentimiento y entregarme a la irrisión, el proceso, sin embargo, podría resultarme divertido: ya la veo haciendo llamadas telefónicas que el energúmeno, provisto de órdenes tajantes, se encargaría de contestar con enorme ambigüedad; enviando *billets-doux* que tal vez, si estuviera dispuesto (cosa que dudo) a participar en la comedia, le mostraría a él para compartir mi regocijo y mi hilaridad; aporreando la puerta incansablemente con el cabello alborotado: la combinación, mal puesta expresamente, estoy seguro de que le asomaría por debajo de la falda. Más tarde, la actitud contraria: amenazas de abandono definitivo, ignorando (o haciendo como que ignora, engañándose a sí misma, perdida ya por la ilusión) que es ella quien ya lo está; imprecaciones abstrusas que acabarían por erigirse en disparates, por alcanzar tan graciosa dimensión; tremendos esfuerzos y complicados arabescos para lograr que yo esté al tanto de sus inofensivas aventuras, no dictadas por el gusto sino por la estrategia; y a todo ello yo respondería siempre con el silencio, ¡con el silencio, que ella vería al principio como espejismo de claudicación! Hasta tal punto sería cruel que al final, harta y aburrida y deseosa de variación, se retiraría del escenario con alivio; pero también con la eterna amargura del desconocimiento, sin saber las causas ni las condiciones de mi abandono y con la certeza y el rubor de haber perdido tanto el tiempo como la dignidad. Demasiadas vejaciones para mi pacífico corazón. No me atrevería, no tendría el valor suficiente para llevar a cabo semejante felonía. No, no, no, ni hablar del peluquín.

XIV

Él está arriba, en el escenario, vestido a la usanza del XVIII; lleva una larga nariz postiza, algo curvada, que le hace parecer un viejo gruñón. En este justo momento se la quita y saluda al público (que lo aclama) con una inclinación no desprovista de gracia a pesar de su obesidad. El público, ante el desenmascaramiento, intensifica la ovación. No es para tanto. Mira a su derecha, donde, un poco rezagada, se halla la jovencísima soprano que, como él, hace su debut oficial, y la coge de la mano para que salude al mismo tiempo: hasta ahora, cuando el uno subía el otro bajaba y viceversa. Es fea, pero desde la distancia a que me encuentro es imposible determinar en qué consiste su fealdad. Se ha quitado, ella también, la cofia y el delantal: se despoja del disfraz más accesorio y ahora deja enteramente al descubierto su vestido rojo de terciopelo, impropio de una criada (el atrezzo no ha sido de lo mejor); hace unas reverencias muy rápidas y seguidas, como si la estuvieran esperando fuera del teatro y tuviera prisa por terminar. Él, mi ahijado, impide además que se la vea muy bien: llena la reducida escena con su descomunal figura, y gracias al colorido de su maquillaje, exagerado sin duda alguna para llamar más la atención (supongo que asimismo ese es el motivo por el que durante su última intervención apareció con una ridícula botarga en lugar de los tradicionales calzones que había llevado a lo largo de toda la obra), logra que todas las miradas se dirijan y fijen en él. A mi lado está su prometida, que aplaude con fervor; le brillan los ojos, llenos de admiración, y el orgullo la hace palmotear a un ritmo distinto del de la concurrencia. Se le cae un guante al suelo sin que lo advierta, y yo me agacho a recogérselo y se lo tiendo, pero ella, entusiasmada, arrebolada, sigue sin darse cuenta ni de la pérdida ni de mi movimiento de recuperación. Yo insisto con la mano derecha extendida, pero es inútil, su arrebato me está jugando una mala pasada: varias personas me miran de reojo y con censura al ver que no estoy aplaudiendo, de modo que finalmente me meto el guante debajo del brazo y reanudo mis aplausos al tiempo que lanzo un vítor que esclarezca mi posición. Estoy en la tercera fila del patio de butacas y tengo que volverme si quiero ver la expresión de los rostros del público. Se muestra jubiloso y satisfecho con la representación, aunque observo que los entendidos ya han dejado de aplaudir e intercambian impresiones entre sí. ¡Cómo me gustaría oírles! Cuando vuelvo de nuevo la vista hacia el escenario, los tres han desaparecido, pero al cabo de unos segundos salen otra vez, ahora ya sólo él y la soprano, sin el mudo; repiten varias veces más la operación mientras me pregunto si al final saldrá sólo uno de ellos o si siempre lo harán los dos, probando así sus deseos de equidad. Por fin obtengo la respuesta que en realidad ansiaba: aparece sólo él. Se ha quitado la peluca y ofrece su aspecto habitual, la cabeza bien rapada, con la raya a la derecha. Exultante, prodiga las reverencias en honor del auditorio, como todos los noveles envía besos a los palcos, y no dirige nunca, ni una vez, la mirada hacia el lugar donde estoy yo con su prometida; espero que ella también advierta el pormenor y entonces me haga algún comentario, me preste un poco de atención. Así tendré ocasión de entregarle el guante, que se me está arrugando debajo del brazo; pero no puedo sacarlo de ahí si quiero ser el último en dejar de aplaudir; tengo que hacerlo, o si no ella tal vez piense (no sé qué le habrá contado él acerca de mí, pero es obvio que no me profesa grandes simpatías) que la envidia ha hecho presa en mí y que me niego a reconocer y sancionar su triunfo desorbitado. Estoy convencido de que ni ella misma tenía excesiva confianza en el éxito. ¡Atiza! Me temo que va a dar un encore. No, afortunadamente no estaba previsto: la ovación va menguando y él parece que se va a retirar ya. Aún le está estrechando la mano al director; ahora a los violines, al clavicordio, a los dos trompetas, que ya desaparecían por la puerta del fondo, y ha sido él quien los ha retenido para que saludaran todos juntos. Ahora ya sí, se ha quedado el último y, sin darle en ningún momento la espalda al auditorio, se encamina tanteando con los pies hacia la salida. ¡Cuidado, cuidado! ¡Lo veo venir! Se ha enganchado en un atril, tropieza, se ve en un aprieto, da un traspiés, se bambolea hacia atrás, intenta mantener el equilibrio apoyándose en los platillos que hay en un rincón, ¡cielos!, los va a arrastrar en su caída...

¡cae! El público, que ya se encaminaba hacia la calle, se vuelve sorprendido por el estruendo. Su prometida, alarmada, emite una ahogada exclamación y se lleva las manos a la cabeza: se le ha caído el otro guante.

XV

Por fin me encuentro a solas otra vez, ya se fue y no volverá; quizá, a lo sumo, de visita y siempre acompañado: lo más probable es que las entrevistas sean incluso una delicia, sedadas e interesantes. Unas manos femeninas y amorosas lo depositaron, insensatas, en mis brazos; y ahora otras, también acariciadoras, me lo sacan de encima, lo apartan de mi existencia restituyéndome la libertad y confirmando así su inusitada capacidad de elasticidad. Pero la elección de ambos momentos no ha sido la acertada; por el contrario, han constituido sendos errores ya irreparables; era antes, y no ahora, cuando más me atormentaba. Y aún es más: este giro, el desenlace, lejos de proporcionarme el alivio y el consuelo, lejos de devolverme mis energías y cerrar el paréntesis demorado de mi falta de talento, ha echado a perder mi última obra, que hoy, con él ausente, se me aparece como carente de sentido y de antemano condenada por mi torpe imprevisión; mis esfuerzos, no por lacónicos y poco perceptibles menos denodados, se han desperdiciado y malgastado; y mi voluntad, una vez más, se ha visto contrariada y defraudada: cuando los lazos que me ataban ya se habían aflojado, cuando su roce era más benévolo, menos doloroso y compulsivo, cuando mi integridad empezaba a desgastarse (maltratada por la continua adversidad, por el cansancio del desdén practicado sin interrupción a lo largo de los años), cuando el entenebrecido progreso se veía atemperado, es entonces cuando un corte brusco me concede, gratuitamente, lo anhelado; de manera súbita y sin escrúpulos, lo priva de todo su atractivo y lo rebaja, y es entonces, sólo entonces, cuando me es entregado sin que yo dé nada a cambio: cuando el deterioro ya ha alcanzado una cota irremediable, cuando él, por el contrario, se eleva irresistible en su veloz carrera, cuando el tiempo se desvanece y a mí, apuntalado, sólo me queda relatar el desengaño a mi manera y constatar la injusticia del reparto.

El viaje de Isaac

Pasó toda su vida dedicado a resolver un enigma: El padre de su mejor amigo, llamado Isaac Custardoy, recibió una amenaza, una maldición, un vaticinio en su juventud. Vivía en La Habana, poseía tierras, era militar; se jactaba de su carrera y su fama de conquistador y no pensaba casarse, al menos hasta ser cincuentón. Una mañana, cuando paseaba a caballo, se cruzó en su camino un pordiosero mulato y le pidió una limosna, que él denegó: siguió adelante y espoleó su montura, pero el mendigo pudo aún detenerla cogiéndola de la brida y le anunció: 'Tú, y tu hijo mayor, y el hijo mayor de tu hijo mayor, los tres moriréis cuando estéis en un viaje lejos de vuestra patria; no cumpliréis los cincuenta ni tendréis sepultura'. El padre de su amigo no hizo mucho caso, regresó tras su cabalgadura, narró en casa la anécdota a la hora de comer y después la olvidó. Esto sucedía en 1873, cuando el padre de su amigo contaba tan sólo veinticinco años.

* * *

En 1898, cuando, casado y con siete hijos y ya teniente coronel, vio que el comodoro Schley llevaba las de ganar y comprendió que Cuba estaba a punto de caer en poder extranjero, se negó a ver ondear otra bandera que no fuera la española en el puerto de La Habana. Malvendió apresuradamente sus posesiones, se hizo a la idea de abandonar para siempre su tierra natal y, pese a no haber salido jamás de la isla y padecer de vértigo Ménière, se embarcó con toda su familia rumbo a España. Cuando había transcurrido tan sólo una semana de travesía, un espantoso ataque de esta enfermedad acabó con su vida: meditaba acodado sobre la barandilla de la cubierta, preguntándose con curiosidad (permitiéndose incluso una cierta ilusión) por el país cuyo nombre conocía tan bien, cuando de repente, sin duda tras oír ruidos pavorosos y luego ya nada a juzgar por sus aspavientos fugaces de dolor primero y de estupefacción después, cayó fulminado. Su cadáver fue arrojado al océano con una bala de cañón. Iba a cumplir los cincuenta.

* * *

Su primogénito, llamado Isaac Custardoy como él, prosiguió en España la carrera militar que ya había iniciado en Cuba bajo los auspicios de su padre. Siendo auténtica o incuestionada su vocación, y no careciendo de voluntad, fue ascendiendo a gran velocidad hasta alcanzar el rango de coronel y convertirse en ayudante de Fernández Silvestre. Vivía en Madrid, y sintiéndose desde muy joven responsable de sus hermanos y hermanas menores, velaba siempre por ellos y procuraba no abandonar nunca la capital. En 1921, sin embargo, no tuvo más remedio que partir hacia Marruecos acompañando a su amigo y superior. En medio del desastre de Annual, cuando las tropas españolas se hallaban ya dispersas y derrotadas por los cabileños de Abd-el-Krim, el general, Custardoy y el hijo de aquél, víctimas del desconcierto, el pánico masivo y la confusión, quedaron aislados de los restos del grueso: desamparados, pero con una camioneta a su disposición. Silvestre se negó a abandonar el campo y Custardoy se negó a abandonar a su superior: entre ambos convencieron al hijo de que intentara salvar la vida y huyera en el vehículo. Los dos militares quedaron solos ante la desbandada general y nunca se hallaron sus cadáveres. De Custardoy se encontraron tan sólo los gemelos de campaña y sus correajes de coronel. Presumiblemente fueron empalados. Isaac Custardoy contaba cuarenta y cinco años de edad. Sólo dejó mujer.

* * *

Su mejor amigo pasó toda su vida dedicado a resolver el enigma: ¿por qué la predicción del pordiosero mulato se había cumplido cabalmente y con absoluta exactitud en sus dos primeras partes y en la tercera no? Nunca había habido un hijo mayor del hijo mayor. Pensar en un vástago espúreo era demasiado banal. Si nada se hubiera cumplido... Si todo se hubiera cumplido... En cualquiera de los dos casos, ¡qué tranquilidad! Pasó toda su vida dedicado a resolver el enigma.

* * *

Cuando ya era viejo y estaba aburrido de inactividad, sólo gustaba de leer la Biblia. Y un día, releyendo por enésima vez, se paró donde dice: *Tenía Abraham ochenta y seis años cuando Agar le parió a Ismael.* Y más adelante se volvió a detener: *Era Abraham de cien años de edad cuando le nació Isaac, su hijo.* Y pensó que el nacimiento de Isaac ya lo había anunciado Yavé mucho antes de que naciera Ismael, el hijo de Agar, que ya tenía trece años de edad cuando Sara dio a luz. Aquello le llevó a preguntarse y a reflexionar: '¿Dónde estuvo Isaac durante todo ese tiempo, desde que se lo profetizó hasta que nació, desde que se lo vaticinó hasta que fue concebido? Pues tuvo que estar en algún lugar, porque ya desde entonces se sabía de él: no sólo Yavé; también Abraham y Sara sabían de él'. Y aquello lo llevó aún más lejos, a su problema; lo llevó a pensar: 'El nieto de Isaac Custardoy había sido anunciado también, pero nunca había nacido, no había llegado a nacer ni a ser engendrado. Pero el pordiosero mulato y el mismísimo Custardoy sabían también de él desde 1873. ¿Dónde había estado desde entonces? En algún lugar tenía que estar'.

* * *

Siguió cavilando y dedicó lo que le quedaba de vida a resolver el enigma. Y cuando ya iba a morir, escribió en una hoja sus pensamientos: 'Adivino que voy a morir, emprenderé mi último viaje. ¿Qué va a ser de mí? ¿Adónde iré? ¿Iré a alguna parte? ¿Adónde iré? Atisbo la muerte porque he estado vivo y he sido engendrado, porque estoy vivo aún; la muerte, así, es imperfecta, no todo lo abarca, no puede impedir que exista otra cosa distinta de ella, que desde allí se la espere y desde allí se la piense: tiene que transigir. Sólo le pertenece del todo quien no ha llegado a nacer; más aún, quien no ha sido engendrado ni concebido. El que no se concibe es quien muere más. Ése ha viajado sin cesar por la senda más tortuosa, por la más intrincada: por la senda de la eventualidad. Ese es el único que no tendrá patria ni sepultura jamás. Ese es Isaac Custardoy. Yo, en cambio, no soy'.

El fin de la nobleza nacional

—¡Impío! —le dijo el noble al judío en un arranque de mal humor.

—¡Impío! —repitió la mujer del noble, que sólo intervenía cuando la pauta era clara y sabía a qué atenerse.

—¡Más que impío! —subrayó y aumentó el hijo del noble, que a su vez temía tanto a su madre que sólo se atrevía, de vez en cuando, a puntualizar.

—¡Hasta la médula impío! —matizó la hija del noble, que había estudiado gramática y se complacía en hacer bien patente su superioridad cuando había una discusión.

Protestó el visible judío alisándose el babero: la boca llena y levantado el tenedor:

—Soy cristiano, bien que nuevo, desde ayer; ni vos, señor, ni vuestra esposa, ni tampoco vuestros vástagos pese a su corta edad, podéis acusarme de impío por comer de este jamón.

—¡Apóstata, pues! —exclamó el noble hacendado, el índice bien estirado en postura de acusación.

—¡Más que apóstata! —gritó su mujer ya acalorada, en estado de suprema agitación.

—¡Hasta la médula apóstata! —bramó el hijo del hacendado, que al ver usurpada su parte no encontró ya más remedio que usurpar la de su hermana a su vez.

Hubo un breve silencio, todos a la espera de que la hija, que había estudiado gramática y además latín, fuera capaz de superar la fórmula que, siendo de su creación, le habían robado del modo más natural.

—¡Apóstol de los apóstatas! —dijo por fin con el rostro enrojecido de esfuerzo y concentración.

—¡Bravo, mucho, ele! —aplaudieron los otros tres.

—Si en eso quedamos —dijo el judío notorio mientras masticaba el jamón—, os lo he de negar también: no hubo más apóstol de los apóstatas que Judas el Iscariote, quien puede decirse que al traicionar a su señor a sabiendas de que era su Dios, renegó de su fe sin percatarse, ya que no lo hizo de manera explícita, bien es eso verdad, ni como ordenan los preceptos de la apostasía convencional. Así pues...

El desconcierto hizo acto de aparición.

El noble hacendado y su mujer, el hijo y la hija se agruparon y, abrazándose todos las espaldas, conferenciaron en baja voz. Tras los cuchicheos se hizo el silencio, y el hacendado, con una sonrisa de satisfacción como la que suelen exhibir los expertos en acertar adivinanzas cuando han tenido tiempo de pensárselo bien, exclamó:

—¡A ver esta! ¡Prevaricador! —Y señaló al anciano, visiblemente judío por su actitud, que estaba más allá, en un rincón.

—¡Sí, prevaricación! —dijo la mujer con tanto entusiasmo que sin querer introdujo una variante en su papel, lo cual no fue nada bien visto por su marido y señor.

—¡Muy prevaricación! —dijo el hijo un poco aturdido por el desorden que empezaba a reinar y aumentando en vez de puntualizar.

—¡Vicario de la vicarización! —soltó sobresaltada la hija, quien queriendo repetir el alarde de la vez anterior y fallando, dijo una gran confusión.

—¡Oooh, desatino, mal, mal! —exclamaron los otros tres con desilusión.

—Eso es un sinsentido —dijo el judío mientras se acababa el jamón—; y yo no respondo con sentido a los sinsentidos. Aun así (y pase por esta vez), os diré, respecto a la prevaricación de que me acusáis, que la discreta presencia de mi buen padre, que aún no es cristiano ni lo será (por su edad), en aquel rincón, no me convierte en prevaricador. Pues como muy fácilmente podréis comprobar si os acercáis a él —y, levantándose, se aproximó al anciano escandalosamente judío por su postura y por su actitud y le acarició la barba fluvial—, es sordo y ciego y no sabe ni que no soy ya judío ni que estoy comiendo la carne del cerdo llamada el jamón. Mal ejemplo, en consecuencia, no le puedo dar; malamente lo podría incitar. Y tampoco quisiera, que un muy buen padre es él.

El noble, su mujer y sus hijos se volvieron hacia el rincón y luego conferenciaron de nuevo y otra vez. Al cabo de unos segundos, el hacendado, golpeando con fuerza la mesa, exclamó:

—¡Veamos ahora, señor!

Y encarándose con el judío (inequívoco) le dijo así:

—Supongo que, como cristiano muy nuevo que sois, no habréis tenido ocasión de probar hasta ahora las lentejas con tocino, de muy sabroso sabor.

—No por cierto, ¿por qué lo decís?

—Muy buenas haylas en la cocina hoy —contestó el hacendado—. Bonísimas. ¿Las queréis probar?

Al instante apareció un criado con ellas y a los cinco sirvió. Ya empuñaba la cuchara el judío innegable, dispuesto a empezar, cuando el noble se lo impidió:

—¡Alto!

—¿Qué pasa? ¿He hecho algo?

—¿Qué me vais a pagar?

—¿Pagar? Lo que me pidáis, señor. Muy buen dinero tengo de usura, y hombre justo y honrado debéis ser vos. ¿Qué pedís?

—¡La primogenitura! ¡Nada menos, señor! —gritó el hacendado con aire triunfal.

—Eso tendríais que pedírselo a vuestro hermano mayor —respondió el judío absoluto con benevolencia.

—¡Aah! ¿No sois vos acaso mayor que yo? ¿Y no somos todos hermanos a los ojos de Dios?

—¡Mal cristiano! —gritó la mujer del noble, que llevaba ya un rato comedida e impaciente, al ver que la astucia había surtido su efecto.

El hacendado, viendo que su esposa se le había adelantado (y no habiendo estudiado ni gramática ni latín), dudó unos instantes y sólo pudo decir:

—¡Pésimo, pésimo cristiano!

—¡Peor que pésimo! —dijo su hijo soliviantado.

La hija, a pesar de haber estudiado gramática, sólo acertó a balbucir con gran trabazón:

—¡Pesimismo cristiano!

—¡Ísimo, ísimo! —la corrigieron a coro los otros tres.

—Eso es un desatino blasfemo que ya pagaréis —repuso el judío con calma—. Pero aun así os diré yo que el pesimismo no es malo, y que más vale eso que lo contrario a la hora de temer a Dios nuestro señor que está en los cielos y cuya ira es terrible; aunque a su diestra se siente —añadió— su hijo el señor Jesucristo, que bien misericordioso es.

La hija del noble, que nuevamente había echado por tierra con su torpeza el asunto y el plan, fue rápida: se esmeró:

—Y el Espíritu Santo, ¿dónde se sienta él? ¡Contestad a eso, contestad si sois buen cristiano, señor!

—El Espíritu Santo, hija mía, no se puede sentar —le respondió el judío cabal—: no se encarnó, como el Hijo; no es ni ha sido de carne, así pues, sino espíritu, y ni siquiera tiene representación: como os digo, no se lo puede sentar.

El noble hacendado y su familia volvieron a agruparse y al cabo de unos segundos fue la mujer (que era muy apasionada) quien levantó la voz:

—¡Moro! —le gritó al judío—. ¿Y la paloma qué? ¿Qué con la paloma? ¿No se representa acaso así al Santo Espíritu? No concebís la representación del Espíritu porque sois moro de espíritu. —Y añadió, arrogándose partes que no le correspondían ya—: ¡Moro y más que moro!

—¡Morazo! —dijo el hijo rápidamente antes de que nadie le pisara la expresión.

—¡Sarraceno, mahometano, muslime, tunecino, infiel, musulmán, perro, pagano, salvaje, aborigen, abrótano, aborto! —gritó la hija intentando resarcirse con sus sinónimos de los fallos anteriores y haciendo ver que sabía gramática y latín.

Esta vez fue el padre en persona quien quedó en la estacada y sólo pudo atinar a decir:

—¡Aborto de mora!

—Si soy aborto de mora, señor —le respondió el judío—, es que no he llegado a nacer. Y así, ¿de qué modo podría ser moro si ni siquiera nací?

De nuevo se reunió en conciliábulo la noble familia:

—Bss bss.

Dijo el hacendado por fin:

—Aún está sin resolver lo de vuestras lentejas, señor. La primogenitura, ¿me la vais a dar o no? ¡Dádmela ya si queréis comer!

—Está bien, señor noble —le respondió el judío (total)—, ya os la doy puesto que tanto insistís.

—¡Esaú! —se anticipó exultante la mujer, que no quería quedarse atrás y sabía a qué se atener (o cuán difícil aquello sería de apostillar).

—¡Hermano de Jacob! —puntualizó el hijo en altísima voz.

—¡Hijo de Isaac, nieto sarnoso de Abraham! —matizó la hija en un alarde de erudición.

—¡Hebreo, judío, so israelí! —gritó el noble con exaltación.

Repuso el nuevo cristiano tras pensárselo muy bien:

—Llevad cuidado, señor, que del anciano judío que hay sentado en el rincón no es ahora el primogénito ningún otro más que vos.

Con estupefacción e ira se volvieron los otros tres hacia su cónyuge, padre, progenitor.

—¡Es impío!

—¡Y es apóstata!

—¡Casi moro!

—¡Mal cristiano! —apostilló quien judío ya no era.

Y mirándose entre sí, al unísono exclamaron:

—¡Y además prevaricador!

En la corte del rey Jorges

Para Enrique Murillo

[*Esta historia se desarrolla en el seno de una moderna corte europea (nada de personajes de tres al cuarto). O más bien, como así debe ser, ni se desarrolla ni progresa ni crece ni avanza, siendo más una situación casi inmutable que una verdadera historia. El material es barato, como también debe ser.*]

La familia real está compuesta por el rey Jorges y la reina Eulalias y sus cinco vástagos, Laureanos, Ramiros, Adelaidas, Ramonas y Leandros, todos ellos en plural mayestático y todos desviados, por decirlo suavemente.

El rey Jorges detesta ocuparse de la Corona y está harto de recibir al Presidente del Gobierno, a los Jefes de Estado en visita oficial, a los inacabables embajadores y a todo género de deportistas, aunque su propia pasión se disfrace de disciplina cuasi olímpica: nada le gusta tanto como las armas de fuego y las armas blancas, tirar al blanco y lanzar el cuchillo y blandir cimitarras. Su edad algo avanzada le hace fallar más de lo natural y lleva los dedos siempre vendados, llenos de cortes y bastante doloridos de apretar tanto el gatillo y levantar alfanjes. La reina Eulalias, a quien en principio horroriza la violencia, hace ya tiempo que le ha vedado su dormitorio, para alivio del monarca. Interesada en la transmigración de las almas y otros asuntos esotéricos, ha caído bajo el influjo dañino del charlatán, intrigante y falso profesor Alma-Martello, hombre de repugnante boca, cabeza de huevo invertido y voz sibilante, amén de escasas luces.

El príncipe heredero, Laureanos, sabe que tiene a su disposición a todas las jóvenes del reino, y como desde el

Gobierno se lo va instando a contraer ya matrimonio (ha cumplido los cuarenta y cinco), pasa la mayor parte de sus horas libres (son todas) examinando mujeres en sus aposentos: no le basta con seguir el modelo de los antiguos productores de Broadway y Hollywood y pedirles que se levanten las faldas, sino que, anclado en sus juegos de infancia, las recibe en una suerte de quirófano, vestido de verde médico, con guantes de latex, una linternilla en la frente y todo tipo de instrumental enarbolado para llevar a cabo sus plenos reconocimientos: en más de una ocasión se le ha ido la mano con el escalpelo, y ha habido que conceder títulos a facinerosas familias para compensarlas por la irreparable pérdida. Su hermano menor, el segundón Ramiros, esquinado y mohíno, lleva desde pequeño atentando sin éxito contra la vida de Laureanos: empujones por las escaleras de mármol, veneno en los caramelos, pequeñas bombas de relojería en el sillín de la bici. En la actualidad ha de ser más disimulado y limitarse a los procedimientos clásicos: escopetazos en las cacerías y guardaespaldas sobornados que se confunden en las reyertas.

Adelaidas, que quiso huir desde niña del hogar paterno, contrajo matrimonio apresurado con un rico mexicano apellidado Marrón y al que se convirtió en Marrones. Se le ha pegado el acento, lo cual molesta al pueblo, y por razones quizá sexuales (es un enigma), obliga a su pobre marido a andar por su mansión siempre armado hasta los dientes, con cartucheras cruzadas. En una escena no privada de sentimentalismo, se atreverá a confesárselo a su padre Jorges, pensando que él aprobará la costumbre por tener las armas que ver en ella. Ramonas, la princesa más joven, vive encerrada y es un misterio: se le pasa la comida por un agujero practicado en su puerta y nadie recuerda ya su rostro, del que no hay retratos oficiales (está por decidir cómo será cuando aparezca, cabe una beldad, cabe un monstruo). Por último Leandros, el más pequeño, frecuenta malas compañías según don Jorges (va mucho con homosexuales), y está implicado en el tráfico de drogas y la trata de blancas. Con menos ahínco que Ramiros contra la de Laureanos, atenta de vez en cuando contra la mohína vida del primero, con poca fe, sin embargo. Ha concebido una pasión anómala por el Presidente del Gobierno, el apuesto señor Marcantonio, a quien somete a un asedio constante cada vez que éste acude a Palacio. El Presidente, que al principio se resiste y lo toma a broma, se deja besar por fin una vez, al pie de las escalinatas. Esto es visto casualmente (además de por numerosos criados, secretarios, ujieres, cocineros, maestresalas y chambelanes que espían sin pausa) por la reina y por Ramiros. Así como Eulalias calla, él comienza a hacer chantaje al Presidente apuesto, y lo obliga a comprometerse a quitar de en medio a Laureanos con la directa ayuda del Ministerio del Interior. Laureanos, en efecto, será muerto por la policía, durante unas prácticas de tiro a las que su entusiasta padre lo habrá llevado, y Ramiros se convierte en el príncipe heredero. No obstante, su rencor acumulado le impide el contento, y acaba reconociéndose que su afición a matar ya no estaba circunscrita al estorbo de su hermano: se siente exterminador. Marcantonio, que corresponde al joven Leandros con un fraternal afecto no muy anómalo, ve que éste será la próxima víctima del mohíno Ramiros, pero no sabe cómo atentar contra él (dos muertos por la policía en la familia real sería cosa sospechosa). Para salvar a Leandros, intenta conminarlo a salir del país bajo la amenaza de denunciarlo por traficar con drogas y tratar con blancas, pero el banquero Prometeo Noia, que es quien proporciona al rey Jorges sus armas y asimismo el *capo* de la organización delictiva con la que colabora Leandros, no está dispuesto a perder su carta blanca y decide que hay que destituir o mejor matar al señor Marcantonio. El señor Marcantonio está en peligro...

Serán nostalgias

Es muy posible que los fantasmas, si es que aún existen, tengan por criterio contravenir los deseos de los inquilinos mortales, apareciendo si su presencia no es bien recibida y escondiéndose si se los espera y reclama. Aunque a veces se ha llegado a algunos pactos, como se sabe gracias a la documentación acumulada por Lord Halifax y Lord Rymer en Inglaterra, o por don Alejandro de la Cruz en México.

Uno de los casos más modestos y conmovedores registrados por este último es el de una anciana de Veracruz, iniciado hacia 1920, cuando ella no era una anciana sino muy joven y nada sabía de la existencia —si es que puede aplicarse este término— de tales visitas y esperas, o quizá son nostalgias. Esta anciana, en su juventud, había sido señorita de compañía de una dama mayor y muy adinerada a quien, entre otros servicios prestados, leía novelas en voz alta para disipar el tedio de su falta de necesidades y preocupaciones visibles, y de una viudez temprana para la que no había habido remedio: la señora Suárez Alday había sufrido algún desengaño ilícito tras su breve matrimonio según se decía en la ciudad portuaria, y eso seguramente —más que la muerte del marido poco o nada memorable— la había hecho áspera y reconcentrada a una edad en que esas características en una mujer ya no pueden resultar intrigantes ni todavía objeto de broma y por lo tanto entrañables. El hastío la llevaba a ser tan perezosa que difícilmente era capaz de leer por sí sola y en silencio y a solas, de ahí que exigiera de su acompañante que le transmitiera en voz alta las aventuras y los sentimientos que cada día que ella cumplía —y los cumplía muy rápida y monótonamente— parecían más alejados de aquella casa. La señora escuchaba siempre callada y absorta, y sólo de vez en cuando le pedía a la joven (Elena Vera su nombre) que le repitiera algún pasaje o algún diálogo del que no se quería despedir para siempre sin hacer amago de retenerlo. Al terminar, su único comentario solía ser: 'Elena, tienes una hermosa voz. Con ella encontrarás amores'.

Y era durante estas sesiones cuando el fantasma de la casa hacía aparición: cada tarde, mientras Elena pronunciaba las palabras de Cervantes o Dumas o Conan Doyle, o versos de Darío y de Martí, veía difusamente la figura de un hombre aún joven y de aspecto algo rural, un hombre de unos treinta y tantos años que se quitaba cortésmente el sombrero ancho y cuyas ropas no gastadas se veían sin embargo llenas de agujeros, como si lo hubieran acribillado a balazos, o más bien a la chaqueta corta, la camisa blanca y el pantalón ceñido sin su cuerpo dentro, pues éste parecía ileso, y presentaba buen color el curtido rostro parapetado tras un frondoso bigote. La primera vez que lo vio, de pie y con los codos apoyados en el respaldo del sillón que ocupaba la señora, haciendo balancear su sombrero en la mano de vez en cuando, como si escuchara atentamente el texto que recitaba ella, estuvo a punto de gritar del susto, sobre todo porque, si bien no lucía armas, sí llevaba una canana cruzada en diagonal sobre el pecho, es decir, en bandolera, Pero en seguida el hombre se llevó el índice a los labios y le hizo tranquilizadoras señas a Elena Vera de que continuara y no denunciara su presencia. Su rostro no era amenazante, con una tímida sonrisa perpetua en los ojos burlones, alternada tan sólo, en algunos momentos graves de la lectura —o tal vez de sus pensamientos, o de sus recuerdos—, con una seriedad alarmada e ingenua propia de quien no distingue del todo entre lo acaecido y lo imaginado. La joven obedeció, aunque no pudo evitar aquel día levantar la vista demasiadas veces y dirigirla por encima del moño de la señora Suárez Alday, que a su vez alzaba la suya inquieta como si no estuviera segura de llevar derecho un sombrero hipotético o debidamente iluminada una aureola. '¿Qué ocurre, niña?', le dijo alterada. '¿Qué es lo que miras ahí arriba?' 'Nada', contestó Elena Vera, 'es una manera de descansar los ojos para volver a fijarlos luego en la página, señora. Tanto rato seguido me los fatiga.' El hombre asintió con su pañuelo al cuello y levantó un instante el sombrero en señal de aprobación y agradecimiento, y la explicación bastó para que en lo sucesivo la señorita mantuviera su costumbre y pudiera saciar al menos su curiosidad visiva. Porque a partir de entonces, tarde tras tarde y con pocas excepciones, leyó para su señora y también para él, sin que aquélla se diera jamás la vuelta ni supiera de las intrusiones de éste.

El hombre no rondaba ni se aparecía en ningún otro instante, por lo que Elena Vera no tuvo nunca ocasión, a través de los años, de hablar con él ni de preguntarle quién era o había sido o por qué la escuchaba. Pensó en la posibilidad de que fuera el causante del desengaño ilícito padecido por su señora en un tiempo pasado, pero de los labios de ésta jamás salieron las confidencias, pese a las insinuaciones de tantas páginas sentimentales o trágicas leídas, y de la propia Elena en las lentas conversaciones nocturnas de media vida. Tal vez aquel rumor era falso y la señora no tenía en verdad nada que contar digno de cuento y por eso pedía oír los remotos y ajenos y más improbables. En más de una oportunidad estuvo Elena tentada de ser piadosa y relatarle lo que ocurría todas las tardes a sus espaldas, hacerla partícipe de su pequeña emoción cotidiana, comunicarle la existencia de un varón entre aquellas paredes cada vez más asexuadas y taciturnas en las que sólo resonaban, a veces durante noches y días seguidos, las voces femeninas de ambas, cada vez más avejentada y confusa la de la señora, cada mañana un poco menos hermosa y más débil y huida la de Elena Vera, que en contra de las predicciones no le iba trayendo amores, o al menos no que se quedaran y pudieran tocarse. Pero siempre que estuvo a punto de caer en la tentación recordó al instante el gesto discreto y autoritario del hombre —el índice sobre los labios, repetido de vez en cuando con los ojos de leve guasa—, y guardó silencio. Lo último que deseaba era enfadarlo. Quizá era sólo que los fantasmas se aburren igual que las viudas.

Un día Elena percibió un repentino cambio de expresión en el rostro del hombre mitad campesino mitad soldado, los agujeros de cuya ropa tenía siempre el impulso primero de zurcírselos, para que no se le colara por ellos el fresco de las noches marinas. La salud de la señora Suárez Alday fue flaqueando, y unas fechas antes de su muerte (pero aún no se sabía que esas serían) pidió a Elena que en vez de novelas o versos le leyera de los Evangelios. Así lo hizo Elena, y entonces vio cómo cada vez que ella pronunciaba el nombre 'Jesús' —y fueron muchas—, el hombre torcía el gesto con dolor o pena, como si lo hiriera. A la décima o undécima vez debió de hacérsele insoportable, porque su figura siempre algo difusa pero bien distinguible, se fue haciendo tenue hasta desaparecer, mucho antes de que concluyera la sesión de lectura. Se preguntó Elena si habría sido aquel hombre un ateo, un enemigo de la religión declarado. Así que para dilucidar eso al menos insistió un par de días más tarde en leerle a la señora una novela de la que había oído mucho elogio, *Enriquillo*, del autor dominicano Manuel de Jesús Galván. Y antes de proceder con el texto, habló un rato a la señora acerca de este novelista, procurando nombrarlo siempre por su nombre completo y nunca sólo por el apellido; y vio que cada vez que decía el nombre 'Jesús', el visitante se retraía y expresaban sus ojos una mezcla de furor y miedo. Así que Elena empezó a sospechar lo que durante tanto tiempo no habría ni imaginado, y al leer de ese libro inventó un diálogo inexistente, muy breve, en el que hizo que aquel Enriquillo se dirigiera a un subalterno en estos términos: 'Tú, Jesús, guajiro'. El fantasma se tapó los oídos con pavor un momento, la cara desencajada. Pero ella no insistió, y el hombre se recompuso.

Tardó Elena tres jornadas en hacer su definitiva prueba. La señora languidecía, pero se resistía a meterse en cama, permanecía en su sillón como si eso fuera un signo de su salud, o una salvaguarda contra la muerte. Y Elena Vera le quiso leer el *Libro de las Maravillas* de Marco Polo o eso dijo, pues en realidad se quedó en el prólogo y en la nota biográfica sobre el viajero, sin duda lo que le interesaba. Pues al recitar en voz alta aquellos datos sobre la vida y andanzas de Marco Polo, también introdujo algo de su propia cosecha y dijo: 'Este gran aventurero viajó a la China y a La Meca, entre otros lugares'. Se detuvo, y fingiendo admiración añadió: 'Fíjese, señora, qué lejos, a la China y a La Meca'. El rostro curtido y tostado del hombre palideció de golpe y —como si dijéramos— en el mismo movimiento o proceso y sin transición alguna la figura entera desapareció muy rápido, como si la palidez sobrevenida lo hubiera borrado del aire, lo hubiera hecho transparente, nada, invisible hasta para ella. Y entonces estuvo segura de que aquel hombre había sido Emiliano Zapata, asesinado a los treinta y tantos años gracias a la traición de un fingido zapatista llamado Jesús Guajardo, en un lugar cuyo nombre es Chinameca, o así dice la leyenda. Y se sintió muy honrada al comprender que la visitaba, con los agujeros de las traicioneras balas, el fantasma de Zapata.

Pero la señora murió a la mañana siguiente. Ella siguió en la casa, pero durante unos días, afligida, desconcertada y sin tener ya pretexto, dejó de leer: el hombre no apareció. Convencida de que Zapata deseaba tener la instrucción de la que seguramente había carecido en su historia, o vida, también en la idea de que había sufrido en ella un exceso de realidad y por eso quería descansar en las ficciones después de muerto; pero temerosa asimismo de que no fuera así y de que su presencia hubiera estado relacionada misteriosamente con la señora tan sólo —un amor con Zapata exigía más secreto que ningún otro, y guardar hasta el fin silencio—, decidió volver a leer en voz alta para invocarlo, y no sólo novelas y poesías, sino tratados de historia y de ciencias naturales. El hombre tardó algunas fechas en reaparecer —quién sabe si guardan luto los fantasmas, con más motivo que nadie; o quién sabe si aún desconfían, si aún puede hacérseles daño con las palabras—, pero por fin lo hizo, tal vez atraído por las nuevas materias, acerca de las cuales siguió escuchando con la misma atención, aunque ya no de pie y acodado sobre el respaldo, sino cómodamente sentado en el sillón vacante, el sombrero colgado y a veces con las piernas cruzadas y un cigarro encendido en la mano, como el patriarca que nunca pudo ser en sus días numerables.

La joven, que se fue haciendo mayor, guardó celosamente el secreto y le hablaba con cada vez más confianza, pero sin obtener nunca respuesta: los fantasmas no siempre pueden o quieren hablar. Y con esa siempre mayor y unilateral confianza transcurrieron los años, y ella tuvo ya buen cuidado de no volver a mencionar el nombre 'Jesús' en ningún contexto, y de evitar toda palabra que empezara como 'guajiro' o 'Guajardo', y de desterrar para siempre de sus lecturas a la China y a La Meca. Hasta que llegó un día en que el hombre no se presentó, y tampoco lo hizo durante los días ni las semanas siguientes. La joven que ya era casi vieja se preocupó al principio como una madre, temiendo que le hubiere sucedido algún percance grave o desgracia, sin darse cuenta de que ese verbo, suceder, sólo cabe entre los mortales y que quienes no lo son están a salvo. Cuando reparó en ello su preocupación dio paso a la desesperación: tarde tras tarde contemplaba el sillón vacío e increpaba al silencio, hacía dolidas preguntas a la nada, lanzaba reproches al aire invisible y maldecía el pasado al que temía que hubiera él vuelto; se preguntaba cuál había sido su falta o error y buscaba con afán nuevos textos que pudieran atraer la curiosidad del guerrillero y hacerlo volver, nuevas disciplinas y nuevas novelas, y procuraba encontrar nuevas entregas de Sherlock Holmes, en cuya habilidad y lirismo confiaba más que en casi ningún otro cebo científico o literario. Y seguía leyendo en voz alta a diario, por ver si él acudía.

Una tarde, el cabo de meses de desolación, se encontró con que la señal del libro de Dickens que le estaba leyendo pacientemente en ausencia no se hallaba donde la había dejado, sino muchas páginas más adelante. Leyó con atención allí donde él la había puesto, y entonces comprendió con amargura y sufrió el desengaño que a toda vida alcanza, por recóndita y quieta que sea. Había una frase del texto que decía: 'Y ella envejeció y se llenó de arrugas, y su voz cascada ya no le resultaba grata'. Cuenta don Alejandro de la Cruz que la anciana se indignó como una esposa repudiada, y que lejos de resignarse y callar le dijo al vacío con gran reproche: 'Eres injusto, y tú quisiste ser siempre un hombre justo, o eso se cuenta ahora. Tú no envejeces y quieres voces gratas y juveniles, y contemplar caras tersas y luminosas. No creas que no lo entiendo, todavía eres joven y lo serás ya siempre, y quizá no tuviste mucho tiempo para demasiadas cosas que te pasaron de largo. Pero yo te he instruido y distraído durante años, y si gracias a mí has aprendido tantas cosas y no sé si a leer incluso, no es para que ahora me dejes mensajes ofensivos a través de mis textos que he compartido contigo siempre. Ten en cuenta que cuando murió la señora yo podía haber leído en silencio, y no lo hice. Podía haberme marchado de Veracruz, y no lo hice. Comprendo que puedas ir en busca de otras voces, nada te ata a mí y es cierto que nunca me has pedido nada, luego tampoco nada me debes. Pero si conoces el agradecimiento, Emiliano', y esta fue la primera vez que lo llamó por su nombre, sin saber si era escuchada, 'te pido que al menos vengas una vez a la semana a oírme y tengas paciencia con mi voz que ya no es hermosa y ya no te agrada, porque no va a traerme más amores. Yo me esforzaré y seguiré leyendo lo mejor posible. Pero ven, porque ahora que ya soy vieja soy yo quien necesita de tu distracción y presencia. Ya no me sería fácil pasarme sin ver tus ropas agujereadas. Pobre Emiliano', añadió con más calma, 'cómo te dispararon'.

Según el estudioso don Alejandro de la Cruz, el fantasma del hombre rústico y soldado eterno que acaso había sido Zapata no fue enteramente desaprensivo y atendió a razones o supo lo que era el agradecimiento: a partir de entonces, y hasta su muerte, Elena Vera esperó con ilusión e impaciencia la llegada del día elegido en que su impalpable amor silencioso accedía a volver al pasado de su tiempo en el que en realidad ya no había ningún pasado ni ningún tiempo, la llegada de cada miércoles, cuando él quizá regresaba cada vez de Chinameca, asesinado, triste y exhausto. Y se piensa que tal vez fueron aquellas visitas y aquel oyente y aquel pacto los estímulos que la mantuvieron frente al mar y todavía viva durante bastantes años, es decir, todavía con presente y pasado y también futuro, o quizá son nostalgias.

Sobre el autor

Javier Marías (Madrid, 1951) es autor de *Los dominios del lobo, Travesía del horizonte, El monarca del tiempo, El siglo, El hombre sentimental* (Premio Ennio Flaiano), *Todas las almas* (Premio Ciudad de Barcelona), *Corazón tan blanco* (Premio de la Crítica, Prix l'Oeil et la Lettre, IMPAC Dublin Literary Award), *Mañana en la batalla piensa en mí* (Premio Fastenrath, Premio Rómulo Gallegos, Prix Femina Étranger, Premio Mondello di Palermo), *Negra espalda del tiempo,* de los tres volúmenes de *Tu rostro mañana: 1 Fiebre y lanza* (Premio Salambó), *2 Baile y sueño, 3 Veneno y sombra y adiós,* y de *Los enamoramientos* (Premio Qué Leer); de las semblanzas *Vidas escritas* y *Miramientos;* de relatos y de la antología *Cuentos únicos;* de sendos homenajes a Faulkner y Nabokov y de diecisiete colecciones de artículos y ensayos. En 1997 recibió el Premio Nelly Sachs, en Dortmund; en 1998 el Premio Comunidad de Madrid; en 2000 los Premios Grinzane Cavour, en Turín, y Alberto Moravia, en Roma; en 2008 los Premios Alessio, en Turín, y José Donoso, en Chile; en 2010 The America Award en los Estados Unidos; en 2011 el Premio Nonino, en Udine, y el Premio de Literatura Europea de Austria, y en 2012 el Premio Terenci Moix, todos ellos por el conjunto de su obra. Entre sus traducciones destaca *Tristram Shandy* (Premio Nacional de Traducción 1979). Fue profesor en la Universidad de Oxford y en la Complutense de Madrid. Sus obras se han publicado en cuarenta y dos lenguas y en cincuenta y dos países, con seis millones y medio de ejemplares vendidos. Es miembro de la Real Academia Española.

Alfaguara es un sello editorial del Grupo Santillana

www.alfaguara.com

Argentina
www.alfaguara.com/ar
Av. Leandro N. Alem, 720
C 1001 AAP Buenos Aires
Tel. (54 11) 41 19 50 00
Fax (54 11) 41 19 50 21

Bolivia
www.alfaguara.com/bo
Calacoto, calle 13 n° 8078
La Paz
Tel. (591 2) 279 22 78
Fax (591 2) 277 10 56

Chile
www.alfaguara.com/cl
Dr. Aníbal Ariztía, 1444
Providencia
Santiago de Chile
Tel. (56 2) 384 30 00
Fax (56 2) 384 30 60

Colombia
www.alfaguara.com/co
Carrera 11A, n° 98-50, oficina 501
Bogotá DC
Tel. (571) 705 77 77

Costa Rica
www.alfaguara.com/cas
La Uruca
Del Edificio de Aviación Civil 200 metros
Oeste
San José de Costa Rica
Tel. (506) 22 20 42 42 y 25 20 05 05
Fax (506) 22 20 13 20

Ecuador
www.alfaguara.com/ec
Avda. Eloy Alfaro, N 33-347 y Avda. 6 de
Diciembre
Quito
Tel. (593 2) 244 66 56
Fax (593 2) 244 87 91

El Salvador
www.alfaguara.com/can
Siemens, 51
Zona Industrial Santa Elena
Antiguo Cuscatlán - La Libertad
Tel. (503) 2 505 89 y 2 289 89 20
Fax (503) 2 278 60 66

España
www.alfaguara.com/es
Avenida de los Artesanos, 6
28760 Tres Cantos, Madrid
Tel. (34 91) 744 90 60
Fax (34 91) 744 92 24

Estados Unidos
www.alfaguara.com/us
2023 N.W. 84th Avenue
Miami, FL 33122
Tel. (1 305) 591 95 22 y 591 22 32
Fax (1 305) 591 91 45

Guatemala
www.alfaguara.com/can
26 avenida 2-20
Zona n° 14
Guatemala CA
Tel. (502) 24 29 43 00
Fax (502) 24 29 43 03

Honduras
www.alfaguara.com/can
Colonia Tepeyac Contigua a Banco Cuscatlán
Frente Iglesia Adventista del Séptimo Día,
Casa 1626
Boulevard Juan Pablo Segundo
Tegucigalpa, M. D. C.
Tel. (504) 239 98 84

México
www.alfaguara.com/mx
Avda. Río Mixcoac, 274
Colonia Acacias, C.P. 03240
Benito Juárez, México D.F.
Tel. (52 5) 554 20 75 30
Fax (52 5) 556 01 10 67

Panamá
www.alfaguara.com/cas
Vía Transísmica, Urb. Industrial Orillac,
Calle segunda, local 9
Ciudad de Panamá
Tel. (507) 261 29 95

Paraguay
www.alfaguara.com/py
Avda. Venezuela, 276,
entre Mariscal López y España
Asunción
Tel./fax (595 21) 213 294 y 214 983

Perú
www.alfaguara.com/pe
Avda. Primavera 2160
Santiago de Surco
Lima 33
Tel. (51 1) 313 40 00
Fax (51 1) 313 40 01

Puerto Rico
www.alfaguara.com/mx
Avda. Roosevelt, 1506
Guaynabo 00968
Tel. (1 787) 781 98 00
Fax (1 787) 783 12 62

República Dominicana
www.alfaguara.com/do
Juan Sánchez Ramírez, 9
Gazcue
Santo Domingo R.D.
Tel. (1809) 682 13 82
Fax (1809) 689 10 22

Uruguay
www.alfaguara.com/uy
Juan Manuel Blanes 1132
11200 Montevideo
Tel. (598 2) 410 73 42
Fax (598 2) 410 86 83

Venezuela
www.alfaguara.com/ve
Avda. Rómulo Gallegos
Edificio Zulia, 1°
Boleita Norte
Caracas
Tel. (58 212) 235 30 33
Fax (58 212) 239 10 51